Virus

DU MÊME AUTEUR AUX ÉDITIONS MIRA

Faux diagnostic

GWEN HUNTER

Virus

Roman

MIRA

Titre original :
PRESCRIBED DANGER
publié par MIRA®

Traduction de l'américain par LOUISE ACHARD

Photos de couverture
Femme : © ZEFA / IMAGESHOP / PABLO DELFOS
Mains et seringue : © PHOTODISC / GETTY IMAGES
Homme courant : © STOCKBYTE GOLD / GETTY IMAGES

83/85 boulevard Vincent Auriol 75646 PARIS CEDEX 13.
ISBN 2-280-85531-3 — ISSN 1765-7792

A Tamar Myers,
auteur préféré de Marisa et ami très cher.

Tu es une source d'inspiration à la fois dans mes aspirations littéraires et dans mon cheminement spirituel.

Merci pour ton optimisme et tes encouragements.

Prologue

A en croire ma mère, j'avais de bons gènes, d'excellentes origines et toutes les chances de réussir dans la vie. Certes, ma mère était complètement ivre les trois quarts du temps ; j'avais donc quelques raisons de ne pas prendre ses propos au sérieux. Née Rheaburn, elle était issue d'une grande famille de Charleston, mais elle avait épousé un simple quidam, accouché cinq mois après la noce, perdu son mari dans un accident et sombré ensuite dans l'alcoolisme. Les Rheaburn auraient pu passer sur la mésalliance — leur gendre ayant eu la sagesse de disparaître rapidement —, mais l'enfant du péché et le whisky précipitèrent sa disgrâce. L'enfant, c'était moi — Rhea Lynch. Depuis lors, je paie la rébellion de ma mère au prix fort.

Ce coût consiste en une forme particulière de solitude. J'ai tendance à me tenir à l'écart pour observer au lieu de me joindre à la mêlée. Je passe beaucoup de temps à réfléchir et à évaluer les gens et les situations, ce qui me permet toutefois d'avoir un bon diagnostic, un jugement sûr et une capacité à réagir très vite en cas de problème — qualités extrêmement utiles pour un médecin. « Un bon toubib sans états d'âme », voilà ce que dit de moi miss Dee Dee Stowe. C'est elle qui me prit un jour sous son aile, me fit connaître la sécurité d'un foyer, la chaleur de l'amitié, et m'aida à financer mes études de médecine. Par la suite, elle en vint, hélas, à commettre un meurtre et à mutiler trois personnes, mais elle persiste à affirmer qu'on ne peut pas réellement la tenir pour responsable : elle avait, à l'époque, d'énormes soucis financiers. Depuis, elle a été placée sous la tutelle de l'Etat dans un hôpital psychiatrique — faveur obtenue grâce à d'habiles négociations avec les instances juridiques. Sans doute est-elle quelque peu dépourvue d'états d'âme elle-même…

Ma jeunesse solitaire m'a également aidée à développer un talent appréciable : celui de me faire des amis et de les garder. L'amitié est capitale à mes yeux, et je suis prête à consentir à de grands sacrifices pour l'entretenir. C'est cette qualité, combinée à un certain sang-froid et à la justesse de mon diagnostic, qui m'a conduite jusqu'à l'assassin de Leon Hawkins…

Une vilaine mort que celle de Leon. Le pauvre ne s'est pas éteint en douceur dans son sommeil. Une balle en pleine tête aurait même été un sort plus enviable. Et les circonstances de son décès m'ont entraînée un moment sur une fausse piste avant que la vérité n'apparaisse.

Son parcours et sa fin tragique me rappellent l'un de ces aphorismes dont ma mère avait tendance à abuser quand elle avait bu : « Les choses ne sont pas toujours ce qu'elles semblent être. »

1.

Tempête, Pokémon et torture

Un éclair, et le compteur sauta. Les néons s'éteignirent brusquement, plongeant le service des urgences dans l'obscurité. En principe, le générateur de secours aurait dû prendre le relais, mais la réalité est souvent loin de la théorie. Un coup de tonnerre, trop distant pour être audible, fit vibrer la carcasse de l'hôpital. Le vieux bâtiment gémissait et craquait sous les assauts d'un vent déchaîné. L'eau s'infiltrait à travers les installations électriques et coulait dans des seaux placés aux endroits stratégiques par un employé de la maintenance complètement débordé. Pourtant, le clapotis des gouttes était apaisant, comme la pluie tambourinant sur un toit de tôle.

Je m'interrompis au milieu d'une suture en attendant que la lumière revienne ou que l'on m'apporte une lampe électrique. Sous le linge stérile, mon petit patient âgé de trois ans s'agita légèrement.

— Maman ? gémit-il d'une voix anxieuse.

— Ce n'est rien, Charlie, dis-je, consciente de rassurer à la fois la mère et l'enfant. J'ai presque fini.

J'entendis sa mère déglutir péniblement. Quand l'éclairage se ralluma enfin en clignotant, j'évitai soigneusement son regard et achevai mes points de suture d'un air imperturbable avant d'aider le garçon à se redresser.

— Tu vois ? Ça y est.

Je tournai sa jambe sur le côté pour lui montrer la rangée de points bien nets qui remplaçait la blessure béante d'où le sang ruisselait un instant auparavant.

— Super ! s'écria-t-il, les joues encore couvertes de larmes. Regarde, maman ! Il y a un mille-pattes qui grimpe sur mon mollet !

Je lui souris. C'est vrai qu'avec un peu d'imagination, cela pouvait évoquer l'insecte en question.

— On dirait bien, oui. Et comme tu as été très courageux, tu as gagné cinq autocollants, ajoutai-je, les doigts de la main en éventail. Veux-tu Pooh ou Pokémon ?

— Les deux.

Et il éclata de rire.

C'était un bambin adorable. Je caressai gentiment ses cheveux bouclés, puis quittai la pièce. L'une des infirmières de service se chargerait de lui donner les autocollants et d'expliquer à sa mère comment soigner la blessure.

Poussant la porte de la salle de repos, je m'étirai et allai me servir un café. Ma tasse à la main, je m'installai à la table et ouvris le *New England Journal of Medicine*, une revue spécialisée que j'appréciais particulièrement. Cette fois, l'on y parlait du lavage d'estomac en cas de blessure par balle dans l'abdomen — sauf que la chose n'était pas présentée aussi crûment. De l'autre côté de la cloison, Anne et Zack, les infirmiers, s'affairaient dans la pharmacie, comptant des comprimés, des capsules et divers flacons de médicaments. Seule avec la radio de la police, j'écoutai distraitement les communiqués des dégâts provoqués par la tempête, assez désœuvrée pour envisager un instant de me peindre les ongles avec le vernis rose clair qu'Anne avait laissé sur la table. Mais je ne m'étais pas livrée à ce genre d'exercice depuis des années, et comme rien ne m'obligeait à torturer ainsi mes pauvres cuticules, je renonçai à cette idée.

Les néons s'éteignirent de nouveau. Dans la pénombre, j'entendis quelqu'un pleurer à petits sanglots étouffés.

Cette nuit, je n'avais que deux patients, dont Charlie. L'autre — une Noire d'une cinquantaine d'années du nom de Regina — était atteinte d'une pneumonie du lobe inférieur. Elle venait d'être admise à l'hôpital mais attendait encore une chambre à l'étage. Son état de santé était malheureusement aggravé par le chagrin dû au récent décès de son époux. Cet événement l'avait plongée dans un état de prostration, au-delà des larmes, excluant toute forme de consolation.

Tout en l'examinant, j'avais essayé de la faire parler, en vain. Elle avait accepté mon aide sur le plan médical mais refusé toute approche d'ordre psychologique. Elle détournait le visage dès que je l'interrogeais sur ses réactions émotionnelles. Et voilà que, maintenant, elle pleurait. Enfin.

La lumière revint une fois de plus, et je passai dans la salle de soins. Regina, dont le nom de famille m'échappait pour l'instant, sanglotait, le visage enfoui dans la mince couverture d'hôpital. Après avoir posé ma tasse de café, je tirai une chaise pour m'asseoir et me penchai vers elle. Si le soutien moral n'est pas ma spécialité, je ne suis pas pour autant insensible à la souffrance humaine. Or, la malheureuse endurait un véritable calvaire. Sans la brusquer, j'écartai doucement la couverture qu'elle serrait convulsivement.

Regina gémit et ses yeux rougis rencontrèrent les miens. D'un mouvement spontané, elle me saisit la main. La sienne était à la fois fiévreuse et glacée, son étreinte vibrante de désespoir contenu.

— Voulez-vous me parler ? murmurai-je.

— C'est moi qui l'ai trouvé, lâcha-t-elle d'une voix rauque. Il se balançait au bout de cette corde…

Je tressaillis imperceptiblement. Je n'avais pas compris que son mari s'était suicidé. Serrant sa main dans la mienne, je m'efforçai de lui communiquer un peu de chaleur.

— Il était tellement lourd… Je ne pouvais pas bien le soulever. Mais il…

Elle aspira difficilement un peu d'air.

— Il était mort. Raide mort.

De nouveaux sanglots la secouèrent. Au bout d'un moment, elle releva les yeux.

— Je suis montée pendant que mon amie Louise allait chercher un couteau. On a coupé la corde. Et il s'est effondré. J'entends encore le bruit qu'il a fait en tombant sur le roc. Un grand gaillard comme lui, si lourd… Sa tête s'est fendue sous le choc ; un claquement sec, comme un melon qui éclate. Mon homme… mort. Mon homme est mort.

Il n'y avait rien à dire. Absolument rien. Sa tête roula de droite à gauche, et je lui tins la main. Voyant une infirmière passer devant la porte, je lui fis signe et lui demandai un sédatif puissant. Je restai ensuite auprès de Regina jusqu'à ce qu'il eût produit son effet. Quand son corps frêle commença à se détendre, quand ses paupières s'alourdirent de sommeil, je dégageai lentement ma main et repris mon café devenu froid. Mais je restai jusqu'à ce qu'une infirmière l'emmène à l'étage.

A 20 heures, nous n'avions pas reçu d'autres patients. Pas de bébés en pleurs, pas d'ivrognes, pas de futures mamans souffrant de douleurs fantomatiques. Rien qu'un orage printanier assez phénoménal pour alimenter le lyrisme des bulletins météo. La tempête sévissait sur toute la partie supérieure de la Caroline du Sud et semblait vouloir s'y installer. De retour en salle de repos avec un autre café, j'écoutai la radio de la police annoncer des inondations dans les basses terres où les rivières en crue débordaient, submergeant les routes, envahissant les habitations. Avalanches de boue et glissements de terrain menaçaient sur les flancs des collines ramollis par ces pluies diluviennes. La nature écoutait rarement les affirmations des spécialistes concernant les zones qui n'auraient jamais dû être inondées plus d'une fois par siècle.

La rivière South Rocky, qui serpente d'ordinaire paisiblement le long du terrain de l'hôpital, inondait maintenant le parking des médecins, et j'avais été contrainte de garer ma petite BMW à l'écart, sur la colline dominant le site. Routes et chemins étaient dans un état épouvantable. Dans toute la région, le vent arrachait les toits, déracinait ou abattait les arbres, et des milliers de foyers étaient privés d'électricité. On voyait voler des sacs en plastique et des plaques de vinyle. Les vitres brisées laissaient entrer la pluie à seaux dans les maisons ; des bâtiments entiers étaient complètement démolis, et les ponts emportés par les cours d'eau en crue. Quant aux lignes téléphoniques, elles étaient coupées dans tout le piémont de l'Etat.

Aux dernières nouvelles, Charleston — ma ville d'origine — avait subi d'importants dégâts. DorCity, ma ville d'adoption, était aussi gravement touchée.

Ce que j'avais d'ailleurs pu constater moi-même le matin en me rendant à l'hôpital pour ma garde de 24 heures. A plusieurs reprises, j'avais craint que la bourrasque n'emportât ma petite voiture, mais elle et moi avions vaillamment résisté. Pour être honnête, j'étais rassurée d'être à l'hôpital, plutôt que dans mon joli pavillon ancien qui risquait d'être réduit en miettes si l'un des grands chênes du jardin s'abattait sur le toit au cours de la nuit. Mes chiens ayant refusé de rester à la maison pendant l'orage, j'avais dû les confier aux bons soins de mon voisin d'en face, l'inspecteur Mark Stafford. Mark était à la fois mon petit ami et une source de complications, mais il adorait les chiens. Belle et Peluche étaient en sécurité dans son chenil en dur avec sa meute.

Une fois la tempête terminée, notre petit service rural des urgences retrouverait ses problèmes coutumiers du jeudi soir avec, en plus, quelques crises cardiaques provoquées par la frayeur, des naissances prématurées, diverses blessures sans gravité et les inévitables accidents dus à l'imprudence des curieux, impatients d'aller constater sur place l'étendue des dégâts. Des irresponsables que ces gens-là, d'autant qu'ils empêchaient également le SAMU de faire correctement son travail : je ne me priverais pas de le leur dire, le cas échéant. L'un des avantages de ma profession consiste à pouvoir sermonner les gens avec une certaine autorité.

Je buvais une gorgée de mon second café qui avait suffisamment refroidi pour être consommable quand le sas des ambulances s'ouvrit avec un grincement sinistre. Une grande bouffée d'air humide et une brassée de feuilles déchiquetées s'engouffrèrent aussitôt à l'intérieur, sans toutefois laisser voir d'ambulance. Ce n'était que le vent, dont la puissance suffisait à actionner le mécanisme d'ouverture.

Les néons se remirent à clignoter comme une lumière stroboscopique. L'ascenseur ne fonctionnait plus, et la violence du vent avait contraint le personnel à évacuer les services de pédiatrie et d'obstétrique. Les patients actuels — trois enfants âgés de cinq à douze ans et un nouveau-né assez mal en point — avaient été transférés dans l'aile de médecine générale. Il n'y avait personne en obstétrique, l'unique gynécologue de l'hôpital, Michelle Geiger, étant absente pour quelques jours. Cette semaine, les parturientes devaient aller accoucher à l'hôpital du comté voisin.

Notre établissement, construit sur du terrain bon marché, n'était pas fait d'un seul bloc mais de plusieurs éléments disparates disposés en U et ajoutés au fil des ans. Les différents locaux étaient répartis au hasard — l'unité de soins intensifs côté sud, l'étage de médecine générale à l'est et le centre de convalescence à l'extrémité d'un long couloir reliant d'autres services. Quant au bloc opératoire, il se trouvait dans une nouvelle partie de l'aile nord. Le vent qui mugissait au-dehors malmenait l'ensemble des constructions, neuves et anciennes.

Derrière moi, la radio des urgences émit un grésillement.

— Dawkins 414, ici Unité 52. Vous m'entendez ?

C'était une équipe du SAMU qui patrouillait dans la tempête. Je me rapprochai de façon à mieux percevoir ce qu'ils allaient annoncer.

Anne saisit le micro et pressa le bouton sur le côté.

— Ici Dawkins 414. Unité 52, poursuivez.

— Dawkins, nous avons deux patients : un homme blanc âgé de vingt-quatre ans, avec des contusions multiples, des coupures, des tuméfactions sur une grande partie du torse, de l'abdomen et autour de l'aine. Des ecchymoses aux deux poignets, des doigts sans doute cassés aux deux mains. Il a été victime d'une agression.

Anne prit note avec un soupir.

— Tension 12/8. Pouls irrégulier à 105. Température : 36,5°, je répète, 36,5°. L'autre patiente est une femme de type asiatique, âgée de vingt-deux ans, enceinte de six mois environ, également victime d'une agression.

Je m'approchai davantage, doutant d'avoir correctement entendu. Une patiente enceinte et battue ? Il fallait espérer que l'agresseur n'était pas l'homme qui l'accompagnait dans l'ambulance ; ce genre de situation était toujours extrêmement délicat.

— La patiente souffre également de tuméfactions et d'entailles plus ou moins profondes à la poitrine, aux membres et à l'abdomen. Tension 14/9 ; pouls 125 avec des poussées à 175. Température : 36°, je répète, 36°. Prévoir un accouchement prématuré. C'est noté, Dawkins ?

— C'est noté.

Anne, qui jusque-là écrivait à toute allure, s'interrompit afin de me jeter un coup d'œil éloquent par-dessus son épaule. J'avais donc bien entendu : la femme enceinte avait subi une agression. Sa température était basse et son cœur battait trop vite, avec des poussées de tachycardie.

— Les patients ont été immergés pendant plusieurs heures dans le Prosperity et ont avalé une grande quantité d'eau. De l'eau a pu s'infiltrer dans les voies respiratoires. Vous notez toujours, Dawkins ?

— Je note, dit Anne en secouant la tête.

— Il faudrait peut-être faire venir quelqu'un de la police. Le shérif n'a pas été averti. Unité 52, terminé.

— Nous allons les appeler. Dawkins 414, message reçu.

Remettant le micro en place, elle se leva avec une grimace. Voilà qu'une femme enceinte de six mois, victime d'une agression, nous tombait sur les bras en l'absence du Dr Geiger. Cela ne nous plaisait pas du tout. En son absence, tous les accouchements auraient dû être pratiqués à la maternité du comté de Ford.

Agée d'une quarantaine d'années, Anne avait un physique plutôt banal — cheveux châtains, yeux marron, traits ordinaires, taille moyenne —, mais confrontée à une urgence, c'était vraiment quelqu'un d'incomparable. Elle se rendit aussitôt dans la salle de soins pour préparer la table d'obstétrique et le matériel dont j'allais avoir besoin.

— Anne ?

Elle s'arrêta sur le seuil.

— Rappelez l'ambulance. Demandez-leur si la route du comté de Ford est praticable. Ils pourraient conduire les deux patients là-bas.

— Impossible.

La réponse, prononcée d'un ton sans réplique, venait de derrière moi. Me retournant, je vis un flic en hideux ciré orange et bottes dans l'entrée. Mark. Je ne l'avais pas entendu arriver.

— La 72 est fermée ; deux ponts ont été emportés. L'autoroute 77 est bloquée par des accidents, pour les six prochaines heures, au moins.

Anne émit un grognement indistinct et passa dans la salle de soins où je l'entendis déchirer du plastique.

— Nous avons trois carambolages différents avec des semi-remorques renversés : deux sur la 77 et un sur la 9, à la sortie de la ville. Les pompiers sont sur la 9. Le chauffeur essayait de se diriger vers le nord malgré la tempête, avec son chargement d'acide sulfurique. Il espérait éviter les bouchons sur la 77 en la rejoignant plus haut, grâce à ce détour. Mal lui en a pris.

— Charmant, grommelai-je.

Je n'avais pas pratiqué d'accouchement depuis la fac de médecine, et franchement, ce n'était pas ma tasse de thé. En plus, s'il y avait des victimes de brûlures à l'acide sulfurique, c'est à moi qu'on les enverrait. Avec ce vent, inutile d'espérer un miracle. Aucun avion ne décollerait pour les emmener ailleurs.

— Je ne te le fais pas dire, renchérit Mark. La route est maintenant couverte d'acide qui coule dans les fossés et se déverse dans les cours d'eau. Ça va être la joie, cette nuit.

Difficile de savoir s'il plaisantait ou non. Les flics ont parfois un humour assez particulier.

— Anne, préparez-moi une solution de sulfate, demandai-je. S'il faut ralentir les contractions, il vaut mieux que la perfusion soit prête.

Je me tournai ensuite vers Mark.

— Ton ciré ruisselle sur le carrelage.

Il esquissa un sourire. Une goutte d'eau roula sur son front avant d'aller se perdre dans ses épais sourcils.

— Tu vas passer la serpillière derrière moi ?

— Ne rêve pas.

Il s'approcha de moi en riant et ébouriffa mes cheveux courts d'une main humide. Mark n'était pas du genre démonstratif — du moins en public. Et moi non plus, du reste.

— Il faut que j'aille faire un tour sur la 9, au cas où ils auraient besoin d'un coup de main.

Son sourire s'élargit comme s'il se réjouissait d'aller se promener dans la tempête et les vapeurs d'acide sulfurique.

— N'oublie pas d'alerter le shérif à propos de l'agression. Et si tu as besoin de moi, appelle la police par radio. Je ferai demi-tour.

Sa sollicitude me toucha, mais je n'en laissai rien paraître. Nous n'étions pas encore assez intimes pour nous avouer mutuellement nos faiblesses. Sans doute ne le serions-nous jamais…

— Entendu, répondis-je. Merci. A propos, tu avais raison : il me faudrait vraiment une camionnette par un temps pareil. Je n'ai jamais vu ça…

— Je connais quelqu'un qui en a une à vendre. On en reparlera.

— Oh… Chouette !

Mon manque d'enthousiasme parut l'amuser.

Résignée, je suivis dans le sas ce grand gaillard de flic affublé d'un ciré dégoulinant, avec un revolver à la ceinture et un autre attaché à la cheville, sous son jean. Lorsqu'il poussa les portes vitrées, l'air s'engouffra à l'intérieur avec un tourbillon de feuilles.

Mark souriait encore, une étincelle dans ses prunelles vertes, en démarrant dans la tourmente au volant de sa jeep. Visiblement, les éléments déchaînés ne l'effrayaient pas, bien au contraire. Il daigna tout de même agiter la main à sa portière avant de disparaître.

Le ciel gris plomb était zébré d'éclairs fulgurants, et un ruban de nuages violets soulignait l'horizon, au bout de la rue. Des rafales de pluie fouettaient les baies vitrées et les murs de brique de l'hôpital. Des sacs en plastique et autres déchets qu'on distinguait à peine dans la pénombre du crépuscule voltigeaient au ras du sol comme des cerfs-volants à l'abandon. Je vis une petite chatte, trempée et pitoyable, se réfugier en courant sous le passage couvert et se secouer avec énergie. Quand elle m'aperçut, elle fit le gros dos, inquiète, puis, comme je ne bougeais pas, elle se détendit et leva une patte pour se lécher. Son air faussement insouciant dissimulait mal l'état d'extrême vigilance que la tempête la contraignait d'adopter.

Bientôt, des phares apparurent sur la route et tournèrent dans l'allée. L'ambulance tanguait telle une barque sous la bourrasque, son gyrophare balayant l'obscurité d'une lumière orangée. Dire que le vent parvenait à ébranler jusqu'à ce lourd véhicule… Quelques instants plus tard, le chauffeur fit halte sous l'auvent réservé aux ambulances. La chatte déguerpit de nouveau sous la pluie, la queue entre les pattes.

La portière du conducteur s'ouvrit, et Mick Ethridge, ses cheveux trempés plaqués sur le crâne, sauta sur le trottoir. Un gamin qui n'avait pas encore l'âge de toucher à l'alcool, mais qui venait de passer son examen d'ambulancier. A ma connaissance, il attendait encore ses résultats.

— Hé, docteur, il nous faut un fauteuil roulant ! lança-t-il assez fort pour couvrir le bruit du moteur et de la tempête.

Je franchis la porte du sas et transmis la requête à tue-tête dans le hall.

— Anne, Zack, apportez un fauteuil roulant !

Sans vérifier s'ils avaient entendu, je repoussai la porte et regagnai l'arrière de l'ambulance. Une bourrasque, doublée d'une pluie horizontale, souleva brutalement ma blouse, manquant me l'arracher, et je me retrouvai à la seconde trempée jusqu'aux os.

Emergeant de l'ambulance, un homme corpulent sauta à terre à son tour et ouvrit largement les portes du fond avant de remonter. Je jetai un coup d'œil à l'intérieur.

Le plancher était inondé de sang. Dans l'angle était recroquevillé un homme aux cheveux mi-longs, la tête penchée en avant. On distinguait mal sa silhouette dans l'obscurité. Une jeune femme fluette gisait, inerte, sur le brancard, telle une adolescente anémique. Son petit ventre proéminent soulevait à peine l'étoffe de sa robe trempée.

— Quand cela a-t-il commencé ?

Le vent emporta mes paroles, et je n'aurais su dire si Mick m'avait entendue.

Zack franchit la porte du sas, poussant devant lui un fauteuil roulant. Un faisceau de lumière orangée balaya son visage d'une chaude teinte chocolat.

— Quel temps ! s'exclama-t-il presque avec allégresse.

Mick monta à l'arrière du véhicule pour aider son collègue.

— Deux ou trois minutes, docteur Lynch, me répondit-il. Et sa tension continue à baisser.

Son collègue et lui s'occupèrent d'abord de la femme. Couverte de boue et trempée jusqu'aux os, elle saignait abondamment. Ils firent descendre le brancard et franchirent la porte du sas.

— Paramètres ? demandai-je.

— Tension en chute libre. La dernière fois que je l'ai prise, elle était de 9/4. Pupilles symétriques et réactives. Ils sont restés immergés toute la journée dans le ruisseau. Depuis le début de la tempête.

La double porte se referma derrière nous tandis qu'Anne tenait les portes intérieures ouvertes afin de laisser passer le brancard.

— Pourquoi ?

— Ils ont été kidnappés, séquestrés et torturés. Pendant quatre jours.

2.

Je l'aurais tué de mes propres mains

Nous emmenâmes les patients dans des chambres séparées, plaçant la femme dans la pièce munie de la table d'examen gynécologique la mieux équipée. Elle était au plus mal ; elle se contractait et poussait. Et il y avait beaucoup trop de sang dans son sillage, le long du couloir.

— Zack, essayez d'appeler quelqu'un en renfort.

— Toutes les lignes téléphoniques sont…

— Essayez, répétai-je.

Me penchant sur la jeune femme, je constatai des tuméfactions aux chevilles et aux poignets, comme si des cordes lui avaient arraché la peau. L'inflammation datait de plusieurs jours et les blessures étaient infectées. Autour de la bouche à vif, une rougeur présentait une ligne de démarcation bien nette sur trois centimètres de hauteur environ, jusqu'au menton. On l'avait bâillonnée avec du ruban adhésif. Elle eut une quinte de toux déchirante.

— Les flics devraient déjà être là. Débrouillez-vous pour les faire venir, ordonnai-je. Préparez une perfusion. Il me faut aussi NFS, biochimie standard, taux de magnésium, deux hémocultures et une épreuve de compatibilité sanguine.

Anne prit la tension de la patiente. 8. Voilà qui ne me plaisait pas du tout. Elle perdait beaucoup trop de sang.

— Température ?

— Elle est montée à 36,5°. 100 pulsations à la minute, pouls très irrégulier.

La jeune femme toussa de nouveau, et des expectorations sanguinolentes maculèrent ses lèvres sèches. Je grimaçai. En général, un tel symptôme n'est pas anodin, et chez une parturiente, il indique un état de santé préoccupant. Cependant, j'étais aux prises avec des problèmes plus immédiats.

J'enfilai des gants d'examen en latex et souris à ma patiente.

— Bonjour. Je suis le Dr Rhea Lynch. Pouvez-vous me parler ? Quand devriez-vous accoucher, en principe ?

La femme gémit, les traits empreints d'une angoisse indescriptible.

— Dans trois mois, lâcha-t-elle dans un souffle.

Brusquement, elle se mit à claquer des dents et à trembler à grands frissons.

Une technicienne du labo entra dans la pièce.

— Amanda, faites un groupage sanguin pour quatre poches, demandai-je. A la réflexion, il me faut une poche de son groupe spécifique dans les plus brefs délais.

Je craignais de ne pas avoir assez de temps pour l'épreuve de compatibilité sanguine. Je n'aimais pas donner du sang non éprouvé, surtout à une femme sur le point d'accoucher, mais un système ABO et une poche de Rh spécifique feraient l'affaire. Sans compter qu'ils ne présenteraient aucun risque dans l'éventualité de futures grossesses.

— Echantillon complet d'analyses, d'accord ?

— Bien, docteur.

Amanda sortit toute une série de tubes multicolores et préleva une bonne quantité de sang pour des analyses ultérieures.

Tout en parlant, je promenai les mains sur l'abdomen de la patiente, rigidifié par de puissantes contractions presque ininterrompues. Je suivis les contours du corps de l'enfant sous la peau tendue. La jeune femme était beaucoup trop maigre — une dizaine de kilos au-dessous du poids normal, par rapport à sa taille. Quant au bébé, minuscule, il devait peser moins de 2 kilos. Sa tête était tournée vers le bas, ses jambes repliées à l'avant du corps de sa mère. Un examen complet me permettrait de déterminer la position des bras.

— Il faut que je vous examine, annonçai-je en troquant mes gants contre une paire stérile.

Elle opina, et j'insérai une main gantée pour un rapide toucher, le plus délicatement possible. Comme il y avait trop de sang pour voir quoi que ce soit, j'étais obligée d'opérer à l'aveuglette. Le col de l'utérus, entièrement dilaté, s'était effacé. Le sulfate de magnésium ne parviendrait pas à retarder la naissance, constatai-je. Rien ne pourrait plus l'empêcher. Le bébé allait arriver.

— Bon. Emmenons-la en salle de traumato. Je ne peux pas travailler ici. Il n'y a pas assez de place ni de lumière.

— Son mari s'y trouve déjà, objecta Anne. La fuite d'eau au plafond en salle de soins…

— Déplacez-le. L'accouchement est imminent. Que quelqu'un m'apporte une couveuse chauffée, un cardioscope… Bref, tout le bazar.

Je pris mon stéthoscope afin d'ausculter la jeune femme. Le cœur du bébé était inaudible — peut-être même ne battait-il plus.

A côté de moi, Anne cherchait une veine pour une perfusion. Les ambulanciers en avaient déjà installé une, mais si nous voulions opérer une transfusion et ajouter d'autres médicaments, il faudrait une intraveineuse supplémentaire.

— Zack, où sont les renforts ?

— J'ai envoyé quelqu'un chercher le pédiatre de garde, le Dr Haynes. Il vous faut un chirurgien ?

— Oui. Envoyez les auxiliaires chercher Statler. Et quand il sera là, renvoyez-les me chercher Wallace.

Une idée me traversa l'esprit, et je passai la tête par la porte.

— Vous savez où habite le Dr Statler ? lançai-je aux ambulanciers.

Ils opinèrent.

— Eh bien ? dis-je en haussant les sourcils.

Ils s'éclipsèrent à la hâte. Alors que je m'approchais de l'accueil, l'éclairage se remit à vaciller et le service fut encore plongé dans l'obscurité.

— Zack, envoyez l'équipe de secours chercher Wallace, dis-je en même temps que la lumière revenait.

L'infirmier attrapa la radio des urgences. Au même moment, ma patiente se mit à hurler. J'entendis son mari crier dans la salle de traumato.

— Zack, envoyez-moi Trish ! ordonnai-je.

— Elle est déjà en chemin.

Tout en parlant, Zack composait calmement un numéro, utilisant à la fois la radio et le téléphone.

J'avais besoin de l'infirmière en chef, Trisha Singletary. C'était elle qui s'occupait du service d'obstétrique entre 19 heures et 7 heures, jusqu'à l'arrivée de Michelle Geiger. La gynéco n'habitait qu'à cinq minutes de l'hôpital, mais en cas d'urgence, Trish était parfois obligée de jouer le rôle de sage-femme. De fait, elle avait sans doute pratiqué plus d'accouchements que moi.

— Comment s'appellent-ils ? demandai-je.

— Mel et Lia Yi Campbell, répondit Zack. Ils n'avaient pas de papiers sur eux. Ils disent que leurs ravisseurs les leur ont volés avec leurs bijoux personnels, leur argent et leurs cartes de crédit.

— Je vois.

Je m'éloignai avec un soupir. Pénétrant dans la salle de traumato, je pris la main de Mel Campbell dans la mienne. Il appelait sa femme à grands cris, suppliait qu'on lui permette de la voir. Un désespoir sauvage hantait les profondeurs de ses prunelles sombres — une détresse terrible que je préférai ne pas analyser de trop près. J'ai toujours été un peu lâche en pareille circonstance.

— Mel ?

Il me repoussa de ses mains bandées. Je remarquai que ses poignets portaient le même genre de blessures que ceux de Lia. Des marques laissées par des garrots. Ses bras et son visage étaient couverts d'ecchymoses de teintes variées — bleues, jaunes, vertes ou violacées. Je n'avais pas le temps de réagir à ces signes évidents de torture ; je devais mettre son enfant au monde. Mais un écœurement indescriptible me souleva l'estomac.

— Où est ma femme ? rugit-il. Je veux voir ma femme !

— Mel, je suis médecin.

Je lui repris les mains, et il gémit de douleur quand je touchai ses doigts brisés.

— Votre femme est dans la salle d'à côté.

Zack me rejoignit et m'aida à le rallonger sur sa civière.

— Mel, racontez-moi ce qui s'est passé. Il faut que je sache tout pour pouvoir la soigner. Pour soigner Lia, vous comprenez ?

Une lueur d'entendement commença à chasser la confusion qui brouillait son regard.

— Je suis médecin et je suis là pour vous aider, répétai-je plus lentement.

Il se redressa tant bien que mal en position assise.

— Médecin ? répéta-t-il d'une voix incertaine.

Je fis signe à Zack de le laisser faire. Mel saisit ma main gauche entre les siennes et la garda serrée. Ses os brisés me râpaient la peau.

— Vous êtes médecin ? Oh, mon Dieu, il faut l'aider. Ils l'ont…

Un sanglot étouffé ébranla tout son corps.

— Ils l'ont jetée à terre… et frappée. Ils l'ont rouée de coups.

Sa voix se brisa.

— Je ne pouvais rien faire. J'étais attaché.

Il était exténué, les traits ravagés par la torture, le manque de nourriture et les longues heures d'immersion dans le cours d'eau. Les ongles de ses deux mains avaient été réduits en bouillie, et une fange ocre et argileuse s'était incrustée entre les bords et les cuticules. On ne les avait pas arrachés mais écrasés d'une manière ou d'une autre.

Doucement, je caressai sa tête inclinée.

— Mel, votre femme a-t-elle reçu des coups dans l'abdomen ?

Il hocha la tête et leva les yeux sur moi.

— Ils lui donnaient des coups de pied dans le ventre. Elle m'a dit après que ç'avait été douloureux mais jamais insoutenable. Moi, j'ai eu l'impression que ça durait une éternité… Elle est enceinte de six mois, vous savez ? Elle va perdre le bébé, c'est ça ?

— Elle est sur le point d'accoucher. Je ne sais pas si l'enfant va vivre mais nous ferons tout notre possible pour le sauver. Vous comprenez ?

— Oui, oui, je comprends.

— A-t-elle vu un médecin récemment ? Un obstétricien ?

Mel eut d'abord l'air interdit puis son regard s'anima.

— Oui, le mois dernier. Le Dr Geiger. Tout allait bien. On lui a fait une échographie. Le bébé se développait comme il faut. C'est un garçon.

— Aucune allergie ?

— Non. Elle a une santé de fer, d'après le Dr Geiger.

— Bon. Le Dr Geiger n'est pas ici actuellement. Je vais procéder moi-même à l'accouchement car nous n'avons pas le temps de conduire votre femme ailleurs. Zack, mon assistant, va vous remettre quelques autorisations à signer pour que je puisse me charger de l'opération. Il vous emmènera ensuite dans une autre salle afin que nous installions Lia dans celle-ci, d'accord ?

— Où est le Dr Geiger ?

Les yeux agrandis par l'anxiété, Mel me dévisagea d'un air hagard. On aurait dit un vieillard avec ses lèvres tuméfiées et les taches jaunâtres des ecchymoses qui ressemblaient à celles que provoque un ictère.

— Zack va tout vous expliquer.

Je commençai à l'ausculter tout en continuant à parler.

— Zack, faites une numération globulaire ordinaire et demandez au labo de lui faire les analyses standard, au cas où…

Je déplaçai le stéthoscope sur son thorax. Ses poumons semblaient un peu humides.

— Il me faudra un cliché thoracique. Demandez aussi deux hémocultures. Otez-lui ces vêtements trempés et enveloppez-le dans des couvertures chaudes. Avez-vous toussé, Mel ?

Il fit signe que non.

— Et votre femme ?

— Oui. Elle a commencé à tousser dans l'eau. Il faut faire quelque chose pour elle.

— C'est bien mon intention. A présent, écoutez les recommandations de Zack et faites ce qu'il vous dit. Nous allons vous emmener ailleurs.

— Pourquoi ? demanda-t-il, cédant de nouveau à l'affolement.

— Je soignerai mieux votre femme dans cette salle. L'éclairage y est meilleur.

Je devais retourner auprès de ma patiente en état critique, mais j'hésitai et repris les mains de Mel afin d'examiner ses ongles. Il y avait du sang et de la boue séchée incrustés dans les blessures ; le lit des ongles saignait encore. Je fronçai les sourcils, perplexe.

— Dites-moi, auriez-vous creusé la terre à mains nues ?

— Oui. Hier soir, les cordes n'étaient pas trop serrées autour de mes poignets et j'ai réussi à me libérer. J'ai creusé sous le mur et je me suis faufilé dehors.

Sa voix changea d'intonation, comme si le récit de l'action faisait refluer la peur — provisoirement, en tout cas.

— Ensuite, avec une barre de fer, j'ai agrandi le trou. Puis je suis revenu chercher Lia. Nous avons réussi à nous traîner jusqu'au ruisseau. Ils ne se sont aperçus de rien.

Il leva les yeux vers moi, une lueur sauvage dans le regard.

— Je ne sais pas si quelqu'un montait la garde ou pas. Nos ravisseurs étaient tous masqués ; je n'ai aucune idée de leur identité. Mais si quelqu'un avait été posté dehors, je l'aurais tué. Dieu me pardonne, je l'aurais tué… de mes propres mains.

Je compris qu'il ne s'agissait pas d'un simple constat. Il acceptait finalement l'idée d'avoir voulu se muer en meurtrier afin de protéger sa femme. Je massai doucement ses poignets.

— Mel, je vais m'occuper de Lia, maintenant. J'aurai besoin de toute mon attention. Si vous criez et l'appelez, vous m'empêcherez de me concentrer. Pouvez-vous garder le silence ?

Il hocha gravement la tête. Il paraissait plus calme, plus raisonnable, à présent. Peut-être parce qu'il pouvait faire quelque chose pour elle — ne serait-ce que se taire. C'était presque une nécessité vitale, à ses yeux. De toute évidence, cet homme aimait sa femme et aurait décroché la lune pour elle. Un sentiment que je ne connaissais pas encore.

— Bien. Parce que si vous continuez à ameuter tout l'étage, je risque d'être perturbée, et c'est Lia qui en fera les frais.

— Je serai sage.

Il s'esclaffa brusquement, d'un rire nerveux presque hystérique. Puis il reprit son sérieux.

— Occupez-vous bien d'elle.

J'esquissai un sourire et sortis. Zack m'emboîta le pas en poussant le brancard devant lui. Mel ne criait plus.

Je retournai dans la salle où se trouvait Lia. Trish était là, ainsi qu'Anne qui écoutait le cœur du bébé sur l'abdomen de la mère, un Doppler à la main. Levant les yeux, elle secoua la tête. On n'entendait rien.

Lia toussa de nouveau, ajoutant des expectorations sanguinolentes dans la bassine posée à côté d'elle. Ce n'était pas du sang coagulé — il ne s'agissait donc pas d'une embolie pulmonaire ni d'un caillot dans les poumons —, mais des mucosités épaisses et purulentes. Il faudrait procéder à une radio du thorax après l'accouchement.

— Nous pouvons l'emmener, annonçai-je aux deux infirmières. Paramètres ?

— En progrès, répondit Anne. Sa tension est de 9/7 et stable ; son pouls bat à 90, régulièrement. Elle a reçu un demi-litre de physio, et grâce aux couvertures chaudes, sa température est remontée d'un demi-degré. Elle est consciente et ses réflexes sont à peu près normaux. J'ai entrepris une autre perfusion et je lui ai surélevé les jambes.

Cela permettrait d'amener le sang dans la partie supérieure de son corps, stabilisant provisoirement la tension.

— Bien. Dans ce cas, bon nombre de problèmes pourraient provenir d'une grave déshydratation. Les contractions ?

— De plus en plus rapprochées. Il nous reste à peine dix minutes, au mieux. Et elle continue à saigner. On peut l'emmener ?

— Oui. Allons-y.

En équipe bien rodée, nous fixâmes les perfusions, relevâmes les barreaux du lit, dégageâmes le frein et poussâmes Lia dans le couloir.

Une fois dans la salle de traumato, Trish installa le lit roulant sous les grosses lampes d'examen et remit la canule d'oxygène en place sur Lia. Ses mèches blondes dansaient autour de son visage au rythme de ses mouvements. Elle s'était fait couper les cheveux la semaine précédente et sa nouvelle coiffure lui allait bien.

— Le sang est en route, déclara-t-elle. Je vais signer le reçu et suspendre les poches. Il y a deux nouveaux patients, mais j'ai demandé à l'accueil de faire attendre les cas sans gravité.

Zack referma la porte, nous isolant des éclats de voix qui provenaient de l'entrée. Quel que soit le problème, il était capable de s'en charger.

— Docteur, regardez donc ça.

On avait remplacé la robe boueuse de Lia par une blouse d'hôpital. Anne la remonta et me montra sa poitrine. Parmi les contusions, j'aperçus un tatouage au dessin grossier, irrégulier, qui semblait avoir été exécuté à la main avec de l'encre de stylo à bille. Vu les boursouflures et les rougeurs le long du tracé, il était tout récent.

— Elle dit que ce sont leurs ravisseurs qui lui ont fait ça.

Le dessin représentait une étoile — ou un pentagone. Je me penchai sur Lia de façon à mieux voir. C'était une étoile à six branches, du type de celles dont on marquait les Juifs dans l'Allemagne hitlérienne. Une étoile de David.

Pour la première fois, je regardai ma patiente dans les yeux. J'en profitai pour compléter mon examen initial et pointai une petite lampe torche dans ses prunelles afin de contrôler la réaction des pupilles. Elle avait de magnifiques yeux noirs avec de longs cils recourbés. Les pupilles étaient symétriques et réactives.

— Bonjour, Lia. Etes-vous d'origine mi-juive, mi-asiatique ?

— N-non… L'infirmière m'a déjà… posé cette question, répondit-elle d'une voix haletante. Mon père est… italo-américain ; il a rencontré ma mère en… Corée. Mel est d'origine germanique et irlandaise. Nous sommes tous deux… de confession baptiste. Les gens qui…

Elle gémit et se tut un instant, la respiration saccadée.

— Mais les gens qui ont fait ça… nous traitaient continuellement de sales Juifs… et moi, en plus… de Chinetoque.

Elle s'interrompit, secouée par une quinte de toux. Le bruit évoquait celui d'une étoffe qu'on déchire. Je n'avais jamais rien entendu de semblable.

— Madame Campbell, je dois vous poser une autre question. Ces hommes… vos ravisseurs… vous ont-ils agressée autrement qu'en vous frappant ?

— Non.

Ses yeux s'emplirent de larmes, néanmoins elle me regarda bien en face.

— J'ai cru qu'ils allaient me violer… mais ils ont dit… que je ne valais pas la peine… qu'on me touche…

Les mots s'étranglèrent dans sa gorge sous l'effet d'une contraction fulgurante.

— Surveillez-la, Trish, commandai-je tout en me lavant les mains à l'eau presque brûlante.

— L'expulsion est entamée.

Lia poussa une plainte gutturale, les traits contractés par l'effort.

— Docteur, je sens un nœud… Aïe, nous avons une hernie ombilicale.

Haletante, Lia gémissait maintenant de façon continue.

— N'ôtez pas votre main, dis-je en accélérant le processus de lavage. Maintenez solidement en place la tête du fœtus.

— Elle ne bougera pas.

La hernie ombilicale du fœtus est un cas rare mais extrêmement dangereux. Si le bébé tire sur le cordon enroulé autour du placenta, il risque de l'arracher brutalement de l'utérus et de provoquer une hémorragie.

Après avoir enfilé une blouse, je me munis d'un masque et de gants stériles puis m'installai sur le tabouret d'examen, entre les étriers de la patiente. Trish s'effaça légèrement pour me céder la place, en prenant soin de ne pas remuer la main. Anne régla l'éclairage et ajusta mes lunettes de protection au-dessus de mon masque.

A peine eus-je introduit ma main à côté de celle de Trish que le sang jaillit. Le réglage des projecteurs se révélait inutile. J'allais être obligée de travailler uniquement au toucher.

3.

Dieu n'est pas une femme

La tête du bébé était glissante sous le cordon enroulé d'une oreille à l'épaule. Je suivis le trajet de la boucle en la déroulant au fur et à mesure. Les cris de Lia s'étranglaient dans sa gorge entre deux contractions. Ma main était encore emprisonnée contre les parois du col de l'utérus lorsque la lumière s'éteignit. La loi de l'emmerdement maximum fonctionnait à plein rendement. Cinq interminables secondes plus tard, l'éclairage revint par à-coups.

Mes doigts glissèrent à plusieurs reprises et je perdis prise. Finalement, quand la contraction commença à s'atténuer, je réussis à dénouer le cordon et le suivis le long du minuscule corps que la mère était en train d'expulser.

Lia hurla. Ensemble, Trish et moi sortîmes le bébé. Une odeur fétide se répandit dans la pièce. L'enfant était mort et ce, depuis un certain temps. L'arrière-faix suivit presque aussitôt, accompagné d'un flot de sang. Comment contrôler cette hémorragie ? me demandai-je, envahie par la panique.

— Transfusion sanguine installée, déclara une voix à côté de moi. Je vais poser une pompe sur le tuyau.

— Installez-en une seconde, grommelai-je.

Le flot de sang commençait à diminuer ; il passa à vue d'œil du rouge vif à une teinte plus sombre. L'hémorragie n'était pas artérielle mais tout de même importante. Beaucoup trop importante…

— Pitocine, dix doses en IV, dix en IM, ordonnai-je. Méthergin, 0,2 mg en IM.

Ces remèdes hémostatiques administrés par intraveineuse et intramusculaire étaient censés réduire l'hémorragie.

— Elle saigne un peu moins, annonça enfin Trish.

Inconsciemment, je relâchai mon souffle. Mon cœur cognait violemment contre mes côtes.

— La Pitocine commence à agir, observa Anne. Je vais voir si je peux encore arrêter le Dr Haynes. Apparemment, nous n'avons plus besoin de pédiatre. Voulez-vous que je décommande aussi le Dr Statler ?

Je vérifiai de nouveau l'état de ma patiente puis retirai ma main avec d'infinies précautions. Le saignement diminuait de façon conséquente.

— Oui, s'il vous plaît, répondis-je avec un soupir de soulagement. Les choses semblent s'arranger pour le moment. Décommandez également Wallace. Je pense que nous avons réussi à maîtriser la situation.

Tout aurait été différent si le bébé avait été vivant et l'hémorragie artérielle. Dans ce cas, il m'aurait fallu du renfort.

— Paramètres ?

— Tension 7/5. Pouls 95, décroissant, mais net et régulier. Respiration ralentie, 27 pour le moment.

Je me penchai vers Lia, cachant mes mains ensanglantées derrière moi pour ne pas l'effrayer.

— Etes-vous éveillée, Lia ?

Elle opina d'un mouvement saccadé du menton. Un sanglot s'échappa de sa gorge.

— Il est mort, n'est-ce pas ?

J'hésitai. Et devant mon silence, elle détourna le visage.

J'ôtai lentement mes gants ensanglantés, honteuse de ma lâcheté. Comment annoncer à une mère que son enfant était mort-né ?

— Paramètres tous les quarts d'heure. Augmentez la dose de physio et mesurez la production d'urine, demandai-je afin de contrôler le fonctionnement des reins. Et ajoutez-lui des couvertures. Je ne veux pas qu'elle ait froid.

— Entendu.

L'hémorragie avait considérablement ralenti. Les jambes de Lia tremblaient sous l'effet de l'épuisement, du traumatisme subi et du refroidissement ; de longs frissons agitaient ses muscles contractés. J'étendis une couverture sur elle, la disposant de sorte que nous puissions continuer à contrôler l'hémorragie. Puis je me débarrassai de ma blouse tachée de sang et de mon masque, et contournai la table d'accouchement improvisée pour m'asseoir sur un tabouret à côté de la jeune femme.

— Lia ?

Elle tourna la tête de l'autre côté. Je pris mon élan. Comme j'avais horreur de ça !

— Lia, vous avez raison. Votre enfant n'a pas survécu. Je suis de tout cœur avec vous.

Elle se mit à pleurer à petits sanglots déchirants. Je lui pris la main et caressai les ecchymoses qui remontaient sur son avant-bras. Sans doute avait-elle tenté de libérer ses poignets des menottes qui l'entravaient.

— Lia, ajoutai-je doucement, c'était un garçon.

Elle demeura sans réaction.

— Maintenant, les infirmières vont vous laver et vous changer. Après, votre mari pourra venir vous voir un moment.

Je me levai avec une certaine maladresse. Je n'étais pas préparée à affronter ce genre de situation. Déjà à la fac, je détestais l'obstétrique. Tandis que les autres étudiants s'extasiaient à la perspective d'assister à un accouchement, je songeais aux propos de miss Dee Dee : « C'est une affaire assez sordide — preuve évidente que le Créateur est de sexe masculin. Aucune divinité féminine n'aurait toléré l'existence d'une douleur aussi abominable. » Il m'arrivait d'être de son avis.

— Je voudrais voir mon bébé.

Avant de répondre, je jetai un regard oblique du côté de Trish qui haussa légèrement les épaules. Son expression semblait dire qu'elle pouvait s'arranger pour rendre le fœtus présentable.

— Il nous faudra des cultures.

En effet, le fœtus était mort depuis assez longtemps pour que les bactéries aient pu commencer à se développer.

— Laissez-nous quelques instants pour le nettoyer, madame Campbell, répondis-je, accédant à sa requête. Nous irons aussi chercher votre mari. Vous devriez être ensemble, à présent.

Puis je me tournai vers Trish et lui glissai à mi-voix :

— Occupez-vous des cultures et faites-moi imprimer les résultats. En faisant la toilette de Mme Campbell, prélevez aussi quelques cultures sur le col de l'utérus — à analyser comme une blessure, pas seulement en gynéco. Prenez également une série de trois cultures d'expectorations. Sa toux ne me plaît pas du tout. Dès que Mel Campbell l'aura vue ainsi que l'enfant, procédez à une radio des poumons. Il me la faut aussitôt que possible.

Elle opina, prenant des notes sur la feuille de température afin de ne rien oublier.

— Dites au labo que si son Rh est négatif, il faudra lui donner immédiatement une dose de Rhogam puis contrôler de nouveau son groupe sanguin demain matin pour évaluer la réaction. Je ne veux pas que l'incident d'aujourd'hui puisse avoir une influence sur d'éventuelles grossesses ultérieures. Nettoyez ses blessures et soignez-les avec une pommade antibactérienne.

— Je suis A+, intervint Lia d'une voix éteinte.

Je ne répondis pas, mais ne modifiai pas mes dernières instructions. Les patients se trompaient parfois sur leur propre groupe sanguin.

Passant derrière moi, Trish entreprit de prélever les cultures et de nettoyer l'enfant pour la présentation — tâche aussi délicate que fastidieuse. Il fallait baigner le bébé puis l'envelopper dans des linges et des couvertures absorbantes afin que les parents puissent le porter. Le processus de deuil pourrait alors commencer.

Au fond de la salle, la porte s'ouvrit et un policier passa la tête à l'intérieur.

— Dehors ! lui criai-je.

Penaud, il referma la porte précipitamment. Anne apparut à son tour et se faufila à l'intérieur.

— Désolée pour cet incident, murmura-t-elle.

Avant que la porte du couloir ne se referme, j'aperçus des hommes en uniforme rassemblés près de l'accueil. Des voix disséminées remontaient dans le couloir. Manifestement, Zack avait fait entrer des patients dans d'autres salles.

Se mettant aussitôt au travail, Anne nettoya la jeune femme avec une dilution de Bétadine et se mit à éponger le sang tandis que Trish contrôlait encore les paramètres. La tension de la patiente remontait et son pouls s'était stabilisé à 82. Voyant que le cardioscope — moniteur surveillant à la fois le pouls, le taux d'oxygène et la tension artérielle — était installé, j'y jetai un coup d'œil : le rythme sinusal était régulier, tout paraissait normal. Je pouvais envisager de transférer Lia en chirurgie plutôt que de la garder en soins intensifs.

Je passai mentalement en revue tout ce que nous venions de faire pour elle et, jetant ma dernière paire de gants à la poubelle, déclarai :

— Appelez-moi si vous avez besoin de moi.

Puis je me penchai vers Lia.

— Les infirmières ne vont pas tarder à aller chercher votre mari. Vous pourrez voir le bébé avec lui. Aviez-vous déjà choisi un prénom ?

— Melvin George Campbell III, murmura-t-elle.

Je lui caressai les cheveux.

— C'est un joli nom. Celui de son père ?

Elle hocha la tête, et quelques larmes roulèrent jusqu'à ses tempes.

— Vos organes ne semblent pas endommagés, ajoutai-je. Bien sûr, nous demanderons au Dr Geiger de procéder à un examen dès son retour, mais à mon avis, vous êtes en bonne santé. Je ne sais pas si cela sert à grand-chose pour le moment, mais sachez que vous pourrez avoir d'autres enfants. Vous serez en mesure de réessayer dans quelques mois.

— Merci, docteur.

Ses beaux yeux sombres, luisant de larmes, reflétaient un désespoir indescriptible. C'était un spectacle déchirant.

— Je pense que votre mari et vous auriez besoin d'un soutien psychologique. Vous venez de traverser une terrible épreuve. Réfléchissez-y, voulez-vous ?

— Nous avons depuis peu un excellent prédicateur à l'église baptiste — bien supérieur au précédent. C'est une grande âme, un véritable homme de Dieu. Il pourra nous venir en aide.

— Très bien.

Après un dernier sourire à ma patiente, je quittai la pièce et marquai une pause dans le couloir, le temps de respirer un peu. Seigneur, quelle nuit ! Contournant un seau à demi rempli d'eau à cause d'une fuite, je gagnai l'accueil. Le policier noir qui avait passé la tête à la porte un moment auparavant se tourna vivement vers moi.

— Excusez-moi, docteur. Je ne voulais pas…

— Ce n'est pas grave, Steve.

Je m'appliquais à connaître chaque policier par son nom ; on ne sait jamais quand on peut avoir besoin d'eux. C'est sans doute égoïste, mais j'ai souvent affaire à des patients indisciplinés — alcooliques, toxicomanes ou malades mentaux — qui peuvent, à l'occasion, se montrer violents.

— Vous pourrez l'interroger dans quelques instants.

— Nous avons aussi alerté la police d'Etat. Pas mal de gars de la brigade criminelle vont s'intéresser à son témoignage.

— Tâchez de ne pas la fatiguer. Si une infirmière vous demande de partir, n'insistez pas ou je me chargerai moi-même de vous flanquer dehors. Dites-le à vos collègues… D'ailleurs, pourquoi faire venir les flics de la crim' ?

— Vous ne lisez pas les journaux ?

— Ces derniers temps, pas tellement, admis-je.

Bien sûr, je recevais la gazette locale, mais le *Dawkins Herald* ne fournissait guère que les informations concernant les communes rurales du comté — fluctuations des prix du fourrage, faillites des fermiers du coin, nouvelles lois votées par les représentants de l'Etat ou du Congrès susceptibles de produire un effet sur l'agriculture ou les industries régionales, etc. La table de ma cuisine était encombrée de quotidiens encore pliés dans leur bandeau d'expédition.

Steve se pencha vers moi.

— Plusieurs crimes à caractère raciste ont été commis à Charlotte au cours de ces dernières semaines. Un groupe néonazi aurait agressé plusieurs couples multiraciaux comme les Campbell : brutalités, séquestrations, viols…

Sa voix était vibrante de colère. Les pieds légèrement écartés, il se tenait très droit, une main sur la ceinture, à proximité de son arme — une attitude que je connaissais bien pour l'avoir souvent rencontrée au cours de mes stages dans différents hôpitaux du pays, toujours au service des urgences. J'observai ses yeux enfoncés dans leurs orbites, sa physionomie d'homme prêt au combat.

— Ils balancent ensuite leurs victimes dans une église antiségrégationniste de Charlotte, nues, ligotées, le corps marqué d'inscriptions indélébiles telles que « Mort aux Youpins », « Mort aux couples blancs-nègres » ou autres douceurs du même genre. Ça commence à s'apparenter à des crimes en série.

— Pas d'étoile à six branches, du type étoile de David ?

— Quelques-unes ici ou là, en effet. Le shérif enquête là-dessus. Pourquoi ?

— Les patients que je viens de soigner ont été tatoués par leurs ravisseurs.

Une lueur brilla dans les yeux du policier.

— Je vais le signaler au shérif.

Je le gratifiai d'une tape amicale sur l'épaule, me préparant à aller voir Mel Campbell. La perspective de lui apprendre la mort du bébé me faisait horreur mais mieux valait me débarrasser tout de suite de cette corvée.

— Les gars du FBI sont à Charlotte depuis deux ou trois jours, poursuivit Steve. Ils pourraient avoir quelques questions à poser ici, surtout après ce lynchage…

Ma main se figea sur son épaule.

— Un lynchage ?

Il hocha la tête.

— Ouais. Mon père en a vu un à Detroit, en 63. C'était exactement le même schéma : un Noir pendu sous le pont de la rivière Prosperity.

Un pli amer apparut au coin de sa bouche.

— Leon Hawkins, qu'il s'appelait. Un gars d'ici. Belle situation dans l'armée. Il était soldat de la Garde nationale et faisait partie du même commando que ce nouveau médecin, un certain… Ah, son nom m'échappe…

Comme personne ne semblait voir de qui il parlait, il précisa :

— Un père de famille — trois enfants — diacre à l'église de son quartier. Vous le connaissez ?

Tout en secouant la tête, je m'écartai pour aller consulter la pile de feuilles d'inscriptions à la recherche de celle de Regina. Voilà, je l'avais. Regina Hawkins.

« C'est moi qui l'ai trouvé… Il se balançait au bout de cette corde. »

Son mari ne s'était pas suicidé. Il avait été assassiné. Pendu. Horrifiée, je tressaillis comme si j'avais reçu un coup de poing dans le ventre.

— Seulement cette fois, on a attrapé le salaud qui a fait ça. De nos jours, ce n'est pas aussi facile de s'en sortir, pour un Blanc qui commet un crime raciste. Les frères sont nombreux, dans la police.

— Tant mieux, murmurai-je, m'efforçant de chasser le froid qui me glaçait le sang. Sa veuve était dans mon service. C'est elle qui l'a trouvé. Personne ne devrait être confronté à ce genre d'épreuve.

— Ouais, on a mis la main dessus, intervint un autre policier, Malcolm Haskins. Richard Ellis est sous les verrous à la prison du comté. Un officier de marine renégat, récemment inscrit dans un mouvement nationaliste qui fait des émules dans le sud-ouest de l'Etat. Ellis n'était pas au violon depuis dix minutes qu'un de ses comparses aryens tabassait un gamin de couleur. On a dû l'isoler pour éviter une émeute.

Il portait des bottes noires de combat maculées de boue. Les gros muscles qui saillaient sous les manches et dans l'échancrure de sa chemise ouverte ressemblaient aux biceps et aux pectoraux qu'arborent les colosses des publicités pour salles de musculation. Ses yeux noirs lançaient des éclairs.

— Un mouvement nationaliste ? répétai-je.

— Il s'agit en fait d'une association de divers groupuscules extrémistes partisans du pouvoir blanc.

— Je croyais que le Ku Klux Klan avait été éradiqué depuis pas mal de temps dans la région.

— C'est vrai, mais si le nom de la fleur a changé, elle n'en pue pas moins à plein nez le crime raciste, déclara Malcolm. J'ai entendu dire que ces gens-là s'entraînent dans des camps qu'ils ont aménagés sur des terrains clôturés achetés à bas prix dans l'ouest du comté. Ils apprennent à tuer des Noirs non armés, sous prétexte d'autodéfense. On suppose qu'Ellis appartient au groupe de Charlotte, mais le FBI n'a pas encore de preuve formelle.

— Ces prétendus Aryens, il faudrait les disperser parmi nous, proposa Steve, provocateur. Je ne crois pas qu'ils tiendraient longtemps. Ça ferait faire des économies aux contribuables.

— Le FBI et un inspecteur du NIS, le service de renseignements de la marine, ont passé deux jours à essayer de déterminer l'appartenance d'Ellis et de ses comparses au groupe de Charlotte sans le moindre succès, expliqua Malcolm. On aurait pu leur épargner ces efforts en leur expliquant que tous ces mouvements extrémistes sont étroitement liés ; ils se scindent continuellement, comme du bois pourri. Heureusement, l'agent du NIS va nous débarrasser de cet enfoiré. J'espère bien qu'ils le pendront par les couilles — excusez l'expression, docteur. Ces gars-là, c'est tous des néo-nazis.

— D'accord, mais n'oubliez pas que les Blancs ne sont pas tous nazis.

Malcolm m'adressa un sourire gouailleur.

— Vous avez raison, Rhea. Vous êtes déjà sortie avec un Noir ?

— Non. Aucun Noir ne s'est jamais intéressé à moi. Je n'ai pas assez de rondeurs, répliquai-je du tac au tac.

— Venez donc déjeuner chez nous un dimanche. Ma mère se chargera de vous faire grossir, et mon Arlana vous trouvera un beau gars pour réchauffer votre lit.

— *Votre* Arlana vous écorcherait vif si elle vous entendait parler d'elle en ces termes. Et dites à votre mère que j'accepte de bon cœur cette invitation. Un simple coup de fil et j'accours.

— Dis donc, Malcolm, t'as pas intérêt à chercher un bonhomme pour le docteur si tu veux éviter de te faire botter les fesses par Stafford, fit remarquer Steve. D'ailleurs, inutile d'aller chercher bien loin un beau gars de couleur : moi, je me porte volontaire. J'adore les grandes maigres aux tifs ratiboisés.

Je soupirai, esquissant malgré moi un sourire amusé.

— Merci infiniment pour ce commentaire flatteur.

Ils éclatèrent de rire. Avec mon mètre soixante-seize, ma silhouette longiligne et mes cheveux bruns coupés très court, je méritais cette description lapidaire. En fait, mes jambes interminables de sportive sont probablement ce que j'ai de mieux.

Je pénétrai dans la chambre de Mel Campbell. Cette fois, j'avais un dossier à ma disposition ; je n'avançais plus à tâtons. Melvin George Campbell avait de la fièvre, et sa température était montée à 38,8°. A demi cachée par le rideau de séparation, je me mis à réfléchir à son cas tout en l'écoutant répondre aux questions du shérif, Chris Gaskins. Mel et Lia étaient restés immergés près de douze heures dans le ruisseau. L'hypothermie avait pu contribuer au développement d'une infection quelconque contractée dans l'eau fangeuse. Baissant les yeux sur le dossier, je notai que mes deux patients devraient recevoir un traitement antibiotique préventif.

— Impossible de vous les décrire, shérif. Ils étaient masqués. Mais je peux vous assurer que c'étaient toujours les mêmes quatre hommes — tous de race blanche et imberbes. J'ai aperçu une cicatrice oblique sur la bouche de l'un d'entre eux.

Du bout de l'index, Mel traça une ligne allant du côté droit de la bouche jusqu'au milieu du nez. Je me demandai un instant comment il avait pu voir la cicatrice si ses ravisseurs portaient des masques, mais j'avais manqué une bonne partie du récit.

— Et on a entendu des prénoms. On passait nos nuits, Lia et moi, à essayer d'enregistrer le maximum d'informations sur leur compte. Je regrette de ne pas pouvoir vous fournir plus de détails.

— Félicitez-vous de n'avoir jamais vu leurs visages à découvert, fiston, déclara Gaskins. Le fait qu'ils soient restés masqués indique qu'ils n'étaient pas décidés à vous tuer. Nous enverrons des hommes remonter le ruisseau à partir de l'endroit où vous avez été découverts, même si je peux déjà vous dire qu'une dizaine d'endroits ressemblent à celui dont vous parlez. En y ajoutant tous les petits affluents du Prosperity, on va avoir du mal à nous y retrouver — à moins que vous ne puissiez nous fournir d'autres précisions.

A ces mots, je vins m'asseoir sur un tabouret dans le champ de vision du shérif. Il me salua d'un signe de tête.

— J'aurai d'autres questions à vous poser plus tard, notamment à propos des tatouages, ajouta-t-il à l'intention de Mel. Mais auparavant, le Dr Lynch souhaite vous examiner.

— Ne les bousculez pas trop pour le moment, shérif, le priai-je. Bornez-vous à l'essentiel. M. et Mme Campbell ont besoin de soins et de repos intensifs.

Mel avait reporté sur moi son regard farouche. Je lui adressai un sourire rassurant.

— Votre femme va mieux.

Visiblement soulagé, il ferma brièvement les yeux comme pour se couper du monde.

— Et le petit ? demanda-t-il ensuite, une lueur d'espoir au fond des yeux.

Je secouai tristement la tête.

— Il n'a pas survécu, je suis désolée. Mais Lia va bien. Elle est un peu ébranlée physiquement, comme vous, mais elle va se remettre. Je sais qu'en l'occurrence, c'est une piètre consolation, mais sachez tout de même que vous pourrez avoir des enfants plus tard.

— Merci, murmura-t-il.

Sa gratitude me déconcerta. D'autant que je n'avais pas pu faire grand-chose. Ils s'étaient tirés sans aide d'un mauvais pas après avoir vécu une abominable expérience dont je ne connaissais que les grandes lignes. D'un geste gauche, je lui serrai doucement la main.

— Je vous ai prescrit à tous les deux un soutien psychologique. Vous avez enduré une terrible épreuve, ces derniers jours.

Je me tournai vers le shérif.

— M. et Mme Campbell doivent être hospitalisés. Pourriez-vous vous arranger pour assurer leur protection, au cas où leurs ravisseurs découvriraient où ils se trouvent ?

Gaskins hocha la tête tout en se massant le menton.

— Malcolm s'en chargera, mais il se peut que nous ayons déjà mis les coupables sous les verrous.

— Richard Ellis ?

— Lui et une bonne partie de ses comparses. C'est peut-être la raison pour laquelle on a finalement laissé les Campbell sans surveillance. Cela dit, mieux vaut ne prendre aucun risque. Je les place sous protection.

— Parfait. Je vais les installer ensemble dans une chambre à deux lits. Ça vous évitera de mobiliser deux policiers. Et accordez-moi une faveur, shérif : dites à vos hommes d'obéir aux infirmières. Si je recommande à mes patients un repos total, il ne faudra pas passer outre et les interroger quand même. Tous les deux sont dans un état d'épuisement extrême. Vous pourrez reprendre votre interrogatoire demain.

Il me gratifia de son immense sourire d'homme politique et adressa un clin d'œil à Mel.

— Ne jamais contrarier un toubib. Il vous dit de sauter et je réponds : « A quelle hauteur, doc' ? »

— Vous avez raison, renchéris-je. Vous pourriez très bien avoir affaire à moi, un jour, pour vous débarrasser d'une balle dans la fesse. Et vous me supplieriez de vous prescrire un maximum de calmants contre la douleur…

4.

J'ai du coffre. Vous m'entendrez.

En sortant de la chambre de Mel, j'aperçus Douglas Byars, un médecin d'ordinaire affecté aux patients sans spécialiste attitré. Les cheveux plaqués sur le crâne et les vêtements trempés, il avait visiblement oublié son parapluie. J'étais moi-même encore mouillée depuis mon passage sous l'auvent réservé aux ambulances. Me faisant signe d'approcher, il interrompit sa conversation avec les policiers. Steve et Malcolm s'écartèrent pour se parler en aparté, tandis que lui prenait le dossier d'un patient. Celui de Lia Campbell.

— Jolie tempête, lâcha-t-il sans préambule. Je me suis garé à côté de votre BMW, histoire que mon 4x4 ne soit pas emporté par les eaux. Il pèse pourtant son poids.

— J'ai envisagé d'attacher ma voiture au grand chêne, mais je n'avais pas assez de corde. Quel bon vent vous amène, au fait ?

Tout en laissant échapper un petit rire, Douglas fit tomber d'un revers de main le filet d'eau qui ruisselait sur son front. Une petite flaque se forma à ses pieds.

— Le cours d'eau qui longe le fond du jardin est en crue ; je n'ai plus le téléphone, et Emily est partie chez sa mère à Tallahassee avec les enfants. Du coup, j'ai décidé de venir passer la nuit ici, au cas où on aurait besoin de moi. Je suis assuré contre les dégâts des eaux, et si ma maison est emportée, au moins serai-je à l'abri du danger. A qui dois-je demander une chambre ?

— Trish va vous arranger ça. Pour l'instant, elle s'occupe de votre patiente, lui appris-je en pointant le menton vers son dossier.

— On m'a dit que cette…

Il parut hésiter un instant sur le choix du terme approprié.

— Que cette situation pourrait avoir des motivations à caractère raciste. Les flics ont-ils fini de les interroger ?

— Non. Mme Campbell est dans un état lamentable.

— Séquestration et torture ? avança-t-il, incrédule. Pourquoi ? Et quelles preuves avons-nous ?

— Les chevilles et les poignets portent de profondes marques laissées par les garrots. Les bras et les mains sont couverts d'ecchymoses. Il y a de multiples contusions et des entailles visiblement infligées par leurs agresseurs. Ils affirment qu'ils ont été battus et séquestrés pendant quatre jours. Selon moi, ça correspond à la date de la mort du bébé, mais j'ai demandé une autopsie pour m'en assurer. En outre, votre patiente a une très vilaine toux — peut-être à cause de son immersion prolongée. Quant aux raisons, eh bien, il s'agit apparemment d'un couple multiracial. La jeune femme est d'origine asiatique.

Toujours sceptique, Douglas secoua la tête.

— Ils ne semblent pas avoir inventé cette histoire, Douglas, insistai-je. Et à mon avis, ils disent la vérité — malheureusement.

Il soupira.

— Il ne s'est jamais rien produit de semblable dans la région pendant toute ma jeunesse. La ségrégation a même été supprimée en douceur, par ici. Je n'y comprends vraiment rien.

— C'est parce que vous êtes blanc, docteur. Nous, on voit ça tout le temps, répliqua Steve en venant s'appuyer au comptoir de l'accueil. Et la pendaison du pont Cutter est de la même veine.

— Je croyais que la police avait conclu à un incident isolé, pas à un crime raciste, fit remarquer Douglas en calant le dossier de Lia sous son bras.

— C'est bien ce que je disais. Vous êtes blanc. Vous ne voyez pas les choses comme nous autres, Noirs.

Intervenant avant que la discussion ne dégénère, je proposai à mon collègue de jeter un coup d'œil avec lui sur les dossiers des Campbell et de m'occuper ensuite de mes autres patients. Nous passâmes rapidement en revue les événements survenus depuis une heure. Je proposai d'administrer un antibiotique à Lia avant de remettre le couple aux bons soins de mon confrère. Puis, prenant les dossiers en attente, je me mis aussitôt au travail.

Je commençai par un enfant qui se plaignait de maux de gorge et un ivrogne qu'un automobiliste avait ramassé sur le bord de la route. Je renvoyai le bambin avec du Tylénol et du Robitussin, deux médicaments que l'on pouvait se procurer sans ordonnance. La mère aurait pu s'épargner un aller-retour aux urgences. Quant à l'ivrogne, je le remis aux mains des policiers. Son taux d'alcoolémie était deux fois et demie supérieur à la limite autorisée — ce qui était largement suffisant pour se faire arrêter mais insuffisant pour être placé sous surveillance à l'hôpital. Je ne ressentais aucune compassion envers les alcooliques ; les beuveries de ma mère m'en avaient écœurée à vie.

Absorbée par mon travail, je sentis ma nausée se dissiper peu à peu. Le fait de pouvoir apporter une aide efficace aux malades compensait un peu l'impression d'inutilité qui m'accablait depuis la mise au monde de l'enfant mort-né.

Shareeka Warden, ma troisième patiente, m'attendait en salle de soins. C'était une enfant métisse de trois ans avec une peau d'une jolie teinte caramel, d'immenses yeux verts et de beaux cheveux blonds tout bouclés. Elle présentait des symptômes de bronchite. Sa mère, de race blanche, ne semblait pas avoir plus de seize ans ; elle tenait la petite sur ses genoux et lui donnait de petites tapes dans le dos tout en maintenant un masque à oxygène sur son visage pour l'aider à respirer.

La fillette avait attendu plus d'une heure, le temps que je finisse de m'occuper de cas plus urgents, mais Zack avait prescrit une radio et une numération globulaire complète afin d'éliminer le diagnostic d'infection bactérienne avant de la placer sous le masque à oxygène. Le saturomètre fixé à l'index de l'enfant indiquait que le rythme du pouls et le taux d'oxygène étaient normaux. Je signai les prescriptions comme si j'en avais été l'auteur. Ce n'était pas la procédure habituelle, mais il n'y avait vraiment rien de normal, ce soir.

En consultant le dossier, je constatai que les résultats de la NFS ne présentaient aucune anomalie. J'auscultai la petite, puis examinai les clichés de la radio. Aucun signe de pneumonie. La mère m'apprit que sa fille et elle étaient jusqu'à maintenant domiciliées au foyer d'accueil pour femmes du comté voisin mais qu'elles avaient été obligées d'en partir.

— Tout le monde était très sympa avec nous au foyer, mais ils ne peuvent garder personne plus de quinze jours. Il aurait fallu que je trouve du travail et un logement…

Elle caressait machinalement le dos nu de sa fille tout en parlant.

— Ma mère m'avait dit que je pourrais habiter chez elle, mais elle a changé d'avis. On n'était pas trop mal dans la rue jusqu'à la tempête, assura-t-elle. Seulement Shareeka est tombée malade. Dommage, il faisait plutôt bon dehors, et la nuit dernière, j'ai trouvé un entrepôt pour dormir, avec un ruisseau au fond de la cour où j'ai pu prendre de l'eau pour nous laver. Il y avait des gens sympa, là-bas, avec nous.

J'eus l'impression que tout individu qui ne rejetait pas d'emblée cette jeune mère célibataire était qualifié de « sympa ».

— Je ne suis pas en mesure de vous trouver un endroit où dormir ce soir, avouai-je en regardant ses doigts menus jouer dans les boucles de sa fille. Mais je peux m'arranger pour vous garder aux urgences jusqu'à ce que la tempête soit calmée et que les services sociaux arrivent. Vous resterez peut-être dans la salle d'attente, mais au moins serez-vous à l'abri, bien au sec. Et vous pourrez vous allonger sur les sièges pour dormir.

Hors de question de les renvoyer dehors par un temps pareil. Manifestement soulagée, Mlle Warden me remercia. J'étais sur le point de lui demander son âge quand je me ravisai. Ça, c'était du ressort de la DDASS.

Le diagnostic, apparemment limpide, exigeait un traitement antibiotique assorti de soins respiratoires. Mais alors que je rédigeais une prescription sur son dossier, Shareeka se mit à respirer de plus en plus mal et ses lèvres prirent une teinte bleuâtre. Le saturomètre indiquait une chute brutale du taux d'oxygène.

— Docteur ? murmura Mlle Warden, inquiète.

Je l'écartai précipitamment et posai l'embout de mon stéthoscope sur le thorax de l'enfant. Ses bronches émettaient une sorte de râle continu ainsi qu'un léger bruit humide, comme si les poumons s'emplissaient de liquide. Comment cela se faisait-il ? Quelques instants plus tôt, l'air semblait y circuler librement. A présent, la fillette suffoquait, la respiration sifflante ; son diaphragme se contractait sous l'effort. Un changement spectaculaire… Je n'avais jamais vu une affection pulmonaire se déclarer aussi brutalement.

Je rouvris l'arrivée d'oxygène, pris le masque des mains tremblantes de Mlle Warden et le replaçai sur le visage de sa fille. Shareeka se mit à respirer plus facilement à mesure que le supplément d'oxygène remplissait son office.

— Maintenez fermement le masque, ordonnai-je à la maman. Voilà, c'est parfait.

Ouvrant la porte du couloir, j'appelai Zack à tue-tête.

— Vite ! Il me faut une autre radio des poumons et les gaz du sang. Et envoyez-moi le kiné : je veux qu'on procède immédiatement à de la kiné respiratoire.

Revenant vers le lit roulant, je regardai Shareeka respirer. Elle avait l'air mal en point, mais je devais attendre les nouveaux clichés pour me faire une opinion. Nous n'avions pas de service de soins pédiatriques d'urgence à Dawkins, et il était impossible d'expédier quelqu'un ailleurs par avion cette nuit. Décidément, les situations impossibles s'accumulaient.

Brusquement, l'éclairage s'éteignit de nouveau, clignota un moment, puis revint. Dans la pénombre, j'entendais ma petite patiente haleter avec difficulté. Ses voies respiratoires semblaient terriblement obstruées.

Au bout de dix minutes sous oxygène et de kiné respiratoire, l'état de Shareeka parut se stabiliser. Je la laissai aux soins du kiné et de Dora Lynn, la responsable de la radio.

— Faites-moi cette radio dès que vous cesserez la kiné respiratoire et appelez-moi si son état évolue.

— Ne vous inquiétez pas, je crierai, affirma Dora Lynn. J'ai du coffre. Vous m'entendrez. Viens, ma poupée, on va regarder ce qui se passe là-dedans, d'accord ? Allez, maman va nous aider à pousser ton lit dans le couloir et à te calmer.

J'aimais bien Dora Lynn ; elle était rapide, compétente, et elle savait s'y prendre avec les enfants. Tandis qu'elles s'éloignaient toutes les trois dans le couloir, j'entendis la respiration sifflante de Shareeka. Puis sa toux — une vilaine quinte de toux qui évoquait le bruit d'un linge humide qu'on déchire. Je la suivis des yeux un instant, perplexe.

Mon dernier patient était un dénommé Agneau Shackleford Sexton, pasteur de son état, qu'on appelait tout bonnement le père Agneau. Il s'était coupé la main avec une tronçonneuse en dégageant un arbre tombé sur un toit de son nouveau complexe résidentiel baptisé « L'Agneau de Dieu », en bordure de la départementale 77.

J'épongeai sa main gauche avec des serviettes stériles avant de l'examiner.

— Il faudra lui faire quelques points de suture. Ethilon, et nettoyez encore un peu la plaie, voulez-vous ? demandai-je à Zack avant de m'adresser au pasteur : personne ne vous a jamais dit de ne pas sortir sous la tempête, mon père ?

Son entaille aux bords déchiquetés lui traversait la paume, mais aucun nerf ou tendon ne semblait endommagé.

— Le Seigneur veille sur les siens, docteur Lynch. Je ne crains pas le vent quand le Seigneur est avec moi, car le Seigneur enverra ses anges pour me porter et me guider en cas de péril.

— Ben voyons, dis-je en retournant sa main une dernière fois. Pliez-la. Et dites-moi, jugerait-Il superflu d'envoyer les gens s'abriter quand il pleut des cordes et que le vent souffle à plus de 100 km/h ? Attention, mon père : « Qui veut faire l'ange fait la bête », et de l'inconscience à la folie, il n'y a qu'un pas…

Je levai les yeux sur lui pour la première fois. Il ne ressemblait pas à un prêtre avec son jean, son épaisse chemise à carreaux aux manches roulées jusqu'aux coudes et ses bottes boueuses. Sa chemise à moitié ouverte dévoilait un torse garni d'une toison rousse et frisée où brillait une croix pendue à une chaîne en or. Hormis la lueur fanatique dans ses prunelles, il ressemblait plutôt à un bûcheron sur le retour.

— Eh oui, docteur, je suis un fou de Dieu. N'avez-vous jamais vu mon émission télévisée, *Agnus Dei* ?

L'émission en question me rappelait les bigoteries qu'écoutait ma mère tout en picolant jusqu'à sombrer dans le coma éthylique. Je gratifiai le père Agneau d'un sourire crispé, l'assurai que j'allais revenir dans un instant et l'abandonnai entre les mains de Zack.

Au bout du couloir, j'aperçus le shérif Gaskins et une dizaine de policiers en uniforme. Ils buvaient du café, rassemblés autour du comptoir de l'accueil. Je gagnai la salle de repos afin d'avaler, moi aussi, ma dose de caféine. Tout en grimaçant au goût de goudron, je me demandai lequel de ces flics avait vidé ma Thermos de cappuccino.

— Vous avez une minute, docteur ?

J'allai m'asseoir et invitai Gaskins à faire de même. Le shérif était l'élu local le plus haut placé dans la hiérarchie policière. Véritable animal politique, il savait embrasser les bébés et serrer les mains de ses administrés. Un vrai petit gars du pays — plutôt sur le retour, lui aussi. Cela dit, je m'étais toujours étonnée qu'il ait pu se faire élire avec ces touffes de poils qui lui sortaient du nez. Noirs et broussailleux, ils attiraient l'œil comme un carambolage sur l'autoroute. Je devais toujours m'obliger à le regarder dans les yeux.

Après avoir refermé la porte derrière lui, Gaskins se cala dans un fauteuil avec un soupir. Je continuai à boire mon café, surprise qu'il veuille me parler en privé.

— Ce couple qui prétend avoir été enlevé… Est-ce que vous les croyez ? Enfin, ajoutez-vous foi à toute cette histoire ?

Il joignit les mains sur son ventre, l'air à la fois détendu et soucieux. Peut-être suis-je un peu trop cynique, mais cette attitude me parut parfaitement étudiée. Une véritable chorégraphie de campagne électorale.

— Oui. Pourquoi ?

Gaskins soupira de nouveau. Avec le sentiment que ce soupir participait d'une stratégie politique, je décidai de ne pas mordre à l'hameçon et attendis la suite en sirotant tranquillement mon café.

— Ma foi, leurs récits ne s'accordent pas, m'expliqua-t-il enfin. Pas tout à fait.

— Comment ça ?

— Ce qu'il raconte, ce qu'elle raconte… Vous comprenez ?

Comme je ne répondais pas, il poursuivit :

— Il assure que leurs ravisseurs étaient quatre, tous masqués ; elle dit qu'ils étaient trois la plupart du temps, parfois quatre, et que l'un d'entre eux a ôté son masque. Selon lui, les gars s'appelaient Bill, Jessie, Stew et Ace ; elle se souvient que deux d'entre eux avaient des prénoms différents et que c'est un cinquième individu qui les a tatoués. Il affirme qu'ils n'ont jamais pu les voir de près ; elle décrit des hommes affublés de perruques blondes. Et comment a-t-elle pu voir ça, s'ils portaient des masques ? Il dit qu'ils n'ont jamais quitté la cabane pendant leur séquestration, mais d'après elle, les hommes les ont fait sortir, le deuxième soir, pour nettoyer les seaux où ils s'étaient… hm… soulagés. Le seul point sur lequel ils s'accordent est le fait qu'il n'y avait qu'une seule pièce, avec un plancher sale, et que ça sentait parfois très mauvais, selon la direction du vent.

— Ils ont subi une rude épreuve, shérif.

— Très, très mauvais, répéta-t-il.

Il releva la tête d'un coup, dardant vers moi ses narines poilues. J'ignorais s'il parlait de l'odeur de la cabane ou de ces témoignages divergents.

— D'accord, ils ont dû en baver, admit-il enfin. Et pourtant, ce n'est pas vraiment sûr. J'ai eu assez d'ennuis dans le comté sans que des gamins aillent broder à partir des événements survenus en prison et à Charlotte.

Je haussai un sourcil étonné.

— Des marques de garrots, des traces de torture méthodique, des blessures manifestement dues à des gestes de défense, énumérai-je avec impatience. La femme a perdu son enfant. Les étoiles à six branches tatouées sur leurs corps attestent la motivation raciste des sévices infligés — des sévices évidents, incontestables. Ils ont été ligotés, menottés durant plusieurs jours et battus à coups de pied et de poing. Leur température était anormalement faible, ce qui corrobore le récit de leur évasion, avec un séjour prolongé dans le cours d'eau. Ils n'ont pas pu se faire ça eux-mêmes. Ils ont été systématiquement frappés et torturés. Existe-t-il un autre nom pour ça ?

— Allons, ne vous laissez pas emporter, docteur.

— Je ne m'emporte pas, shérif. Et je ne vois pas ce que leur âge a à voir dans l'histoire.

Brusquement, je compris quel était le vrai problème aux yeux de Gaskins. J'aurais dû rester courtoise, mais j'étais fatiguée et, de ce fait, je chargeai à la hussarde. Il serait toujours temps de lui présenter mes excuses.

— Mieux vaut ne pas prendre les choses à la légère, shérif, ajoutai-je sèchement. S'il s'avère que cette histoire est bel et bien liée aux événements survenus à Charlotte, prenez-la en main. Vous serez toujours le shérif quand les gars du FBI partiront.

Maman devait se retourner dans sa tombe et miss Dee Dee en aurait eu un haut-le-cœur. Je les entendais d'ici : « Une dame n'adresse *jamais* de critiques à un représentant de la loi. » Eh bien, je ne me sentais pas l'âme d'une dame mais d'un médecin qui avait examiné des patients victimes de violences racistes.

— S'il s'agit bien d'un crime raciste et que vous ne faites rien, c'est à vous que la presse s'en prendra. Je vois d'ici les gros titres : « Le shérif du comté de Dawkins soupçonné de racisme »… J'en passe, et des meilleures.

Les journaux à scandales, à la devanture de l'épicerie locale, formuleraient sans doute la chose autrement. Du style, « Violence raciste dans le Sud profond — Le shérif laisse faire ». Mais je gardai cela pour moi.

Subitement congestionné, Gaskins pinça les lèvres et me considéra un instant sous ses sourcils broussailleux.

— On a vu quelques tatouages en forme d'étoile apparaître ici et là en prison, depuis quelques mois. Deux ou trois passages à tabac dans les rues de DorCity…

Il semblait s'interroger tout haut sur la conduite à suivre.

— Mouais, grommela-t-il finalement d'un air sombre.

— Exactement, conclus-je.

5.

L'agneau divin

Je terminai mon café avec un petit pain au lait que j'avais apporté deux semaines auparavant. Il était un peu desséché mais une généreuse cuillerée de fromage blanc à la fraise le rendit acceptable. Ignorant qui avait laissé le fromage blanc dans le frigo, je plaçai deux pièces sur le couvercle pour rembourser mon emprunt. Ma tasse de nouveau remplie, je longeai le couloir en direction du service de radiologie. Mes clichés devaient être prêts.

Debout dans l'obscurité du bureau, Douglas Byars se tenait le menton, le bras passé autour de sa taille maigre.

— Vous avez vu ça ? dit-il en désignant les clichés.

— Pas encore. Qu'est-ce que c'est ?

— Lia Campbell. Regardez ses poumons.

Je m'approchai du négatoscope et examinai attentivement la radio du thorax. En plus d'opacités sombres et claires, j'y découvris de longues ombres filamenteuses sans aucun rapport avec le tissu pulmonaire normal. Les deux poumons étaient remplis de liquide et présentaient des signes évidents d'infection — une masse semblable à de la crème épaisse, qui conduirait à une issue fatale si l'évolution n'était pas enrayée dans les vingt-quatre heures.

— Tuberculose ? demandai-je, une once d'inquiétude dans la voix.

Je m'étais longuement penchée sur la jeune femme, respirant son souffle probablement contagieux.

— J'ai demandé une série d'hémocultures et une coloration de Gram, mais je suppose qu'il faudra attendre demain matin pour les avoir, marmonna Douglas, les traits cachés dans la pénombre. Les intempéries ont perturbé le labo, et le gars qui travaille de nuit n'a pas pu venir. Je ne sais pas à quoi nous avons affaire, mais il me faut cette analyse bactérienne dès que le prélèvement sera opéré.

S'il voulait obtenir ce bilan, c'était parce que les clichés pouvaient s'expliquer par un état tuberculeux en stade terminal, jamais soigné. Un test des bacilles acido-résistants isolerait l'affection.

— On dirait un virus en provenance d'un pays du tiers-monde, murmurai-je.

— Déroutant, hein ? J'ai décidé de laisser les Campbell dans la même chambre pour le moment. De toute façon, ils ne se sont pas quittés depuis le début. Quel que soit le mal dont elle souffre, il en est probablement atteint, lui aussi.

J'acquiesçai de la tête, convenant que les besoins émotionnels des patients l'emportaient sur les précautions médicales d'usage.

— Ils ont besoin l'un de l'autre cette nuit, mais demain matin, je les séparerai. Je placerai peut-être la femme en isolement. En attendant, j'ai modifié son cocktail d'antibiotiques.

Il me tendit la feuille de soins de Lia. Je parcourus la liste des antibiotiques qu'il lui avait prescrits : le principal était du Lévaguin.

— J'ai fait désinfecter son tatouage par les infirmières, poursuivit-il. Il était terriblement purulent. Et j'ai prescrit des cultures des plaies et des protections hygiéniques.

Il marqua une pause.

— Pendant l'accouchement, avez-vous remarqué les furoncles autour de la vulve ?

Je lui jetai un coup d'œil.

— Non, mais il y avait tellement de sang…

J'essayai de me remémorer le moment où Anne avait ajusté l'éclairage dans notre salle d'accouchement de fortune. Dans le bref intervalle où l'hémorragie avait commencé à diminuer, je n'avais rien vu qui ressemblât à des furoncles.

— Douglas, je suis sûre de ne pas en avoir vu.

— Eh bien, maintenant, il y en a. Ils étaient assez petits, au début, mais ils semblent presque grossir à vue d'œil.

Une silhouette apparut sur le pas de la porte. Dora Lynn, qui apportait une pile de clichés.

— Vous devriez jeter un coup d'œil là-dessus, docteur.

Quelque chose dans son intonation m'alerta. Je sentis une sourde inquiétude m'envahir quand elle me présenta les radios de Shareeka Warden.

— Ça vous intéressera peut-être aussi, docteur Byars.

Insérant les clichés dans l'espace libre du négatoscope, j'examinai les radios, et mon inquiétude se mua en épouvante. J'ignorais ce que nous avions là, mais l'aspect des poumons ne me plaisait pas du tout.

— Hmm… Cette radio ressemble tout à fait à celle que nous venons de voir.

Douglas s'interrompit. Un tapage provenant du couloir venait d'éclater, lui coupant la parole.

Le père Agneau avait arrêté Zack au beau milieu du couloir. Debout près du lit roulant de Shareeka, il priait à tue-tête, sa main blessée en l'air, l'autre posée sur la poitrine de l'enfant.

— O, mon Dieu, écoute ton humble serviteur ! Guéris cette enfant, cette innocente victime des suppôts de Satan qui rôdent par le monde… Le sang mêlé de ses parents qui l'ont conçue dans le péché l'a condamnée…

— Hé, l'Agneau ! lança Mlle Warden. Qu'est-ce que vous fabriquez avec ma petite fille ?

Je me précipitai vers le lit, m'interposant au moment précis où elle arrivait.

— Eloignez-vous de ma petite ! cria-t-elle à l'intention du pasteur. Ne la touchez pas !

— Mais je prie simplement pour demander sa guéri…

— Je vous dis de ne pas la toucher ! Vous avez eu l'occasion de l'aider, ma petite. Quand je suis venue vous demander secours, vous m'avez claqué la porte au nez ! Vous et vos prétendus…

Je tentai d'intervenir.

— Mademoiselle Warden, mon père…

— Père, lui ? Mon œil ! Un faux-jeton qui méprise tous ceux qui pensent pas comme lui, avec ses discours sur la pureté des races… Dites-lui de pas toucher à ma gamine. C'est rien qu'un emmerdeur, je vous dis !

Shareeka commença à tousser, et je reconnus ce bruit de linge mouillé qu'on déchire. Secouée par une violente quinte de toux, elle projeta un crachat sanguinolent sur la poitrine velue du pasteur, puis, les voies respiratoires enfin dégagées, se mit à hurler. Sa mère la prit vivement dans ses bras et se précipita dans la salle de soins.

Devant moi, Zack se détourna, hilare. Douglas rigolait doucement dans sa barbe, et je dus me retenir pour ne pas éclater de rire, moi aussi. Le fou de Dieu nous foudroya du regard, le visage empourpré. Inclinant la tête, il fit tomber le crachat accroché dans ses poils avec un haut-le-cœur. Puis, sans un mot, il pivota sur ses talons et s'en alla dans la tempête, oubliant son entaille que personne n'avait eu le temps de recoudre.

— Apparemment, la charité chrétienne du père Agneau ne s'étend pas aux filles mères, constata Douglas.

— Sa charité chrétienne ? répéta Zack. Ce tartufe a dû la mettre au clou, oui !

— Au mont-de-piété, sans doute.

— Douglas, commençai-je, interrompant leurs plaisanteries de potaches, la toux de la petite m'inquiète. Elle me fait penser à celle de Lia Campbell. Venez voir par ici.

Je l'entraînai dans le bureau et désignai les radios de Shareeka placées à côté de celles de Lia.

— Voici les clichés de la petite, pris il y a moins d'un quart d'heure. Et voici les précédents.

— Je vois. Elle a une pneumonie, à présent.

— Qui s'est déclarée en deux heures ? Zack avait demandé ces radios pendant que j'accouchais l'autre patiente.

— Quelqu'un a dû se planter quelque part. Regardez ici. Et là.

Il me montrait deux opacités floues et blanchâtres sur la nouvelle série de radios.

— Ça ne se développe pas aussi rapidement, d'ordinaire. Ce n'est pas possible.

— *Docteur Lynch !*

L'anxiété qui perçait dans la voix d'Anne était manifeste. Enfilant le couloir au pas de course, je me précipitai dans la chambre de Shareeka, Douglas sur mes talons. L'eau ruisselait du plafond jusque dans un seau placé en dessous. La lumière se remit à vaciller.

Shareeka suffoquait sur son lit.

— Rappelez le kiné pour des soins respiratoires. Oxygène pur. Et préparez un ballon pour la ventiler, ordonnai-je.

Brûlante et toute bleue, l'enfant avait un pouls faible et beaucoup trop rapide. Anne appliqua un masque sur son visage, et l'oxygène arriva dans un léger chuintement. La mère sanglotait, les mains plaquées sur sa bouche, en proie à une panique indescriptible. Brusquement, la respiration de Shareeka s'interrompit.

Fixant le ballon sur le masque, Anne exerça plusieurs pressions afin de faire pénétrer l'air dans les voies respiratoires.

— Rien, dit-elle. Rien ne rentre.

Je pris la tête de Shareeka entre mes mains et la renversai en arrière pour que sa bouche s'ouvre. Aucun signe d'obstruction.

— On intube ? demandai-je à Douglas.

— Allons-y.

Je soulevai la petite et l'emportai au pas de course en salle de traumato. Sa jeune mère l'appelait en pleurant dans le couloir. La porte se referma derrière nous, étouffant ses cris de détresse.

Après avoir dirigé la lampe orientable vers la table d'opération, Anne fixa des fils sur le torse de Shareeka de façon à surveiller son cœur. Zack apporta une trousse d'intubation pour enfant.

— Je n'ai pas intubé d'enfant de cet âge depuis mon internat, marmonna Douglas.

Il s'agissait d'insérer un tube respiratoire dans la gorge de Shareeka, derrière les cordes vocales, et de le lui enfoncer dans la poitrine. Il aurait fallu nous placer autrement pour que je puisse le faire, or, nous n'avions pas le temps. Je hochai rapidement la tête.

— Allez. Vous allez y arriver.

Etirant le cou de la petite, je lui renversai la tête en arrière selon un angle précis. Douglas plaça la lame du laryngoscope dans sa gorge — un instrument métallique qui ressemblait plus à un long chausse-pied qu'à un couteau —, puis, d'un mouvement bref et expérimenté du poignet, l'enfonça complètement.

— Ça y est, annonça-t-il, presque étonné de sa dextérité.

Je lui tendis la sonde d'aspiration qu'il fit passer à l'intérieur.

— Aspiration… Il ne se passe rien, ajouta-t-il une fraction de seconde plus tard.

— Désolé, docteur.

Zack actionna une petite poignée sur le mur.

— Et maintenant ?

Il y eut un bruit de gargouillis quand les mucosités qui obstruaient les voies respiratoires furent aspirées par la sonde. Elles étaient épaisses, presque compactes. Le tube se remplit rapidement de sang et de pus.

Douglas déplaça la sonde d'aspiration de haut en bas et de bas en haut à l'intérieur du tube périphérique. L'ensemble des voies respiratoires était entièrement obstrué. Je consultai brièvement l'écran du saturomètre : les chiffres étaient épouvantables. Puis, brusquement, les voies se dégagèrent. La sonde n'aspirait plus que de l'air.

— Oui ! s'écria Douglas.

— Oxygène pur, gaz du sang, et apportez le ballon d'oxygène qu'avait Anne, demandai-je en surveillant le thorax de l'enfant qui ne se soulevait toujours pas.

— Voilà, voilà.

J'entendis des portes s'ouvrir et se fermer, des bruits de plastique qu'on déchire. Les infirmiers s'affairaient autour de nous avec diligence. Anne accrocha le ballon à la sonde et entreprit de le presser afin d'envoyer l'air dans les poumons de l'enfant. Quand la kiné apparut enfin, elle prit le relais. Les renforts arrivaient après la bataille.

— Pardon, docteur, s'excusa-t-elle en prenant le saturomètre. J'avais un patient qui…

— Ça ne fait rien. Essayons de la soigner. Que dit le saturomètre ?

— Rien de bon. 72 %.

Le taux d'oxygène aurait dû être proche de 99 %. Je consultai ma montre. Apparemment, Shareeka n'avait pas respiré depuis deux minutes et demie ; nous allions atteindre un seuil critique pour l'oxygénation du cerveau. Tandis que j'observais l'écran et la poitrine de l'enfant, les chiffres du saturomètre commencèrent à augmenter : 75 puis 78 %.

— Bravo pour l'intubation, Douglas.

Il me montra ses mains. Elles tremblaient.

— C'est vous, le médecin des urgences. Pourquoi ne l'avez-vous pas fait ?

— Vous étiez à la tête du lit. C'est le hasard qui l'a voulu.

J'examinai le teint de l'enfant, attendant un signe quelconque de respiration spontanée. Toujours rien.

— Elle est affreusement rigide, fit remarquer la kiné.

Très peu d'air parvenait jusqu'aux poumons.

Attrapant son stéthoscope, Douglas ausculta rapidement l'enfant.

— On n'entend pas grand-chose.

Je déplaçai légèrement la sonde.

— Ça y est, annonça-t-il au bout d'un instant. On entend de l'air à droite. A gauche, c'est encore trop faible. Il faudrait une radio pour se positionner.

— J'en ai déjà demandé une, intervint Zack en enlevant la couche de Shareeka. Vous voulez prendre les gaz du sang ?

J'acquiesçai et pris une petite seringue en plastique dans ma main droite, un tampon d'alcool dans l'autre. Je nettoyai ensuite soigneusement la région de l'aine et plaçai les doigts de ma main gauche sur le pouls fémoral. Il était beaucoup trop rapide ; le cardioscope indiquait une fréquence de 183. Isolant l'artère au toucher, j'enfonçai l'aiguille. La seringue s'emplit instantanément d'un sang rouge vif. Je la tendis à une technicienne afin qu'elle procède à la gazométrie, tout en exerçant une pression à l'endroit de la piqûre.

— Il y a une respiration spontanée, déclara soudain Douglas. Regardez ici.

C'était vrai, Shareeka tentait de respirer toute seule. Entre deux pressions du ballon d'oxygène, le petit thorax essayait de se soulever. Sous mes yeux, la fillette commença à reprendre quelques couleurs, et le saturomètre grimpa à 82 %. L'air qui parvenait à ses poumons et à son cœur commençait à réoxygéner son organisme.

Je soupirai, soulagée. Bien sûr, il fallait encore décider de la mettre ou non sous appareil respiratoire. N'ayant pas de service de soins intensifs pédiatriques à Dawkins, les enfants aussi gravement atteints étaient d'ordinaire dirigés par avion à Spartanburg ou à l'hôpital pour enfants de Charlotte. Je devais parler à la mère que j'entendais sangloter dans le couloir.

Une technicienne du labo m'apporta les résultats des gaz du sang — des résultats épouvantables. Heureusement, cela n'avait plus d'importance puisque Shareeka respirait, maintenant. Je hochai la tête et les lui rendis en la remerciant.

Avec un soupir, Douglas tira un tabouret à côté du lit et s'y assit sur le bout des fesses, les jambes allongées devant lui. Sa tension était presque palpable.

— Je vais poser une perf', déclara-t-il. Il me faudrait un plateau.

Anne lui remit un plateau couvert d'aiguilles, de seringues, de sparadrap et autres instruments. Se penchant sur le bras de l'enfant, Douglas y attacha un garrot et entreprit de chercher une veine.

— Difficile de continuer à ballonner, observa la kiné.

Je regardai les mains de la jeune femme, contractées dans son effort pour appuyer sur le ballon et introduire de l'air dans les poumons de Shareeka. Soulevant un petit pied, j'examinai sa couleur et sa température : il était bleu et chaud, ce qui semblait paradoxal. Bleu, il aurait dû être froid. J'esquissai une grimace. Les pupilles de la fillette étaient symétriques et un peu lentes, mais ses réflexes, hyperréactifs.

Pendant qu'Anne et Douglas cherchaient une veine sur ses bras pour une perfusion, je l'auscultai de nouveau. On entendait nettement bouger les épaisses mucosités qui encombraient ses voies respiratoires. Son cœur battait trop vite pour que je puisse mesurer sa fréquence avec précision, mais le cardioscope l'évaluait à 225 — chiffre correspondant à une tachycardie supra-ventriculaire.

— Elle pourrait souffrir d'hyperkaliémie, avançai-je. Je veux d'autres gaz du sang, une biochimie standard et une culture des expectorations avec coloration de Gram. Il faut absolument découvrir l'origine de son mal.

Puis je me tournai vers Zack.

— Arrangez-vous pour obtenir Spartanburg au téléphone. Peut-être ont-ils un lit disponible pour elle. Appelez les flics de service sur l'autoroute et dites-leur qu'il faut à tout prix trouver un moyen d'envoyer la petite là-bas. Ils sont les mieux placés pour nous renseigner sur l'état des routes et de la circulation.

Anne continuait le travail d'aspiration pendant que je donnais mes ordres. Il y avait plus de sang dans les expectorations, maintenant. De sa main gantée, elle en préleva un échantillon et le plaça dans une éprouvette stérile qu'elle remit à une technicienne du labo.

— Examen direct, coloration de Gram. Et je tiens à voir le résultat de mes propres yeux.

La technicienne opina et sortit aussitôt.

— Douglas ? Est-ce que ça marche ?

— Pas vraiment, grommela-t-il, la tête inclinée sur le petit bras. Une minuscule veine, peut-être… et encore : je risque de l'abîmer en la piquant.

— De ce côté, rien, renchérit Anne.

Je jetai un coup d'œil sur le cardioscope. La fréquence cardiaque, à 247, était toujours très élevée. Quant aux autres instruments, ils ne fournissaient malheureusement pas d'informations plus réjouissantes.

— Oui ! s'écria Douglas en relevant la tête.

Il avait réussi à piquer la petite veine du premier coup.

— Vous auriez dû vous spécialiser en pédiatrie.

— En fait, j'avais commencé. J'ai fait deux ans d'internat mais j'ai dû m'arrêter quand ma femme est tombée enceinte.

— Et c'est maintenant que vous l'avouez ! m'exclamai-je tout en effectuant une autre prise de sang pour les gaz du sang. Et dire que vous rechigniez à pratiquer l'intubation !

Douglas haussa les épaules et préleva 3 cm^3 de sang avant de fixer la perfusion avec du sparadrap et de faire couler le physio.

— Il y a déjà quelques années de ça.

— Il serait peut-être préférable d'accompagner la petite dans l'ambulance, déclarai-je. Douglas, je m'en charge si vous me remplacez ici. C'est plutôt bien payé.

Je posai la seringue de la gazométrie dans sa main tendue.

— Oh ! là, là… Je n'ai pas fait ce genre de remplacement depuis une éternité. Je suis un peu rouillé.

— Pas tant que ça, à en juger par l'intubation.

— Je ne me suis pas mal débrouillé, hein ? Mais vous avez raison. On ne peut pas la garder ici. Je vous rendrai ce service à titre amical.

Quelqu'un vint relayer la kiné pour ballonner la fillette. Un technicien du labo m'apporta les résultats des gaz du sang : ils indiquaient une légère acidose, un PH trop faible, un taux de gaz carbonique trop élevé. Rien de très surprenant.

Derrière moi, j'entendis grincer les roulettes de l'appareil de radiographie portable que j'avais demandé. J'enfilai le tablier de plomb et m'effaçai afin de laisser passer le technicien. Quelques secondes plus tard, la radio du thorax était terminée, mais il faudrait attendre les clichés, malgré le temps qui pressait pour Shareeka. Qu'est-ce qui avait bien pu transformer ce bout de chou plein d'entrain avec une légère fièvre et quelques difficultés respiratoires en une pauvre loque aux poumons aussi endommagés que ceux d'une tuberculeuse du siècle dernier ? Et ce, en moins de deux heures ?

— Aïe, ça se complique, annonça Douglas en désignant l'écran du cardioscope.

La tachycardie supra-ventriculaire avait disparu de l'écran. La fréquence cardiaque était brutalement descendue à un rythme ventriculaire de 150 qui continuait à chuter rapidement sous nos yeux. 120… 100… 90…

— Il faut la choquer.

— J'ai aussi un problème, intervint le kiné. L'oxygène ne circule plus.

— On va entamer la réa, déclarai-je, perplexe.

Zack passa la tête par la porte.

— Docteur, le labo vient d'appeler. Le potassium est à 7,8. Ils recommencent l'examen mais…

Il fut interrompu par la sonnerie d'alarme du cardioscope. Ligne plate. Asystolie.

Le dossier indiquerait que nous avions pratiqué douze défibrillations. Je mis officiellement fin à l'opération à 23 h 25. Shareeka Warden était morte.

Du dos du poignet, j'écartai les cheveux qui tombaient sur mon front et me détournai de la table d'opération. Une série de « si » me vint immédiatement à l'esprit : si seulement je n'avais pas décommandé Haynes ; si j'avais prescrit une perfusion d'antibiotiques aussitôt après avoir vu sa seconde radio du thorax ; si je n'avais pas partagé l'hilarité générale quand la petite avait craché sur le père Agneau. Et si seulement je pouvais éviter de franchir cette porte pour annoncer à cette trop jeune maman que sa fille venait de mourir entre mes mains. Une flambée de colère frémit en moi, mais je la maîtrisai de mon mieux. Pour un médecin, le service des urgences est le dernier endroit où perdre son sang-froid.

— Je veux un examen post-mortem. Appelez le pathologiste et demandez-lui de le faire dans la matinée. S'il avait l'intention de prendre un week-end prolongé, tant pis. Il me faut ce PM au plus vite.

— Il est déjà parti, docteur. Depuis 18 heures, répondit Amanda à mi-voix, les yeux rivés sur le petit corps inerte, devant nous. Il a un confrère d'astreinte à Newberry qui pourra peut-être venir demain, si les routes sont dégagées.

Un peu perdue dans sa grande blouse de chirurgie, ses cheveux blonds relevés en queue-de-cheval, elle croisa les bras et secoua la tête, comme si ce spectacle lui paraissait inadmissible.

— J'ai un petit-fils de cet âge-là.

— Nous avons fait tout notre possible, Rhea, assura gravement Douglas en ôtant ses gants en latex. Nous avons vu tous les deux les radios. Quelle que soit l'affection, elle évolue à une vitesse foudroyante. En outre, le système immunitaire de cette enfant était apparemment déficient. Amanda, avons-nous assez de sang au labo pour effectuer un test HIV demain ?

— C'est faisable.

Elle se détourna de l'enfant et me tendit un listing d'ordinateur.

— L'examen des expectorations montre un cocci Gram-positif et une hyperleucocytose massive.

— Une pneumonie à streptocoques, peut-être ?

C'est le streptocoque qui provoque généralement les pneumonies galopantes de ce type. Jim Henson, l'inventeur des Muppets, avait été terrassé par cette affection. La bactérie était aisément repérable sur une coloration de Gram — des petites boules de couleur violette, allant toujours par paires.

— Ce n'étaient pas des bactéries de forme sphérique, et elles apparaissaient toutes isolément.

— Je voudrais y jeter un coup d'œil. Dès que j'aurai vu la maman.

Je lavai mes mains maculées de sang. Je n'avais pas eu le temps de remettre des gants lors de la défibrillation. Le bout de mes doigts en était imprégné, soulignant les cuticules. Songeant à la remarque de Douglas sur l'éventuelle séropositivité de l'enfant, je m'assurai qu'il n'y avait aucune entaille ou écorchure. Ma peau semblait indemne, mais je ne parvins pas à ôter tout le sang qui s'y était incrusté. Je finis par renoncer et étalai de la crème sur mes mains desséchées.

Fatiguée, découragée, j'avais l'impression de porter une chape de plomb sur mes épaules. J'avais perdu une fillette… Ce sentiment de défaite m'était familier ; il s'emparait de moi chaque fois qu'il fallait annoncer à une famille que mes efforts pour sauver l'un des siens avaient échoué, que je n'avais pu me substituer à Dieu et opérer un miracle. Tout au long de l'année précédente, j'avais ainsi connu une série d'échecs successifs, tels des dominos tombant les uns sur les autres. Tant dans ma vie personnelle que professionnelle — dans tous les domaines, les brèches étaient légion. Des pans entiers de ma mémoire regorgeaient de sombres souvenirs. Et, à présent, je venais de subir deux échecs consécutifs.

— Oh ! là, là, je sombre dans la mélancolie.

— Pardon ?

— Non, rien, Zack. Voudriez-vous conduire Mlle Warden dans mon bureau et nettoyer ensuite l'enfant du mieux que vous pourrez ? Elle voudra certainement voir sa fille.

Je savais qu'il faudrait laisser les tubes et les perfusions en place ; ils étaient indispensables à l'examen post-mortem. Mais on pourrait au moins laver tout le sang que l'enfant avait éjecté en toussant ou le cacher sous des draps.

Zack acquiesça et quitta la pièce. Par la porte entrouverte, j'entendis la maman effondrée sangloter doucement. Elle savait déjà. On dirait qu'elles savent toujours. Soudain, j'eus l'impression qu'elle s'étouffait ; elle se mit à tousser — de cette vilaine toux déchirante que je commençais à reconnaître —, et je compris que cette longue nuit de cauchemar n'était pas terminée.

J'annonçai à Donnalaura Warden que sa fille était morte et l'admis aux urgences après avoir examiné une série de radios de son thorax. On y distinguait des taches de liquide et ces étranges opacités filamenteuses que nous avions vues sur les radios de sa fille. Douglas et moi mîmes au point un cocktail d'antibiotiques doté des remèdes les plus puissants. Une fois le mélange préparé, il fut administré à Donnalaura Warden ainsi qu'à Lia Campbell et à son mari qui toussaient également et commençaient à présenter des symptômes d'insuffisance respiratoire. Dehors la tempête continuait à faire rage, le vent à souffler, les inondations à s'étendre. L'électricité faiblissait toujours, fonctionnant par intermittence, et l'eau tombait dans des seaux avec un bruit métallique assez incongru dans un hôpital.

Mon épuisement et mon découragement s'atténuèrent peu à peu. Bien que j'aie fait tout ce qui était en mon pouvoir, je savais que ce n'était pas suffisant. Maintenant, il fallait penser aux autres. A tous ces patients que j'avais admis cette nuit et qui risquaient d'y passer également.

Quelle que fût la nature de cette bestiole, c'était un véritable fléau.

6.

Avec des si…

A 1 heure du matin, j'avais fait le vide aux urgences, examiné au total onze patients souffrant de maux variés. Trois d'entre eux avaient été victimes d'un accident de la circulation : au terme d'une virée en voiture volée, ces imbéciles étaient allés percuter un arbre dans une zone inondée jusqu'à un mètre de hauteur par un cours d'eau en crue. Je soulageai mon angoisse en disant au chauffard qu'il était plus borné que le platane dans lequel il s'était encastré. En guise de diagnostic, j'aurais volontiers inscrit « stupidité caractérisée » sur son dossier, mais le franc-parler n'est guère de mise dans le milieu hospitalier. Je me plais à imaginer que son châtiment lui aura servi de leçon : bien qu'il souffre de multiples blessures et contusions douloureuses, je refusai de lui prescrire d'analgésique sous prétexte qu'il avait bu. L'alcool et les calmants ne faisant pas bon ménage, je disposais d'une excuse imparable pour le punir.

Je venais de terminer ma dernière semonce quand le téléphone sonna. Quelqu'un décrocha et m'appela : l'appel était pour moi. Recevoir un coup de téléphone au-delà de minuit me cause toujours un sentiment d'appréhension — comme à beaucoup de personnes, je crois. Histoire de me donner du courage, je me servis une tasse de café et m'installai derrière le bureau avant de prendre le combiné.

— Allô, ici Rhea Lynch.

— Ma chère Rhea… Quel plaisir d'entendre votre voix !

Miss Dee Dee… Je ravalai un juron et manquai m'étrangler avec une gorgée de café brûlant. Les yeux pleins de larmes, je fus prise d'une quinte de toux. La voix suave de miss Dee Dee continuait de me parvenir à travers les grésillements des lignes endommagées par la tempête.

— Comment allez-vous, chère enfant ?

Une série d'images me vint à l'esprit, se succédant comme les diapositives des cours d'anatomie de première année. S'était-elle évadée en faisant le mur ? Impossible. Miss Dee Dee ne se serait jamais exposée au risque de se faire pousser le postérieur par quelque main secourable — indécence inconcevable à ses yeux. Non, mais quel imbécile avait pu lui accorder l'accès au téléphone ? Elle était censée subir un puissant traitement médical sous bonne garde au pavillon psychiatrique de l'hôpital public régional et n'aurait pas dû pouvoir circuler librement. Avait-elle essayé de retrouver Marisa ? Mon appréhension ne se révélait pas tellement injustifiée, en définitive.

— Miss Dee Dee ? demandai-je, suffoquant encore pour avoir avalé de travers en entendant sa voix. Qui vous a autorisée à téléphoner à une heure pareille ?

— *Bonsoir,* ma chère Rhea.

Elle tenait avant tout au respect des convenances. Prise en défaut, je renversai malencontreusement du café brûlant sur le triangle de peau tendre qui relie le pouce à l'index.

— Bonsoir, miss Dee Dee, répondis-je d'une voix enrouée en grimaçant de douleur, à la fois punie et rappelée à l'ordre comme une petite fille par celle qui m'avait enseigné les bonnes manières.

Sauf qu'aujourd'hui, je n'étais plus une enfant. Un sentiment de révolte monta en moi tandis que je recouvrais ma voix. D'ailleurs, je me moquais éperdument que mon hostilité soit perceptible, ce qui constituait indiscutablement un véritable écart de comportement.

— Cet appel inattendu est tout à fait… intéressant. N'est-il pas un peu tard, tout de même, pour téléphoner ?

Je n'allais pas me priver du plaisir de lui rappeler à mon tour une règle élémentaire de savoir-vivre.

— Enfin, comment allez-vous ? ajoutai-je en posant ma tasse.

Je passai la langue sur ma main. Ma peau était rouge, mais la brûlure semblait relativement superficielle.

— Je vais très bien, ma chère. Et pour répondre à votre question précédente, c'est un jeune homme absolument charmant qui m'a autorisée à téléphoner. Il s'appelle Théodore Jamal Green et il poursuit ses études de médecine grâce à des emprunts — en plus de son salaire, bien entendu. J'ai décidé de l'aider en lui fournissant la garantie nécessaire auprès des banques. Bref, je lui ai rendu quelques menus services, comme je l'avais fait pour vous autrefois.

— Quelle somme a-t-il perdue en jouant avec vous ? répliquai-je sèchement.

Miss Dee Dee était imbattable aux cartes, notamment au poker. En fait, je ne l'avais presque jamais vue perdre. Il faut préciser qu'elle était experte en tours de passe-passe — autrement dit, elle trichait comme une véritable pro.

Elle s'esclaffa. Sa voix était aussi éraillée que la mienne.

— Ce qui ne sert se perd, ma chère Rhea. Il faut entretenir ses talents.

— Mouais, fis-je, sceptique, tout en buvant mon café avec précaution, à petites gorgées.

Miss Dee Dee ne gaspillerait pas un appel aussi précieux qu'illicite dans le seul but de parler des projets d'avenir de Théodore Jamal Green, aussi charmant fût-il — à moins qu'endetté au jeu, il ne fût prêt à lui rembourser immédiatement des sommes considérables.

— On laisse donc les gens se porter garants auprès des banques, chez les dingues ? m'enquis-je encore, me sentant d'assez méchante humeur.

Ma question fut accueillie par un silence glacial. Qui ne dura pas. Son appel n'étant pas dénué d'intérêt, miss Dee Dee n'avait pas la moindre envie de se faire éconduire. Elle choisit donc d'ignorer mon inconvenance.

— Je vous ai appelée dans l'espoir que vous m'apportiez votre soutien pour une petite affaire personnelle.

Abasourdie, je retournai stupidement le combiné comme s'il recelait quelque anomalie.

— Mon soutien ? répétai-je. Vous sollicitez *mon* soutien ?

Miss Dee Dee n'avait-elle pas attenté à mes jours ?

— Oui, ma chère.

Elle marqua une pause. Quand elle reprit la parole, sa voix avait une intonation que je ne lui connaissais pas encore et que ma stupéfaction m'empêcha d'identifier.

— Il se pourrait d'ici à quelque temps que j'aie l'occasion d'être admise dans un établissement privé. Une clinique récente avec des baignoires à remous dans les chambres, des matelas confortables sans enveloppes plastifiées, du linge de qualité et un chef cuisinier réputé. Mais le juge ne consentira pas à mon déplacement sans votre accord explicite.

Une clinique privée ? Le téléphone devait vraiment me jouer des tours.

— Miss Dee Dee, pourquoi l'Etat se mettrait-il ainsi en frais à votre sujet ? Ne comptez surtout pas sur moi pour payer à sa place. A mon avis, le tarif d'un établissement aussi huppé est largement au-dessus de vos moyens. Mieux vaudrait renoncer à cette vie de nabab.

— Ne soyez pas vulgaire, mon enfant. Une jeune femme aussi bien éduquée que vous n'a pas besoin de recourir à des termes comme « cinglé » ou « nabab » afin de souligner ses propos. Voyez-vous, on m'a autorisée à consulter mes comptes bancaires par ordinateur pour contrôler ma situation financière, sous promesse de ne pas essayer d'aller sur un site de jeux d'argent, vous comprenez…

— Oui, mademoiselle.

Cette réponse machinale m'arracha une grimace. Je n'avais pourtant pas l'intention de lui manifester la moindre marque de respect. Jamais plus.

— Il se trouve que mes placements en Bourse m'ont rapporté pas mal d'argent, poursuivit-elle. Je suis largement en mesure de régler les frais en question tout en continuant à réinvestir mes profits pour consolider mon patrimoine. J'ai même pu mettre une petite somme de côté afin de permettre à Eddie de poursuivre des études. Le pauvre garçon est dans une situation lamentable. Il m'a appelée à deux reprises ce mois-ci.

Je grinçai des dents en l'entendant parler du beau-fils de Marisa. Si cela ne tenait qu'à moi, voilà encore une personne qui n'approcherait jamais plus mon amie.

— J'espère aussi pouvoir être un jour en mesure de racheter le domaine pour Marisa et son futur enfant.

La colère montait lentement, quelque part en moi.

— Rhea chérie…

Elle marqua une pause.

— Comment va Marisa ?

C'est alors que je reconnus cette intonation insolite dans sa voix : un frémissement d'angoisse, une sorte de prière — émotions qui lui étaient totalement étrangères, auparavant. Comment en aurait-elle fait l'expérience, elle qui, jusqu'ici, n'avait jamais manqué de rien ? Aujourd'hui, elle voulait quelque chose que j'étais la seule à pouvoir lui offrir, et elle acceptait l'échec probable de sa requête — à cause de Marisa. Sa nièce. Ma meilleure amie.

Ma gorge se serra, et je m'efforçai de ravaler ma colère.

— Marisa… réapprend à parler.

Je cherchai péniblement mon souffle pour pouvoir continuer.

— Marisa est en train de réapprendre à marcher. Et à se laver toute seule.

Ma voix frémissait sans que je parvienne à me maîtriser. Fermant les yeux, je m'agrippai au bras du fauteuil.

— Marisa est enceinte et en pleine rééducation. Elle a les capacités de communication d'un enfant de deux ans. Nous ne nous sommes pas parlé depuis plusieurs mois. Voilà comment se porte Marisa. Grâce à vous.

Miss Dee Dee émit une petite exclamation étouffée. Indignation pour ma rudesse ? A moins qu'elle ne soit bouleversée par ces nouvelles ? Mais elle garda le silence. Par-dessus tout, elle voulait quitter l'hôpital public et n'avait aucun intérêt à me brusquer.

A travers les grésillements de la ligne, le silence s'épaissit entre nous.

Je finis par recouvrer mon souffle et sentis la fureur retomber peu à peu. Marisa savait où se trouvait sa tante Dee Dee. Je le lui avais dit la seule fois où j'avais pu la joindre au téléphone. A cette nouvelle, elle avait balbutié interminablement le même mot dans un état d'intense agitation.

— Pammil… Pammil… Pammil…

Je n'avais pas compris ce qu'elle voulait dire. Son agitation s'était aggravée jusqu'à ce qu'une infirmière prenne le téléphone et me traduise ses propos : « Famille… Famille… Famille… » Marisa ne voulait pas que sa tante soit enfermée dans un hôpital psychiatrique. Elle voulait qu'on lui rende sa liberté. Je rouvris les yeux sans rien voir autour de moi.

Pendant que Dee Dee attendait sans rien dire, je songeai à ce mot de « famille », et c'est uniquement parce qu'elle tint sa langue que je parvins à répondre à sa requête — non parce que je le souhaitais, mais parce que Marisa m'aurait demandé de le faire.

— Vous… direz au juge de m'appeler, miss Dee Dee. Je lui répondrai… Je répondrai que vous pouvez aller où bon vous semble si vous en avez les moyens, à condition de ne pas recouvrer la liberté. Je lui dirai ce que vous voulez me faire dire — pour cette fois. Mais ce sera tout. Quand viendra le moment de votre libération sous caution, je m'y opposerai jusqu'à mon dernier souffle. Me suis-je bien fait comprendre, miss Dee Dee ?

— Oh, oui, murmura-t-elle. Parfaitement bien. Merci, Rhea.

— Joyeuses Pâques, miss Dee Dee.

— A vous aussi, chère enfant. Au revoir.

Le combiné serré dans ma main brûlée, je fermai les paupières de façon à contenir les larmes amères que je sentais monter à mes yeux. Autrefois, miss Dee Dee avait été comme une mère pour moi. Quand ma vraie mère s'était affalée de tout son long sur le sol, ivre morte, miss Dee Dee et Marisa m'avaient emmenée chez elles, dans leur belle maison au bord de la rivière. Entre ma meilleure amie et sa tante, une veuve richissime, j'avais coulé des jours heureux — les seuls, peut-être, de ma jeunesse.

Malheureusement, la passion du jeu avait eu raison de tous les beaux principes de miss Dee Dee, dont l'éducation irréprochable n'était finalement qu'un vernis. Au bord de la ruine, elle avait voulu faire main basse sur l'héritage de sa nièce en la réduisant à l'état de légume. Sa formation d'infirmière lui avait permis de lobotomiser Marisa sans laisser de traces, avec l'aide de quelques voyous engagés pour l'occasion. L'époux de Marisa, le Dr Steven Braswell, et son beau-fils, Eddie Braswell, avaient achevé le travail, en la laissant ensuite végéter sans lui prodiguer les soins nécessaires. A mon retour d'un séjour à la montagne, je l'avais retrouvée dans un état lamentable, et alors que je m'efforçais de lui sauver la vie, miss Dee Dee s'était arrangée pour réduire ses hommes de main au silence et demander la tutelle de sa nièce.

Ma main moite serrée sur le combiné, je tressaillis en entendant un bip aigu. Alors seulement je me souvins de l'endroit où j'étais. Retrouvant la notion du temps, je raccrochai le téléphone et gagnai ma petite chambre de garde. Après avoir pris une longue douche bien chaude, j'hydratai ma peau à l'huile de jojoba et m'écroulai sur le lit étroit, essayant de trouver le sommeil.

En vain. Je restai parfaitement éveillée et aussi agitée que si je n'avais pas couru depuis plusieurs jours. Déclarant forfait, je pris le parti de regagner mon service. En chemin, je m'arrêtai à la cafétéria, le temps de regarder le dernier bulletin météo à la télévision. L'appareil accroché sur le mur restait allumé toute la nuit, le son coupé pour ne pas déranger les malades. Apparemment, la tempête ne s'était pas calmée, ainsi que le montrait ce journaliste complètement trempé au bord d'un cours d'eau en crue d'où dépassait le coffre arrière d'une voiture, éclairé par un projecteur. Pas besoin du son pour comprendre ce qui s'était passé. Des véhicules de secours envoyés sur place tâchaient de sortir la voiture sinistrée de la rivière. Immobile devant l'objectif de la caméra fouetté par la pluie, le journaliste ruisselait de la tête aux pieds, comme s'il avait renoncé à toute tentative de se mettre au sec.

Je quittai la cafétéria munie d'une bouteille de Coca, l'unique boisson qui restait dans le distributeur, et allai voir les patients que nous avions admis, Douglas et moi. Leur état s'aggravait.

Douglas avait installé Lia et Mel Campbell en soins intensifs, dans des chambres séparées et en isolement total. Lia était placée sous respirateur artificiel. Si ses poumons ne fonctionnaient plus, elle semblait réagir aux antibiotiques. Douglas espérait qu'elle se remettrait à respirer seule dans quelques jours. La police le harcelait pour être autorisée à interroger le couple, mais il tenait bon.

Je me rendis ensuite au labo afin d'observer les frottis des sécrétions de Shareeka que j'avais demandés. Amanda, qui faisait des heures supplémentaires — son remplaçant étant bloqué dans son mobile-home par les inondations —, avait fait une série de frottis des expectorations prélevées sur les Campbell et Donnalaura Warden. Douglas, pour sa part, n'avait pas eu le temps de procéder lui-même à la coloration de Gram.

Je jetai un coup d'œil sur le frottis dont Amanda m'avait parlé pendant que nous tentions de sauver la petite. Comme elle l'avait dit, il était plein de pus — ces microscopiques cellules blanches qu'on s'attend à trouver dans les crachats des patients atteints de pneumonie. Les organismes prédominants étaient de minuscules cocci virant au violet ; ils pullulaient par milliers, voire par millions.

Amanda avait raison : cela ne ressemblait pas à une pneumonie à streptocoques. N'ayant rien d'autre à faire, je colorai le reste des frottis et les laissai sécher avant de regagner la salle de repos des urgences.

Je voulais bien sûr savoir ce qu'apporterait la coloration de Gram, mais ce n'était pas en regardant les lames que j'accélérerais le séchage. L'opération est assez simple. On étale une minuscule quantité du prélèvement sur une lame stérile ; une fois séchée, on la soumet à deux colorants distincts — iode et alcool — pendant une durée déterminée, avant de la rincer et de la laisser sécher une seconde fois. Le résultat au microscope peut être spectaculaire. Le cocci Gram-positif vire au violet foncé tandis que le cocci Gram-négatif devient fuchsia. Suivant la forme et la couleur de l'organisme, le médecin peut alors prescrire un antibiotique particulièrement ciblé pour s'attaquer à la catégorie spécifique des bactéries responsables de l'infection.

Quelques années plus tôt, j'avais travaillé dans un laboratoire de façon à financer une partie de mes études. Miss Dee Dee m'avait avancé la somme nécessaire aux frais de scolarité, mais tout le reste — dépenses quotidiennes, achat des livres et du matériel — demeurait à ma charge. Afin de subvenir à ces besoins élémentaires, je faisais le ménage deux fois par semaine chez miss Dee Dee et avais accepté successivement plusieurs petits boulots tels que serveuse ou laveuse de pare-brise dans une station-service. En fait, le patron de la station-service m'avait remerciée au bout de six jours pour avoir répliqué vertement aux remarques d'une cliente, membre du conseil municipal, qui se plaignait des traces persistantes sur ses vitres. La dame avait un chat ; or, les pattes de chats laissent des traces grasses — traces que le soleil avait dû cuire durant plusieurs semaines. Evidemment, je ne pouvais pas opérer de miracles.

J'avais ensuite déniché un travail de nuit dans un laboratoire d'analyses où j'effectuais essentiellement des antibiogrammes et des électrophorèses — un test permettant le dépistage des maladies du sang comme la drépanocytose. Cet emploi-là me convenait parfaitement. Je pouvais étudier mes cours à mes moments perdus et n'avais aucun contact avec les patients. J'y avais aussi acquis une certaine expérience qui se révélait utile à l'occasion.

De retour aux urgences, j'écoutai la radio de la police tout en dégustant un chocolat chaud. Les gendarmes et la police régionale s'évertuaient à dégager les routes, nettoyer les décombres, secourir les habitants bloqués par l'inondation et déplacer les détenus de la prison du comté vers un endroit sec. L'opération consistait à entasser cent dix-neuf prisonniers dans un espace conçu pour une trentaine de personnes, mais au moins, ils seraient à l'abri. Sans doute y aurait-il, plus tard, des plaintes concernant les conditions de détention épouvantables.

A 2 heures du matin, alors que je commençais à m'assoupir dans mon fauteuil, la radio de la police me tira brutalement de ma léthargie en claironnant une annonce, accompagnée de parasites assourdissants.

— Alerte à toutes les unités. Un groupe d'individus armés — je répète, *d'individus armés* — a fait irruption dans les locaux du palais de justice. Il nous faut des renforts ! Il nous faut…

Un bruit de fusillade couvrit la voix masculine. Je regardai Anne et Zack, assis autour de la table. Des hurlements nous parvinrent à travers la radio, puis le son fut coupé.

— Un canular ? murmura Anne, comme le silence se prolongeait.

— Si c'est le cas, le plaisantin risque de s'en mordre les doigts, observa Zack.

A DorCity, les bâtiments du palais de justice abritaient également le poste de police, les locaux de garde à vue et la maison d'arrêt. Si les détenus s'en emparaient…

— Allô, standard ? Ici voiture 214.

Le standard ne répondit pas.

— 214. Standard, répondez.

Silence, encore. Au bout d'un moment, la radio grésilla de nouveau.

— Alerte à toutes les unités. Ici voiture 214. Dirigez-vous vers le palais de justice. Je répète : dirigez-vous vers le palais de justice. Jusqu'à plus ample information, nous avons affaire à une évasion de groupe avec prise d'otages. Rendez-vous rapidement et prudemment au palais, où vous verrez mon véhicule. N'approchez pas des bâtiments sans feu vert de ma part. Je répète : *n'approchez pas du palais sans feu vert de ma part.* Annoncez-vous en précisant votre heure d'arrivée sur les lieux.

Un par un, les policiers annoncèrent leur arrivée. Le comté et la ville totalisaient, ensemble, quatorze unités de police ; chacune se mit à la disposition de l'unité 214. Même les deux policiers qui n'étaient pas en service se présentèrent. L'unité

214 était celle de Mark Stafford, mon petit ami, l'un des deux inspecteurs du district. Quelle que soit la tournure que prendraient les événements, Mark se préparait à intervenir et à diriger les opérations.

Je sortis jeter un coup d'œil sur le ciel. La pluie s'était momentanément arrêtée, mais le vent, toujours déchaîné, n'avait pas faibli. La tempête semblait mener son ultime assaut sur les contreforts montagneux. Aucun hélicoptère ou avion de secours ne décollerait cette nuit. S'il y avait une fusillade, je devrais m'occuper seule des éventuels blessés. Le vent humide me fit frissonner. La chatte n'était plus dans les parages ; j'espérai qu'elle avait pu se réfugier au sec en attendant la fin de la tempête.

Regagnant la salle de repos, je me préparai une bonne dose de café corsé — puis une seconde. Douglas vint en boire une tasse avec moi et se laissa choir dans un fauteuil bancal. Il avait un air hagard qui s'accentua encore au fil des dialogues laconiques des flics que la radio nous restituait, altérés par les parasites.

Employant un langage tantôt normal, tantôt codé, Mark appela la police d'Etat en renfort et demanda qu'on lui envoie des équipes des SWAT — les forces d'intervention spéciales de la capitale. Leur arrivée serait certainement retardée par les intempéries. Il exigea que chacun des policiers soit équipé d'une veste pare-balles et dispose de munitions suffisantes ; il envoya même ceux qui avaient des armes supplémentaires les chercher chez eux. Enfin, il invita les membres du SAMU à les rejoindre ; trois secouristes se manifestèrent. L'adrénaline et la testostérone se répandaient comme une traînée de poudre dans les environs.

Mon propre rythme cardiaque s'était accéléré. Je me demandai comment je pourrais faire venir un chirurgien à l'hôpital en cas de besoin, combien d'hémorragies Douglas et moi étions en mesure d'enrayer simultanément, et de quelle quantité de sang O+ — le groupe sanguin des donneurs universels — nous disposions dans la banque de sang. L'hôpital de Dawkins n'était pas un établissement important et, en temps normal, nous nous estimions heureux d'en avoir quelques litres.

Pendant l'heure interminable qui suivit la prise d'otages, Mark cessa d'employer le langage codé, et je compris qu'il souhaitait faire passer un message aux mutins. Dans les locaux du palais, les radios de la police étaient aux mains des preneurs d'otages.

De fait, le groupe armé utilisait ce système de communication, transmettant ses revendications et narguant les policiers installés au-dehors. A un moment, un certain Barney se vanta d'avoir abattu un fonctionnaire qui se vidait de son sang sous ses yeux. Quelque part, derrière lui, des hurlements semblaient corroborer ses dires. Je me demandai combien il y avait de femmes parmi les otages et dans quel état psychologique elles en sortiraient.

Les preneurs d'otages demandaient de l'argent, un hélicoptère, des pizzas chaudes et une caisse de vodka. La police accueillit ces requêtes tantôt avec indifférence, tantôt en promettant la lune, à la façon d'un pas de deux. Je ne reconnus pas la voix du négociateur, aussi suave et veloutée qu'un vieux bourbon corsé par le temps.

Vers 2 h 40, une nouvelle exigence s'ajouta à la liste : l'un des leurs était blessé et perdait beaucoup de sang. Ils demandèrent un médecin. Je me sentis défaillir : si les flics acceptaient, je serais le médecin en question.

Sur ces entrefaites, le téléphone sonna.

— Service des urgences, Dr Lynch à l'appareil.

— Rhea, c'est Mark. Nous avons un problème, ici.

Mes doigts se crispèrent machinalement sur le bras du fauteuil.

— J'ai entendu la radio de la police. De quoi as-tu besoin ?

Deux silhouettes apparurent sur le seuil de la salle de repos. Douglas s'approcha, rivant son regard au mien, l'air sombre.

— Ainsi, tu as entendu, commenta Mark.

— Ils veulent un médecin. Je dois y aller.

Malgré mon apparente assurance, mon cœur fit une embardée à cette perspective.

— Non, répliqua-t-il. Il me faut une blouse, une sacoche en cuir et un stéthoscope. J'envoie quelqu'un chercher tout ça à l'hôpital. Tu te souviens de Jacobson ?

Je faillis pleurer de soulagement. Mark allait leur envoyer un flic déguisé en toubib.

— Oui.

— Je voudrais aussi des manchettes qu'il puisse enfiler pardessus sa veste. Peux-tu me procurer ça ?

— Affirmatif, répondis-je. Bonne chance.

Fin de la communication.

Je me tournai vers le petit groupe rassemblé sur le seuil.

— Trish, la police va envoyer un homme déguisé en médecin et il lui faut une tenue. Jacobson doit avoir la stature du Dr Statler avec six kilos de plus, environ. Avec sa veste, ça fait encore quelques kilos en plus. Pourriez-vous…

— Je m'en occupe.

Elle tourna les talons tout en lançant :

— J'apporterai aussi une blouse de labo à sa taille.

Pour ma part, j'avais une vieille sacoche dans mon coffre. Bravant les intempéries, je courus jusqu'à ma BMW.

De retour aux urgences, trempée comme une soupe, je me secouai de mon mieux. La tempête commençait à s'essouffler, et le vent avait perdu de sa violence. Je connaissais Mark ; il avait certainement minuté son action en fonction des intempéries. Il emploierait n'importe quels moyens afin de parvenir à ses fins. Ayant parfois joué au handball avec lui, j'étais bien placée pour le savoir. C'était un fieffé renard — un trait de caractère indispensable pour résoudre la situation.

— Quelqu'un aurait-il un vieux stéthoscope à sacrifier à notre cause ? demandai-je en rejoignant mon équipe.

Zack m'en tendit un rose, accroché depuis plusieurs mois derrière la porte de la salle de repos.

— Il est fichu, et ce tensiomètre aussi. Est-ce que c'est gênant ?

— Non. Mais essayons de faire « vrai ». Ajoutez tout ce dont un toubib pourrait avoir besoin.

— Bandages, pansements, énuméra Douglas. J'ai aussi un marteau à réflexes et un vieil ouvrage de référence dans ma voiture.

— Ça devrait faire l'affaire.

Il disparut à son tour. La lumière d'un gyrophare balaya le hall depuis le sas des ambulances : le coursier envoyé par la police était là. C'était Steve, trempé jusqu'aux os et l'air grave. A peine eûmes-nous chargé le matériel dans son véhicule qu'il démarra en trombe comme s'il avait le diable aux trousses.

La radio resta longtemps silencieuse. J'imaginais la panique qui devait régner sur les lieux et songeais aux blessures éventuelles et à tout ce dont nous aurions besoin quand les victimes arriveraient à l'hôpital. Lorsque Amanda passa à portée de voix, un peu plus tard, je lui demandai combien de sang O+ nous avions.

— Quatre poches, docteur. Mais on peut aussi introduire des anticorps Rh et obtenir une réaction à terme…

Elle laissa sa phrase en suspens.

— Très bien. Prenez un groupe spécifique chaque fois que possible. N'utilisez le O+ qu'en cas d'absolue nécessité. Avez-vous besoin de quelqu'un pour vous donner un coup de main ?

— Qui ? répliqua-t-elle, narquoise. Même moi, je ne suis pas censée être ici.

— Hmm, effectivement. Mais nous pourrions avoir de la chance…

La voix de Mark nous parvint depuis la radio.

— Nous vous envoyons le médecin des urgences. Il doit être traité avec le plus grand respect. S'il était malmené d'une manière ou d'une autre, je ferais en sorte que le coupable fasse l'objet de poursuites judiciaires.

Il marqua une pause.

— J'espère m'être bien fait comprendre.

Je retins mon souffle en attendant la suite.

— Ouais, on a compris, répondit une voix masculine, un peu pâteuse.

Je me demandai si Mark leur avait fait livrer la caisse de vodka qu'ils réclamaient, mais j'en doutais. Jamais il ne serait rentré dans leur jeu ; il était bien trop droit, bien trop scrupuleux, bien trop respectueux des lois. Ce faux médecin serait sa seule concession — enfin, prétendue concession.

Le téléphone sonna et Douglas prit l'appel. Il dit quelques mots à mi-voix, puis acquiesça.

— J'arrive, conclut-il avant de raccrocher.

Il se tourna vers moi.

— Une certaine Regina Hawkins serait atteinte d'une pneumonie. C'est vous qui avez signé son admission ?

Je hochai la tête.

— Elle crache du sang, m'apprit-il en se dirigeant vers la porte. Je dois aller l'examiner. Mais si vous avez besoin de moi, je reviens tout de suite.

— Douglas ?

Se retournant, il haussa un sourcil interrogateur.

— Mettez un masque. Surtout si sa toux fait un bruit de tissu qui se déchire.

— Vous croyez que…

Il s'interrompit, évitant de formuler ce que je n'avais pas dit. Pure superstition. « *Ne parlons pas de malheur* », c'était presque le credo des urgences.

— Je ne sais pas, mais prenez vos précautions. Le maximum de précautions. Vous avez des enfants.

Il opina et fila au pas de course dans le couloir. Le règlement de l'établissement interdisait au personnel de courir d'une salle à l'autre, mais cette nuit, personne ne respectait le règlement.

Deux déclics très nets provenant de la radio attirèrent mon attention. Je sortais avec Mark depuis assez longtemps pour reconnaître ce code : deux déclics signifiaient « Action ». Les flics mettaient leur plan à exécution. Je sentis le chocolat et les cafés que j'avais bus gargouiller dans mon estomac contracté.

7.

Avec des frites en garniture ?

La radio ne fournit pas d'autres informations. Assises dans des fauteuils de la salle de repos, Trish et moi avalâmes des quantités inouïes de Coca et de café. L'attente nous rendait nerveuses. Les minutes se succédaient. Les hurlements que j'avais entendus derrière la voix du preneur d'otages résonnaient encore dans ma tête, couvrant les parasites de la radio.

A 4 h 47, la radio des ambulances émit un signal d'alerte. Zack s'empara aussitôt du micro. Je me levai et allai m'appuyer au montant de la porte.

C'était Buzzy, l'un des membres de l'équipe de secours. Calme et méthodique, il fournit les informations essentielles concernant les patients.

— Nous amenons trois personnes. Le premier patient est un Noir de sexe masculin, cinquante-six ans, avec une blessure par balle au bras gauche. L'entrée et la sortie de la balle sont repérées ; l'hémorragie est sous contrôle. 14/9 de tension ; pouls 82, respiration 15. Le deuxième patient est une femme blanche de quarante-sept ans, victime d'une agression. Nombreuses contusions et lacérations ; il pourrait y avoir fracture du bras et du poignet. 17/12 de tension ; pouls 110, respiration 18. Le dernier patient est un homme d'origine asiatique — signalement 45.

Le ton de Buzzy s'était brusquement durci, et je devinai qu'il s'agissait cette fois d'un détenu — ivre, à en juger par le signal 45. Les ivrognes n'étaient pas les patients favoris de Buzzy, et sa rogne manifeste me fit sourire.

— Il présente des blessures au torse et à l'abdomen. Les coups de couteau sont relativement superficiels et n'ont pas touché d'organes vitaux ni provoqué d'hémorragie importante.

Tandis qu'il continuait à nous fournir les paramètres, je jetai un coup d'œil à Anne qui installait la table d'examen gynécologique dans la salle de soins pour la seconde fois de la nuit. La victime d'agression… Etait-ce la personne dont les cris entendus à la radio me faisaient encore frémir ? J'espérais que non, d'autant que la violence sexuelle me faisait horreur. De nouveau, je déplorai tout particulièrement l'absence de Michelle Geiger, notre gynécologue.

Trish préparait la salle de traumato pour les deux autres blessés. Zack acheva d'enregistrer le rapport de l'ambulancier puis se tourna vers moi, attendant mes ordres. Je haussai les épaules et m'approchai de lui.

— Demandez-leur s'il n'y a pas d'autres patients.

Buzzy répondit lui-même par radio.

— Dites au Dr Lynch que c'est tout. La tempête s'est calmée, et deux personnes ont pu être évacuées par hélicoptère.

Je hochai la tête et me dirigeai vers la salle de traumato afin de prescrire de l'Ethilon et des agrafes à l'intention du blessé ivre. S'il était suffisamment soûl, je me contenterais des agrafes, m'épargnant le temps d'une suture et d'une anesthésie locale. S'il était conscient et violent, il aurait aussi des agrafes. Mais s'il se montrait poli et que ses blessures n'étaient pas trop graves, j'aurais recours à une combinaison d'agrafes et de points de suture, selon la profondeur et l'étendue des plaies.

— Avec des frites en garniture ? murmurai-je en réprimant un petit sourire satisfait.

Une annonce diffusée par les haut-parleurs nous parvint, claire et distincte, depuis le couloir.

— Code 99 en USP. Code 99 en USP.

— Un malheur n'arrive jamais seul, maugréa Trish.

Je me disais justement la même chose, avec, en prime, un petit assortiment de jurons bien sentis. J'enroulai mon stéthoscope autour du cou, enfilai ma blouse blanche, puis sortis pour gagner l'unité de soins progressifs. Un médecin des urgences est tenu de réagir séance tenante à l'annonce du code 99 qui signale un arrêt des fonctions cardiaques ou respiratoires.

— Je vous suis, docteur, me lança Trish. Anne et Zack, ça ira ?

— Pas de problème. Nous vous appellerons en cas de besoin.

— Docteur ? Attendez-moi !

Je ralentis, le temps qu'elle me rattrape.

— Un peu d'aérobic vous ferait du bien, observai-je, la voyant haleter, les joues rouges, alors que nous dépassions au pas de course le département de radiologie.

— J'ai des appareils pour entretenir les abdominaux et les cuisses. Ce n'est pas en courant qu'on attrape un amant, dit-elle avec un clin d'œil. Je tiens à mes rondeurs féminines. Et puis j'ai mieux à faire de mes journées. Il y a tant d'hommes et si peu de temps…

Elle me mettait en boîte, bien sûr. Je courais tous les jours, parcourant au minimum huit kilomètres. Mes longues jambes musclées et mes cheveux courts me conféraient une allure svelte et légère mais sans doute un peu androgyne.

— Vous pourriez marcher ou nager, répondis-je sans mordre à l'hameçon. Jouer au golf ou au tennis, monter à cheval, enfourcher un vélo…

— A tout prendre, je préférerais enfourcher un beau gosse.

Je ris, consciente de lui avoir tendu la perche. A l'approche de l'unité de soins progressifs, je ralentis le pas ; les bruits provenant de la salle n° 5 n'avaient vraiment rien d'engageant.

Un groupe d'infirmiers et de techniciens, entièrement équipés de tenues protectrices, était rassemblé sur le pas de la porte et dans le corridor ; leurs blouses, leurs masques et leurs lunettes spéciales étaient éclaboussés de sang. Dans la pièce baignée d'une lumière crue, un appareil émettait un bourdonnement régulier, aspirant l'air sain du couloir, filtrant les bactéries qui circulaient dans la salle et rejetant l'air filtré. Une respiration haletante et de vilaines quintes de toux dominaient les ordres lancés par les infirmières. Une fois de plus, j'eus l'impression d'entendre un linge mouillé qu'on déchire. Puis le bruit de respiration s'arrêta.

Attrapant deux masques, j'en tendis un à Trish et attachai rapidement le mien derrière ma tête. Puis je secouai une combinaison bleue et l'enfilai tout en jetant un coup d'œil dans la salle. Douglas Byars orchestrait un spectacle sanglant, piétinant des draps étendus sur des mares de sang, prescrivant des remèdes et l'installation de perfusions supplémentaires. Pour le moment, penché sur la tête du lit, il essayait d'intuber la patiente, une femme noire d'une cinquantaine d'années.

Je reconnus Regina Hawkins, la veuve éplorée que j'avais admise quelques heures auparavant aux urgences. Elle souffrait alors d'un début de pneumonie sans gravité excessive. L'appréhension qui me tenaillait depuis le décès de Shareeka se mua brusquement en panique. Car les craintes que nous n'avions pas formulées se précisaient à présent de façon dramatique.

Une alarme se déclencha tardivement — sonnerie discrète signalant que le patient ne respirait plus.

— Avez-vous besoin d'aide ? demandai-je.

Douglas leva les yeux sur moi.

— Oui. Il me faudrait une radio pour apercevoir la trachée de cette femme à travers tout ce sang. Je n'y vois rien du tout.

Me penchant devant l'infirmière qui installait une nouvelle perfusion, je renversai la tête de Regina en arrière. Un flot de sang jaillit de sa bouche et Douglas fit un écart pour l'éviter. Prompte comme l'éclair, Trish s'interposa et tourna la tête de la patiente de l'autre côté. Le sang, mêlé à une matière qui évoquait des lambeaux de tissu pulmonaire, fut ainsi projeté sur le sol sans atteindre quiconque. Derrière moi, quelqu'un eut un haut-le-cœur, et je sentis mon estomac se soulever.

Dès que l'hémorragie s'arrêta, Trish m'adressa un petit signe. Je pris la tête de la patiente de façon à la placer dans la position nécessaire à l'intubation.

— Vous voyez les cordes vocales ?

Douglas acquiesça d'un grognement. Quelques secondes plus tard, il enfonça le tube et se redressa. Lâchant la tête de Regina, je l'auscultai avec mon stéthoscope pendant que l'on fixait un ballon au tube qui sortait de sa bouche. Aussitôt, une main se mit à comprimer le ballon à intervalles réguliers.

— Bruits de respiration corrects, annonçai-je après avoir entendu quatre respirations complètes. La radio pour positionner le tube ?

— Dans le couloir.

— Rhea, regardez l'écran, lança Douglas.

Je me redressai et reculai d'un pas. Le cardioscope affichait une tachycardie ventriculaire. Puis, brusquement, la ligne plate. Asystolie.

— Secouez-la. Deux cents.

Douglas s'effaça. Trish arracha les restes de la chemise d'hôpital de la patiente afin de placer deux tampons de gel sur sa poitrine et appliqua les électrodes.

— Allons-y.

Jetant un coup d'œil autour du lit pour s'assurer que tout le monde avait reculé, elle pressa les boutons. Le corps de la patiente fit un bond sous l'impact de la décharge électrique. Aucun changement n'apparut sur l'écran.

— Une de plus. Trois cent soixante, ordonna Douglas, demandant une décharge de puissance maximum. Administrez ensuite de l'épinéphrine et de l'atropine, une ampoule de chaque en intraveineuse.

Trish se tourna brièvement vers l'aide-soignante qui manœuvrait le défibrillateur. La jeune femme lui adressa un petit signe d'assentiment.

— Allons-y, déclara Trish.

La patiente tressauta de nouveau, nettement plus haut cette fois, sous l'effet de la décharge accrue. Toujours rien.

Dès que son corps retomba sur le lit, Gloris — une infirmière du service de soins intensifs — ajouta l'épinéphrine à la perfusion.

— Commencez le massage cardiaque.

Gloris remit la seringue suivante à une aide-soignante et s'inclina sur la patiente, plaçant ses mains au centre de son torse. Située à un mauvais angle, avec un lit trop haut, elle n'était pas à même d'exercer des compressions efficaces et s'essouffla presque immédiatement.

— Abaissez le lit, demanda-t-elle. Ou donnez-moi un tabouret.

Le lit commença à descendre en grinçant.

— Merci. C'est mieux.

— Docteur Lynch, on vous demande aux urgences.

Je tournai la tête et reconnus un visage sans arriver à mettre un nom dessus. Je me souvins alors des trois blessés qui arrivaient avec le SAMU. Douglas Byars jura entre ses dents.

— Allez-y. Nous nous débrouillerons.

Je me débarrassai de mon masque et de ma blouse maculée de sang. Je ne m'étais pas rendu compte que la patiente avait vomi du sang sur moi. Roulant le vêtement en boule, je le jetai avec le masque dans un sac poubelle et allai me laver soigneusement les mains dans le lavabo. Je me débarbouillai également le visage, consciente du danger que représentait cette affection foudroyante, encore indéterminée.

Quand je quittai la salle, j'entendis derrière moi Douglas prescrire deux puissants tonicardiaques.

— On recommence, dit-il ensuite.

Sans doute savait-il aussi bien que moi qu'il n'y avait plus rien à faire.

Agé de vingt-deux ans, le plus jeune des trois blessés était ivre mort. Durant les brefs intervalles où il reprit vaguement conscience, il se montra plutôt agressif, et je le fis attacher pendant que je lui posais des agrafes. Dans quelques mois, il arborerait de jolies cicatrices pour accompagner l'étoile à six branches grossièrement tatouée sur son épaule gauche. Un tatouage récent — sans doute effectué en prison — et semblable à ceux que portaient les Campbell lors de leur admission à l'hôpital. Celui-ci, en revanche, ne présentait aucun signe d'infection.

La patiente agressée n'avait pas été violée. Apparemment, le chef des mutins s'était efforcé de maintenir un minimum de discipline dans ses rangs. Nous renvoyâmes la dame chez elle avec des recommandations pour son œil tuméfié et ses contusions. Quant au policier blessé par balle, lui aussi avait eu de la chance. C'était une blessure propre qui n'avait pas endommagé d'artère, de vaisseau important, de tendon ni de muscle. La plaie était peut-être douloureuse mais bénigne.

Je découvris aussi d'autres patients : sept détenus noirs qui avaient été rossés par les autres pendant la mutinerie. Tout en soignant les plaies des plus gravement atteints, Zack et moi les entendîmes commenter l'épisode. Ils décrivirent notamment l'instigateur de l'opération, un Blanc d'une quarantaine d'années qui avait cautionné la ségrégation des détenus selon leur race.

— Une vraie ordure, c'type. T'as vu ses yeux ? Durs et froids comme la glace. L'est resté assis là, à les r'garder m'cogner d'ssus avec un p'tit sourire aux lèvres, comme si ça lui plaisait autant de r'garder que d'cogner lui-même.

— Bon à savoir pour nos frères. Tu sais son nom ?

— Il dirige un d'ces mouv'ments fachos d'merde. Aïe ! Douc'ment, vieux, ça fait mal !

— Désolé, s'excusa Zack, les traits tendus. Mais c'est normal que ça fasse mal. Sinon, le désinfectant ne serait pas efficace.

— T'es médecin ? Un médecin black ?

— Infirmier, corrigea-t-il en appliquant un tampon de gaze imbibé de Bétadine sur son entaille. Tiens ça et appuie bien.

Une robuste main noire recouvrit le pansement.

— Ellis, qu'il s'appelle, répondit l'autre. Ellis Tête de Nœud.

Les deux hommes s'esclaffèrent.

— Et j'espère bien qu'un de nos frères lui fera ce que ses gars ont fait à ce gamin. J'avais jamais vu un truc pareil.

Zack passa au patient suivant et je quittai la pièce. J'en avais assez entendu.

Ellis. L'homme qui avait tué Leon Hawkins.

Après avoir soigné les plaies des détenus, je prescrivis des calmants à certains d'entre eux et les renvoyai à la maison d'arrêt.

L'agitation retomba brusquement, et le service, vidé de ses visiteurs, redevint calme et silencieux. L'on n'entendait plus que les quelques mots échangés par Zack et Anne qui réapprovisionnaient les étagères, comptaient les flacons de remèdes, achevaient les tâches administratives et la paperasserie, véritable fléau de la profession médicale. Après avoir rincé la cafetière et essuyé la table, je rangeai le vernis à ongles rose d'Anne dans son fourre-tout. Mes mains étaient rugueuses, mes ongles abîmés — un vrai désastre. Je regagnai l'accueil en m'étirant, à bout de forces. J'avais les muscles raidis suite aux heures éprouvantes que nous venions de traverser.

J'étais encore debout, adossée au comptoir de l'accueil, les bras croisés derrière la tête, quand je vis Douglas entrer en radiologie. Il tenait une pile de clichés dans une main et, de l'autre, fourrageait dans ses cheveux. Air des mauvais jours… Sans avoir à le demander, je sus que Regina Hawkins était morte.

Lentement, songeant au mot que nous n'avions pas encore osé formuler, je longeai le couloir afin de le rejoindre. Nous avions plusieurs négatoscopes aux urgences, mais le service de radiologie comprenait une salle spécialement conçue pour étudier simultanément plusieurs clichés. La pièce, longue et étroite, possédait un négatoscope de trois mètres de long, fixé au mur et muni de pinces destinées à accrocher les clichés, ainsi qu'une table et quatre chaises permettant d'y tenir de petites conférences.

Douglas tourna la tête vers moi quand j'entrai. D'un geste brusque, il plaça plusieurs clichés dans les pinces. J'en dénombrai cinq — si différents qu'ils ne semblaient pas concerner la même personne.

— Regina Hawkins lors de son admission vers 19 h 30, hier soir, déclara-t-il d'une voix âpre en désignant le premier cliché. Et là, Regina Hawkins lors de la radio effectuée pour positionner le tube.

Il pointa le doigt sur le deuxième cliché.

Le tissu pulmonaire présentait des changements considérables. Des opacités et des taches claires témoignaient d'une infiltration de sang dans les poumons ou, peut-être, d'une prolifération subite de globules blancs et de bactéries. Des sortes de traînées filamenteuses envahissaient jusqu'aux moindres recoins, un peu comme si les poumons de Regina Hawkins avaient été remplis de crème et de goudron dispersés au pinceau par une main tremblante.

— Savez-vous que son mari s'est fait lyncher, il y a à peine quelques jours ?

Je tressaillis et hochai la tête. Je le savais, oui.

— C'est elle qui a découvert le cadavre, poursuivit Douglas d'une voix sans timbre. Pendu sous un pont. Elle a failli se noyer quand elle l'a décroché. Et puis elle a attrapé un tour de reins en essayant de le soulever.

— Oui. Elle m'a raconté…

Il parut se secouer et redressa les épaules un bref instant.

— Elle était toujours en asystolie au moment où j'ai pris ces radios, et j'ai rapidement demandé l'arrêt de la réa. Elle était morte bien avant.

Il pointa l'index sur le cliché suivant. Le médecin reprenait le pas sur l'être humain.

— Ce cliché est celui de Lia Campbell lors de son admission, et voici Lia maintenant — ou disons… il y a une heure, corrigea-t-il en consultant sa montre. Mais à présent, ses poumons doivent ressembler à ceux de Regina. C'est une rapide, cette bestiole.

— On ne dirait pas une congestion ni un infarctus foudroyant. Une nécrose putréfiante, peut-être ?

Il opina.

— J'ai jeté un coup d'œil au premier prélèvement de sécrétions de Lia, m'apprit-il. Maintenant, il s'est séparé en trois couches. Ça pue tellement que le ventilateur du service de microbiologie ne suffit pas à aérer la pièce.

— Trois couches, avez-vous dit ?

Je fis un effort de mémoire. La nécrose des poumons était une affection rarissime qui accompagnait généralement une autre inflammation pulmonaire. Avec les traitements antibiotiques ciblés que l'on administrait de nos jours, on ne la rencontrait pratiquement plus. Mais les expectorations des patients atteints de nécrose se séparaient en trois couches.

— Mousseux dessus, séreux au milieu, purulent et vert rougeâtre au fond, me rappelai-je enfin.

— C'est ça. J'ai l'impression que quelque chose est en train de détruire les poumons eux-mêmes. On dirait que le tissu alvéolaire se décompose. Regardez ici.

Il désigna la cavité cardiaque, une échancrure dans le poumon gauche qui abritait le cœur, sur le dernier cliché de Regina Hawkins.

— On dirait même que ça s'étend à l'extérieur du poumon, dans la cage thoracique. Il y a hémorragie, congestion, peut-être même un pneumothorax qui essaie de se former là où l'air s'échappe près de la paroi du thorax.

— Pas l'anthrax. Aucun symptôme ne coïncide vraiment.

Il y eut un silence. Je respirai profondément avant de lâcher le mot que nous avions évité jusqu'ici.

— Le virus Ebola ?

— Eh bien… ça y ressemble drôlement. Mais dans ce cas, pourquoi ces cocci Gram-positif que le labo a vus tout à l'heure ? Par ailleurs, d'où pourrait bien provenir un virus Ebola ? Si on peut s'attendre à une épidémie de ce genre dans une ville qui abrite un zoo ou un centre de recherche scientifique, c'est quasiment inconcevable, ici, en pleine cambrousse…

Il détacha les yeux des clichés et croisa mon regard.

— J'ai appelé Emilie et les enfants. Je leur ai dit de prolonger leur séjour à Tallahassee de quelques jours… sans leur avouer la vraie raison. Je ne voudrais pas déclencher un mouvement de panique mais…

— Oui, mais…

Je contemplai encore les clichés, la fascination de l'horreur exerçant un effet magnétique sur moi.

— Avez-vous vu les frottis ?

— Non, pas eu le temps. Et Amanda non plus. Elle n'a même pas eu le temps de les examiner. Enfin, elle a tout de même aperçu quelque chose au labo. Ce sont les vôtres ?

— Allons y jeter un coup d'œil. Voyons s'il y a des germes du virus Ebola.

Sans un mot, comme si nous nous rendions à un enterrement, nous prîmes le chemin du labo.

— Je n'ai senti aucune odeur particulière quand j'ai fait les frottis, déclarai-je, rompant finalement le silence. Et je ne me suis pas servie de la hotte.

En présence de dangereuses bactéries aéromobiles, tout le travail d'analyse et de diagnostic est effectué en combinaison de protection et sous une hotte aspirante à flux laminaire qui expulse les germes des maladies hors de la salle à travers des filtres de façon à protéger les voies respiratoires du personnel. Et comme on ne sait jamais si un prélèvement risque d'être nocif, toute analyse doit être pratiquée sous la hotte aspirante. J'avais été en contact direct avec des malades et des prélèvements infestés de bactéries, sans matériel de protection et sans la hotte qui se trouvait dans le service de microbiologie.

— L'odeur peut se dégager au bout d'un laps de temps, si on laisse stagner les sécrétions. Elle peut aussi être due à la détérioration des poumons au cours de l'évolution de la maladie.

— Désormais, nous allons prendre le maximum de précautions, dis-je en ouvrant la porte du labo, accueillie par une bouffée d'air glacial.

Le laboratoire médical était maintenu à une température aussi basse que possible, afin de préserver les appareils sophistiqués et tout le matériel informatique qui s'y trouvait.

— Tout a été désinfecté de bonne heure par le service d'entretien, m'informa Douglas. On a lavé le sol, les murs et tout ce qui se trouvait dans la chambre de Regina à l'eau de Javel et à l'eau chaude — à deux reprises. J'ai placé les autres patients atteints de pneumopathies en isolement total. Je voudrais les expédier dans des établissements spécialisés, mais je doute qu'on accepte de les prendre ailleurs.

— C'est très improbable, en effet.

Les lames que j'avais colorées quelques heures auparavant étaient sèches, et je plaçai la première sur la platine du microscope binoculaire. Les globules blancs pullulaient — des polynucléaires neutrophiles, colorés en rouge et violet.

— On a des polynucléaires, annonçai-je — ce qui signifiait que la pneumopathie foudroyante était d'origine bactérienne et non virale. Et… il n'y a pas de virus Ebola.

Je devinai le soulagement de Douglas.

— Je vois quelques cocci Gram-négatif et un nombre impressionnant de cocci Gram-positif en amas et chaînettes.

— Strepto ? Staph ? C'est un staph qui provoque *ça ?*

— Je ne vois pas comment l'appeler autrement, fis-je remarquer, parcourant des yeux la multitude de globules et de bactéries.

Je changeai les lames pour observer un autre prélèvement. Il était presque identique au premier.

— Quel que soit cet organisme, il sera identifié d'ici à un jour ou deux. Inutile d'avoir recours à un laboratoire extérieur. Nous pouvons nous en charger sur place.

— *Code 99 en pneumo. Code 99 en pneumo. Code 99 en pneumo.*

L'annonce diffusée à pleine puissance par les haut-parleurs nous fit tressaillir.

— Lia Campbell, lâcha Douglas d'un ton lugubre.

Ses mots résonnèrent dans la pièce comme une épitaphe.

8.

Zone de combat

Lia Campbell mourut peu de temps après mon arrivée dans sa chambre. Autour de nous, sous les draps étendus à la hâte pour éviter de glisser, le sol était maculé de sang et de tissu pulmonaire que les infirmières piétinaient avec les semelles de leurs baskets. Un prélèvement de sécrétions avait été envoyé au labo, et Amanda se chargeait de procéder aux cultures et aux colorations de Gram. Douglas, exténué et hagard, étudiait le dossier de Lia dans les moindres détails, interrogeant les infirmières sur ce qui avait été fait pour tenter de la sauver, cherchant à déterminer qui était à quel endroit et à quel moment.

Il nous fallait un maximum d'informations. S'il s'agissait d'un organisme contagieux, nous avions affaire à un début d'épidémie.

Mel Campbell était anéanti. Douglas lui prescrivit un sédatif et, au mépris de toutes les précautions, demanda à Gloris de rester auprès de lui jusqu'à ce qu'il s'endorme. Mel, qui occupait une chambre située dans le même couloir que sa femme, avait tout de suite su quand Lia avait commencé à s'enfoncer. Tout ce qu'il avait fait pour la sauver, ainsi que le bébé, s'était révélé inutile. Il avait hurlé et supplié qu'on lui permette de rester avec sa femme pendant la tentative de réanimation ; un garçon de salle avait dû le soutenir, priant avec lui et lui tenant les mains afin de l'aider à endurer cette épreuve.

Je passai la tête par l'entrebâillement de sa porte. Munie d'un masque, Gloris tenait la main bandée de Mel dans la sienne tout en réglant, de l'autre, l'aspiration. C'était une excellente infirmière, une de celles — hélas, trop peu nombreuses — qui atteignent un niveau d'expérience élevé sans perdre leur compassion.

Une fois les analyses terminées, Amanda annonça à Douglas que les infections des tatouages de Mel et Lia étaient dues à des cocci Gram-négatif, et non à des cocci Gram-positif, comme nous avions des raisons de le croire. Deux organismes différents ? C'était rare mais pas sans précédent, et après une nuit pareille, nous étions prêts à tout envisager.

Le pasteur des Campbell arriva au petit jour et, à sa grande surprise, reçut la consigne d'enfiler une tenue protectrice intégrale — gants, masque, grande blouse, bonnet et surchaussures en papier. En dépit de toutes ces précautions, il demeura fermement décidé à assister Mel, l'aidant, par sa présence et la prière, à endurer cette terrible épreuve. Pour moi qui étais plutôt ignorante en la matière, je trouvai que ce prêtre-là était plus sincère et plus dévoué que le père Agneau. Je ne pouvais vraiment pas m'imaginer ce dernier venant soutenir Mel, à moins que celui-ci ne fût disposé à contribuer aux dépenses de sa paroisse grâce à un portefeuille bien garni — ce qui ne semblait pas être le cas.

Avant de quitter la zone de combat du service de pneumo, je réconfortai Douglas en lui donnant mon numéro de téléphone personnel.

— N'hésitez pas à m'appeler en cas de besoin, lui dis-je, consciente de mon impuissance.

— J'aurai peut-être besoin de vous quand j'alerterai le service interne de contrôle des maladies infectieuses, expliqua-t-il en relevant la tête.

Les yeux injectés de sang et cernés de noir, les traits tirés sur son visage osseux, le teint blafard, il avait l'air d'un homme réduit à la famine depuis des mois.

— Ils réclameront peut-être une déposition de votre part, poursuivit-il. Je vais aussi consulter le site Web du CDC[1] pour voir si quelqu'un n'aurait pas signalé des pneumopathies de ce type. Avez-vous déjà visité leur site ?

— Quelquefois, répondis-je. C'est un peu compliqué la première fois, car le CDC est un véritable mammouth. Il faut un peu d'expérience pour s'y retrouver. Vous auriez peut-être aussi intérêt à aller sur le site du NETTS.

Le NETTS est un logiciel de surveillance électronique appartenant à l'Institut national de contrôle des maladies infectieuses, une organisation assez récente destinée à suivre l'évolution de certaines maladies particulières à l'échelle nationale.

— Si les lignes téléphoniques fonctionnent, je vais essayer, mais je suis plus habitué au site du CDC, avoua Douglas d'une voix enrouée par la fatigue.

Le CDC est un gigantesque centre de santé financé au niveau fédéral et composé de médecins, de biologistes, de statisticiens, d'inspecteurs généraux, de généticiens, de théoriciens, de virologues et de spécialistes de toutes sortes. Dans ce monde de

1. CDC (*Center for Desease Control and Prevention)* : centre de contrôle et de prévention des maladies infectieuses. Basé à Atlanta, en Georgie, le CDC est chargé d'élaborer des règlements sanitaires et des normes de sécurité, de collecter et analyser les informations relatives à la santé publique, et d'organiser la prévention des maladies infectieuses.

voyages ultrarapides, d'organismes microbiologiques mutables et de plus en plus résistants aux antibiotiques, les médecins ont fréquemment besoin d'une aide efficace. Quand un service de santé régional découvre un agent infectieux difficile à cerner, il s'adresse immédiatement au CDC, bastion des connaissances scientifiques et de l'intervention fédérale.

— Si je ne suis pas chez moi, mon portable restera allumé, déclarai-je. Vous pourrez toujours me joindre.

Douglas acquiesça avec un soupir et se replongea dans son dossier.

Un nouveau patient m'attendait aux urgences. Je reconnus Sam Tooley, un ambulancier qui faisait équipe avec Mick Ethridge. Tous les deux avaient porté secours aux Campbell, et voilà que Sam présentait subitement des symptômes de grippe. Je demandai une radio du thorax et une prise de sang, puis restai une heure avec lui afin de m'assurer qu'il ne se mettait pas à tousser. Je fis ensuite renouveler la radio.

Aucun changement. Aucune trace de filaments sombres ou autre cochonnerie ressemblant à de la crème ne semblait se former, pas de signe de pneumopathie atypique ou de nécrose similaire aux cas qui s'étaient déclarés pendant la nuit. Je lui prescrivis néanmoins un antibiotique particulièrement puissant avant de le renvoyer chez lui avec le numéro de mon domicile. Nous ignorions encore comment la bactérie avait été transmise à Lia, Regina et Shareeka. La contagion pouvait être directe ou indirecte, passer d'un être humain à l'autre par contact ou bien circuler dans l'eau de la rivière, à moins que le vecteur ne fût un insecte comme le moustique ou la tique. Nous n'en savions absolument rien, et il m'était impossible d'hospitaliser chacun de mes patients sous prétexte que la panique commençait à gagner du terrain.

Je m'apprêtai à quitter l'hôpital, comprenant un peu mieux le syndrome de stress des médecins de l'armée en temps de guerre. L'esprit humain n'est pas accoutumé à l'horreur. Bien que j'eusse été confrontée à toutes sortes d'accidents, de maladies et de décès au cours de mon internat dans l'Ohio, cela remontait déjà à un certain temps. Je n'étais plus aussi blindée qu'à l'époque.

Quand je fis mon rapport à Wallace, de garde pour les douze heures de jour, je constatai que je n'étais pas la seule à avoir un peu « déconnecté », à force de travailler dans un petit hôpital de province. Le Dr Wallace Chadwick, mon chef attitré, appartenait à une famille en vue dans le comté et dont le métissage faisait l'objet des commérages locaux. Son épouse, Pearl, et lui étaient tous deux mi-blancs, mi-afro-américains, et remarquablement beaux. Visiblement stupéfait par le récit de ma nuit, il écarquilla ses yeux verts dont l'éclat était accentué par la couleur de sa peau. La perspective d'une éventuelle épidémie n'était pas de nature à le rassurer.

Il s'appuya au comptoir de l'accueil, dardant un regard anxieux autour de lui. Sans doute s'interrogeait-il sur la nécessité d'une décontamination totale du service avant l'admission de nouveaux patients. Lorsque j'eus terminé, il secoua la tête, me remercia et composa aussitôt le numéro du service de nettoyage.

Je rassemblais mes affaires pour partir quand la porte d'entrée s'ouvrit brusquement. Le père Agneau Sexton pénétra dans l'entrée en coup de vent, suivi par l'adjoint temporaire de Wallace, le Dr Taylor Reeves. Ce dernier travaillait aux urgences avec Wallace en attendant que son cabinet en ville lui assure un revenu suffisant. Les médecins qui ne reprenaient pas une clientèle existante ni ne s'associaient avec des confrères avaient souvent recours à cette pratique. Ils étaient actuellement trois dans ce cas à DorCity et participaient ainsi au fonctionnement des urgences. Je ne les connaissais pas encore tous.

Une bouffée d'air frais et les premiers rayons du soleil accompagnèrent l'arrivée des deux hommes. La tempête terminée, le pasteur voulait faire recoudre sa blessure. Me tournant vers Wallace, je me bornai à secouer la tête en levant les mains, les doigts écartés, afin d'indiquer le nombre d'heures qui s'était écoulé depuis l'accident. Une plaie qui n'était pas soignée dans un délai de quatre ou cinq heures, au maximum, devait guérir toute seule. Elle laisserait une vilaine cicatrice.

Avant que Wallace ait eu le temps de transmettre l'information au personnel soignant, l'une des secrétaires — préposée, je crois, aux admissions — aperçut le pasteur.

— Père Agneau ? Père Agneau, c'est vous ! s'exclama-t-elle. Oh, mon Dieu ! J'ai justement quelque chose à vous demander. C'est important. Oh, mon Dieu !

Je me demandai si c'était lui qu'elle appelait Dieu ou si elle invoquait réellement le Seigneur. En tout état de cause, la suite promettait d'être distrayante — ou du moins, mouvementée. Je fis donc une pause, achevant de ranger ma blouse blanche dans mon grand sac fourre-tout. Reeves me rejoignit et observa la scène tout en se servant une tasse de café.

— Ma sœur…, commença le père Agneau en plaçant sa main intacte sur la tête de la femme.

Avant que ses doigts ne disparaissent dans ses nattes épaisses, je vis briller à son doigt une énorme chevalière semblable à celles que portent les anciens élèves de certaines grandes écoles.

—… j'ai le sentiment que vous êtes une enfant du Seigneur. Menez-vous une existence pieuse et irréprochable ? Une vie pure et sans tache devant l'Eternel ?

— Oh oui, mon père, je m'y efforce. Je crois fermement en la pureté. Je fréquente l'église et donne fidèlement ma dîme.

— Posez votre question, mon enfant.

— Parlez-moi de la prophétie ! Ma sœur Pauline est allée au temple pendant la tempête. Elle m'a dit que vous aviez été possédé par l'Esprit et que vous aviez eu une vision.

— C'est exact, mon enfant.

Il inclina la tête et ferma les yeux avec une douloureuse solennité, comme si la prophétie était un fardeau trop lourd à porter.

— Le Saint-Esprit s'est emparé de moi et, comme l'apôtre Jean, j'ai eu le privilège d'entrevoir l'avenir. J'ai vu les derniers jours du monde, qui sont précisément ceux-ci, déclama-t-il avec une gravité étudiée.

On aurait dit qu'il s'adressait à des millions de fidèles rivés devant leur télévision plutôt qu'à une seule employée du bureau des admissions. Je me demandai s'il ne faisait pas plutôt une sorte de répétition avant son spectacle.

— J'ai vu, reprit-il péniblement, la voix caverneuse et vibrant d'angoisse, j'ai vu *l'ultime combat* entre les forces du Christ et celles de l'Antéchrist… J'ai vu les anges réunis pour protéger les élus rassemblés dans notre enceinte…

Sa voix monta d'un ton dans une envolée extatique, et je frissonnai malgré moi.

— J'ai vu la mort et la dévastation dans le sillage d'un terrible fléau qui s'abattait sur la Terre entière.

Il toisa la femme d'un air féroce.

— Ma bien chère sœur, avez-vous la Foi ?

— Oui, oui, mon père, répondit-elle avec empressement. Je suis croyante. L'emblème de l'Agneau Divin ne me quitte jamais.

Elle brandit fièrement un pendentif accroché à une chaîne autour de son cou.

— Je ne m'en sépare pas. Mais dites-moi, mon père...

La voix étranglée, elle saisit la main blessée du pasteur. Il ne broncha pas mais contempla fixement les carreaux humides du plafond, comme fasciné par les grandes auréoles dues aux pluies diluviennes de ces derniers jours.

— Père Agneau, l'enceinte n'est pas terminée ! Elle n'est pas encore prête à nous recevoir. Est-ce que cela signifie que le fléau ne dévastera pas la Terre avant un an ou deux ?

— Si, ma chère sœur. Le fléau est déjà en route. Et l'enceinte sera terminée par les élus qui s'y rassemblent pour s'y abriter.

Il marqua une pause.

— Ensemble, pendant que le monde s'écroulera autour de nous, nous achèverons de bâtir l'enceinte. Nous deviendrons les 144 000 survivants qui échapperont à la destruction, les 144 000 qui finiront le travail.

Sa voix s'éleva de nouveau dans les aigus, et il tonna, le poing brandi vers le plafond humide :

— Et la promesse de Sion se réalisera ! (Il poursuivit dans un murmure.) Les grandes villes seront anéanties. (Là, sa voix reprit de son ampleur.) Charlotte, New York, Atlanta seront parmi les premières détruites, suivies par Los Angeles, la cité des anges déchus ! Les villes qui ont défié le Seigneur sont maudites !

Ses mots résonnèrent comme un terrible anathème entre les murs du service désert.

Je découvris que je ne pouvais pas détacher mon regard de ce visage torturé. Le frisson qui courait entre mes omoplates s'accentua, et j'eus peur un instant de me mettre à claquer des dents. A côté de moi, Taylor Reeves semblait pétrifié, sa tasse à la main, comme hypnotisé.

— Les exclus du paradis périront quand s'abattra l'épée de la vengeance divine ! Ecoute bien, ma sœur. Dès cette semaine, apporte tes biens terrestres, *tout* ce que tu possèdes — y compris les aliments et autres produits consommables — dans l'enceinte. Et tu seras sauvée… dès aujourd'hui, si tu le veux ! Rejoins-nous au camp et sois épargnée comme l'ont été, jadis, les compagnons de Noé !

A cette dernière tirade, un grand soulagement balaya mon angoisse, et le charme se rompit. Je me sentis libérée de l'envoûtement que ce discours et cette voix exerçaient sur mon esprit. *Apportez tous vos biens terrestres…* La phrase m'avait servi de déclic. Le père Agneau n'avait eu aucune prémonition concernant un fléau imminent, et l'étrange pneumopathie à laquelle mes patients avaient succombé n'avait aucun rapport avec sa soi-disant prophétie. Il voulait seulement soutirer de l'argent aux fidèles trop crédules.

Ramassant mon grand sac, je me tournai vers Reeves. C'était un bel homme d'une quarantaine d'années, mais nous n'avions pas encore eu l'occasion de faire connaissance. J'avais entendu dire qu'il courait et envisageai un instant de lui proposer de me joindre à lui un jour, mais son expression me fit changer d'avis. Il me regardait sans la moindre aménité, comme si je commettais une inexcusable intrusion dans son univers en osant l'aborder.

— A la prochaine, lançai-je en hissant mon sac sur l'épaule.

Il me prit par le bras comme pour me retenir puis retira aussitôt sa main.

— Excusez-moi, dit-il en me gratifiant enfin d'un petit signe de tête.

A croire qu'il venait tout juste de remarquer que nous étions dans la même pièce.

L'air toujours aussi crispé, il me demanda si je voulais bien le renseigner sur les pneumopathies que j'avais diagnostiquées au cours de la nuit.

— Adressez-vous à Wallace, répondis-je avec un sourire las. Il vous donnera tous les détails. Mais comment êtes-vous au courant ?

Il fronça les sourcils, visiblement mécontent.

— Une infirmière m'a appelé à 5 heures du matin, pendant mon jour de repos, pour me dire qu'elle manquait de filtres à air pour les patients. Mais je ne devrais pas vous retenir. Allez-y, je vous en prie, dit-il en indiquant la porte avec sa tasse vide.

Son envie de me retenir crevait les yeux, mais je fis mine d'être soulagée, le remerciai d'un sourire et tournai bien vite les talons. J'étais complètement crevée. Et je préférais mille fois courir seule qu'en compagnie d'un personnage aussi mal embouché.

Wallace m'adressa un clin d'œil et m'accompagna jusqu'au parking.

— Le père Agneau t'a fichu la trouille, hein ?

— Un peu, pendant une minute ou deux, admis-je tout en levant les yeux vers le ciel limpide.

Le soleil éclatant me fit cligner des yeux. Ma petite voiture, lavée par la pluie, étincelait sous les premiers rayons. Dans un arbre, tout près de là, un oiseau qui avait survécu à la tempête se mit à gazouiller.

— Il est fortiche, ajoutai-je. Arrange-toi afin qu'il n'entende pas parler des pneumopathies. Il s'en servirait pour alimenter ses prophéties de malheur.

— Ça fait un an qu'il rabâche la même rengaine : il exhorte les gens à la pureté, agite l'épouvantail de la fin du monde et appelle les fidèles à le rejoindre dans ce lotissement inachevé au milieu des bois, le long de la route 77 — son « enceinte », comme il dit.

Croisant les bras, Wallace regarda le ciel à son tour.

— Les inondations printanières font partie des calamités annoncées ; les tornades de l'année dernière, aussi. A la prochaine catastrophe, il empochera la mise et éliminera ses disciples. Bien sûr, on peut voir le bonhomme sous un autre angle, convint-il de mauvaise grâce.

— Sous quel angle ?

— L'an dernier, il a fait don à l'hôpital de 200 000 dollars pour soigner les indigents, et il a ouvert une soupe populaire à DorCity.

— *Lui ?*

Mon ton incrédule le fit sourire. Vraiment, je n'arrivais pas à me figurer le père Agneau servant de la soupe. Puis l'image de l'homme en salopette et chemise à carreaux, les cheveux dégoulinant de pluie, la main tailladée par une scie, me revint à l'esprit. Je n'étais peut-être pas tout à fait impartiale.

— C'est son côté humanitaire… Enfin, à sa façon.

Wallace me regarda d'un air éloquent : lui aussi s'efforçait d'être impartial.

— Je te l'abandonne volontiers, répliquai-je avec un ricanement bref. Et ton grincheux de Reeves, également.

— Merci, ma p'tite dame, merci infiniment. Ce brave confrère ne semble pas être d'humeur bien guillerette, n'est-ce pas ?

Je le laissai humer l'air printanier et regagnai mes pénates. En m'engageant dans l'allée du petit pavillon du siècle dernier que j'étais en train d'acheter, je fus accueillie par mes chiens — Belle et son chiot de quatre mois, Peluche. La première, un grand bâtard de setter irlandais à longs poils noirs, pesait dans les 43 kilos. Son chiot beige, 20 kilos, promettait de devenir lui aussi un bel animal. Ses grosses pattes ressemblaient à des après-ski. Tous les deux gambadaient dans le jardin en compagnie d'un chien de chasse, d'un limier et d'un autre chien de meute à longues oreilles. Ils suivirent ma voiture jusqu'au bout du chemin, en bondissant de tous côtés. Mark venait sans doute de les mettre dehors ; ils semblaient bien trop excités. Préférant éviter de salir la maison, je les laissai jouer dans le jardin.

Sage décision. Car Arlana m'avait écrit un mot pour me recommander d'éloigner les chiens des canapés, du lit et de son carrelage impeccable. Elle m'informait également qu'elle avait fait installer le téléphone dans la cuisine et acheté un appareil supplémentaire à cet effet — la facture était jointe au message. Je me demandai si toutes les femmes de ménage prenaient autant d'initiatives. A la réflexion, mes relations amicales avec elle vouaient probablement à l'échec toute tentative de ma part d'être maîtresse chez moi. Arlana était une force de la nature, aussi indomptable que le vent ou la marée.

Constatant que l'électricité fonctionnait, je parcourus mon courrier électronique et répondis à la plupart des messages. La maman d'Amélie avait un cancer du côlon ; la sœur de Wes s'était mariée ; Shirley venait d'acheter une nouvelle voiture — ce qui n'avait rien de surprenant car Shirl conduisait par plaisir, pour se détendre et éviter de manger quand elle entreprenait un régime. Le père de Charlie Goldfarb quittait le Pentagone afin de prendre sa retraite, et Cam avait dû remettre son voyage à cause de la tempête. Il était retenu avec Marisa à Duke où il terminait son internat de neurochirurgie et où mon amie poursuivait sa rééducation. Ils ne pourraient donc pas prendre l'avion pour DorCity avant la fin des intempéries. Aux dernières nouvelles, la tempête s'était dirigée vers le Nord avant de réinvestir la région urbaine où se trouvait le centre hospitalier de Duke.

Je sentis mon cœur se serrer. Marisa me manquait terriblement, même si la lésion cérébrale qui lui avait été infligée nous empêchait de communiquer comme avant. Oubliant les dégâts causés par la tempête, j'avais espéré qu'elle serait enfin de retour chez elle.

Les autres messages, provenant de différents amis à travers le pays, contenaient des informations ou des conseils — parfois les deux. La plupart m'incitaient soit à trouver un autre compagnon à la suite de ma rupture avec mon ex-fiancé, soit à préserver farouchement mon indépendance. Quelques-uns proposaient de me présenter quelque cousin ou collègue de travail célibataire. Apparemment, ils me croyaient tous très seule.

Jusqu'ici, je n'avais parlé de Mark à personne. Je n'étais pas vraiment prête à admettre qu'il puisse devenir pour moi plus qu'un ami. Mark allait à la chasse. Mark avait une meute. Mark était un flic, tout de même ! Et Mark était un vrai gars du pays — quoique bien éduqué et de fort bonne souche, à en croire sa mère. Cependant, il n'avait pas la distinction et le raffinement d'un John Micheaux… lequel avait déserté le navire au premier rappel de sa famille. J'écartai Mark de mes pensées de façon à répondre aux messages si bien intentionnés de mes nombreux amis.

Il était un peu tard pour aller courir, malheureusement. Déçue d'être privée de la visite de Marisa et Cam, je me préparai une tasse de camomille et flânai un moment dans la maison. J'éprouvais un plaisir nouveau à habiter enfin un endroit propre et attrayant. Je n'étais pas vraiment une femme d'intérieur — sans doute à cause des nombreuses heures de ménage que j'avais faites chez miss Dee Dee. Jusqu'à l'arrivée d'Arlana dans ma vie et dans ma maison, j'avais vécu dans une « porcherie », selon la formule consacrée d'Essie, sa grand-mère, une femme de couleur qui avait été la nounou de Marisa. C'était Arlana qui avait décoré chaque pièce. Intuitive, elle avait tout de suite repéré mes goûts : pas de dentelle et de fanfreluches, pas de cuir, pas de jaune ni d'écossais. Rien que des couleurs reposantes pour l'œil dans des tons rose chair, écru, beige, ardoise.

Désœuvrée, j'allai prendre une douche brûlante. L'épuisement eut finalement raison de moi et je m'endormis comme une masse sur mon lit sans omettre de repousser l'édredon, suivant les recommandations d'Arlana. Elle n'avait pas l'intention de me laisser vivre comme ces souillons de Blancs pauvres, avait-elle assuré.

La sonnerie du téléphone me réveilla à midi, me tirant d'un rêve assez proche du cauchemar. C'était Joséphine, la femme de Sam Tooley — l'ambulancier que j'avais examiné pendant la nuit. S'il me fallut un instant pour remettre son nom, en revanche, je reconnus immédiatement le bruit de fond : une toux âpre, semblable à du linge mouillé qu'on déchire… Sam, qui avait été en contact avec les Campbell et approché le ruisseau où ils se trouvaient, était contaminé à son tour.

— Joséphine, Sam a-t-il pris les antibiotiques que je lui avais prescrits ?

— Non, répondit-elle d'une voix presque inaudible. La pharmacie n'ouvrait qu'à 9 heures, et… et il se sentait un peu mieux quand il s'est couché. Il m'a dit de ne pas le réveiller. Je l'ai laissé dormir. Il pensait que ça suffirait s'il commençait à les prendre cet après-midi.

Une vague de colère monta en moi. Les patients récalcitrants me mettent vraiment hors de moi, surtout quand leur santé est en jeu et qu'ils viennent ensuite me demander de réparer les dégâts. Cette tête de mule avait négligé sciemment mes conseils.

— Joséphine, commençai-je en tâchant de me dominer, il aurait dû se soigner tout de suite. Je croyais le lui avoir bien fait comprendre. Maintenant, il est gravement malade. Très gravement.

Comme elle se taisait, j'ajoutai :

— Venez me trouver aux urgences. Immédiatement.

Le ton de ma voix suffit à la convaincre. Elle raccrocha brusquement tout en criant à son mari de monter dans la voiture.

Je m'habillai en un temps record et m'assurai que les chiens avaient de quoi boire et manger dans le fond du couloir, qu'ils pouvaient entrer et sortir par la trappe aménagée dans la porte, avant de courir jusqu'à ma voiture. L'hôpital n'était pas très loin de chez moi, mais les routes de campagne sinueuses semblaient rallonger le trajet. Encore un peu endormie, je conduisis à toute allure en faisant crisser mes pneus dans les virages.

Quand j'entrai en courant dans le hall de l'hôpital, Wallace leva sur moi un regard surpris.

— Qu'est-ce qui se passe ?

— Sam Tooley. Il est déjà là ?

— Non. Pourquoi ?

Je l'entraînai dans une pièce à l'écart et fermai la porte — pas complètement toutefois, histoire d'empêcher les mauvaises langues de répandre des bruits sur notre compte.

— Sam Tooley est l'un de ceux qui ont porté secours aux Campbell.

— Les pneumopathies ? Le mari vient d'être placé sous ventilation. Il a l'air mal en point.

— Oh, non…

Je secouai la tête, brusquement replongée dans mon rêve.

— Je croyais qu'il…

Je m'interrompis. Cela aussi, hélas, n'était qu'un rêve. Me ressaisissant, je pris une profonde inspiration.

— Bref, Sam est venu en consultation au petit matin, avec des symptômes de grippe. J'ai fait faire deux radios des poumons à une heure d'intervalle ; tout était normal. Maintenant, sa toux ressemble à celle des patients emportés par la pneumopathie atypique. C'est un peu comme si leurs poumons se déchiraient. Il doit venir me retrouver ici avec Joséphine. Es-tu d'accord pour que je m'occupe de lui ?

— En heures sup' ? demanda-t-il avec un petit sourire. En heures sup', tu peux faire tout ce que tu veux.

— Merci. Je vais aller chercher son dossier et l'admettre aux urgences. Y a-t-il une chambre disponible ?

— Tu as le choix. Nous n'avons personne.

En ressortant dans le couloir, nous entendîmes la fameuse toux. Wallace haussa les sourcils.

— C'est lui ?

— C'est bien lui. Je vais mettre un masque pour le soigner. Si tu entends cette toux aujourd'hui, je te conseille fortement d'en mettre un, toi aussi.

Wallace hocha la tête et me suivit à distance tandis que j'accueillais Sam et Joséphine.

Sam Tooley ne semblait pas aussi mal en point que je le craignais. Il avait le teint frais. Les examens faits, sa radio pulmonaire ne présentait rien d'alarmant — rien de comparable à ce que j'avais vu au cours de la nuit précédente —, et ses gaz du sang étaient tout à fait normaux. Mais sa toux ne me plaisait pas. J'appelai donc son médecin personnel pour lui demander de placer Sam en isolement.

Quelques efforts de persuasion eurent finalement raison de ses réticences. Sam fut admis en soins médicaux avec isolement strict, et j'envoyai Joséphine à la pharmacie avec une ordonnance à titre préventif pour toute la famille. Si ce microbe était contagieux — et je n'avais aucune raison d'en douter —, il fallait que toute personne ayant été en contact avec lui soit mise sous antibiotiques.

Cette fois, je m'assurai que Joséphine avait bien saisi la gravité de la situation et lui répétai que plusieurs personnes avaient succombé à cette pneumopathie depuis la veille. Elle promit de prendre immédiatement les médicaments et d'en donner également à ses enfants.

— J'ai aussi l'intention, ajouta-t-elle, de faire dire des prières pour Sam par notre pasteur et de lui demander l'imposition des mains. Son talent de guérisseur tient du miracle, vous savez.

Le mois dernier, il a guéri ma cousine Betty qui ne parvenait pas à arrêter de fumer.

Elle parlait de cette imposition des mains avec une sorte de vénération, comme si les mots étaient écrits en majuscules. Je m'abstins de l'interroger — et de lui dire que si Betty n'avait cessé de fumer que depuis un mois, elle n'était peut-être pas définitivement guérie. Il y avait des voies où je ne voulais pas m'engager : la foi en faisait partie. Grâce à Marisa, je connaissais tous les vieux cantiques et gospels qu'on eût jamais chantés à l'église, mais je savais que la foi ne l'avait pas protégée de l'agression perpétrée par sa propre tante. Et je doutais fort qu'elle pût être de quelque secours à Sam Tooley.

Je m'apprêtais à prendre congé pour aller retrouver mon lit quand une idée me vint subitement à l'esprit.

— Votre pasteur… qui est-ce ?

— On l'appelle l'Agneau Divin, répondit Joséphine avec ferveur.

— Tiens donc.

Sur ce commentaire laconique, je tournai les talons et quittai l'hôpital.

9.

Un vrai miracle

L'infortunée maman de Shareeka Warden avait été admise à l'hôpital à son tour. Je n'arrivais pas à me souvenir de son prénom, ni même à me rappeler si je l'avais jamais su. Pourtant, avant de quitter l'hôpital pour retrouver mon lit abandonné à la hâte, j'eus envie d'aller vérifier son état. Douglas Byars l'avait admise à la suite du décès de l'enfant. Grâce à un petit coup de pouce de la préposée aux admissions, je dénichai la patiente dans le service de chirurgie, à côté de la chambre de Sam Tooley. Elle s'appelait Donnalaura Warden — Donnalaura en un seul mot. Un prénom qui me plut. En revanche, l'état dans lequel je la trouvai en allant la voir, le visage masqué, ne me plut pas du tout. En fait, dès le premier regard sur son visage terreux, je m'empressai d'ôter mon masque et d'alerter Douglas. Sa patiente était mourante.

Nous nous mîmes aussitôt à la tâche comme une équipe bien rodée et transportâmes rapidement la jeune femme en soins intensifs. En chemin, elle reçut un puissant sédatif afin que son instinct de conservation ne nous empêche pas d'insérer un tube dans sa gorge dès notre arrivée dans la salle. Il est impossible d'intuber un patient qui se débat — enfin, techniquement, c'est possible, mais épouvantable. Etre placé sous ventilation est une chose terrifiante.

Contrairement à Regina Hawkins, Donnalaura n'avait pas atteint le stade des complications cardiaques ou du rejet de sang par les voies respiratoires. Les antibiotiques avaient déjà enrayé sa toux déchirante. Mais elle était très faible et le liquide répandu dans ses poumons n'avait pas encore été évacué par son organisme. Une fois sous ventilation, son état se stabilisa rapidement. L'appareil remplissait la fonction essentielle des poumons, échangeant l'oxygène et les médicaments contre du gaz carbonique. Vingt minutes plus tard, tout danger immédiat était écarté. La situation semblait s'améliorer un peu, et Douglas, exténué, rentra se reposer chez lui.

Au lieu de l'imiter, je m'assis devant le bureau du service de soins intensifs, les yeux fixés sur la chambre de Donnalaura. Le manque de sommeil pesait lourdement sur mon cerveau fatigué. Mon corps était à la fois tendu et rompu de fatigue, le sentiment d'effroi qui commençait à me gagner ajoutant sans doute à mon accablement. Si nous avions affaire à une épidémie, même guérissable, nous risquions d'être rapidement débordés. Dans cette vaste région d'élevage rural, notre hôpital manquait de matériel et de personnel. Si la panique s'installait, les enfants en bas âge n'iraient plus à la crèche — lieu de contamination idéal —, et les parents nous les amèneraient au moindre symptôme.

Les éléments constitutifs d'une épidémie n'étaient pourtant pas encore rassemblés. Nous n'en étions qu'aux prémices. L'état de Donnalaura s'étant stabilisé, je me rendis au labo de microbiologie. Dans le couloir, je dépassai le Dr Reeves qui avançait en regardant ses pieds, les mains jointes dans le dos.

Comme il ne me voyait pas, je ne lui adressai pas la parole. Il ne faut jamais déranger un homme plongé dans ses réflexions ou la dégustation d'une bière. C'était là un des enseignements annexes de la fac de médecine.

Dans la petite salle de microbiologie, je trouvai Beth, la technicienne du labo, penchée sur un microscope. Sans lever les yeux, elle me fit signe de prendre un siège.

— Bonjour, docteur. Je vous attendais.

— Ah bon ? dis-je, un peu surprise. Pourquoi donc ?

— C'est vous qui avez découvert notre petite bestiole, et vous êtes le seul médecin de la région qui ne soit pas venu la voir.

La bestiole en question devait être la bactérie responsable des décès au cours de la nuit.

— Tous les médecins sont déjà au courant ?

— Stupéfiant, n'est-ce pas ? Et ils semblent s'y intéresser de très près, bien que je ne sois pas en mesure de leur apprendre grand-chose.

Elle leva brièvement les yeux de son appareil.

— C'est encore trop tôt.

— A quoi ressemble-t-elle ? demandai-je.

— A un streptocoque, mais je n'ai pas encore assez d'éléments pour le confirmer. Il ne se développe pas très vite.

— Sur la lame, ça ne ressemblait pas à un pneumocoque. En tout cas, c'est le seul strepto capable de tuer aussi vite, à ma connaissance.

Beth haussa les épaules, ôta la lame qu'elle examinait et en glissa une autre sous la lentille.

— Les plaques sont dans les étuves au fond à gauche et au fond à droite, si vous voulez y jeter un coup d'œil. Vous trouverez les numéros de cultures dans le bouquin, expliqua-t-elle distraitement.

La laissant, j'allai trouver moi-même les cultures de sécrétions pulmonaires dans le livre de bactériologie et sortis les plaques des incubateurs. Beth avait raison. Les plaques présentaient une légère décoloration mais il n'y avait pas encore de véritable colonie. La bestiole, comme elle disait, ne serait peut-être pas identifiable avant soixante-douze heures. Je me demandai si, d'ici là, Donnalaura Warden, Mel Campbell et Sam Tooley seraient encore en vie.

Je n'avais plus rien à apprendre ici. Exténuée, je pris congé de Beth qui marmonna une réponse inintelligible, et repris le chemin des urgences. Je m'arrêtai à l'accueil où Wallace et plusieurs infirmiers étaient rassemblés. Devant eux, la radio émettait des appels répétés.

Malgré les pluies diluviennes de la nuit, un incendie était en train de dévaster Killan's Mill, un ancien entrepôt de minoterie situé au bord de la rivière. Les familles de squatters qui occupaient les lieux avaient trouvé le moyen d'y mettre le feu. Un groupe de pompiers volontaires du village voisin était sur les lieux. Une fois leur camion-citerne vidé, ils avaient entrepris de pomper l'eau de la rivière en crue. Mais le bâtiment tout entier était en flammes, et le vent attisait l'incendie, les empêchant d'approcher.

Apparemment, personne n'était grièvement blessé. Wallace serait en mesure de soigner quelques brûlures superficielles et inhalations de fumée toxique. Décidant que ma présence n'était pas nécessaire, je pris le volant pour rentrer chez moi et m'écroulai sur mon lit sitôt arrivée. J'étais éreintée.

A 17 heures, je fus réveillée par des coups frappés à la fenêtre de ma chambre. Tout étourdie, je soulevai la tête pour écouter. S'ils n'avaient pas été endormis, empoisonnés ou ligotés par Jack l'Eventreur — lequel avait aussi appris que ma sonnette ne fonctionnait plus —, ce ne pouvait être que Mark, Dee Dee, Marisa ou Cam. Dee Dee étant enfermée à l'asile, Marisa et Cam retenus à Duke par la tempête, il ne restait que Mark. J'enfouis ma tête sous l'oreiller. Peut-être finirait-il par s'en aller.

L'absence de sonnette à l'entrée décourageait en principe les représentants qui pratiquaient le porte-à-porte. Mes amis, au courant de l'astuce, passaient directement par-derrière. Apparemment, cet ami-là savait que j'étais en train de dormir — et s'en moquait éperdument. Car les coups redoublèrent.

M'extirpant péniblement du lit, je tapai également au carreau sans regarder dehors et filai aux toilettes. Qui que ce soit — et même si c'était Jack l'Eventreur —, il attendrait que j'aie soulagé ma vessie, brossé mes dents et mes cheveux, enfilé un jean et un T-shirt et observé un instant mon reflet dans le miroir. Je prenais rarement la peine de me maquiller mais je me regardais toujours dans la glace pour voir à quel point j'en aurais eu besoin. Aujourd'hui, c'était le bouquet : j'avais les yeux cernés et des pattes d'oie prononcées. Parfait pour Jack l'Eventreur.

Me sentant tout de même un peu plus présentable, je suivis le couloir et allai jeter un coup d'œil dehors. Belle et Peluche gambadaient comme des fous autour d'une femme… Marisa !

J'ouvris tout grand la porte, dévalai les quelques marches et me précipitai vers elle. Nous nous étreignîmes en poussant des cris perçants, comme des gamines en cour de récré. Les chiens bondissaient avec de petits jappements de joie, heureux de nous voir réunies. Pour eux, le monde pouvait bien s'écrouler ; tout allait bien si Marisa était à la maison. Je partageais ce sentiment. Ma gorge se noua brusquement et je laissai échapper un gémissement étouffé.

Je m'écartai afin de la détailler de la tête aux pieds. Marisa était là, enfin. Elle se tenait debout, dans mon jardin, sans aucune assistance extérieure. Elle me regardait — et me voyait. La dernière fois que je l'avais vue, elle était pratiquement réduite à l'état de légume.

Ses beaux cheveux dorés relevés en chignon, elle était discrètement maquillée et portait une robe noire destinée à camoufler avec élégance une grossesse avancée. Oh, elle était superbe, tout simplement superbe ! La pâleur et les cernes qu'elle affichait lors de sa convalescence avaient disparu. Emerveillée, je la serrai de nouveau dans mes bras. La meilleure amie que j'avais au monde était de retour.

Je ne sais pas ce qui me fit fondre en larmes. C'était peut-être hormonal — à moins que la fatigue ne me jouât des tours. La vue brouillée, je touchai son visage souriant, caressai ses cheveux et posai mes mains sur son ventre proéminent. Aussitôt, je ressentis un solide coup de pied dans les paumes.

— Oh, mon Dieu ! m'écriai-je en reculant d'un bond, prise au dépourvu.

Belle se mit à aboyer. Marisa s'esclaffa. Je ne l'avais pas entendue rire depuis bien longtemps.

— Mon bébé, dit-elle fièrement.

Je la dévisageai de nouveau. Son rire cristallin s'envola dans l'air du soir et elle me tapota affectueusement la joue. Sur les recommandations de son thérapeute, je ne lui avais rendu visite au centre de rééducation qu'une seule fois en six mois. Ce jour-là, muette, elle s'était arrangée pour se faire comprendre par gestes. Ce n'était pas une véritable conversation mais je n'en attendais pas autant.

J'essuyai mes larmes du revers de la main et lui souris.

— Tu as parlé.

— J'y… arrive… un petit peu, articula-t-elle d'un air satisfait.

— Oh, Seigneur, quel changement… Et tu peux parler.

Je touchai encore son ventre et le palpai de manière plus professionnelle, tandis que les chiens, ravis, passaient et repassaient entre nos jambes.

— Mon rayon de soleil, fredonna-t-elle doucement. Tu m'apportes la joie quand le ciel est gris…

Elle rit de nouveau, les yeux étincelants, et m'enlaça.

Rayon de soleil… Quel gamin de l'école m'avait affublée de ce surnom moqueur après avoir entendu mon petit amoureux de l'époque me le susurrer à l'oreille ? Ce détail, évidemment, n'avait pas échappé à Marisa. Mais venant d'elle, ce n'était plus un quolibet.

— Elle s'entraîne à chanter avec un tel zèle qu'elle devrait bientôt être engagée dans les chœurs de Carnegie Hall.

Sans m'éloigner d'elle, je me retournai et découvris Cam à l'orée du petit bois, négligemment appuyé à un tronc d'arbre. Quelques mèches brunes balayaient son front et ses joues hâlés. Lui tendant le bras, je l'invitai à nous rejoindre et l'étreignis à son tour.

— C'est ton œuvre, n'est-ce pas ? demandai-je en souriant.

— Surtout celle du centre de rééducation, murmura-t-il à mon oreille avant de hausser la voix. Mais je dois t'avertir : elle n'a pas tout récupéré. Quelque part en chemin, nous avons perdu la douce, la tendre Marisa, au profit de ceci.

Marisa s'écarta en riant et lui donna une petite tape sur la joue.

— Tu vois ? Elle frappe, maintenant. Et elle est têtue comme une mule, bon sang !

Elle le frappa un peu plus fort sans cesser de rire.

— Ne jure pas, le gronda-t-elle.

— Qu'est-ce que je te disais ?

Cam attira vers lui sa tête blonde et l'embrassa sur le front.

— Faut que j'y aille, les filles. Vous allez être trop occupées à faire des courses pour avoir besoin de moi dans vos jambes.

A ces mots, je me raidis. Ils éclatèrent de rire.

— J'en étais sûr ! s'exclama Cam. Elle n'a pas changé, notre Rhea. Elle adore toujours autant le shopping.

— C'est que je suis un peu débordée, en ce moment.

Je songeai à l'hôpital, presque prête à me réjouir d'avoir des malades pour m'éviter la corvée des galeries commerciales — le régal de Marisa.

— D'accord, tu n'as pas le temps de courir les magasins, commença Cam, anticipant mes excuses. Mais il faudra bien que tu le trouves. Risa doit acheter de la layette pour le bébé.

— Pourquoi n'as-tu pas…

— Trouvé l'occasion de l'emmener faire des courses à Raleigh ? Nous y sommes allés, et nous avons rapporté de quoi emplir un semi-remorque.

Cette fois, Marisa lui donna un coup de poing dans l'épaule, feignant de se mettre en colère.

— Tu vois ? Méchante femme. Une vraie harpie.

Cam se dégagea prestement de notre étreinte et du cercle étroit que nous formions de façon à esquiver le coup suivant.

— Je reviendrai dans quelques semaines, lança-t-il en regagnant les bois. Un peu plus tôt, peut-être, si le bébé s'annonce avant terme. J'aurai un week-end prolongé le mois prochain et j'ai bien l'intention de le passer ici.

Il s'immobilisa et se retourna vers nous.

— Rhea, aurais-tu une chambre d'amis, par hasard ?

— Non. Pourquoi ?

— Eh bien, je te conseille d'en préparer une, si tu ne veux pas que nous dormions ensemble.

Malgré moi, je me sentis rougir. Il l'avait fait exprès, le monstre !

— Bon shopping, Marisa chérie, conclut-il avec un petit rire diabolique qui creusait d'irrésistibles fossettes aux coins de sa bouche. Et crois bien que je compatis, ma pauvre Rhea. Mais que veux-tu… chacun son tour !

Il nous adressa un petit salut moqueur et sauta par-dessus le ruisseau avant de partir au pas de course vers la maison de Marisa.

— Tu lui plais, déclara-t-elle doucement quand il eut disparu.

— Bien sûr, répondis-je en ricanant. Je lui plairais même avec une mâchoire de cheval, des oreilles d'éléphant et le derrière d'une grosse vache. Je suis du sexe féminin.

Passant mon bras sous le sien, je l'entraînai vers la maison.

— Mais c'est de toi qu'il est amoureux, poursuivis-je. Tu te souviens des affres dans lesquelles l'avait plongé ton mariage avec Steven Braswell ? A mon avis, il ne s'en est jamais tout à fait remis.

Marisa résista et fit une pause en bas des marches, ses yeux bleus rivés aux miens tandis qu'elle s'efforçait de retrouver ses mots.

— Moi… d'avant. Pas moi maintenant.

De sa main libre, elle décrivit de petits cercles dans l'air avant de poser l'index sur la cicatrice qui barrait son sourcil gauche.

Je compris ce qu'elle voulait dire, bien que cela me bouleverse. Ce geste universel qui illustre l'état de folie. L'endroit précis où elle avait été agressée… Elle savait qu'elle n'était plus la même qu'avant, car la lobotomie l'avait privée d'une partie de ses fonctions cérébrales. Comment pouvait-elle accepter pareille injustice avec une telle sérénité ?

— Pas moi maintenant, répéta-t-elle. Toi, tu lui plais.

— D'accord, capitulai-je, ignorant la petite pointe de plaisir honteux que me procuraient ces paroles. Entre. Je veux te montrer quelque chose.

Marisa résista encore, regardant ma maison d'un air écœuré. Au bout d'un moment, elle trouva les mots qu'elle cherchait et les prononça avec vigueur.

— Trop sale !

— Pas maintenant, la taquinai-je. Plus maintenant. Allez, viens.

— Propre ?

Elle haussa les sourcils, une lueur de malice dans l'œil.

— Un vrai miracle.

10.

Ces stupides médecins ne savent pas

Je fis visiter la maison à Marisa qui s'extasia sur la nouvelle décoration, le carrelage impeccable de la salle de bains et les nouveaux meubles. J'avais également fait installer des fenêtres neuves, repeindre tous les murs et remplacer le linoléum de la cuisine par un joli carrelage — travaux que les précédents propriétaires avaient pris en charge, dans le désir de vendre. En fait, cette vieille maison avait tant de charme que je l'aurais achetée de toute façon, mais je m'étais abstenue de le leur dire, souhaitant inclure ces réparations dans la négociation du prix.

Après la visite, nous prîmes le café ensemble dans la cuisine — du véritable café. C'était la première tasse de caféine que Marisa buvait depuis son agression. Elle la prit entre ses mains comme autrefois, s'imprégnant de sa chaleur et humant l'arôme de l'arabica. Quand elle commença à y tremper les lèvres, il était sans doute déjà froid, ce qui ne l'empêcha pas d'émettre un petit grognement de plaisir.

— Si tu dis à Cam ou à miss Essie que je t'ai fait boire du vrai café, ils ne nous laisseront plus jamais seules ensemble, chuchotai-je avec un sourire complice. Tu comprends ?

Les paupières closes, elle hocha lentement la tête.

— La prochaine fois, j'achèterai un paquet de décaféiné.

Elle ouvrit brusquement les yeux.

— Et chaque fois que tu viendras prendre le café chez moi, nous en verserons dans le fond de la cafetière, expliquai-je pour la rassurer. Ainsi, Arlana n'ira pas dire à sa grand-mère que j'ai triché. Mais pas plus de deux tasses de vrai café par semaine, hein ? Au-delà, nous risquerions de compromettre tes chances de guérison.

Ses yeux bleus lancèrent des éclairs. Si une gemme d'un tel éclat et de cette couleur plus profonde que le saphir pouvait être découverte ou reproduite, elle deviendrait à coup sûr la pierre précieuse la plus recherchée. Une fois de plus, ma gorge se noua, mais je dissimulai mon chagrin. Si Marisa était capable d'accepter sa condition, je devais à tout prix en faire autant.

Elle me prit la main d'un geste pressant.

— Rhea, Rhea…

— Oui, Risa. Qu'y a-t-il ?

— Eddie ?

Je fermai brièvement les yeux avec un soupir. Marisa se souvenait-elle de son agression ? Eddie, son beau-fils, avait participé à cette horrible entreprise ; il était l'un de ceux qui l'avaient maintenue pendant que sa tante la lobotomisait. Que pouvais-je lui dire, à présent ? Je maudis mentalement Cam de s'être éclipsé en me laissant me débrouiller toute seule.

Marisa me secoua la main.

— Eddie ! insista-t-elle.

— Eddie est en prison, Marisa.

Elle me dévisagea d'un air interdit.

— Il a agressé une enseignante à la sortie du lycée, puis une jeune fille… et toi aussi, ajoutai-je plus doucement.

Ses yeux, incrédules, s'emplirent de larmes.

— Tu ne t'en souviens pas, n'est-ce pas ?

— Non. Eddie ?

Elle semblait espérer que je me rétracte, que j'avoue m'être trompée.

Je hochai lentement la tête.

— Si, malheureusement.

— Et tante Dee Dee… Ils m'ont blessée… ensemble ?

Une larme roula sur l'ovale parfait de sa joue.

J'inclinai la tête vers elle jusqu'à ce que nos fronts se touchent.

— Oui, c'est ça.

Posant sa tasse sur la table, elle me repoussa légèrement pour me regarder dans les yeux, prit ma main et la mit sur son ventre.

— Famille, déclara-t-elle fermement. Famille.

J'opinai, la vue brouillée par les larmes.

— D'accord : miss Essie, toi, moi et le bébé — ça fait quatre.

— Et Cam, ajouta-t-elle en s'essuyant les yeux.

— Et Cam.

Elle renifla doucement, reprit sa tasse et la leva entre nous comme pour porter un toast. Je fis tinter ma tasse contre la sienne. Puis nous bûmes ensemble. Un pacte venait d'être scellé.

— Eh bien, à quelle date dois-tu accoucher ? m'enquis-je en la regardant poser sa tasse sur son ventre proéminent, en guise de table. Et de quel sexe est le bébé ? Ne me dis pas que tu n'as pas voulu le savoir.

Son sourire radieux réapparut.

— Bébé dans deux ou trois semaines, répondit-elle sans hésiter. Ces stupides médecins ne savent pas au juste.

J'éclatai de rire. Marisa avait entamé ses études de médecine avec moi puis abandonné en seconde année pour épouser Steven. Contrairement à elle, je faisais partie de ces « stupides médecins ». D'autant qu'il m'avait fallu un certain temps pour discerner sa grossesse, occupée que j'étais à diagnostiquer puis à soigner sa blessure au cerveau.

— Et je sais ce que j'aurai, ajouta-t-elle avec une lueur de malice dans l'œil. Fille ou garçon.

— Pas un chiot ou un chaton, certes. Bon, d'accord. Tu as donc refusé qu'on te le dise ?

— Oui, dit-elle d'un ton résolu.

— Dans ce cas, quelle couleur choisir, pour nos emplettes ? Du vert ?

Marisa posa sa tasse et se mit à battre des mains. Je venais d'accepter implicitement de l'emmener faire des courses. Puis son visage s'assombrit, et elle me regarda gravement, les deux mains posées sur son abdomen. Manifestement, elle avait quelque chose d'important à me dire.

— Je ne peux pas… parler très bien, murmura-t-elle. Bébé doit entendre. Besoin d'aide. Anglais.

— Tu veux que je vienne chez toi pour que le bébé apprenne à parler ?

— Non. Anglais.

— Je ne parle pas assez bien l'anglais ?

Elle fit non de la tête.

— Merci, répliquai-je sans me formaliser.

Elevée à Charleston, j'avais en effet un accent typiquement méridional. Apparemment, Marisa ne voulait pas que son enfant parle comme les gens du Sud.

— Aide anglais, répéta-t-elle avec insistance.

Soudain, je compris.

— Tu veux une nounou anglaise !

— Oui !

Ses traits s'éclairèrent.

— Il faut la trouver.

— Je vais essayer. Il doit bien y avoir dans les parages un médecin qui connaisse une agence de placement.

— Pas d'argot, surtout.

— Si je comprends bien, tu ne veux pas d'une nounou issue des faubourgs londoniens, mais plutôt quelqu'un qui manie la langue de Shakespeare.

Elle hocha vigoureusement la tête.

— Pourquoi ne pas exiger quelqu'un qui parle aussi le français et l'espagnol ? maugréai-je.

J'aurais mieux fait de me taire car Marisa jugea l'idée excellente.

Je soupirai.

— Tu ne te contentes pas de m'entraîner dans les magasins. Il faut aussi que je me mette à te chercher du personnel, maintenant.

Elle se leva et contourna ma table ancienne — un cadeau de sa tante Dee Dee, à l'époque où elle était encore fréquentable — pour venir m'entourer les épaules de ses bras. Je la serrai contre moi.

— D'accord. Tu as gagné.

— Bon. Je dois m'en aller, maintenant, déclara-t-elle en articulant de son mieux. Merci pour cet agréable moment.

Je ne pus m'empêcher de rire, imitée par Marisa. C'était si bon de la retrouver.

Exceptionnellement, je n'étais pas de service ce vendredi soir et n'avais rien à faire de particulier. Marisa, qui dormait dix à douze heures par nuit, était visiblement fatiguée quand je l'avais raccompagnée chez elle, de l'autre côté du ruisseau en crue qui séparait nos jardins respectifs. Hors de question, donc, de lui rendre visite. Cam avait repris l'avion à destination de Duke. Quant aux chiens, trop exténués pour jouer, ils étaient couchés sous la véranda, à l'arrière de la maison, langues pendantes. Peluche était étendu en travers de sa mère comme sur un paillasson. Ils sentaient le chien mouillé et avaient besoin d'un bon bain.

Je dus reconnaître que je me sentais un peu seule. Ce qui m'arrive pourtant rarement. J'aime autant la bonne musique ou la lecture que la compagnie de mes semblables. Mais ce soir-là, j'avais envie de voir quelqu'un, d'aller au cinéma, peut-être. De faire quelque chose.

Je bus le café qui restait dans la cafetière et envisageai un instant d'aller courir avant d'y renoncer, faute de courage. Sans déloger Peluche, Belle s'arrangea pour ramper jusqu'à mes genoux et y posa son museau, en quête de caresses.

— Ça, c'est une gentille Belle, bêtifiai-je en la gratouillant derrière les oreilles, réconfortée par sa chaleur alors que la température, dehors, commençait à baisser.

Encouragées par la pluie et le temps plutôt clément malgré la saison, les grenouilles avaient interrompu leur hibernation et lançaient quelques appels rauques dans le ruisseau, à l'orée du bois. Quelque part, à proximité, un cheval hennissait, ses sabots claquant sur le sol humide. Sans doute s'était-il échappé de son enclos à la suite des inondations. Je n'avais pas le courage d'aller le chercher, mais s'il passait par mon jardin, je l'attacherais à un arbre et appellerais le shérif. Après les intempéries, on retrouvait toujours des bêtes égarées.

Assise dans l'obscurité montante, je sentais ma tasse refroidir entre mes mains. Belle se blottit plus près de moi, et je la laissai faire en dépit de son odeur nauséabonde.

Sur le point d'appeler Mark pour lui proposer d'aller chercher un plat cuisiné quelque part, j'entendis sa voiture arriver dans l'allée. Le faisceau de ses phares balaya le jardin et s'immobilisa. Sans couper le moteur, il passa la tête par la portière de sa jeep.

— Voilà une femme comme je les aime — attendant son homme sous le porche avec un café chaud à la main et deux chiens de chasse à ses pieds.

Je secouai la tête en maugréant :

— Belle n'est pas un chien de chasse et Peluche a tout juste le courage de respirer encore. Le fond de ma tasse est pratiquement froid et je ne t'attendais pas : j'admirais le coucher du soleil. Mais je meurs de faim. Allons dîner, d'accord ?

— Ça tombe bien. Vos désirs sont des ordres, ma chère.

— Bon. Je vais chercher mon sac.

J'écartai Belle de mes genoux et rentrai dans la maison. Les chiens s'étirèrent paresseusement pour aller accueillir Mark. Il avait toujours des friandises à leur intention. Je brossai mes cheveux courts, mis un soupçon de blush et de rouge à lèvres, des chaussures de sport propres et remplaçai mon T-shirt odorant par un chemisier. En moins de cinq minutes, j'étais prête pour une sortie en tête à tête. A la réflexion, je pris une petite veste et vaporisai un soupçon de parfum sur mes cheveux — au cas où je sentirais encore le chien.

En ressortant, je m'aperçus que la nuit était entièrement tombée, à présent. Je montai dans la jeep, fermai la portière et attachai ma ceinture tandis que Mark faisait demi-tour au bout de l'allée. Les chiens regagnèrent mollement la véranda et s'affalèrent sur le carrelage.

— Eh bien ? lançai-je en guise d'entrée en matière.

— Tu sens bon.

— Merci. C'était ça ou l'odeur des chiens.

Tout autre que lui aurait pu s'offusquer de cette réponse laconique. Lui s'esclaffa.

— Odeur de chiens ou parfum, les deux me conviennent.

— Oui, mais ces chiens-là ont passé la journée dans la boue du ruisseau et empestent tout particulièrement. Dis, si tu me racontais plutôt cette prise d'otages à la maison d'arrêt ? J'ai pensé un instant que j'allais être obligée de me rendre sur place.

Mark me jeta un coup d'œil.

— Tu as cru que je te laisserais y aller ?

— Non, pas vraiment. Mais ça m'a tout de même traversé l'esprit.

En fait, je l'avais réellement craint, mais ce n'était pas ce qu'il avait envie d'entendre.

— Tu n'as pas écouté la radio ?

Comme je secouais la tête, il poursuivit :

— Un néo-nazi accusé d'avoir pendu quelqu'un a déclenché une émeute alors que nous avions rassemblé tous les détenus dans le même secteur de la maison d'arrêt, à cause des inondations.

L'individu — un certain Richard Ellis — était en garde à vue depuis deux jours en attendant de passer devant le tribunal de la marine militaire. Il a profité du remue-ménage pour provoquer une mutinerie. Il y a eu quelques coups de feu, quelques voies de fait — les victimes étant surtout d'autres détenus qui n'exécutaient pas ses ordres. Nous sommes toujours à sa recherche.

— Il s'est *évadé* ? m'exclamai-je, scandalisée.

Je n'avais pas voulu le vexer mais Marisa était seule chez elle avec miss Essie, la grand-mère d'Arlana. Je doutais fort qu'une dame âgée de plus de soixante-dix ans soit d'un grand secours pour sa protégée, en présence d'éventuels intrus.

— Les flics de la PJ étaient sur les lieux.

— Ah, je vois. La police nationale l'a laissé filer.

Cette fois, l'offense était volontaire — pour la plus grande satisfaction de Mark, du reste.

— Exactement, acquiesça-t-il, l'air ravi. En arrivant, ils ont voulu prendre la direction des opérations. Notre pseudo-médecin, à l'intérieur, était prêt à mettre notre stratagème à exécution et à nous faire entrer, quand l'officier de la PJ s'est trompé de signal. C'est un véritable miracle que personne n'ait été tué. Malheureusement, Ellis a réussi à s'évader. Et les journalistes de la NBC ont tout filmé depuis leur hélicoptère.

Je comprenais mieux sa satisfaction, à présent. Il avait une preuve indiscutable que la police nationale avait commis une énorme bévue — ce qui ferait le bonheur de n'importe quel inspecteur de province.

— Et Ellis ?

— Ellis est en cavale, libre comme l'air et armé jusqu'aux dents. Il a maintenant une meute de flics à ses trousses dans le district de Lancaster où sa présence a été signalée tout à l'heure.

— Et pourquoi ne participes-tu pas à cette chasse à l'homme ?

— Hmm, fit-il, imitant à la perfection le grognement de ses chiens. Tu sais, ce guignol d'officier dont je te parlais ? Eh bien, il est tombé en se prenant malencontreusement les pieds dans les miens. Et dans sa chute, sa mâchoire a accidentellement heurté le dos de ma main.

Il contempla les articulations de sa main droite et serra le poing comme pour vérifier qu'il fonctionnait encore.

— Tu lui as fait un croche-pied, flanqué un coup de poing et il s'est étalé, traduisis-je.

Il me jeta encore un coup d'œil oblique, l'air réjoui.

— Ce n'est pas du tout l'avis des témoins.

— Lesquels, comme par hasard, sont tous des flics du coin.

— Rétrospectivement, en effet, je m'aperçois que ce sont tous des gars de chez nous.

Son sourire s'épanouit. Je soupirai. Les hommes et leurs manèges…

— Parle-moi donc de ce Richard Ellis. J'ai reçu ce matin des patients qu'il avait tabassés, ce qui fait que je connais un peu ses méthodes.

— Est-ce lui qui les a tabassés, ou bien a-t-il confié la besogne à ses comparses ?

Mark me scruta avec attention, comme si la distinction était d'importance.

— Il paraît qu'Ellis observait la scène, en se régalant du spectacle.

Il hocha la tête.

— Il a un nombre impressionnant de crimes racistes à son actif, m'expliqua-t-il. Il a été expulsé de Citadelle[1] pour diverses agressions à caractère ségrégationniste envers de jeunes recrues. Engagé dans la marine, il a causé des problèmes à son commando après la guerre du Golfe. Plus tard, il est passé en cour martiale pour avoir frappé un officier supérieur — un Noir, bien entendu. Il a purgé une partie de sa peine, s'est converti à je ne sais trop quelle religion, puis s'est évadé avec deux acolytes, en tuant un gardien au passage. En 97, il a été accusé d'avoir agressé un couple juif à New York, avec un complice. Quelques jours plus tard, les deux hommes s'en prenaient cette fois à un couple d'homosexuels. Arrêtés, ils ont réussi à se faire libérer pour vice de forme. Au début de l'année 98, un homme dont la description correspond à la sienne a été découvert en possession de plusieurs flacons d'anthrax à Washington, dans un train en direction du Potomac. Les récipients, provenant de divers groupes terroristes du Moyen-Orient, portaient des inscriptions arabes. Nous ignorons ce qu'il comptait en faire — rien de bien rassurant, en tout cas. Cette fois encore, il a réussi à s'en tirer, mais les Services secrets ont gardé les flacons.

Il s'interrompit afin de se rabattre derrière un camion rempli de bois. Quittant ensuite la Grand-Rue, il s'engagea dans un parking. Je n'avais pas demandé où nous allions dîner car cela m'était complètement égal. Mais je m'aperçus que je ne connaissais pas du tout cet établissement.

— *Sottise*[2] ? murmurai-je en déchiffrant l'enseigne lumineuse. Un restaurant français ? Dans notre région ?

1. Citadelle : école militaire du sud des Etats-Unis (analogue à Saint-Cyr).
2. Sottise : en français dans le texte.

— Ça signifie « bêtise » ou quelque chose comme ça. Ils nous ont envoyé une carte au bureau, la semaine dernière. Tu n'es pas assez habillée pour dîner à l'intérieur, mais nous pouvons nous faire servir sur la terrasse couverte.

L'eau me vint à la bouche.

— Je dînerais en plein air au fond du jardin, si nécessaire.

Je n'avais pas goûté de mets raffinés depuis mon arrivée dans la région. Certes, on y trouvait d'honnêtes restaurants, mais rien de comparable aux petits plats que mijotait John, mon ex-fiancé. A cet égard, c'était vraiment le compagnon idéal pour une gourmande comme moi qui n'ai malheureusement rien d'un cordon-bleu.

— Pour en revenir à notre homme, poursuivit Mark, un groupe d'individus a été filmé par la caméra d'une banque en train de matraquer et de détrousser un couple d'Asiatiques à Atlanta ; l'un d'entre eux ressemblait beaucoup à Ellis. Et à la maison d'arrêt du comté, ses hommes se sont distingués en incitant les autres détenus à supprimer les « débiles et autres tarés, les pédés, les bridés, les Youpins et les Nègres » — je cite. Ils attisaient la haine et la xénophobie. Personnellement, je suis ravi d'être débarrassé de lui. J'espère qu'un de ces jours, il tombera sur un membre du Black Power armé jusqu'aux dents et animé d'intentions aussi aimables que les siennes.

— Euh, oui ? dis-je distraitement.

— Je parlais d'Ellis.

Il regarda tour à tour mon visage et l'enseigne lumineuse du restaurant.

— Un petit creux ? demanda-t-il d'un air candide.

Je choisis d'ignorer sa question.

— Si l'adresse est bonne, je ferai des gardes supplémentaires pour prendre tous mes repas chez eux. Je me demande s'ils livrent à domicile… Oh ! là, là, je crois que la bonne bouffe commençait à me manquer.

J'ôtai ma ceinture et tournai la poignée de la portière. Mark me saisit la main en riant.

— Reste donc assise. Nous sommes en avance d'une demi-heure.

— Tu as réservé une table ? Si j'avais su, je me serais habillée, remarquai-je en jetant un coup d'œil sur mon jean.

— Tu as autre chose que des jeans ?

Je le dévisageai un instant. Il parlait sérieusement.

— Tu ne m'as jamais vue dans une autre tenue ?

— Jamais.

Une lueur d'intérêt brilla dans ses prunelles vertes. Manifestement, cette éventualité n'était pas pour lui déplaire. Je retirai ma main de la sienne.

— J'ai même toute une garde-robe, encore rangée quelque part dans des cartons de déménagement. Il y a aussi quelques chiffons dans ma penderie.

A l'époque de mes fiançailles avec John, je portais régulièrement des tailleurs et des robes. Nous habitions ensemble à Charleston et menions une vie assez mondaine, sortant et recevant fréquemment. Tous ces vêtements étaient beaucoup trop élégants pour Dawkins, mais à présent…

— Je m'habille parfois en robe, ajoutai-je, comme il promenait un regard rêveur sur mes cuisses moulées dans mon jean. Avec des talons hauts, par-dessus le marché.

— Sans blague ! Il y aurait donc des gambettes là-dessous ?

— Garde ta curiosité lubrique pour toi, répliquai-je en croisant pudiquement les jambes.

— Veux-tu voir le nouveau joujou de la police ? lança-t-il, changeant prudemment de sujet.

Je me demandai quelle association d'idées le faisait passer de mes jambes à un jouet, mais le sujet m'intéressait tout de même.

Mark fourragea sur le siège arrière et récupéra un appareil gris et noir qu'il déposa sur mes genoux. Relativement compact, l'objet se présentait sous la forme d'un disque parabolique associé à une petite caméra vidéo avec un micro au bout d'une perche. Mark pointa le menton vers le restaurant et pressa un petit bouton sur le côté de l'appareil. Un voyant rouge s'alluma.

— Un fournisseur de matériel pour entreprises de surveillance nous a prêté quelques appareils à titre d'essai. On peut écouter tout ce qui se passe à l'intérieur d'un bâtiment. Le micro capte les ondes sonores renvoyées par la surface des vitres.

— La loi ne protège-t-elle pas la vie privée des gens ?

— Il y a des exceptions.

Voilà qui constituait un sujet intéressant à débattre. Je ne détestais pas engager la discussion avec Mark. D'autant que, selon lui, nous ne nous disputions jamais.

— La Constitution reconnaît expressément ce droit à tous les citoyens, insistai-je d'un ton à la fois suave et provocateur.

Il ouvrit ma vitre, puis attrapa l'appareil et dirigea le micro vers le restaurant, ignorant délibérément mes protestations. Un brouhaha de conversations mêlé au tintement de la vaisselle et à la musique d'un piano mécanique envahit la jeep. Ajustant le volume, Mark me regarda du coin de l'œil avec un petit sourire narquois.

— Il faut que je m'entraîne. Et permets-moi de t'informer qu'un arrêté de la Cour suprême a autorisé certains représentants des forces de l'ordre à utiliser ces petites merveilles et autres babioles de ce genre dans le cadre de leurs investigations.

Sur l'écran miniature de la caméra, j'aperçus un couple assis près de la baie vitrée. On entendait maintenant clairement les propos acerbes qu'ils échangeaient à mi-voix.

— Tu n'as pas été retenu au bureau, hier soir, disait la femme. J'ai appelé Darrell. Il t'a vu partir à 19 heures.

— Tu as appelé mon chef pour m'espionner ? gronda l'homme, un beau blond d'une trentaine d'années, en se calant dans son siège. Espèce de petite garce !

— Aïe, murmura Mark, visiblement ravi. Joli Cœur s'est fait épingler.

— Ne prends pas cet air indigné, répliqua la femme. Tu recommences à me raconter des bobards. Avec qui étais-tu, cette fois ? Une petite secrét…

— Je n'étais avec personne, et baisse un peu le ton, je te prie.

— Tu n'as pas d'ordres à me donner ! rétorqua-t-elle.

Je me penchai vers Mark et éteignis l'appareil.

— C'est une conversation privée. Et je me moque pas mal des décisions de la Cour suprême.

Il soupira.

— Tu nous gâches tout le plaisir.

— Je sais. Ce n'est pas la première fois qu'on me traite de rabat-joie, l'informai-je avec un sourire.

— Et si nous avions affaire à deux pédophiles en train de mettre au point un film porno avec des gosses de six ans ? Pourraient-ils prétendre au respect de leur vie privée, eux aussi ?

Ou si c'étaient des dealers qui organisaient un réseau de distribution aux abords des établissements scolaires ?

Je haussai les sourcils et souris franchement, cette fois. C'était une vieille controverse que l'évolution de certains paramètres renouvelait. Et si j'avais l'impression que Mark ne me disait pas tout sur l'utilisation du joujou en question, la perspective d'un débat corsé n'était pas pour me déplaire.

— Amuse-toi si tu veux à concevoir toutes sortes de dilemmes déontologiques. Quant à moi, je me refuse à espionner les scènes conjugales d'un couple en difficulté.

— Tu veux être protégée par les forces de l'ordre, mais tu ne veux pas que nous fassions ce qu'il faut pour pouvoir assurer ta sécurité. Tu voudrais t'enfermer dans ta tour d'ivoire, laissant les flics prendre des risques considérables à ta place.

Sa petite tirade achevée, il attendit que je morde à l'hameçon, l'œil brillant, sa récente moustache dissimulant un sourire gourmand.

— Des risques considérables ? Je t'en prie, trouve autre chose, rétorquai-je, ne plaisantant qu'à moitié. Vous adorez le danger, tous autant que vous êtes : une bande de drogués à l'adrénaline qui aiment avancer sur la corde raide, frôler les précipices. Si on ne vous payait pas pour ça, vous le feriez pour le plaisir.

— Mais tu veux quand même rester à l'abri, saine et sauve, tout en considérant notre intervention comme allant de soi, en cas de problème.

— Ce qui me semblerait aller de soi, c'est que vous ne puissiez pas jouer au gendarme et au voleur sans la moindre restriction, répondis-je nonchalamment. Je n'ai pas envie que tu violes l'intimité des gens avec ton nouveau joujou. Je n'ai pas envie que tu puisses franchir impunément les frontières de la légalité.

Mark éclata de rire, et je secouai la tête.

— Je parviendrai bien à te convertir, un de ces jours, m'assura-t-il.

— Ma conversion à la religion des armes est plus qu'improbable. Je passe beaucoup trop de temps à réparer les dégâts qu'elles provoquent.

Il y eut un silence.

— Des dilemmes déontologiques ? reprit Mark après un temps. C'est nouveau, ça.

— Je fais des efforts.

Mon estomac émit un gargouillis sonore. Les fumets provenant du restaurant devenaient irrésistibles.

— Mais ce genre de… controverse revient si souvent entre nous que j'aurai bientôt épuisé tous les arguments imaginables pour triompher.

Mark écarquilla les yeux.

— Triompher ? Toi ? Tu parles bien de la… controverse que nous venons d'avoir ?

— Oui. Les dilemmes déontologiques t'ont désarçonné. Tu n'as rien trouvé à y redire. En pratique, j'ai donc remporté cette manche.

Il consulta sa montre et se cala dans son siège. Il fallait attendre encore un quart d'heure pour passer à table.

— Au fait, Eddie Braswell est sorti de prison, m'annonça-t-il à brûle-pourpoint.

Je me redressai brusquement, oubliant le restaurant français et ses odeurs alléchantes. Eddie n'avait pas été jugé pour l'agression de Marisa et ne le serait sans doute jamais, bien qu'il eût déjà fait de la prison suite à d'autres agressions.

— Sorti de prison ? répétai-je. Quand ? Il est allé vivre avec son père ?

Le Dr Steven Braswell, l'ex-mari de Marisa, avait quitté la région depuis la découverte des sévices infligés à son épouse, mais il continuait à utiliser ses relations afin de tirer les ficelles en coulisse. Il exerçait maintenant dans une clinique du comté voisin et vivait avec une jeune femme — la même qui avait été à l'origine de son divorce. Personnellement, j'estimais qu'il aurait dû être condamné pour avoir laissé végéter son épouse après son agression, mais les magistrats en avaient décidé autrement. Steven était donc un homme libre — ce qui n'avait rien de rassurant, à mon avis. Il ne lui avait fallu qu'un peu de patience pour obtenir la libération sous caution de son rejeton.

— Il y a trois jours, répondit Mark. Le père Agneau l'a converti en prison. Il s'est fait baptiser et porte une médaille. As-tu déjà entendu parler de cet énergumène ?

— Le père Agneau ? Oh, oui. Je l'ai même rencontré. Je ne trahirai pas vraiment le secret médical en te disant qu'il s'était entaillé la main. Il a attendu un peu trop longtemps pour soigner la plaie, mais je l'ai vu jouer les prophètes au beau milieu du hall des urgences. Parle-moi plutôt d'Eddie.

— Dommage que la lame n'ait pas entaillé une artère, nous serions débarrassés de lui… Eddie, lui, arbore maintenant une coupe en brosse, un treillis militaire et le fameux insigne qu'ils portent tous autour du cou. Il vit dans le camp retranché que le père Agneau appelle son enceinte ou la Cité Bénie, à la limite du comté. Eddie cite les Ecritures à tout propos comme un vrai pasteur, mais je ne suis pas sûr que tout ce baratin soit issu de la Bible. Bref, ce gamin est toujours aussi timbré. Cela dit, je ne crois pas que Marisa ait encore grand-chose à craindre de lui. D'après un collègue du poste de police de Ford, il n'aurait eu aucun contact avec son père. Steven respecte à la lettre l'interdiction qui lui a été faite de venir à Dawkins et d'approcher Marisa.

— Ah oui ? dis-je avec un petit sourire, devinant la suite. En fait, tu t'étais bien gardé de m'annoncer sa sortie de prison avant d'avoir pu te renseigner sur son compte. Tu savais que je m'inquiéterais pour Marisa.

Il haussa les épaules, à peine embarrassé.

— Merci, murmurai-je. Je me serais inquiétée, en effet. Autant à cause d'Eddie que de Steven.

Me penchant vers lui, je l'embrassai sur la joue.

— Maintenant, allons dîner ou je vais me jeter sur les sièges de ta jeep. Je meurs littéralement de faim.

11.

La queue cessa de remuer

Le repas fut somptueux. Le chef maîtrisait aussi bien la nouvelle cuisine que les recettes traditionnelles avec de délicieuses sauces relevées. Nous fûmes servis sous l'auvent du jardin rafraîchi par un petit vent d'ouest, tandis que le pianiste jouait une série de vieux blues qui auraient enchanté ma mère — un jour où elle était sobre. Après le dessert, nous prîmes un café agrémenté de crème et de liqueur. Je serais volontiers restée jusqu'à la fermeture, mais je n'étais pas de repos le lendemain. Nous partîmes donc vers 22 heures et regagnâmes la jeep bras dessus bras dessous.

Peut-être fallait-il incriminer le vin — un riche cabernet-sauvignon qui accompagnait à merveille le bœuf en sauce —, à moins que ce ne fût ce soupçon de liqueur dans mon café, ou encore le souvenir de jours heureux avec John, après l'un de ces fameux repas dont il avait le secret. Bref, pour une raison ou pour une autre, quand Mark me plaqua contre la carrosserie de la jeep et m'enlaça étroitement, son geste ne suscita aucune résistance de ma part. Sa bouche avait un goût de café et un léger relent d'alcool et de chocolat. Sa moustache me chatouillait la joue. Quelle différence avec John…

Je lui rendis son baiser et frissonnai sous la morsure du vent. Une chaleur familière m'envahit lorsqu'il me serra dans ses bras, mais je ne me laissai pas étourdir. Je parvins à maîtriser le désir, l'élan, le besoin d'étreindre et d'être étreinte. Et quand l'ardeur du baiser s'atténua, je me dégageai doucement.

Mark appuya son visage contre le mien, la respiration inégale.

— Un de ces jours, je réussirai à te convertir, murmura-t-il, donnant une autre signification à ses mots.

Je hochai doucement la tête. C'était fort probable, en effet.

Plus tard, en rentrant dans ma maison bien froide, je me demandai ce qui me retenait de céder aux avances de Mark. Pourquoi ne pas combler le vide de mon existence en prenant simplement ce qu'il m'offrait ? John ne reviendrait pas. Et même s'il revenait, je n'ajouterais plus foi à ses promesses, à ses projets d'avenir. Par conséquent, je ne me réservais pas pour John.

Je me penchai vers Peluche pour le gratter derrière les oreilles tandis que Belle me débarbouillait le menton avec sa langue.

— Oui, oui, vous êtes de beaux chiens-chiens. Un joli Peluche, une jolie Belle.

Je me redressai, titubant encore un peu sous l'effet du repas et du baiser de Mark.

Je me rappelai subitement ce que Marisa m'avait dit l'après-midi même à propos de Cam. « *Tu lui plais.* » Trois mots taquins, le genre de petit mot qu'un écolier fait passer du fond de la classe. Toutes les femmes plaisaient à Cameron Reston. Il les adorait toutes, leur vouant un tel culte que ses idylles se succédaient sans qu'il pût jamais se fixer. Entre nous, il n'y avait jamais rien eu de plus qu'une solide amitié. Au moins était-ce un sentiment durable de sa part, pour une fois.

Non, Cam n'était pas l'homme de ma vie. Il ne le serait jamais. Et Mark ? Mark n'était certes pas un pis-aller — le dernier des trois. Je le considérais plutôt comme une valeur x d'importance indéterminée. A moi de résoudre l'équation. Pour le moment, j'en étais simplement incapable.

J'entendis mon bip sonner dans la chambre — un petit signal discret derrière la porte. J'allumai le plafonnier, trouvai l'appareil sur ma table et regardai l'écran. Un numéro s'affichait au centre, accompagné de l'heure d'émission du signal : 22 heures. Je téléphonai à l'hôpital et demandai le numéro du poste qui m'avait appelée. C'est une infirmière des soins intensifs qui prit mon appel.

— Bonsoir, Gloris. Dr Lynch à l'appareil. Quelqu'un a cherché à me joindre ?

— Oui, docteur. Ne quittez pas, je vous passe le Dr Byars.

— Rhea ?

Douglas semblait soucieux, presque angoissé. Il parlait d'une voix étranglée.

— Qu'y a-t-il, Douglas ?

— Je voulais juste vous donner des nouvelles de nos patients.

— De mauvaises nouvelles ?

— Les pires qui soient.

Je m'assis contre les oreillers et tirai l'édredon sur mes jambes. J'aurais besoin d'allumer le chauffage pour la nuit : finies les températures clémentes pour la saison.

— Allez-y, racontez.

— Donnalaura Warden est décédée ce soir à 19 heures, déclara-t-il posément.

Je froissai machinalement l'étoffe de l'édredon entre mes doigts crispés.

— La cause du décès est la même que celle de sa fille, mais je l'envoie tout de même à Columbia pour un examen post-mortem. Sam Tooley est sous ventilation. Il semblait être entre la vie et la mort mais son état s'est stabilisé. Quant à Mel Campbell…

Il reprit son souffle avec peine, apparemment à bout de forces.

— Mel ne passera pas la nuit. Mais nous n'avons pas de nouveaux cas confirmés. Il se peut que la série s'arrête là.

— Etes-vous rentré chez vous depuis que tout a commencé, Douglas ? demandai-je doucement.

— Uniquement pour prendre une douche, me changer et faire un peu de lessive. J'ai été exposé à la contamination. Je n'ai pas envie de me faire remplacer par un autre médecin qui risquerait de l'être aussi et de la propager ensuite un peu partout.

— Pas de nouveaux cas confirmés, m'avez-vous dit ?

Il hésita.

— Nous avons trois autres patients atteints de bronchite et de pneumopathie. Ils sont tous pompiers ou ambulanciers.

— L'agent causal ?

— Tout le problème est là. Nous n'avons encore aucune piste réelle, même avec les patients décédés. On trouve plusieurs organismes. Ce cocci Gram-positif que vous avez vu sur les colorations est bêta-hémolytique et se développe lentement. Les autres sont Gram-négatif et résistent à tout. On trouve du pseudomonas — de type indéterminé jusqu'à présent —, des *E. coli* et une salmonelle, m'expliqua-t-il, énumérant trois des bactéries les plus courantes. Chez la plupart des patients, on trouve tous ces organismes en plus ou moins grande quantité, et comme le cocci Gram-positif est toujours prédominant, je commence à croire que les autres pourraient être à l'origine de la contamination. En ce moment, le labo tente de travailler sur les cultures, mais leur développement étant limité, nous n'avons aucun moyen d'action.

— Si ce cocci Gram-positif est bêta-hémolytique, avançai-je, pensive, croyez-vous que cela suffirait à expliquer les hémorragies ?

Placés dans un milieu spécial à base de sang, en laboratoire, les organismes bêta-hémolytiques absorbent et digèrent littéralement l'hémoglobine.

— Et s'il s'agissait d'une nouvelle souche bizarroïde qui provoque des hémorragies par une interruption quelconque du cycle de coagulation — comme une hémolyse, par exemple ?

Je me figurai mentalement les minuscules bactéries sphériques s'attaquant aux cellules du poumon, dégageant veines et artères et provoquant d'abord une embolie puis une hémorragie pulmonaire.

— Je n'en sais rien, Rhea. Je n'en sais fichtrement rien.

J'entendis un bruissement de tissu rêche et l'imaginai levant le bras pour se gratter le crâne, perplexe. Belle se faufila sans bruit dans ma chambre, Peluche scotché à ses pattes comme s'il craignait de perdre sa mère.

— Si cet organisme provoquait des troubles de la coagulation, reprit Douglas, il y aurait des pétéchies.

Il faisait référence aux minuscules points rouges — comme des piqûres d'épingle — qui apparaissent généralement chez les patients dont l'organisme ne parvient plus à réguler le cycle de coagulation.

— Et les résultats des TP et TPP grimperaient en flèche, ajouta-t-il. Or, on ne trouve rien de tout ça, notamment sur Mel, pour qui je viens d'effectuer ces deux tests. Ne quittez pas…

Je l'entendis demander à quelqu'un d'opérer un prélèvement de sang. Les TP et TPP — taux de prothrombine et taux partiel de prothrombine — sont des tests extrêmement courants qui permettent d'évaluer le temps de coagulation sanguine d'un patient. Si mon hypothèse bancale se vérifiait, notre cocci Gram-positif ferait augmenter le temps de coagulation, rendant les patients hémophiles à la moindre blessure interne ou externe. Cependant, en pareil cas, comme Douglas l'avait justement fait remarquer, les patients auraient dû présenter d'autres symptômes.

— Bon, voilà, Rhea. Je voulais juste vous tenir au courant. Je crois que vous travaillez en équipe de jour, demain. Je vais vous laisser dormir. Quand vous serez là, je ferai peut-être une pause pour aller me reposer un peu — du moins, si vous acceptez de me remplacer durant quelques heures.

— Bien sûr, avec plaisir. Essayez de dormir un minimum cette nuit.

— J'essaierai. A bientôt.

— A demain, Douglas.

La communication terminée, je raccrochai avec un soupir. Puis je contemplai Belle et Peluche.

— Qu'est-ce que vous empestez, tous les deux !

Ma grande chienne posa son museau sur ma cuisse et remua la queue, me suppliant du regard de l'autoriser à se coucher sur mon lit. Peluche sautillait entre ses pattes arrière.

— Allez, je vais vous laver.

La queue cessa de remuer. Les yeux expressifs de Belle s'agrandirent, et elle émit un gémissement plaintif.

— Pas de discussion. Allez, les toutous. On va prendre une douche.

Je me déshabillai, enfilai un vieux short et un T-shirt sans âge, et fis grimper les deux chiens avec moi dans la cabine avant de refermer la porte vitrée. Si je n'avais pas les moyens de résoudre mes problèmes concernant John, Cam et Mark, ou de venir en aide à Mel, Donnalaura et Sam Tooley, je pouvais au moins rendre l'air plus respirable dans cette maison.

Une aube lumineuse et froide pointa entre les persiennes, et je me blottis frileusement sous les couvertures. J'avais oublié d'allumer le chauffage, la veille au soir. Heureusement, les chiens — que j'avais séchés au sèche-cheveux — m'avaient tenu chaud dans le lit. Belle se pelotonna contre moi en ronronnant comme un matou, sa grosse tête noire posée sur l'autre oreiller. En principe, les chiens n'étaient pas autorisés à dormir avec moi, mais j'étais trop épuisée, la veille, pour la faire descendre. De toute façon, le samedi était jour de lessive. Arlana changerait les draps et emporterait tout le linge sale au pressing en pestant contre les riches qui préféraient cette solution à celle du lave-linge à domicile.

Quand la sonnerie du réveil retentit pour la seconde fois, je descendis du lit et poussai Belle de l'autre côté. Omettant de me doucher, je m'habillai en un clin d'œil et arrivai une demi-heure plus tard aux urgences. Ma nuit de sommeil avait été un peu brève pour affronter un poste de 24 heures et remplacer, en outre, Douglas Byars. Mais c'était ma faute : j'aurais pu dormir une heure de plus au lieu de m'amuser à laver et sécher deux énormes chiens. Si j'avais été moins pointilleuse sur l'odeur…

La matinée se passa sans encombre. Tandis que Douglas dormait dans la salle de garde, je fis la tournée des malades. Leur état semblait stationnaire, voire un peu moins inquiétant que la veille. Dès que je trouvai un moment, je me rendis au labo.

Amanda était en train de fourrager dans les entrailles d'un gros appareil. Le couvercle était relevé comme un capot de voiture, dévoilant un fatras de tuyaux, de cames et de pistons qui me semblait inextricable et fort peu attrayant. Amanda, elle, avait l'air fasciné. A mon salut, elle répondit par un grognement indistinct, sans même relever la tête.

La voyant occupée, j'attendis patiemment qu'elle ait un moment à me consacrer. Au bout d'une minute ou deux, elle se redressa légèrement, posa son tournevis et leva sur moi un regard interrogateur.

— Bonjour, lui dis-je. Quelque chose de cassé ?

— Ça ne marche pas. Inutile de me demander des tests de cardio pour le moment, lâcha-t-elle, visiblement exaspérée. Impossible de faire marcher cette vieille guimbarde.

— D'accord. Avez-vous du nouveau concernant les pneumopathies ?

— Pas grand-chose.

Elle se frotta les mains et alla les rincer dans l'évier.

— Nous avons du mal à identifier l'un des bacilles Gram-négatif. De toute évidence, il s'agit d'un pseudomonas, mais entre quatre espèces différentes, on ne peut déterminer laquelle — la marge de probabilités est de 25 %. Avec le week-end prolongé, il faudra sans doute attendre le milieu de la semaine prochaine pour recevoir les résultats des analyses que nous avons demandées au laboratoire de Charlotte.

— Le week-end prolongé ?

— Pâques. C'est le week-end de Pâques, docteur.

Elle esquissa un sourire moqueur.

— Un petit passage à vide, peut-être ? Auriez-vous perdu la notion du temps ?

— Probablement, murmurai-je.

Je savais pourtant que Marisa était venue pour Pâques. Mais quand elle m'avait informée que j'allais devoir l'accompagner à la messe, j'avais complètement oublié que c'était celle du dimanche pascal.

— Qu'en est-il des autres organismes ? demandai-je, revenant à mes préoccupations immédiates. Les cocci Gram-positif ?

— Il est encore trop tôt pour se prononcer.

— Savez-vous quand ce sera possible ?

— Pas la moindre idée, et je vous serais reconnaissante de bien vouloir le dire au Dr Chadwick, au Dr Reeves, au Dr Byars et à tous les médecins que vous pourrez rencontrer aujourd'hui. Chaque toubib qui passe à l'hôpital depuis trois jours vient systématiquement me poser la question. Je ne peux pas y répondre. Je préviendrai tout le monde dès que j'aurai un indice.

— Epargnez-vous des coups de fil. Si vous m'appelez, je transmettrai l'information aux autres.

Elle opina, visiblement satisfaite.

— Entendu. Merci, docteur. Vous êtes vraiment chic.

— C'est normal.

Je pointai l'index vers le capot ouvert de l'appareil en panne.

— Si vous en profitiez pour me prévenir dès que je pourrai de nouveau obtenir des résultats d'examens cardiaques ?

— Accordé. Oh, à propos, docteur… Comme nous avons prélevé pas mal de sang lors de l'admission de chaque patient, le Dr Byars m'a demandé les TP et TPP des Campbell. On trouve chaque fois la même chose : des taux partiels de prothrombine normaux, avec des taux de prothrombine trop élevés. Au lieu d'un temps de coagulation de douze secondes environ, on approche des vingt secondes : un résultat surprenant mais qui ne met pas vraiment leur vie en danger.

— Tiens, c'est étrange, en effet. Merci, Amanda.

Je m'éloignai, espérant avoir quelque peu corrigé l'opinion qu'elle avait du corps médical. Demain, c'était donc le dimanche de Pâques. Quelle tenue mettrais-je pour accompagner Marisa à l'église ?

— Docteur ?

Je m'arrêtai sur le seuil et me retournai vers Amanda.

— Ce couple, les Campbell…

Je la regardai, attendant la suite.

— On trouve toujours la même chose sur les tatouages infectés.

— Plusieurs organismes ?

Elle hocha la tête.

— Les premiers résultats indiquent la présence de pseudomonas, d'*E. coli* et de salmonelles.

— Vraiment ? Tout à la fois ?

Elle haussa évasivement les épaules et se remit à son bricolage.

Trois organismes différents. Trois organismes généralement présents dans l'intestin et les matières fécales.

Il n'y avait personne aux urgences. Désœuvrée, je me servis une tasse de l'infect breuvage qui nous tenait lieu de café et me mis à arpenter les couloirs en buvant et en réfléchissant — ou, plus exactement, en laissant les idées me venir naturellement à l'esprit. Mel et Lia avaient séjourné dans un ruisseau, pendant une tempête accompagnée d'importantes inondations. Auparavant, ils avaient été séquestrés et torturés dans une sorte de remise au sol crasseux. Le vent apportait par moments une odeur fétide, avaient-ils précisé. Or, il y avait dans leurs poumons et sur leur peau des organismes pathogènes de l'intestin — pseudomonas et salmonelles. Regina Hawkins, elle, avait dégagé le cadavre de son mari pendu sous un pont, roulant avec lui dans un cours d'eau. Quant à Donnalaura et sa fille, elles avaient vécu dans un entrepôt. Ne venait-on pas de nous signaler l'incendie d'un entrepôt situé au bord d'une rivière ? Les pompiers avaient puisé de l'eau de cette rivière pour éteindre le feu, et maintenant, les personnes présentes sur les lieux souffraient de symptômes de pneumopathie…

Rebroussant vivement chemin, je regagnai le hall des urgences pour consulter la grande carte du comté accrochée au mur. Elle était passablement défraîchie et datait sans doute d'une dizaine d'années, mais il fallait m'en contenter. Je repérai l'endroit où les Campbell avaient été repêchés par les secouristes. La route secondaire qui passait par là traversait la rivière Prosperity — celle-là même qui longeait le terrain de l'entrepôt incendié.

Je suivis du doigt les méandres de la petite ligne bleue en direction du nord-ouest, perdant rapidement toute notion d'échelle. Non seulement la rivière Prosperity irrigue une bonne partie de la région, mais un grand nombre de petits cours d'eau viennent s'y jeter. De fait, l'ensemble formait un véritable dédale à peine esquissé sur le vieux plan. Mais la clé du mystère se trouvait là, j'en avais la conviction. Encore fallait-il savoir quoi chercher.

Tout ce que je pensais savoir à propos de la rivière était important mais demeurait nébuleux, enfoui dans les profondeurs de ma mémoire. Cependant, en examinant la carte, je ressentis un fourmillement au bout de mes doigts. L'odeur fétide décrite par le couple évoquait quelque chose pour moi… Une odeur fétide et des agents pathogènes entériques.

Voilà. J'y étais.

D'une pirouette, je gagnai le téléphone et composai de mémoire le numéro de Mark. Il répondit à la quatrième sonnerie.

— Aaallôôô…

— Mark ? C'est moi, Rhea. Ecoute, enchaînai-je, y aurait-il un élevage de porcs en amont de l'endroit où les Campbell ont été retrouvés ? On a identifié des agents pathogènes entériques dans leurs poumons et sur leurs blessures.

— Dis donc, c'est drôlement chouette d'être aussi calé dans ces trucs de pathos… J'suis drôlement fier qu'on me parle de ça ! Z'êtes une toubib épatante, ma p'tite dame, pour sûr. Et j'suis amoureux d'une femme intelligente, ça oui.

— Espèce de plouc ! répliquai-je en riant. Les agents pathogènes en question sont des germes qui vivent dans l'intestin humain ou animal et s'y attaquent parfois. Avec la tempête et les crues que nous venons d'avoir, il se pourrait qu'une fosse à purin ou à fumier quelconque ait débordé jusqu'au ruisseau. Aucun éleveur ne s'aviserait d'alerter les autorités s'il pense pouvoir l'éviter ; les complications administratives n'amusent personne. Seulement, voilà : Mel et Lia Campbell ont nagé dans ce cours d'eau, et les pompiers ont utilisé son eau pour éteindre l'incendie de l'entrepôt…

— Un instant, Rhea. Je suis en train de suivre le tracé de la rivière sur la carte.

Plus d'accent railleur. En bruit de fond, j'entendis l'animation ordinaire d'un poste de police — bruits de machine à écrire, appels, grésillement d'appareil radio.

— On dirait qu'il se divise au moins à deux endroits, mais… ne quitte pas. Mayleene, appela-t-il, la main sans doute posée sur le récepteur. L'un des affluents du Prosperity passe-t-il sur les terres de Mac Hewell ? Oui, et alors… ? Tu crois ? Envoie un véhicule sur place pour demander au vieux Mac si l'un de ses bassins d'épandage aurait débordé. Passe aussi un coup de fil au contrôle sanitaire afin de signaler un éventuel débordement. Il faudrait faire venir un inspecteur. Si Mac Hewell n'est pas coopératif, prévenez-moi et je demanderai un mandat de perquisition. Oui, c'est ça : le couple Campbell. Merde, il me faudra un mandat, de toute façon.

Il reprit la communication.

— Chère madame, si vous avez vu juste, je vous invite à dîner.

— Au Sottise ? demandai-je aussitôt.

Il éclata de rire. Il avait dû m'entendre saliver.

— Goinfre !

— Gourmande, corrigeai-je.

— L'un ou l'autre. D'accord pour le Sottise. Je te rappelle.

Je m'exhortai à la patience, sachant qu'il faudrait sans doute quelques heures avant d'arriver à joindre quelqu'un du DHEC — le centre de contrôle sanitaire et environnemental. Je tuai le temps en m'occupant de nouveaux patients : une déchirure musculaire, un accident de la route, une piqûre de guêpe avec réaction allergique bénigne… Bref, la routine ordinaire d'un service des urgences en milieu rural. Heureusement, nous n'étions pas en période de chasse au daim, avec son cortège de blessures accidentelles. Balles perdues ou chute des tireurs depuis les arbres où ils s'installent à l'affût. Je détestais la période de chasse.

Six heures plus tard, Mark arriva aux urgences d'un pas traînant, s'assit dans mon fauteuil et poussa un énorme soupir. Mouillé jusqu'aux genoux, il était tout maculé de boue et ne sentait pas exactement la rose. Je me lavai les mains, puis m'assis en face de lui en buvant à petites gorgées ma dixième tasse de café. Il fallait absolument que je réduise ma consommation.

— Alors ? Ai-je gagné un dîner en ville ?

Mark opina et renversa la tête contre le dossier du fauteuil en fermant les yeux.

— Dîner avec vin, fromage et dessert. Et même cet horrible irish coffee que tu aimes tant.

— Un peu alcoolisé, peut-être, mais délicieux, répliquai-je.

Les paupières toujours closes, il esquissa un sourire rêveur, et je me sentis rougir imperceptiblement au souvenir de son baiser au goût de moka.

— Le vieux Mac Hewell a essayé d'empêcher l'accès de la police à sa ferme, raconta-t-il ensuite d'une voix lasse. J'y suis allé avec un mandat et une demi-douzaine de mes gars plus quelques pompiers, un type du service de contrôle vétérinaire et une nana du DHEC. Nous avons franchi la clôture, endormi une dizaine de chiens de garde et commencé à quadriller le terrain. Evidemment, nous avons bientôt découvert les deux fosses à mer… euh, les deux bassins d'épandage qui avaient débordé à la limite de la propriété et se déversaient dans la rivière en crue. Les pompiers sont encore en train de se régaler à nettoyer ce grabuge, et la bonne femme du DHEC prélève des échantillons de flotte en aval du site, sur plusieurs kilomètres, pour rechercher ton agent pathogène. En ce moment, elle patauge dans l'eau, munie de cuissardes et de longs gants en caoutchouc…

Un petit sourire amusé éclaira brièvement son visage.

— Elle n'en revenait pas qu'un simple gars du coin comme moi sache ce qu'était un agent pathogène entérique. Je n'ai fait que répéter tes propos, naturellement, mais on aurait juré que je savais exactement de quoi je parlais.

Je le regardai en attendant la suite. Je me doutais bien que ce n'était pas tout.

— Cependant, personne ne voyait rien qui ressemble au site décrit par les Campbell. Et puis j'ai commencé à établir un rapprochement avec le camp de fachos de la bande à Ellis. Il se trouve en aval de la ferme et de l'autre côté de la rivière, mais on peut s'y rendre à pied en pataugeant quelque temps dans la boue. Je suis donc allé jeter un coup d'œil de ce côté-là. L'endroit était désert, abandonné depuis un moment. Mais j'ai trouvé quelques sentiers de chasseurs et un autre, apparemment plus fréquenté, qui traverse la rivière à gué.

Je retins mon souffle, l'imaginant en train de sillonner les bois autour de la rivière.

— J'ai enfilé des cuissardes et mon ciré jaune — au cas où je rencontrerais un de tes agents pathogènes… De l'autre rive, j'apercevais les pompiers à l'œuvre chez Mac Hewell. J'ai finalement découvert la cabane où Mel et Lia ont été séquestrés.

Brusquement, sa voix prit une intonation accablée. Son expression demeurait indéchiffrable, mais les petites rides autour de ses yeux parurent se creuser.

— Une ancienne remise à grain avec des portes récemment réparées, des barreaux aux fenêtres et de gros anneaux métalliques fixés dans les poutres maîtresses. Des chaînes et des menottes étaient restées sur place…

Je secouai la tête, bien qu'il ait les yeux fermés et ne puisse me voir.

— Un sale gourbi. Comme dit Ralph — le sergent Mac Murphy —, on se serait cru au Viêt-nam. Et il sait de quoi il parle : il a été prisonnier de guerre là-bas pendant plus de six mois, dans les années 70…

Eprouvant le besoin de m'occuper les mains, je me servis un autre café et attendis encore sans rien dire. Mark finit par reprendre son récit plus lentement, comme s'il avait du mal à articuler.

— L'endroit est situé au bord d'un bras de la rivière Prosperity, comme tu le suggérais. Selon le vieux Mac, la remise servait à entreposer du fourrage et du matériel agricole mais était abandonnée depuis des années. Il ignorait totalement qu'elle avait pu servir de prison et de chambre de torture. « Oh, non ! Quelle horreur… », dit-il, imitant le ton faussement scandalisé du bonhomme.

Une de ses paupières s'ouvrit sur un œil légèrement injecté de sang.

— Bien sûr, je n'en crois rien. J'ai expédié un de mes hommes dans le but de l'interroger. Nous allons le retenir en garde à vue cette nuit, pour lui laisser le temps de réfléchir. A mon avis, vers 2 ou 3 heures du mat', quand il aura envie d'aller aux toilettes et qu'il s'apercevra qu'un gardien et une demi-douzaine de détenus l'observent avec un intérêt salace, il se souviendra subitement d'un détail qui lui avait échappé.

Son sourire las s'évanouit et il referma les yeux.

— Voilà comment fonctionne notre système judiciaire… Un peu à la façon des… fosses chez Mac Hewell. Mais à la longue, ça finit quand même par marcher, tant bien que mal, à condition de se boucher le nez.

Sa voix s'estompa. J'eus l'impression qu'il était en train de s'assoupir.

— Merci, murmurai-je.

Il avait découvert le pot aux roses. D'autres flics n'auraient peut-être pas pris la peine d'aller voir.

— A vot' service, répondit-il. Je te dois un dîner…

Je me levai et quittai la salle de repos, refermant la porte derrière moi. La soirée touchait à sa fin, et un petit somme me ferait aussi le plus grand bien. Derrière la porte, je l'entendis grommeler :

— Foutue geôle… Et une salle de torture, en plus… J'aurais bien tué cette ordure…

J'étais d'accord avec lui. Moi aussi, j'aurais volontiers fait la peau à ce type.

12.

Gants superposés et camionnette rouge

Vers 1 heure du matin, comme le travail se réduisait pratiquement à néant, j'allai faire un somme dans la chambre de garde. Mark était parti quelques heures auparavant en me saluant d'un petit signe de tête. A ce moment-là, j'avais un malade en réanimation et je ne pouvais pas m'arrêter pour lui dire au revoir. Il y a tout simplement des choses plus importantes qu'un brave gars du pays qui aime les femmes intelligentes…

Douglas Byars avait fait changer les draps par les femmes de ménage, et je m'endormis instantanément dans le linge frais, bien qu'un peu rêche. Je profitai de trois bonnes heures de sommeil avant d'être de nouveau dérangée. Quand Anne vint me réveiller, je compris que c'était grave. Avant même qu'elle ouvre la bouche, j'entendis un patient qui suffoquait derrière elle.

— Docteur, nous avons…

— J'arrive. Asthme ou bronchopneumopathie chronique obstructive ?

— Légère BPCO. C'est un pompier.

— Masque chirurgical pour tout le monde, ordonnai-je. Gaz du sang et séance de kiné respiratoire. Il me faudra aussi un cliché du thorax et une tasse de café.

Elle sourit d'un air entendu.

— La cafetière gargouille déjà, le kiné va arriver d'un moment à l'autre et le labo est prévenu.

— Les masques, j'y tiens absolument, insistai-je. Pour tout le monde, y compris les garçons de salle, à la moindre toux suspecte, et ce, jusqu'à nouvel ordre.

— Bien, docteur.

Elle ne me demanda pas pourquoi, ce qui prouvait que la rumeur commençait à se répandre. Le problème prenait de l'ampleur.

Quelques instants plus tard, mon stéthoscope glissé sous sa chemise, j'auscultais mon nouveau patient. Ses poumons émettaient une sorte de chuintement râpeux — typique de l'obstruction pulmonaire plutôt que de la pneumopathie insidieuse que je redoutais. Mais il avait une forte fièvre et frissonnait de tous ses membres.

— Avez-vous participé à l'extinction de l'incendie de l'entrepôt, au bord de la rivière ? lui demandai-je.

Il hocha la tête, le corps parcouru d'un frisson.

Je rédigeai deux séries de prescriptions : l'une pour le faire transférer dans un hôpital plus important de la capitale de l'Etat, l'autre au titre de remplaçante de Douglas Byars, pour un cocktail d'antibiotiques identique à celui de Mel. Je requis aussi son isolement total, désormais systématique en pareil cas. Même s'il n'était pas hospitalisé ici, il devait être placé sous traitement antibiotique, par intraveineuse quotidienne durant six jours. Les infirmières allaient me bénir : c'était le personnel des urgences qui exécutait ces prescriptions pendant les week-ends et les jours fériés, quand le service des consultations externes était fermé. Ayant fait tout ce que je pouvais pour le moment, je m'assis dans la salle de repos et bus mon café en attendant les clichés du thorax.

Quelqu'un avait averti Douglas — ou bien il avait des antennes —, car il arriva d'un pas traînant, complètement dans le cirage, environ un quart d'heure plus tard. Ses yeux étaient cernés de noir, et son menton couvert d'une barbe naissante. Hochant imperceptiblement la tête, il se laissa choir dans l'unique fauteuil vacant de la salle de repos et ferma les yeux avec un soupir à fendre l'âme.

De sa propre initiative, Anne dénicha un paquet de rasoirs jetables destinés à la préparation des patients et les lança sur la table qui nous séparait.

— Tenez, docteur. Vous avez une mine épouvantable. Il y a aussi du savon et des serviettes dans la salle des médecins. Je viens d'aller voir.

Douglas la remercia d'un signe de tête, trop exténué pour parler.

Ce n'est que lorsqu'une aide-soignante emmena le nouveau patient dans sa chambre, qu'il trouva l'énergie de me dire :

— Mel vient de nous quitter.

Mel vient de nous quitter. Pas « le patient » ni « mourir ». Cette simple phrase prouvait à quel point Douglas s'était impliqué. Il était en train de perdre la distance indispensable pour contrôler ses propres émotions, pour considérer les patients et leur état comme des énigmes à résoudre. Pourtant, tout en sachant que la fatigue et la tension nerveuse risquaient d'empiéter sur son détachement professionnel, je m'abstins de le lui faire remarquer.

— Je viens d'apprendre que nous avions un nouveau cas. Un pompier, paraît-il ?

— Pour le moment, je n'ai vu qu'une BPCO, doublée d'une forte fièvre.

— Pour le moment, comme vous dites. Pour le moment, bordel.

Je n'avais jamais entendu un juron dans sa bouche jusqu'à ce week-end. Et celui-ci était au moins le troisième en deux jours.

— Rentrez chez vous, Doug. Faites une cure de sommeil d'une bonne semaine.

— Je reste, lâcha-t-il sans rouvrir les yeux, comme s'il avait les paupières trop lourdes. J'ai appelé mes remplaçants pour leur dire de rester chez eux et de profiter des congés. J'ai dit à ma femme et aux gosses de ne pas bouger de là-bas… chez ma belle-mère.

— Docteur Lynch, intervint Anne, tout essoufflée. Vous devriez peut-être jeter un coup d'œil sur les bras du patient. Il a une éruption. Sa température était descendue à 39,5°, mais elle remonte.

Dans la pièce voisine, le pompier toussa. Sa quinte de toux produisit une sorte de vibration brutale, et le bruit de déchirure humide reconnaissable entre mille résonna dans le couloir.

Douglas et moi nous levâmes simultanément afin de nous rendre auprès du patient, inconscient et cyanosé. Douglas augmenta l'arrivée d'oxygène pendant que je fixais un saturomètre à son index gauche de façon à mesurer son taux d'oxygène.

— Masques pour tout le monde, ordonnai-je après avoir demandé le cocktail d'antibiotiques que j'avais déjà prescrit lors de son arrivée.

Anne avait un masque filtrant accroché au cou. Elle m'en tendit un et en donna un autre à Douglas, nous incitant à respecter nos propres injonctions. Alors que je n'en avais pas encore porté jusque-là, je plaçai soigneusement le mien sur mon visage et remarquai que Douglas en faisait autant.

J'examinai le saturomètre. Le petit écran indiquait une baisse du taux d'oxygène mais une accélération du pouls.

— Il me faut une seconde série de gaz du sang et d'hémocultures. Je voudrais aussi voir le cliché du thorax. Pouvez-vous me l'apporter ici ? demandai-je à Brian.

— Tout de suite.

Je contrôlai les réflexes du patient. Son côté droit était hyperréactif ; le gauche, en revanche, présentait des réactions très faibles aux stimuli. Attaque cérébrale ?

— Rhea. Regardez ça.

Je me retournai vers Douglas et suivis son regard. Le bras du patient était recouvert en plusieurs endroits d'une éruption composée d'érythèmes plats, aux contours irréguliers. Douglas appuya sur l'une des plaques et la rougeur disparut. Elle réapparut ensuite, d'abord plus sombre puis revenant progressivement à sa teinte initiale.

Nous vivions un véritable cauchemar, entraînés dans une spirale au thème récurrent assorti d'effroyables variations.

— Il faut l'hospitaliser, déclara Douglas. Malade en isolement total et masques antibactériens, surchaussures, blouses longues et gants superposés pour tout le monde. On ne sait jamais.

Ces précautions n'étaient sans doute pas superflues, il fallait en convenir. Soit l'insuffisance respiratoire de ce patient était assortie de complications, soit nous avions affaire à une affection à mutation rapide.

— Il me faut un TP et un TPP. Non, plutôt une CIVD[1], demanda Douglas, optant finalement pour un examen plus

1. CIVD : coagulation intravasculaire disséminée.

complet du cycle de coagulation. Je voudrais aussi un scanner de la tête et des poumons. Qui est de service en radiologie ?

— Chris Russell, répondit une aide-soignante.

— Faites-le venir. Et je vais rappeler le service interne de contrôle des maladies infectieuses. Nous avons besoin de filtres à air.

— Il faut aussi alerter le ministère de la Santé, et peut-être le centre de contrôle sanitaire et environnemental. Je ne sais pas au juste. Mais il y a un enregistrement pour orienter les gens en pareil cas.

— Oui. Appelez aussi l'administration de l'hôpital, Rhea, ajouta-t-il sans lever les yeux. C'est l'infirmière en chef qui s'en est chargée hier. Nous aurons peut-être également besoin du CDC.

Il avait à la fois le teint pâle et les joues rouges. Le stress accentuait son apparence juvénile, presque vulnérable.

— J'ai consulté leur site à plusieurs reprises depuis deux jours. Ils n'ont absolument rien qui ressemble à cette bestiole.

— Bon, dis-je avec un calme que je ne ressentais pas. Procédons méthodiquement.

Je composai le numéro d'urgence de l'infirmière d'astreinte au service de contrôle des maladies infectieuses. Je fus mise en relation avec un répondeur et laissai un message tout en supposant qu'elle était partie pour le week-end de Pâques. Le numéro de la personne à appeler en son absence devait être affiché quelque part, mais où ?

Pressentant la gravité de la situation, je cherchai le numéro des services d'Etat du ministère de la Santé. Là encore, je n'obtins qu'un message préenregistré et une promesse de me rappeler. Sans doute leurs agents s'employaient-ils encore à étudier les échantillons prélevés aujourd'hui dans la rivière. Ils étaient maintenant confrontés à un problème plus important… Seulement, moi, il me fallait absolument le numéro du responsable régional du département d'épidémiologie. Joignable par bip en permanence, il ne se séparait jamais d'un registre spécial énumérant tous les organismes à joindre, tous les protocoles et procédures à observer pour chaque scénario d'épidémie imaginable — et j'en imaginais déjà un certain nombre assez peu réjouissants, hélas.

Faisant appeler la surveillante en chef, je découvris avec plaisir qu'il s'agissait de Trish. Dans son jargon particulier, elle accepta d'avertir les « huiles » de l'hôpital et les « Hautes Instances » au niveau du comté et de l'Etat. Elle promit aussi d'appeler le Dr Reeves afin de lui demander les filtres à air qu'il affirmait pouvoir trouver. Je me souvenais en effet vaguement que Reeves avait été appelé au petit matin lors du premier cas de pneumopathie. J'ignorais quels contacts particuliers il entretenait avec les entreprises de matériel médical, mais toute possibilité d'obtenir plus d'appareils serait une bénédiction.

Regagnant la chambre de notre nouveau patient, je pratiquai une petite incision dans l'un des érythèmes qu'il avait sur le bras, stérilisai une lame et prélevai une culture. Comme Douglas se chargeait des aspects les plus importants du traitement, je portai l'échantillon au labo afin de faire une coloration de Gram dont j'examinai moi-même le résultat. Il y avait beaucoup de globules rouges, très peu de globules blancs et des milliers de cocci Gram-positif. L'organisme qui avait détruit les poumons de nos autres patients se trouvait également dans la peau de cet homme.

Je me demandai si la congestion cérébrale correspondait à une prédisposition personnelle — telle qu'une hypertension artérielle passée inaperçue jusqu'ici ou un anévrisme préexistant —, ou si la maladie prenait une nouvelle tournure. La bactérie était peut-être en train d'envahir aussi son cerveau, provoquant une hémorragie.

J'imaginai soudain le malheureux, les bras puis le corps en sang à mesure que l'éruption s'étendait et opérait des ravages, puis son cerveau réduit à l'état de bouillie infectieuse et sanguinolente.

Je regagnai les urgences au pas de course pour informer Douglas de ma découverte. Il avait déjà reçu les résultats de la CIVD, analyse qui étudie chaque partie du cycle de coagulation sanguine en ciblant plus particulièrement la coagulation intravasculaire disséminée — une affection qui provoque d'abord la formation de caillots puis une hémorragie généralisée.

Ces résultats correspondaient à ceux des précédents patients : TP légèrement élevé et TPP normal. Les examens complémentaires indiquaient une augmentation du temps de saignement et une légère diminution des plaquettes. Rien, toutefois, qui évoquât le diagnostic spécifique de CIVD. Cela signifiait que l'anomalie semblait être bénigne et n'était présente que dans une partie du cycle de coagulation sanguine. Il n'y avait donc pas lieu de prescrire un traitement de première urgence, du moins dans des circonstances normales. Si la situation ne se corrigeait pas d'elle-même, je devrais peut-être revoir ma décision, mais en l'occurrence, nous en savions trop peu sur cette maladie pour prendre des risques inutiles.

— Il faudrait le transférer ailleurs, déclara Douglas. Je voudrais l'envoyer à Richland, à l'hôpital de Charlotte, ou ailleurs. Je n'ai pas envie de le garder ici.

— Vous pensez qu'on l'accepterait ailleurs ?

— Non, je ne crois pas, murmura-t-il avec une grimace éloquente. Pas même à la clinique des anciens combattants. Je viens de découvrir sur son dossier qu'il fait partie de leur association. Le problème, c'est qu'il n'est pas assez stable pour être transporté. Regardez sa tension.

Je jetai un coup d'œil sur l'écran du cardioscope. Sa tension était faible — beaucoup plus faible que lors de son admission. Et son éruption empirait.

— Un épanchement sanguin sous la peau ? Même sans CIVD ?

Me penchant vers lui, je tirai sur sa paupière inférieure. Le blanc de l'œil était sillonné de vaisseaux dilatés, et les tissus qui entouraient le globe oculaire étaient enflammés. Cela dit, l'œil n'était pas réellement injecté de sang et il manquait les symptômes typiques d'un état fiévreux. C'était un tableau différent, bien particulier.

— J'aurais dû me douter que c'était encore toi qui me gâchais le week-end de Pâques.

Tournant la tête, j'aperçus Chris Russell, le radiologue de l'hôpital, sur le pas de la porte. Il portait déjà une grande blouse en papier, un masque et des gants. Son regard pétillant de bonne humeur contredisait ses propos.

— Désolée, répondis-je en souriant sous le masque que m'avait donné Anne. Mais nous avons quelques ennuis, ici.

— C'est ce que j'ai entendu dire. Racontez-moi tout. Mais je dois déjà vous avertir que les produits de contraste sont fortement déconseillés pour ce patient. Par conséquent, les résultats ne seront pas aussi précis que vous pourriez le souhaiter.

— Je m'en contenterai, marmonna Douglas en échangeant une poignée de main gantée avec son confrère.

— Docteur Lynch ?

Je tournai la tête vers la porte. Anne se tenait sur le seuil, le bas du visage couvert par son masque antibactérien.

— Nous avons un nouveau cas.

— Une petite seconde. Je vais échanger mon masque contre le modèle antibactérien. Douglas ?

— Pas de problème. Allez-y.

Il ne leva pas les yeux en parlant mais entreprit de décrire à Chris l'état des patients que nous avions vus arriver au cours du week-end. Ses mains ne tremblaient pas, mais sa voix était mal assurée et il avait le front luisant de sueur. Au fil de ses explications, je vis la bonne humeur s'éteindre dans les yeux de Russell.

Fourrageant un moment dans mon sac, je mis enfin la main sur l'un de mes masques antibactériens. Spécialement confectionné pour moi cinq ou six mois auparavant lors d'une exposition d'articles destinés au personnel soignant, il avait été soumis à des tests antifuite. Chaque médecin avait les siens. Pourtant, jamais je n'aurais pensé en avoir besoin un jour.

Je passai les deux lanières élastiques derrière ma tête et appuyai sur le masque pour le mettre en place. Je respirai ensuite profondément à plusieurs reprises afin de vérifier s'il était bien ajusté. Satisfaite, les mains protégées par deux paires de gants superposés, je passai dans la pièce voisine. J'y trouvai non pas un mais deux patients — la mère et l'enfant. Ils respiraient péniblement avec des râles bruyants. Je remarquai également des éruptions rougeâtres sur toutes les parties visibles de leur peau. J'eus soudain envie de hurler. En face, dans le couloir, je vis le Dr Reeves parler avec la surveillante en chef. Pourvu qu'il ait trouvé des filtres à air, pensai-je en le regardant. Apparemment, nous allions en avoir grand besoin.

A 6 heures du matin, les trois nouveaux patients étaient hospitalisés. Les scanners du pompier, de la mère et de la petite ne nous furent pas d'un grand secours. Ils ne nous en apprenaient pas plus que ce que nous avions déjà diagnostiqué — une infection grave avec hémorragies concomitantes, et le début d'une nécrose galopante, comme si les poumons détruits se décomposaient à une rapidité effroyable. Le scanner de la tête du pompier offrait également un spectacle abominable : son cerveau semblait être réduit en bouillie. Son épouse et le reste de sa famille, rassemblés dans la chapelle de l'établissement, étaient anéantis.

Nous n'avions plus de chambre d'isolement disponible. La mère et sa fille furent placées dans la même pièce, et le pompier dans la chambre libérée par Mel Campbell. Elle sentait encore l'eau de Javel avec laquelle on avait désinfecté les murs, le sol et le lit.

Toutes sortes de gens que je voyais rarement sillonnaient les couloirs d'un air affairé, en jean ou survêtement et chaussures de sport. Visiblement tirés du lit de bonne heure un jour férié, ils avaient enfilé ce qui leur tombait sous la main pour venir en renfort. Je reconnus le directeur administratif de l'établissement et son assistante, la responsable du personnel soignant, l'infirmière du service interne de contrôle des maladies infectieuses et une femme dont le jean mouillé exhalait une odeur douteuse — je l'identifiai comme l'envoyée du DHEC, le centre de contrôle sanitaire et environnemental. Je vis aussi une autre personne portant un badge du ministère de la Santé que je supposai être le responsable régional du département d'épidémiologie.

C'était le matin de Pâques, et bien que nous soyons tous préparés et entraînés à affronter une urgence de ce genre, personne n'en avait réellement l'expérience. Ni l'envie. Ce n'était pas encore la panique, mais il régnait dans l'hôpital un climat d'inquiétude voilée, inquiétude que trahissaient les mines crispées, les yeux baissés des employés. Qui serait la prochaine victime ? A quel rythme les nouvelles mutations allaient-elles présenter leurs séries de symptômes inédits ? Et combien de temps faudrait-il à cette bestiole pour apprendre à se transmettre d'un individu à l'autre et déclencher une épidémie incontrôlable ?

Ma journée de travail se terminait dans une heure. Au terme de ces vingt-quatre heures mouvementées, je me sentais plutôt fatiguée. Pourtant, au lieu de rassembler mes affaires et de me préparer à partir, je me rendis dans la salle du MODIS[2], un système informatique permettant aux divers établissements hospitaliers du pays de partager les ressources mentales. Je m'y enfermai et décrochai le téléphone.

Bien qu'il fût encore tôt, je savais que Shirley serait au travail dès l'aube si elle était de garde. Sinon, elle ne tarderait pas à consulter son courrier électronique. Elle décrocha à la première sonnerie.

— CDC, service de recherches sur les épidémies. Ici le Dr Shirley Atkins, se présenta-t-elle avec son accent anglais sec et précis.

2. MODIS *(Medical Online Diagnosis Interface System)* : système de communication interactive permettant aux médecins de différents établissements de comparer leurs diagnostics et de se transmettre des clichés de radios ou autres documents en temps réel, sur ordinateur.

— Est-ce à dire l'unique Dr Shirley Atkins ? L'intrépide étudiante qui a ébloui toute l'équipe de basket des Hornets dans le terminal de l'aéroport de Charlotte avec son flash, en troisième année de médecine ?

— L'aéroport *international* de Charlotte, s'il te plaît, et c'était un pari. Je me suis fait un joli paquet de billets avec mes petites couillonnades, et j'en ai ramassé un autre en raflant un maximum d'autographes, précisa-t-elle, mêlant l'argot londonien à son accent british hyperdistingué. Rhea ?

— Oui, répondis-je en riant. Bon sang, je suis drôlement contente de te trouver !

— T'as un problème ?

— Un gros problème, et qui risque de grossir encore.

Je lui décrivis avec force détails ce que je commençais à considérer comme les prémices d'une éventuelle épidémie. Cependant, à mesure que je lui racontais les événements, la situation me parut un peu moins dramatique qu'au moment où nous les vivions. Plutôt que de solliciter une aide officielle, je conclus mon monologue par quelques constats assortis de deux questions.

— Je ne réclame pas officiellement l'intervention du CDC, car ce n'est pas à moi de le faire. L'administration de l'hôpital ou les organismes de santé de l'Etat s'en chargeront certainement tôt ou tard. Je t'appelle par simple curiosité. A ton avis, avons-nous réellement un problème ou bien est-ce que je délire ? Et aurais-tu des suggestions à me faire ?

— Quelles dispositions as-tu prises jusqu'à présent ? s'enquit-elle, ignorant mes questions.

Elle abordait les problèmes de son point de vue particulier.

— J'ai alerté le responsable régional du département d'épidémiologie du ministère de la Santé et le service interne de contrôle des maladies infectieuses de l'hôpital. Nous ne parvenons pas à cultiver le germe causal. Par conséquent, je ne peux pas te procurer de cultures.

— Je n'aime pas ça, commenta-t-elle, d'une voix pensive. Il semble qu'il puisse s'agir d'une souche mutante du streptocoque A. Il faudrait peut-être un milieu spécialement enrichi pour lui permettre de se développer *in vitro*.

— Oui, oui, bien sûr. Comme de la pomme de terre ou un truc de ce genre.

Certains agents virulents ont besoin d'un support particulier pour se développer à l'extérieur du corps, telles des pommes de terre, par exemple.

— Quel genre de climat avez-vous, là-bas ?

— Guère meilleur qu'à Atlanta, et les distractions sont pratiquement nulles — exception faite d'un remarquable petit restaurant français, avec sa cuisine savoureuse et ses vieux airs de blues. Enfin, je ne te demande pas de venir, Shirley. Pas encore.

— Je comprends très bien la politique des hôpitaux de province, aussi bien que celle des établissements urbains et des organismes de santé publique, Rhea. Je serai patiente pour ce qui est des questions officielles. Il se trouve simplement que j'ai quelques jours de congé à partir de demain…

— Et tu viendrais peut-être ?

— Oui, pourquoi pas ? Je te ferai signe. En attendant, j'envoie un coursier chercher les cultures. Je verrai bien ce que nous pouvons en faire ici… Cela gracieusement, à titre de solidarité professionnelle, bien entendu.

Je lui confiai le numéro de mon domicile et mon emploi du temps. Puis nous papotâmes un moment, évoquant nos connaissances communes en fac de médecine — où était untel et avec qui, qui attendait un enfant ou cherchait encore l'âme sœur — et éludant l'une et l'autre le sujet brûlant de nos vies amoureuses respectives. Nous raccrochâmes enfin, Shirley pour se mettre en quête d'un coursier, moi pour aller pointer et regagner enfin mes pénates. J'avais rendez-vous avec un pasteur et ses ouailles prêts à célébrer la tradition pascale, et avec une amie de longue date au cerveau gravement endommagé.

A l'approche des urgences, je ralentis le pas. Un homme en uniforme d'officier de marine se tenait devant le guichet, une mallette neuve à ses pieds. Sa veste semblait un peu étriquée, comme s'il avait pris récemment quelques kilos au niveau de la poitrine et des épaules. De l'endroit où je me trouvais, je remarquai sa nuque rasée — une coupe militaire des plus stricte —, sa posture rigide, également très militaire, et ses bottes de combat ourlées de boue rougeâtre autour des semelles. Je ne pouvais entendre toute la discussion, l'infirmière étant trop loin pour que sa voix parvînt jusqu'à moi. D'un naturel curieux, je m'appuyai contre le mur du bureau réservé aux médecins de garde, croisai les bras et prêtai l'oreille à cette moitié de conversation.

— Je comprends les exigences légales concernant le secret médical, mais il est possible que nous ayons les moyens de vous venir en aide — moi ou le service dont je dépends.

— …

— Non, il ne nous semble pas nécessaire pour le moment de nous munir d'un mandat, répliqua-t-il avec une pointe d'ironie condescendante, d'une voix qui semblait plus accoutumée à commander qu'à négocier. Je suis ici à titre gracieux parce que nous avons entendu parler de cette bactérie que vous auriez découverte dans le ruisseau. Nous avons une certaine expérience des germes flottants.

Des germes flottants ? Je faillis éclater de rire. Quelle que fût sa profession, cet homme n'était pas médecin. Le jargon médical, le langage abscons que les praticiens opposent au commun des mortels, lui était manifestement étranger.

Que venait faire ici un officier de la marine ? Je ressentis un fourmillement dans le bout des doigts, symptôme qui me servait de sonnette d'alarme — sans que je sache pour autant ce qui me perturbait.

— Nous aurions simplement besoin d'une liste des personnes atteintes, avec l'endroit où elles ont été découvertes.

Un refus courtois mais un peu plus sonore que le précédent atteignit cette fois mon oreille. La discussion devait durer depuis un moment.

— Cela ne vous prendrait pas tellement de temps. Laissez-moi seulement m'expliquer avec un médecin.

— Puis-je faire quelque chose pour vous ? intervins-je.

L'homme se retourna, et ses prunelles bleues se posèrent sur moi. Il me détailla rapidement d'un regard aigu, scrutateur, puis se désintéressa de ma personne.

— Je vous remercie mais c'est un médecin que je veux voir, pas une infirmière.

Anne pointa furtivement la tête par-dessus le guichet puis disparut, mais j'eus le temps d'apercevoir son petit sourire narquois. Infirmière… Ben voyons.

Le regardant bien en face, je me mis à rire pour de bon et sans aménité.

— Je suis médecin. Dr Rhea Lynch, à votre service. Suivez-moi, mon bureau est par là.

Sans attendre sa réponse, je lui tournai le dos et pénétrai dans la petite pièce de la taille d'une cabine qui servait de bureau aux médecins de garde, enfilai la blouse blanche accrochée en permanence derrière la porte et m'assis derrière la table de travail passablement défraîchie. Si mon bureau manquait totalement d'élégance, il avait toutefois un aspect officiel qui me conférait l'autorité nécessaire pour cet entretien.

Quand l'inconnu entra à son tour et referma la porte, j'inclinai légèrement la tête afin de l'observer. Visage tanné, une quarantaine d'années, bien bâti. Ce type-là devait courir tous les jours — au moins vingt kilomètres —, consommer des litres de café comme le marin qu'il prétendait être et avoir l'habitude de commander. Assez bel homme, dans le genre baroudeur. J'imaginais les femmes se pâmant devant lui dans tous les ports du monde. Ses yeux bleus dégageaient une sorte de magnétisme. Il les fixa sur moi et sourit.

— Lt Montgomery Leander.

Il se pencha au-dessus du bureau et me serra la main.

— Madame… Veuillez pardonner ma méprise.

Pendant qu'il s'asseyait, je jetai un coup d'œil sur l'insigne qu'il portait à l'épaule. J'ignorais totalement à quoi pouvaient ressembler les galons ou les épaulettes d'un lieutenant, mais quelque chose me dérangeait. Le fourmillement s'intensifia dans le bout de mes doigts.

— Que puis-je faire pour vous ?

— Comme je le disais à l'instant à votre collègue…

— A l'infirmière.

— Je vous demande pardon ?

— Anne n'est pas ma collègue. Elle est infirmière.

— Ah, oui… Bien sûr.

Leander se raidit davantage, si la chose était encore possible. D'humeur contrariante, je me tassai dans mon siège. Il se courba et posa son porte-documents par terre, ses bras étirant l'étoffe aux coutures.

Où était sa casquette ? Les officiers de marine ne devaient-ils pas porter une casquette ? Ils en avaient dans la série télévisée JAG…

Brusquement, je saisis ce que mon subconscient essayait de me dire : l'uniforme étriqué n'était pas le résultat d'un excès de pâtisseries ; ce n'était pas le sien, tout simplement.

Sans me trahir, je m'inclinai vers le bureau, bâillai copieusement et posai mon menton sur une main. De l'autre, j'appuyai discrètement sur l'Interphone. Anne, depuis l'accueil, pourrait ainsi suivre toute notre conversation.

— Bref, qu'attendez-vous de moi, au juste ?

— Je me suis laissé dire que vous pourriez être confrontés, ici, à un petit problème. Un problème que nous connaissons déjà, dans la marine…

Je lui coupai la parole.

— Etes-vous médecin ? Docteur en médecine ?

— Ma foi, oui, répondit-il, jouant de la prunelle.

— Ma foi, non, répliquai-je sans sourciller.

Je me redressai lentement sur ma chaise, les yeux rivés aux siens.

— Et à mon avis, vous n'êtes pas non plus dans la marine. Je pense que je vais alerter les vigiles et leur demander de vous flanquer dehors.

Un imperceptible vacillement du regard, un changement de couleur plutôt qu'un mouvement, l'œil subitement plus terne, moins étincelant. Expression d'hostilité voilée. Constat d'échec émotionnel. Brusquement, ses yeux bleus n'avaient plus le même pouvoir de séduction.

— Qui êtes-vous ? Un journaliste ? Pas de la télévision, en tout cas : les cheveux sont trop courts et l'uniforme vous va trop mal. La presse à scandales, sans doute ? *Le Globe ?* La gazette régionale ? demandai-je, délibérément insultante.

Je vis ses poings se serrer sur les bras du fauteuil. Un sourire étira lentement les commissures de ses lèvres sans atteindre ses yeux. Il ne m'appréciait pas et ne cherchait pas à dissimuler son antipathie. Peu de gens ont un visage assez expressif pour se passer de mots ; c'était cependant son cas.

— A quoi rime cette mascarade ? insistai-je. Je serais curieuse de l'apprendre, avant que les vigiles ne viennent vous chercher.

Il cligna des yeux. Son regard obliqua du côté de l'Interphone et s'immobilisa sur la lumière rouge qui indiquait que notre conversation était surveillée. L'espace d'un instant, l'air autour de nous parut crépiter de violence latente. La mâchoire crispée, il me fustigea d'un regard rageur, se leva et quitta la pièce sans ajouter un mot.

Quand j'atteignis le couloir pour le regarder partir, il franchissait déjà les portes vitrées de l'hôpital. Anne, derrière le guichet, tourna vers moi un visage perplexe.

— Où est l'agent de sécurité ? m'enquis-je en me dirigeant à mon tour vers l'entrée.

— J'ai fait sonner son bip dès que je vous ai entendue prononcer le mot « vigile », mais il n'a pas rappelé, lança Anne dans mon dos. Le matin, il fait une ronde du côté de la maison de repos.

Je fonçai à toutes jambes vers le sas des urgences et me retrouvai dehors.

L'inconnu, qui m'avait certainement donné un faux nom, s'éloignait dans une camionnette rouge, de marque Ford, avec le pare-chocs et l'aile arrière gauche enfoncés. Je ne vis pas de plaque d'immatriculation. Mais le pseudo-lieutenant avait un chauffeur — un jeune homme de race blanche à la nuque rasée. Avec cela, nous n'irions pas bien loin.

Je soupirai. N'est-il pas illégal de se faire passer pour un gradé de l'armée ? Si la presse avait vent de cette affaire de *germe flottant*, les conséquences pourraient être catastrophiques. Avant de quitter l'hôpital, j'appelai le directeur administratif afin de lui raconter mon entrevue avec le faux Lt Montgomery Leander. Je rentrai ensuite chez moi, en quête d'une tenue convenable pour accompagner Marisa à la grand-messe de Pâques à l'église épiscopale.

13.

Confiture au cochon et odeurs de moisi

De retour à la maison, je fouillai ma penderie, les chiens gambadant autour de moi comme s'ils découvraient une nouvelle aire de jeux. Je retrouvai une robe que je gardais sur un cintre depuis un an. Les autres étaient encore stockées en tas dans les cartons. Malheureusement, ma trouvaille — une petite robe de cocktail noire fendue de façon à dévoiler mes jambes — ne constituait pas la tenue idéale pour aller à la messe, d'autant qu'elle était complètement froissée. La vue du fer à repasser qui semblait me narguer, du haut de son étagère, m'incita à chercher autre chose.

Dans les profondeurs de ma garde-robe, je dénichai finalement un ensemble composé d'une veste bleu marine et d'une robe assortie, qui semblait en meilleur état. Et plus approprié pour un dimanche de Pâques. J'y ajoutai une paire d'escarpins poussiéreux qu'un simple coup d'éponge suffirait à rendre comme neufs, et découvris même, à ma grande stupéfaction, un collant couleur chair dans son emballage intact, au fond d'un tiroir. Epuisée à l'idée de m'habiller de la sorte, je m'écroulai sur mon lit et fermai les yeux. Moi qui avais réussi à ne pas porter de collant pendant une année entière — un record ! —, regrettai de ne pouvoir continuer encore quelques mois.

Belle me réveilla une heure plus tard en sautant à côté de moi sur le lit qu'Arlana avait pris soin de faire avant de partir. A l'évidence, ma chienne considérait un lit fait comme une invite à se rouler sur l'édredon pour jouer. Aux yeux d'Arlana, c'était un véritable péché que de laisser les chiens entrer dans la maison, et elle prenait toujours soin de fermer les portes de la chambre et du séjour en partant. Hélas, le mobilier ne restait pas longtemps impeccable après mon retour.

— Allons, Belle, descends, grommelai-je. Descends de là tout de suite.

Au lieu d'obéir, elle se coucha dans une posture faussement contrite, le museau posé sur les pattes, le regard expressif. Elle avait envie d'aller courir. Consultant ma montre, je décidai que j'avais le temps de faire un jogging et descendis du lit. Belle se mit à japper joyeusement tandis que je prenais sa laisse dans l'entrée. Mais quand, en passant devant le placard, je vis mon tailleur bleu marine se refléter dans le miroir, je me figeai subitement.

Ce tailleur me faisait penser à l'uniforme du faux lieutenant. Une fois de plus, je ressentis un fourmillement dans le bout des doigts. Je frottai mes mains l'une contre l'autre, mais rien ne me vint à l'esprit et la sensation s'évanouit.

Impatiente, Belle enfouit sa truffe humide au creux de ma paume. Je la repoussai et enfilai le premier survêtement qui me tombait sous la main. Elle se mit à tournoyer frénétiquement dans le couloir, faisant une dizaine d'allées et venues entre moi et la porte, avec de petits aboiements d'allégresse.

— Ça y est, ma grande, on y va, déclarai-je après avoir troqué mes mules contre une paire de tennis.

Peluche vint me mordiller les talons en geignant, sachant qu'il était exclu de la promenade. Je ne l'avais pas encore dressé à être tenu en laisse, et le moment était mal choisi pour cela. Toutefois, il était temps que je m'en occupe ; il avait l'âge idéal.

Je décidai de m'en tenir à un petit tour. Comme si elle sentait que j'étais pressée, Belle leva le museau vers le ciel, reniflant les odeurs, et se mit aussitôt à trotter. Le temps s'était dégagé ; la tempête n'était plus qu'un mauvais souvenir. Un ciel d'un bleu limpide brillait entre les branches couvertes de feuilles naissantes. Chênes et noyers blancs bourgeonnaient encore tandis qu'érables et peupliers s'efforçaient de rattraper le marronnier précoce, déjà en pleine floraison. Il faisait doux — dix-huit à vingt degrés, sans doute —, et un papillon jaune m'accompagna un moment quand je commençai à courir, d'abord à petites foulées, puis à un rythme plus soutenu.

De la ferme voisine me parvenait l'odeur des chevaux et du bétail mêlée à celle des feuilles de l'automne dernier presque réduites en poussière, aux effluves des jacinthes tout juste écloses dans les jardins que nous longions et aux inévitables gaz d'échappement de l'autoroute. Comme ma chienne, je levai le nez vers le ciel pour humer le printemps. Martelant le sol du sentier parallèle au ruisseau qui passait au fond de mon jardin, j'avançai à vive allure et vis défiler des maisons, des ruelles transversales, des enfants en quête d'œufs de Pâques. Puis je passai sous une clôture en barbelés afin de suivre un ancien chemin à bestiaux qui traversait un champ, aujourd'hui uniquement fréquenté par des cyclistes équipés de vélos tout-terrain et quelques cavaliers intrépides.

Au loin, on entendait les beuglements des vaches qu'on emmenait de l'étable au pâturage encore humide de rosée. Les cris aigus des enfants s'estompèrent, et j'allongeai le pas, le souffle régulier. A côté de moi, Belle régla sa cadence sur la mienne, son long pelage noir flottant au vent.

La journée ensoleillée de la veille avait séché la terre qui offrait à présent une surface idéale pour courir, bien supérieure à la terre battue de n'importe quelle piste olympique. La langue pendante, Belle coula vers moi un regard extatique. Je savais exactement ce qu'elle ressentait. C'était le paradis — ou presque. Le désarroi provoqué par la maladie foudroyante impossible à identifier, mes craintes concernant une éventuelle épidémie, mes regrets de voir Marisa ainsi diminuée, le souvenir du chagrin que m'avait causé ma rupture avec John — qui fréquentait sans doute déjà quelqu'un d'autre, comme si nous n'avions jamais été fiancés — et ma perplexité à l'égard de Mark — qui voulait peut-être autre chose que ce que je pouvais lui donner —, tout cela s'envolait comme par magie, emporté par le vent léger.

Lorsque je ralentis et fis demi-tour pour regagner la maison, j'étais une autre femme. Et Belle, l'image même du bonheur. Elle s'arrêta au bord du ruisseau et but à longs traits l'eau fraîche pendant que j'effectuais quelques étirements afin d'empêcher mes muscles de se raidir. Jetant un coup d'œil sur ma montre, je constatai qu'il me restait tout juste le temps de prendre une douche, de passer un peigne dans mes cheveux et de renoncer à toute tentative de maquillage avant de partir chercher Marisa. C'était parfait.

Nous faillîmes arriver en retard à la messe. Et pas à cause de moi — enfin, pas directement.

Le tailleur bleu marine que j'avais jugé impeccable n'eut pas l'heur de plaire à miss Essie et Marisa. Je frappais tout juste à leur porte quand la vieille gouvernante m'accueillit en fronçant un sourcil désapprobateur.

— Si c'est pas une honte de négliger ainsi ses habits, marmonna-t-elle tout en ouvrant la porte vitrée.

Elle secoua la tête sans déplacer un seul des cheveux gris et crépus qui encadraient son visage chocolat, tout sillonné de rides.

— Regardez-moi ça, miss Marisa, enchaîna-t-elle, bien que celle-ci ne soit pas dans la pièce. Des habits tout fripés avec les épaules pleines de poussière. Je sais que votre maman ne vous a pas appris à vous habiller comme ça, elle qui était une Rheaburn, une vraie dame. Je sais très bien qu'elle appréciait les beaux habits.

— Quand elle n'était pas soûle, admis-je, déterminée à ne pas me laisser faire.

Miss Essie rejeta la tête en arrière et serra les pointes de son grand châle entre ses doigts — signe qu'elle était réellement fâchée.

— C'est pas des choses à dire. On n'a qu'une maman et on respecte les morts. Surtout le jour où Notre Seigneur est ressuscité ! Venez plutôt voir comme miss Marisa est joliment mise. Et ôtez-moi cette veste et cette robe toutes poussiéreuses que je passe un linge humide et un coup de fer dessus. Allez, hop ! Aucune femme ne sortira d'ici habillée comme une souillon.

— J'aime beaucoup votre châle, miss Essie. Le mauve vous va très bien.

Comme elle portait toujours le même châle mauve, la vieille dame fronça les sourcils. Elle tendit la main pour que je lui donne mes vêtements.

— Je ne me déshabillerai pas, miss Essie.

— Oh, que si ! Si vous ne le faites pas toute seule, je vous enlève tout ça moi-même. Mon amie Edmée me fera les gros yeux si je vous laisse partir comme ça.

— Edmée ne me verra pas, miss Essie.

Elle s'approcha et tira sur ma veste pour me l'ôter. Je ne me défendis pas. Miss Essie était haute comme trois pommes. Pourtant, même si je la dominais de deux bonnes têtes, c'était incontestablement elle qui commandait.

— Toute la famille d'Edmée sera à l'église. En rentrant, ils vont jaser à propos de ma petite et de cet épouvantail qui l'accompagnait à la messe le jour où Notre Seigneur est ressuscité des morts. Ça sera la honte de ma vie.

Je la suivis docilement vers la buanderie où l'odeur du fer chaud paraissait l'attirer irrésistiblement. Marisa apparut sur le seuil de sa chambre et me gratifia d'un sourire lumineux. Son visage était un peu plus boursouflé que la veille, et il semblait que le bébé soit légèrement descendu, comme si les mains qu'elle gardait posées sur son abdomen le poussaient vers le bas.

— Rhea ! Mon rayon de soleil…

Elle prit ma main, la posa sur son ventre et la maintint à hauteur de son nombril jusqu'à ce que le bébé donne un coup de pied.

— Bonnes jambes, dit-elle fièrement.

— Foot ou rugby ?

— Jogging. Comme toi.

Je lui rendis son sourire — ou plutôt, je fondis littéralement. Et miss Essie profita de l'occasion pour descendre la fermeture Eclair de ma robe et la retirer d'un coup sec. Ce qu'elle découvrit ne fut évidemment pas de son goût. Elle ne se priva pas de me le faire savoir, m'accablant de reproches.

— Je portais une veste, me défendis-je en posant les bras sur ma poitrine. Et personne n'était censé me voir nue.

Sortir sans soutien-gorge représentait un péché capital à ses yeux. Et le jour de Pâques, de surcroît ! Cette fois, elle était réellement scandalisée.

— Une véritable honte, ma petite ! Oser se présenter ainsi dans la maison du Seigneur ! Même morte, je me serais retournée dans ma tombe en apprenant ça !

— Ma robe est doublée et la veste aussi, répliquai-je, au désespoir. Et toi, Risa, cesse de rigoler comme ça. Tu ne m'aides vraiment pas !

— Ma petite Marisa a l'air d'une princesse dans sa robe à fleurs. Elle est jolie comme un cœur, elle, avec ces touches de lavande, de rose et de pivoine.

Sur ces mots, Essie jeta ma robe sur la planche à repasser et l'humecta avec une pattemouille, à coups si vigoureux que j'eus peur pour les coutures.

— Et vous venez la chercher pour aller à l'église…

Elle plaqua brutalement le fer sur l'étoffe et me fustigea du regard.

— Dans la demeure du Seigneur. Habillée comme ça.

J'attendis en silence, les bras croisés sur mes seins, pendant qu'elle achevait de rafraîchir mes vêtements. Quelques instants plus tard, j'étais rhabillée. Correctement. L'ensemble sentait effectivement meilleur ; l'odeur de moisi avait à peu près disparu. Et la robe tombait aussi beaucoup mieux.

Tandis que miss Essie nous poussait dehors, Marisa et moi, je lui exprimai toute ma gratitude. Je lui dis qu'elle était une femme merveilleuse — une vraie perle —, que j'avais mis un collant uniquement à son intention, au lieu de sortir jambes nues. Mais la vieille dame avait décidé de ne pas donner de confiture au cochon — ses paroles étant la confiture, et moi, le cochon. Elle embrassa Marisa sur le pas de la porte, lui recommanda de ne pas prendre froid dans l'intérêt du bébé, ignorant ma présence comme si elle m'avait assez vue. Si j'avais espéré lui faire bonne impression, j'en étais pour mes frais.

Dans la voiture, Marisa continua à rire sous cape en m'observant du coin de l'œil. Bon sang, j'avais pourtant mis un peu de rouge à lèvres et un collant. Et même des talons hauts ! Cela ne leur suffisait donc pas ? Plus nous approchions de l'église, plus je fulminais. Je n'avais pas envie d'y aller, ni d'entrer dans une église avec un tailleur, des chaussures à talons et du rouge à lèvres. Du reste, je ne comprenais pas pourquoi Marisa voulait aller à la messe.

Notre arrivée à l'église passa beaucoup moins inaperçue que je le souhaitais. Plusieurs personnes appelèrent Marisa, certaines quittèrent leur place pour venir nous saluer comme des amies perdues de vue depuis longtemps. Je souris, saluai de la tête et répondis de mon mieux tout en nous frayant un chemin dans la cohue de l'allée centrale.

Certains visages ne m'étaient pas inconnus : anciens patients des urgences ou camarades de jeux du temps où je passais mes vacances dans la propriété des Stowe — la famille de Marisa.

Mais leur accueil chaleureux me mettait mal à l'aise. J'étais venue de mauvaise grâce, et je n'avais certes pas l'intention de revenir.

Nous approchions de la stalle des Stowe quand je l'aperçus. Eddie Braswell. Assis au premier rang de la tribune, il était penché sur la rampe et observait Marisa, le regard fixe, la bouche entrouverte.

Juste avant qu'il ne remarque mon regard posé sur lui, je discernai une foule d'émotions sur son visage scrutateur — mélange de remords, de solitude et de désespoir. Puis il me vit et réprima un mouvement de surprise. Il serra les lèvres, les traits soudain hermétiques, et s'enfonça dans son siège. Sa tête disparut derrière la balustrade.

Nous avions atteint nos places. Je m'effaçai pour faire avancer Marisa et m'assis auprès d'elle. Autour de nous, l'assistance se tut. Je jetai un coup d'œil derrière moi sans réussir à voir Eddie de nouveau. Je dus presque me faire violence pour l'écarter de mes pensées.

Assise sur le vieux banc de sa famille — celui qu'elle partageait autrefois avec sa tante et moi, puis, plus tard, avec Steven et son fils Eddie —, Marisa tourna la tête vers la chaire, radieuse. Sa peau, ses vêtements et même ses cheveux blonds avaient pris un chatoiement nacré presque éblouissant. Risa était… heureuse.

Ce n'étaient pas les rayons du soleil que filtraient les vitraux multicolores. Ce n'était pas l'assistance, bien que tout le monde ou presque la connaisse et l'aime. Ce n'était pas le sermon — que le prêtre n'avait pas encore entamé. Ce n'était pas la grossesse qui active la circulation sanguine dans l'épiderme. C'était le fait d'être là, dans cette église avec son Dieu, le fait d'être la femme qu'elle était — mutilée, transformée… et néanmoins *heureuse.*

Brusquement, je sentis la colère m'envahir. Une sorte de ressentiment s'empara de moi, surgit quelque part dans les profondeurs de ma conscience où il couvait sans doute depuis de longs mois.

Dans une sorte de brouillard, j'entendis les premiers accords de l'orgue rompre le silence. Le visage de Marisa s'épanouit encore.

Alors, une fureur indescriptible me submergea, me coupant le souffle, faisant affluer le sang à mes tempes, à la limite du vertige. Les paumes moites, la respiration haletante, je baissai la tête en avant et fixai mes mains croisées sur mes genoux. Je m'efforçai de me dominer pour éviter de nous mettre toutes les deux dans l'embarras, Marisa et moi ; j'essayai d'analyser les motifs de ma colère afin de la dominer. Et une seule idée, une idée stupide me vint à l'esprit : Marisa était heureuse. Heureuse malgré le préjudice qu'elle avait subi. Les victimes de traumatismes aussi épouvantables ne pouvaient décemment pas être heureuses.

A côté de moi, Marisa se leva, ouvrit un missel et entonna un cantique. Sa bouche s'ouvrit et proféra des mots — des mots intelligibles, des mots sensés. Elle ne marqua aucune hésitation, ne commit aucune erreur en chantant ce psaume à la gloire de Dieu. Et pourtant, elle parvenait difficilement à formuler une phrase complète quand elle s'adressait à moi.

Réflexion égoïste et futile que je me reprochai aussitôt.

Marisa souffrait d'une lésion cérébrale consécutive à une lobotomie criminelle, me répétai-je délibérément, recroquevillée sur mon banc — je devais être l'unique personne de l'assistance à rester assise sans chanter. Et les gens dont le cerveau était atteint pouvaient avoir des réactions inexplicables. Marisa pouvait chanter un cantique qu'elle connaissait et être incapable de formuler des phrases cohérentes. Sur le plan médical, cela n'avait rien d'illogique.

Il n'y avait toutefois aucune raison médicale pour qu'elle fût si heureuse, bon sang ! Mais elle était littéralement aux anges. A mon côté, sa voix atteignit une note aiguë presque inaccessible et redescendit dans les tons de contralto. Gloire au Tout-Puissant.

Un sanglot étouffé s'échappa de ma gorge, perdu dans les flots de musique. Trop de rage accumulée, refoulée, cherchait à s'évacuer pendant qu'autour de moi, les fidèles acclamaient le Seigneur.

Il me fallait un exutoire. Je n'en pouvais plus. Ma vue se brouillait, mes ongles s'enfonçaient dans mes paumes et j'avais l'impression que le sang bouillait dans mes veines.

Marisa était mutilée, définitivement amoindrie. Ce à quoi je ne pouvais strictement rien changer. Et son Dieu — le Dieu qu'elle adorait, dont elle chantait les louanges — n'avait pas empêché ce crime. *Il* avait laissé faire cela. Et elle avait l'effronterie d'être heureuse malgré tout.

Je m'efforçai de reprendre mes esprits, de calmer les battements de mon cœur, de respirer à fond sans souffrir le martyre.

Une lésion cérébrale provoquait d'étranges comportements. Ce n'était pas sa faute si Marisa pouvait chanter mais pas parler comme avant, je ne l'ignorais pas. Elle n'y était pour rien.

Peu à peu, je recouvrai un semblant de calme. Je pris une profonde inspiration. Puis une deuxième. Progressivement, le rugissement qui m'assourdissait céda la place à la musique. Les accents de l'orgue, triomphants, dominaient la voix de Marisa. *Amen,* chanta en chœur l'assemblée des fidèles, autour de moi. Le cantique était terminé. J'avais retrouvé ma vision normale. La douleur qui m'étreignait la poitrine avait disparu. Je ne suffoquais plus.

Marisa s'assit et me prit la main comme si c'était moi — et pas elle — qui avais besoin de réconfort. Je regardai sans rien dire nos mains jointes sur ses genoux, sa peau laiteuse contre ma peau mate.

Je pouvais compter sur les doigts d'une main les fois où j'avais perdu mon sang-froid. Celle-ci était la cinquième. Et pour une raison tellement stupide… Parce que Marisa était heureuse. Parce qu'elle parvenait à chanter.

Non. Ce n'était pas pour cela. J'avais perdu mon flegme parce que son Dieu avait permis cette injustice. Quelle stupidité ! Je me concentrai sur ma respiration et serrai doucement la main de mon amie dans la mienne.

A partir de ce moment, la messe parut s'accélérer. L'heure passa à une vitesse surprenante. Je me levai, m'assis, m'agenouillai, ouvris le livre de cantiques… Tout ce que fit Marisa, je le fis. Mais je ne ressentais rien, n'entendais rien d'autre que les battements de mon cœur et la voix mélodieuse de Marisa, qui chantait.

14.

Anges et hululements

Après la messe, je la raccompagnai dehors puis jusqu'à la voiture en m'arrêtant tous les deux ou trois pas afin de lui permettre de voir les gens. On lui dit qu'on pensait à elle, qu'on priait pour elle ; on l'interrogea sur l'enfant à venir, et ainsi de suite. Eddie ne tenta pas de nous aborder. Je le cherchai des yeux dans la foule, en vain. Nous avançâmes lentement mais finîmes par atteindre la rue. Puis nous quittâmes le parking dans le flot des voitures qui se dirigeaient vers quelque restaurant pour le déjeuner de Pâques.

Je reconduisis Marisa chez elle. L'éclat dont elle avait resplendi à l'église cédait maintenant la place à une sorte de sérénité un peu lasse ; elle avait besoin de repos. Moi aussi, du reste. Le manque de sommeil et la colère contre laquelle j'avais lutté pendant près d'une heure se conjuguaient pour me priver de toute énergie. Je me sentais fourbue, assommée — et terriblement seule.

Un silence singulier régnait dans la voiture pendant que je circulais dans les encombrements de midi. Quand, enfin, je bifurquai dans une rue secondaire, je jetai un coup d'œil de côté. Marisa m'observait avec attention.

Sans trop savoir pourquoi, je sentis le sang affluer à mes joues.

— Qu'est-ce qu'il y a ? demandai-je.

— A toi de le dire, répliqua-t-elle calmement.

— Eh bien, je ne sais pas… Je trouve que tu parles de mieux en mieux. Tu fais des progrès chaque jour.

C'était un faux-fuyant, et elle ne fut pas dupe. J'eus l'impression d'entendre fonctionner le rouage de ses pensées.

— Tu arrives quelquefois à formuler des phrases complètes, ajoutai-je.

— Dis-moi. Tu étais en colère. Pourquoi ?

Un frémissement de rage affleura de nouveau à la limite de ma conscience. Je fus tentée de lui mentir, d'éluder la question ou de nier. Mais comment nier sans trahir mon amitié à son égard ? J'optai donc pour la vérité.

— Tu chantais, murmurai-je après un long silence. Tu as chanté à la perfection, sans une hésitation, sans une seule fausse note. Et tu étais heureuse.

Ma voix se brisa sur le dernier mot, comme s'il m'arrachait le cœur. Gênée, je m'éclaircis la gorge.

Elle opina.

— Les gens qui me soignent disent que… que je vais découvrir… des choses que je peux refaire. Et c'est bon pour mon cerveau, de chanter.

— Oui, d'un point de vue médical, je l'admets parfaitement. Mais… comment diable peux-tu être heureuse ?

J'ôtai le pied de l'accélérateur en sentant la colère se remettre à vibrer au tréfonds de mon être. Dans les jardins environnants, les acacias semblaient s'être couverts de fleurs du jour au lendemain ; leurs branches graciles ployaient sous de lourdes grappes d'un blanc neigeux. La floraison des acacias dans la région me ravissait toujours. Pourtant, en cet instant, j'avais seulement envie de pleurer.

Marisa sourit, et son visage reprit cet éclat particulier que je lui avais vu à l'église.

— J'ai besoin de Dieu, déclara-t-elle. Il me rend…

Elle chercha le terme exact et finit par opter pour le mien.

— … heureuse.

— *Heureuse ?* m'écriai-je spontanément, avec plus de violence que je ne l'aurais souhaité. Il a permis cette infamie ! Il a permis que tu sois mutilée !

Je pointai l'index vers son crâne.

— Il l'a laissée te faire ça !

Le barrage céda, et les larmes que j'endiguais depuis des mois jaillirent malgré moi. Un torrent de larmes. La peine enfouie au plus profond de moi resurgit, trop longtemps contenue. Je revis Marisa telle que je l'avais découverte après les sévices dont elle avait été victime — végétant, inerte, au fond de son lit, dans une odeur d'urine croupissante.

Aveuglée par les larmes, je m'arrêtai sur le bas-côté et sanglotai éperdument. Elle resta imperturbable tandis que je donnais libre cours à mon chagrin.

Au bout d'un moment, j'appuyai mon front brûlant contre la vitre fraîche, lui tournant le dos.

— Comment… comment fais-tu pour être heureuse malgré tout, nom de nom ? articulai-je enfin.

Elle tira légèrement sur ma veste à plusieurs reprises. Je finis par obéir à cette injonction muette et me retournai vers elle.

— Pas heureuse… Paisible.

Elle haussa les épaules.

— Dieu ne m'a pas fait de mal. Il… m'a sauvée.

Sereine, elle massa son ventre dilaté à travers l'étoffe de sa robe.

— Il m'aide chaque jour. Et puis ne jure pas, me réprimanda-t-elle, comme à son habitude.

— Je ne comprends pas comment tu peux lui pardonner.

— A qui ? A Dieu ou à Dee Dee ?

— A lui et à elle. Donne-moi un mouchoir, lui demandai-je en désignant le sachet en plastique qui dépassait de la boîte à gants.

Je me mouchai consciencieusement et tamponnai mes yeux boursouflés.

— Comment fais-tu ? répétai-je d'une voix encore mal assurée.

Elle me prit la main avec un sourire. Ce geste affectueux me réconforta, comme il m'avait réconfortée, à l'église, un instant plus tôt.

— Je t'ai entendue quand j'étais à l'hôpital, répondit-elle avec tendresse.

Elle inclina la tête contre sa main libre, mimant le geste d'un enfant qui demande à dormir.

— Inconsciemment ?

Elle acquiesça d'un signe de tête.

— Je t'ai entendue chanter. Pour moi.

— Des cantiques…

Je me remémorai mes efforts désespérés pour la tirer de sa léthargie, pour lui rendre le goût de vivre. Je lui avais fait la lecture, raconté ce qui se passait au-dehors comme si elle était en mesure de comprendre, et même chanté les cantiques qu'elle fredonnait le matin sous la douche au dortoir du campus. Cette manie m'exaspérait, à l'époque. Mais j'aurais essayé n'importe quoi dans l'espoir de ranimer une partie de son cerveau endommagé.

— Je t'entendais. Tu m'as aidée. Mon rayon de soleil.

— Je chante comme une casserole, grommelai-je, la vue de nouveau brouillée par les larmes.

— Pas terrible, admit-elle en grimaçant.

J'éclatai de rire. Dieu que cela faisait du bien.

— Et ne m'appelle pas comme ça. Je déteste.

— Dommage, dit-elle avec un clin d'œil. Dieu a permis… que tu me rendes ma joie de vivre. Si le bébé est un garçon, il s'appellera Rheaburn Lynn Stowe Braswell, articula-t-elle distinctement.

Elle avait dû s'entraîner pour prononcer ces mots-là. C'était donc une décision préméditée, mûrement réfléchie. J'émis une petite exclamation de surprise, mais elle n'avait pas terminé.

— Et si c'est une fille, ce sera Rhea Lynn Stowe Braswell.

Je m'appelais Rhea Rheaburn Lynch. Marisa avait donc choisi de donner mon nom à son enfant. Je me remis à rire et à pleurer tout à la fois, émue jusqu'aux larmes.

— Paisible, ajouta-t-elle, car je suis vivante. Avec mon bébé. Avec toi. Et avec miss Essie.

Je déclinai l'invitation à déjeuner de miss Essie. Dépouillée de toute énergie, j'avais besoin de sommeil et il ne me restait guère de temps pour récupérer. Sans ôter le peu de maquillage qui subsistait après cette crise de larmes, je me dévêtis et m'effondrai sur le lit, les deux chiens allongés sur le parquet à côté de moi.

Il était presque 17 heures quand je me réveillai, les yeux bouffis, le nez bouché, la tête prise dans un étau. Trop mal en point pour courir, je fis sortir Belle et Peluche, mis la cafetière en marche et allai prendre une douche avant de m'habiller. J'étais dans un état lamentable — ce qui me confortait dans ma décision de ne jamais laisser libre cours à mon chagrin.

17 heures venaient de sonner quand Mark frappa à la porte.

— Ne te l'ai-je pas assez répété, tête de mule ? cria-t-il depuis le couloir. Tes nouvelles serrures ne te protégeront que si tu t'en sers !

Il me rejoignit dans la cuisine en compagnie des chiens.

— Sois gentil, répondis-je sans me lever, ma tasse chaude entre les mains. Je me sens affreusement mal et de très mauvais poil.

— Ah, bon ? Comme d'habitude, alors ?

Comme je ne réagissais pas à l'insulte, il se pencha afin de m'examiner.

— C'est vrai que tu as l'air malade. Ton nez est enflé, tes yeux sont rouges et tes joues marbrées. Tu m'offres un café ? enchaîna-t-il sans transition tout en allant se servir lui-même.

Dieu merci, ma confiance en moi ne dépendait pas de ses compliments. Sinon, j'aurais encore fondu en larmes.

— Fais comme chez toi, marmonnai-je entre mes dents.

— T'aurais pas aussi un de ces beignets tout secs qui traînent toujours quelque part ? demanda-t-il avec son accent du terroir le plus prononcé.

J'aurais soupiré si mon nez bouché ne m'en avait empêchée. Les « beignets tout secs » dont il parlait étaient en fait de petites brioches confectionnées par la pâtisserie du supermarché voisin, que Mark consommait régulièrement chez moi. Pourquoi se sentait-il obligé de jouer l'idiot du village ?

— Les brioches sont dans le frigo. Et j'ai aussi des petits pots de fromage blanc aux myrtilles ou au miel et aux noisettes… Enfin, il me semble.

Je reniflai élégamment et bus quelques gorgées de café chaud tout en le regardant investir ma cuisine, se laver les mains et sortir les ingrédients nécessaires à la confection des tartines.

La cuisine était également le domaine de John, à l'époque où nous projetions de passer notre vie ensemble. John m'avait fait découvrir la nouveauté d'être aimée, la joie de vivre avec quelqu'un et les délices de la bonne chère — moi qui avais été élevée sans tendresse et nourrie à grand renfort de plats surgelés et de raviolis en boîte. J'eus une pensée émue pour ses talents de cordon-bleu. De ce point de vue, Mark ne lui arrivait pas à la cheville, pensai-je en le regardant s'affairer.

— A quoi bon rajouter un couvert ? demandai-je alors qu'il apportait une troisième tasse. As-tu l'intention d'inviter Belle pour le café ?

Ma chienne qui dormait d'un œil, à mes pieds, remua la queue en entendant son nom. Une fois de plus, elle avait dû se rouler sur quelque charogne. Même avec mon nez bouché, je pouvais la sentir.

— En fait, je venais te demander de me rendre un service — si tu n'es pas trop malade, précisa Mark. Tu as vraiment une mine épouvantable.

Il revint avec la cafetière, les brioches et le fromage blanc, un couteau et des assiettes.

— Prépare tout ce qu'il te plaira, mais il faudra faire plus de café. Je suis trop fatiguée pour m'en occuper. Et pour un homme qui sollicite une faveur, tu as vraiment l'art de flatter les femmes.

— Je suis désolé que tu ne te sentes pas bien, répliqua-t-il en m'embrassant sur le sommet du crâne comme si j'avais douze ans. Je suis désolé que tu aies le nez rouge et les yeux bouffis. Je suis désolé que tu aies l'air complètement naze.

— Ben voyons.

Je refusai d'entrer dans son jeu et tendis ma tasse pour reprendre du café.

— J'ai un ami, commença-t-il.

— Eh bien, si tu veux le garder, je te conseille de ne pas manger toutes ses provisions et te payer sa tête, par-dessus le marché.

Tout en parlant, je rompis quelques morceaux de brioche réchauffée au micro-ondes afin de les donner aux chiens.

— Il est là, dehors. J'aimerais que tu l'examines. Il ne va pas bien du tout.

Je tournai la tête vers la porte et fronçai les sourcils.

— Pourquoi ne pas le conduire aux urgences ? Je commence ma garde dans moins de deux heures.

Devant son silence, je haussai les épaules.

— Bon. Refais-nous du café. Qu'est-ce qui lui arrive ?

— Il fait partie de la commission d'enquête sur les incendies.

Visiblement inquiet, il tambourina un instant sur la table, puis modifia la disposition des brioches sur le plat.

— Hiram a participé aux investigations à Killan's Mill. Le bruit court qu'un des pompiers aurait attrapé un virus sur le site. Or, Hiram a une éruption…

— Fais-le entrer avant que son café ne refroidisse.

— Merci, Rhea.

En se dirigeant vers la porte, Mark me gratifia d'un sourire reconnaissant — dents éblouissantes, œil de jade sous une frange de cils que toutes les femmes devaient lui envier. Une onde de chaleur se répandit en moi, juste au-dessous de la ceinture. Etait-ce la grippe ou l'effet de ce regard tendre ?

— Tu es gentille.

— Tu veux bien m'apporter ma sacoche ? J'ai dû la laisser dans le couloir. Et tu n'as toujours pas refait de café.

— Je m'en occupe tout de suite.

La porte d'entrée s'ouvrit.

— Hiram ? Elle va t'examiner.

— Ça m'ennuie vraiment de la déranger.

La voix feutrée, aux inflexions méridionales, avait cette sorte de retenue particulière aux gens qui ne parlent pas beaucoup.

— Elle est médecin…

— Allez, ramène donc tes fesses par ici. Pourquoi je t'aurais traîné jusqu'ici, si elle n'était pas médecin ? répliqua Mark. Tu ne veux pas aller aux urgences.

— Je ne suis pas malade, affirma l'autre avec obstination.

— Pas de problème, dis-je quand il entra enfin dans la cuisine. Mark s'est proposé de me rémunérer en lavant mes chiens.

— Exact, confirma ce dernier comme si nous en avions effectivement parlé. Je ferai ça tout à l'heure. Belle pue la charogne. Même avec ton nez bouché, tu as pu le sentir, n'est-ce pas ?

Je hochai affirmativement la tête.

— Hiram, voici Rhea. Rhea, Hiram Kellett.

Hiram me serra la main en rougissant. C'était un solide gaillard d'un mètre quatre-vingt-dix au visage constellé de taches de rousseur, et dont l'allure empruntée de brave paysan s'accordait parfaitement à sa voix. Il avait en effet une éruption identique à celle que présentait le pompier que j'avais soigné la veille aux urgences. Ses avant-bras étaient couverts de plaques rougeâtres aux contours irréguliers.

Je lui indiquai une chaise.

— Asseyez-vous.

Il baissa la tête, manifestement embarrassé.

— Je n'aime pas tellement les médecins, avoua-t-il franchement.

— Moi non plus.

Me levant, je repris sa main et retroussai une de ses manches au-dessus du coude. L'éruption commençait au niveau du poignet et s'étendait sous le coude et le biceps, menaçant d'envahir le torse.

— A force d'étudier sans grande expérience de la vie réelle, poursuivis-je, ce ne sont généralement que des grosses têtes qui se prennent pour des savants.

Je le fis asseoir en douceur, regardant l'étonnement se peindre sur son visage à mesure que je parlais.

— Inutile d'essayer de les comprendre, même si vous parlez correctement la langue.

Je lui offris une tasse de café et ouvris tranquillement ma sacoche en m'efforçant de ne pas le brusquer.

— Ils sont trop riches, trop puissants ; et les gens qui sont fourrés chez eux semblent être les premiers à mourir. Dans l'ensemble, on dirait qu'il vaut mieux se passer des médecins et laisser l'organisme se rétablir tout seul.

Plus détendu, Hiram jeta un coup d'œil stupéfait vers Mark pendant que je m'occupais de lui. Je feignis de ne rien remarquer et griffonnai quelques chiffres sur une serviette en papier tout en le régalant d'anecdotes concernant des erreurs médicales notoires — chirurgiens amputant une jambe au lieu de l'autre ou se trompant de sein, traitements médicaux erronés…

— Et tout ça, la plupart du temps, parce qu'ils ne prennent pas le temps d'écouter le patient ou d'examiner consciencieusement les dossiers, conclus-je avant de secouer la tête. C'est tout de même lamentable.

— Pour ça, oui, renchérit Hiram avec conviction. Euh… Pourrais-je avoir une brioche ?

Mark en coupa une en deux, la tartina copieusement de fromage blanc aux myrtilles et poussa l'assiette vers lui. Hiram mordit dedans avec un grand sourire.

Je lui pris la tension et l'auscultai sans cesser d'énumérer d'horribles méprises imputables à d'éminents spécialistes. Tandis que je tournais autour de lui, Hiram but son café, manifestement rassuré.

— Bien sûr, il nous arrive de découvrir des choses qui ne sont pas négligeables, continuai-je en me livrant à un examen neurologique élémentaire, à commencer par les pupilles. Une crise cardiaque ou un calcul rénal, par exemple. Vous n'avez jamais eu de calculs, Hiram ?

— Non, m'dame. Mais mon frère a eu des coliques néphrétiques, l'année derrière. Il a souffert le martyre, paraît-il.

— Je veux bien le croire. A-t-il été opéré ou a-t-on utilisé les ultrasons pour dissoudre le calcul ?

— Ultrasons, répondit-il alors que je lui frappais l'épaule avec mon petit marteau à réflexes.

— Les infections, aussi, nous pouvons les guérir. Pour les attaques, en revanche, il n'y a pas grand-chose à faire, mais la recherche progresse. Un jour ou l'autre, nous aurons peut-être les moyens d'intervenir en urgence afin d'écourter la durée de la rééducation. Il y a également des traitements efficaces pour les problèmes de diabète et de prostate. Dites-moi, Hiram, est-ce que vous fumez ?

— Non, m'dame. Enfin, juste un petit Punch ou un Partagas, à l'occasion.

— Des marques de cigares, expliqua Mark, me voyant hausser le sourcil.

— Ah. Pas de problèmes cardiaques ? D'hypertension ? Pas d'attaque ?

Non. Hiram dégusta son café et répondit volontiers à mes — nombreuses — questions. Hormis cette éruption, il jouissait d'une santé de fer. Et semblait à présent beaucoup mieux disposé envers le corps médical.

Du coin de l'œil, je vis Mark sourire, une petite étincelle dans le regard. Il refit du café et continua de remplir les tasses à mesure que la grande aiguille, sur le cadran de l'horloge, approchait du sept — heure à laquelle je devais reprendre mon service.

L'examen terminé, je m'assis en face de Hiram.

— Parlez-moi de cet incendie, à l'entrepôt.

— L'enquête suit son cours. Je ne peux rien vous dire. Excusez-moi, m'dame.

— Rhea n'est pas journaliste, intervint Mark posément. Elle gardera ça pour elle sous le sceau du secret médical. Ça pourrait être utile, tu comprends.

Après un instant de réflexion, au cours duquel je fus détaillée de la tête aux pieds avec mes manchettes, mes tennis et mon nez rouge, Hiram hocha lentement la tête.

— D'accord. Renseignements confidentiels, alors.

— Entendu, acquiesçai-je.

Mark remplit ma énième tasse, et je savourai en silence le breuvage corsé tout en écoutant le récit de son ami.

Hiram me fournit des informations particulièrement détaillées. La bâtisse avait été construite au siècle dernier pour servir de filature de coton à la famille Killan. Elle était en brique sur une armature en chêne et pin sylvestre de type colombage ; certaines solives avaient un diamètre supérieur à celui d'un torse humain. L'édifice, d'une grande solidité, possédait une charpente et une toiture qui résistaient remarquablement aux intempéries. L'eau courante fonctionnait encore, bien que les vieilles canalisations soient passablement rouillées. L'affaire ayant été prospère, le bâtiment avait été mieux entretenu par les propriétaires que la plupart des moulins à eau environnants, généralement abandonnés et envahis par la végétation.

Au moment de l'incendie, Killan's Mill, transformé en entrepôt, abritait plusieurs familles de squatters. Ces derniers s'arrangeaient pour échapper à la vigilance des propriétaires et des locataires qui y remisaient diverses marchandises. A ce stade de l'enquête, il semblait que le feu ait pris à partir d'une poêle enflammée sur un camping-gaz. Il s'était ensuite propagé par le plancher, les colombages et la charpente. Les résineux avaient joué le rôle de bois d'allumage, et quand le chêne, plus long à chauffer mais plus dense, s'était mis à flamber à son tour, l'incendie avait pris des proportions redoutables.

Les sapeurs-pompiers avaient puisé de l'eau dans la rivière voisine pour le maîtriser, mais à leur arrivée, le bâtiment était déjà presque entièrement détruit. Il ne restait plus maintenant que quelques pans de maçonnerie en brique et une partie du plancher du rez-de-chaussée.

— Tous les occupants sont indemnes, conclut Hiram, visiblement ébranlé. Seulement, je ne sais pas où ils iront habiter. Il n'y a aucun foyer d'hébergement dans la région. Les autorités religieuses essaient d'obtenir l'autorisation d'utiliser le gymnase mais il n'y a pas de sanitaires. On ne peut tout de même pas laisser des petits enfants dormir à la belle étoile.

Je hochai la tête et lui souris tout en mordant dans une tartine.

— Les gens vertueux ne sont pas légion. Je suis sûre que vous allez trouver une solution pour eux.

— Ce n'est pas une question de vertu mais de compassion, corrigea-t-il avec véhémence. N'importe qui peut être vertueux, c'est facile. La compassion, c'est une autre affaire.

Il me scruta d'un regard pénétrant.

— Une fois que nous aurons trouvé un local pour les héberger, ils auront besoin d'examens médicaux et de soins. Accepteriez-vous de vous en charger ? Gratuitement ?

Ma première réaction consista à me demander si mon contrat d'assurance responsabilité civile couvrirait une activité extérieure à l'hôpital. Examiner un ami atteint d'une éruption était une chose ; soigner tout un groupe de SDF en était une autre. Embarrassée, je haussai vaguement les épaules, et Mark s'esclaffa d'un air narquois plutôt désobligeant à mon égard. Son attitude signifiait que j'étais vertueuse (qualité à la portée du premier venu), mais que je manquais de compassion.

Après quelques secondes de silence, j'optai pour une solution raisonnable.

— Quand vous aurez trouvé un local, je m'arrangerai pour faire couvrir les risques afférents à ce genre de soins par mon assurance et demander à l'hôpital de prendre en charge le coût des tests et du matériel.

Mark esquissa un sourire, tandis que Hiram faisait claquer son poing dans sa paume comme s'il venait de marquer un point à un jeu dont j'ignorais les règles. Est-ce que je venais de me faire avoir ? Je jetai un coup d'œil à Mark qui se leva et se dirigea vers l'évier. Quoique ne pouvant pas voir son visage, je devinai qu'il réprimait de son mieux son hilarité.

— Dis-lui le reste, Hiram, demanda-t-il sans se retourner. Il faut qu'elle sache.

Il rinça sa tasse sous un filet d'eau et la posa à l'envers pour la laisser sécher.

— J'ai autant de compassion que quiconque, commençai-je sans vraiment plaisanter, mais je me refuse à héberger sous mon toit une famille de SDF, si telle est votre prochaine requête. J'ai conscience de m'être fait embobiner, et je participerai du mieux possible aux secours que vous mettrez en place. Mais ne comptez pas sur moi pour aller jusque-là.

— C'est de l'incendie qu'il parlait, fit remarquer Hiram.

— Ou de ce qui s'est passé ensuite, précisa Mark en regagnant la table.

Je levai la main dans un geste de capitulation.

— D'accord, je vous écoute, dans la mesure où vous n'envisagez pas de me prendre ma voiture ou de m'obliger à partager mes jouets.

Tous les deux éclatèrent de rire. Ils ne semblaient pas se douter que je parlais sérieusement.

— Des marchandises entreposées à Killan's Mill ont été récupérées après l'incendie. Des types sont venus avec un camion équipé d'un chariot élévateur. Ils s'en sont servis pour charger quelque chose et sont repartis avec leur butin.

— Le chargement en question devait être important, enchaîna Mark. Ils pourraient avoir fait cinq ou six voyages.

Il tira sa chaise et la plaça à l'envers, le dossier contre la table, pour s'asseoir à califourchon.

— Il ne reste de ce chargement que des traces de fuites sur le plancher, des sortes de coulures circulaires qui n'ont pas été brûlées. A peu près de cette dimension, indiqua-t-il en écartant les mains d'une trentaine de centimètres.

— Des bidons ? demandai-je.

— C'est l'hypothèse la plus plausible. De la dimension d'un ballon d'oxygène. Les propriétaires ignoraient que des bidons étaient entreposés dans cette partie de l'entrepôt — la plus proche de la rivière. Ils auraient pu être transportés jusque-là dans de grandes barques à fond plat.

— Pendant l'incendie, je travaillais de ce côté-là du site, sous le vent par rapport au bâtiment, raconta Hiram. Et depuis que l'incendie est éteint, je me suis promené un peu partout dans l'entrepôt. Je me suis senti un peu patraque, là-bas, juste après que les bidons ont été emportés. Comme si j'étais au bord de la crise d'asthme. Mon fils est asthmatique, et je sais ce qu'il ressent à l'approche de ses crises — cette impression d'étouffement... Ensuite, ça m'a passé lorsque je suis parti. J'ai pensé qu'il n'y avait pas de rapport, mais quand Lyle est tombé malade...

Laissant sa phrase en suspens, il regarda d'un air perplexe l'érythème qui couvrait son poignet.

— Vous savez... l'autre pompier.

C'est vrai, j'ignorais le nom du pompier que nous avions admis. Pourtant, je le revis tel qu'il était au moment où j'avais quitté l'hôpital — inerte, privé de toute réaction, victime d'une grave attaque bactérienne assortie d'une pneumopathie atypique et d'un accident vasculaire cérébral.

Je hochai lentement la tête.

— Votre éruption ressemble à la sienne.

Hiram blêmit et serra machinalement le poing.

— Même si vous n'avez aucun de ses autres symptômes, je tiens à vous hospitaliser. En fait, je vais vous demander de préparer une petite valise et de vous rendre à l'hôpital de Richland, à Columbia. Je vais les avertir.

Hiram n'émit aucune objection. Son aversion envers le corps médical semblait s'être provisoirement calmée.

Je consultai la pendule de la cuisine.

— Il me reste une vingtaine de minutes avant ma garde. Suffisant pour vous suivre jusqu'à l'entrepôt incendié. J'aimerais jeter un coup d'œil sur le site.

— Pourquoi ?

— Pourquoi pas ? Je pourrais découvrir quelque chose qui m'aiderait à comprendre de quoi vous souffrez.

Il hocha lentement la tête.

— Je suppose que vous voulez me faire hospitaliser au plus vite. Je peux utiliser votre téléphone ?

— Certainement. Mark va vous montrer où il se trouve. Pendant ce temps, je vais rassembler un peu de matériel.

Les laissant dans la cuisine, j'allai préparer mon sac, puis je remplis d'eau l'écuelle des chiens et m'assurai que l'ouverture à battant pratiquée dans la porte n'était pas bloquée. Je tenais à ce que Belle et Peluche puissent circuler librement entre la maison et le jardin. Je fermai les portes de la chambre et du séjour, au cas où Mark penserait à laver mes chiens. Arlana — qui viendrait sûrement contrôler l'état de mon intérieur avant de se rendre à ses cours — ne voulait pas de chiens mouillés sur les canapés et le lit. Je rédigeai un petit mot la priant de chercher un lit pour la chambre d'amis. Outre le ménage et l'autorité qu'elle exerçait sur moi comme si elle était la patronne et moi l'employée, Arlana était également devenue mon amie et ma décoratrice attitrée, m'assistant dans la délicate opération que représente l'arrangement d'un nouveau nid. Bien sûr, elle gagnait de coquettes sommes au passage, mais elle m'épargnait un souci et une perte de temps considérables en dénichant les meubles, rideaux et tissus qui me convenaient. Et elle avait un goût plus sûr que le mien.

Une chaîne et le ruban jaune qui marque habituellement le périmètre des lieux d'un crime barraient l'accès à la longue allée toute défoncée qui conduisait à Killan's Mill. Au volant de ma petite BMW rutilante, je suivis la grosse jeep surélevée de Mark tout en imaginant les dégâts que les ornières et les branches des arbustes pouvaient causer à mon châssis et à ma carrosserie.

La nuit tombait quand nous atteignîmes l'entrepôt. L'air du soir, chargé d'odeurs de cendres et d'eau croupie, était silencieux. Le toit en grande partie effondré et les hauts murs de brique étaient noircis par les flammes, et les trous béants des fenêtres évoquaient des orbites vides sous les sourcils charbonneux des linteaux léchés par les flammes. Quelque part, une chouette hululait tristement comme si l'incendie de l'entrepôt l'avait privée, elle aussi, de son logis. En contemplant le bâtiment détruit, je compris pourquoi ce genre d'endroit servait souvent de cadre aux films d'épouvante, bien que celui-ci me parût plus désolé qu'effrayant.

Je descendis de voiture et pris ma sacoche avec moi. Je n'étais jamais tombée sur un accident de la circulation nécessitant mon intervention, mais je gardais toujours ma trousse de premiers secours et mon équipement de protection dans ma voiture pour parer à toute éventualité. Comme la plupart des médecins, d'ailleurs. En Caroline du Sud, la loi autorise n'importe quel passant à secourir un blessé sans mettre en cause sa responsabilité civile. En d'autres termes, si je porte secours à une personne et qu'elle meure, je ne serai pas poursuivie. Il n'en va pas de même dans bien d'autres Etats, et les médecins hésitent souvent à intervenir en cas d'accident, de crainte d'être traduits en justice.

Mon équipement de protection était roulé en boule dans un sac de supermarché. Je mis rapidement ma longue blouse en papier jaune, mes surchaussures en plastique, mon bonnet en papier et mon masque antibactérien, puis enfilai deux paires de gants superposés. Ainsi affublée, je me dirigeai vers les deux hommes qui m'attendaient près de la jeep, mes vêtements en papier crissant à chaque mouvement. Apparemment, Hiram s'était muni lui aussi de longs gants en latex et de surchaussures caoutchoutées. C'était un minimum. Je me pris à espérer qu'il s'était mieux protégé que cela durant ses investigations sur le site.

— Mark, as-tu pris un équipement de protection ?

Il me montra une blouse en papier, des surchaussures et un masque sur le siège de la voiture, et entreprit de les enfiler. Dans la pénombre du crépuscule, je voyais à peine son visage, mais ses gestes trahissaient une certaine tension.

— Es-tu déjà entré là-dedans ? lui demandai-je. Non ? Dans ce cas, tu me donneras ton équipement de protection, tout à l'heure, pour que je le jette dans les poubelles de produits dangereux, à l'hôpital. Il sera certainement contaminé. Quant à vous, Hiram, vous devriez brûler tous les vêtements que vous portiez pendant l'incendie et l'investigation ultérieure. Faites en sorte que personne n'y touche.

— Ma combinaison ignifugée a été arrosée à la lance d'incendie et entreposée au vestiaire, m'apprit-il. Et ma femme a déjà lavé les vêtements que j'ai portés ensuite pour l'enquête. Est-elle en danger ?

Une panique naissante altérait sa voix.

— Je ne pense pas. A-t-elle eu une éruption comme la vôtre ?

Il secoua la tête.

— Alors, elle n'a probablement rien.

Ce n'était peut-être qu'un pieux mensonge. J'ignorais totalement comment le germe se transmettait. Si peu de bactéries sont capables de survivre dans l'étoffe ou de contaminer quelqu'un au simple contact d'un vêtement souillé, celle-ci constituait un objet d'études en évolution constante.

— Demandez quand même aux médecins de l'examiner également, à l'hôpital de Richland. Au moindre symptôme suspect, ils lui donneront un traitement. Si vous voulez, je rédigerai à son intention une ordonnance prophylactique tout en demandant votre hospitalisation.

Comme il me regardait d'un air perplexe, je traduisis :

— Des antibiotiques à titre préventif. En principe, j'attends qu'il y ait une affection déclarée pour en prescrire, mais je ferai une exception pour vous.

— Merci, docteur, me dit-il avec reconnaissance. C'est par là. je vous montre le chemin. Attention où vous mettez les pieds. Il reste beaucoup de détritus et de flaques d'eau.

Je tournai brièvement la tête vers Mark et remarquai son air inquiet.

— Tu n'es pas obligée de faire ça. Il peut y avoir du danger.

— Crois-tu qu'il n'y en ait pas à soigner ces patients ? répliquai-je avec douceur.

Il haussa les épaules et me prit ma sacoche tout en éclairant avec sa torche le sillage de Hiram qui pénétrait dans l'obscurité du bâtiment incendié.

Avançant avec précaution, je franchis le seuil de l'entrepôt. A l'intérieur, le bruit du vent s'estompa, ainsi que les cris des oiseaux de nuit. On n'entendait plus que le froissement du papier et le bruit mat de nos pas sur le sol. En dépit de mon nez bouché, je sentais l'odeur puissante et âcre du brûlé, comparable à celle d'une chair putride.

Je n'avais pas de lampe, mais les torches de mes deux compagnons suffisaient à éclairer l'intérieur en ruine. Des moignons de poutres calcinées dansaient une sorte de ronde macabre à la lueur mouvante des lampes. Des formes impossibles à identifier semblaient même animées d'un mouvement autonome.

Mon ouïe s'adaptant au silence, j'entendis de l'eau goutter quelque part en un petit clapotis irrégulier. L'obscurité était aussi habitée de frôlements, de crissements — des rats fuyant la lumière, peut-être. Je frissonnai et Mark me prit le bras au-dessus du coude comme s'il devinait mon malaise. Voyant Hiram se diriger vers le fond de l'entrepôt, nous lui emboîtâmes le pas.

Des morceaux de charpente à demi consumés nous bloquaient parfois le passage. Nous nous baissions afin de passer au-dessous ou nous arrangions pour les enjamber. Le plancher ayant presque totalement disparu, il était dangereux de circuler dans cet endroit. Des flaques d'eau formées par les lances à incendie stagnaient dans le sol inégal, et la terre à la fois carbonisée et humide se transformait en boue glissante. Des tracteurs et autres engins agricoles endommagés, noircis par la fumée ou complètement démolis, encombraient l'espace, entre les pans de cloisons à demi effondrés. Je me rapprochai de Mark, m'appuyant parfois sur son épaule pour garder l'équilibre en avançant dans ce dangereux fouillis.

Je fus très vite désorientée. Jetant un coup d'œil derrière moi, je ne reconnus pas l'endroit par lequel nous étions entrés. Près de nous, dans le noir, quelque chose de volumineux bougea avec une sorte de gémissement d'agonie. Je me figeai, le souffle court sous mon masque bien ajusté. Le bruit s'intensifia, insoutenable : celui d'une pièce de charpente en train de céder, forcément — et pas la plainte d'un brûlé qui serait resté là, agonisant, après le sinistre. La poutre cassa avec une brève détonation, puis tomba. On aurait dit l'écho d'un coup de fusil. Surprise, je sursautai et mon pied dérapa sur quelque chose. Mark me rattrapa par le bras, m'empêchant de tomber.

Pour lui qui adorait me taquiner à tout propos, c'eût été l'occasion rêvée de se moquer de moi. Pourtant, il n'en fit rien. Je pris sa main et nos doigts gantés s'entrelacèrent. Hiram avait quelques mètres d'avance. Mark accéléra le pas, suivant le faisceau de sa torche.

Quelques instants plus tard, j'aperçus un endroit moins sombre, puis un autre. La clarté de la lune pénétrait par de hautes ouvertures dans les murs extérieurs. Nous avions atteint l'autre côté de l'ancienne usine. Ici, il y avait encore un plancher. Hiram avait escaladé une poutre — énorme masse de bois d'un mètre de diamètre qui était tombée de travers, coincée entre une cloison et le plancher. J'entendais les planches, asséchées par la chaleur de l'incendie, craquer sous son poids. Mais c'était tout de même un plancher, entouré de cloisons apparemment épargnées par les flammes. Rassurée, je poussai un profond soupir.

Mark libéra mon bras, posa ma sacoche et sa torche sur le plancher, au-dessus de nous. Après avoir installé les deux lampes électriques sur la poutre pour obtenir le meilleur éclairage possible, Hiram me tendit la main tandis que Mark me soulevait par-derrière. M'appuyant sur son épaule, j'avançai sur la poutre inclinée dans mes surchaussures boueuses jusqu'à ce que Hiram puisse saisir ma main et m'aide à me hisser sur l'entresol. Derrière moi, Mark sauta d'un bond sur l'énorme poutre et la gravit avec agilité, les bras en croix afin d'équilibrer son poids.

Bien que je n'aie rien fait d'épuisant, je respirais péniblement, et mon cœur battait de façon irrégulière, comme si je venais de fournir un effort. Je mis cela sur le compte de l'obscurité et de la poussière nauséabonde, qui me donnait un goût amer dans la bouche.

Imperturbable, Hiram me tendit ma sacoche d'une main ferme. Avançant plus rapidement, il nous fit passer par une brèche dans une seconde salle. Le plancher, ici, était plus stable ; nos pas y résonnaient avec un bruit étrange, légèrement assourdi. J'aperçus des draps ou du tissu roulés dans un coin. Un pantalon était pendu à un crochet ; une robe, à un autre. Au centre de la pièce, il y avait des assiettes en plastique fondu en partie sous l'effet de la chaleur ; un peu plus loin, un sac de couchage et des restes d'ustensiles, laissés par les SDF.

— Est-ce ici que le feu a commencé à prendre ? demandai-je, la voix étouffée par mon masque antibactérien.

— Non. Il y avait une famille qui habitait ici. Ces gens-là surveillaient bien leur feu.

Afin d'illustrer son propos, Hiram dirigea le faisceau de sa lampe dans un angle où était installé un petit brasero.

— Le feu a pris au beau milieu de l'entrepôt, près d'un mur porteur. Quelle bande d'idiots ! Une allumette suffirait à enflammer du pin massif de cet âge-là.

Dirigeant la lampe vers le fond du bâtiment, il éclaira un grand trou qui s'était formé dans le mur extérieur. Dehors, je vis le rai de lumière se refléter faiblement sur l'eau mouvante de la rivière.

— Par ici.

Je suivis Hiram dans l'angle de la pièce et aperçus les cercles où le bois du plancher était moins foncé. Il y en avait une douzaine, chacun d'un diamètre de trente centimètres. Sur le périmètre de certaines de ces traces, on apercevait quelques taches sombres de formes irrégulières — d'anciennes fuites d'un liquide quelconque.

Autour de cette zone, le bois du parquet était creusé de profondes entailles. Hiram en déduisait que les bidons, très lourds, avaient dû être transportés à l'aide d'un chariot élévateur. A l'intérieur de ces sillons, des traînées sombres indiquaient qu'il y avait eu d'autres fuites ; l'un des bidons, au moins, s'était probablement fissuré. Je fus prise de nouveaux frissons. Sans doute s'agissait-il d'un produit dangereux. Un produit si précieux que ses propriétaires étaient venus le récupérer furtivement pendant la nuit qui avait suivi l'incendie, quand la chaleur excessive empêchait encore les inspecteurs de commencer leur enquête. Une succession d'images me traversa l'esprit et je songeai à la destruction des Twin Towers, à la menace de l'anthrax, au terrorisme islamiste.

J'ajustai plus étroitement mon masque antibactérien.

— Ecoutez, déclarai-je à l'intention de mes deux compagnons. Il vaut mieux que vous restiez à l'écart. Ce n'est pas un endroit recommandable.

Je tendis la main pour que Mark me prête sa torche — ce qu'il fit après une brève hésitation. Son regard trahissait une profonde inquiétude. Manifestement, il n'aimait pas me voir prendre des risques toute seule, même s'il n'y avait pas de danger immédiat.

— Tout se passera bien, le rassurai-je.

Il haussa les épaules, acceptant ma décision de mauvaise grâce.

Je m'approchai des cercles, ouvris ma sacoche et cherchai ce qu'il me fallait à la lueur de la lampe électrique. J'avais emporté six écouvillons de prélèvement, des sortes de Coton-Tige stériles fournis avec leur tube d'hémocultures de consistance gélatineuse. Avec précaution, j'ouvris le premier et m'agenouillai dans la flaque de lumière. Je tamponnai ensuite délicatement une coulure puis remis l'écouvillon dans son tube et le rebouchai. L'esprit entièrement absorbé par ma tâche, je sentis mon appréhension diminuer à mesure que j'avançais.

Marchant en canard, j'allai prélever des cultures un peu plus loin puis au fond de la pièce, tout près du mur. Dans l'angle, près des hauts piliers de chêne noircis qui avaient soutenu la charpente, les coulures formaient de petites flaques. De larges fissures, peut-être antérieures à l'incendie, zébraient le mortier des murs. Le souffle chaud, je sentis de la buée me monter aux yeux et m'humecter le menton, autour du masque — ce qui signifiait qu'il n'était pas totalement étanche —, mais avec mes gants contaminés, il n'était plus question de le réajuster.

— Il faut que je voie ce mur de l'extérieur, déclarai-je en me relevant.

— Il y a une porte ici.

Dans la pénombre, j'aperçus Hiram pointer le doigt vers une ouverture rectangulaire, à sa droite.

— Attention, l'escalier est plutôt raide. Il ne respecte pas la norme parce qu'il date du siècle dernier. Mais il y a aussi une rampe inclinée qui a permis l'accès du chariot élévateur.

Mark s'avança vers moi afin de reprendre la torche électrique.

— Ne m'approche pas, ordonnai-je, plus brutalement que je ne le voulais. J'ai été en contact avec ce truc. Il ne faut pas me toucher.

Je fis rouler la lampe jusqu'à lui, me servant d'un pouce qui n'était sans doute pas contaminé.

— Je n'y ai pas touché. Tu peux la reprendre. Dites-moi, Hiram, il faudrait faire venir quelqu'un du DHEC et montrer ça au CDC. L'une de mes amies — le Dr Shirley Atkins — en fait partie. Elle pourra collaborer à l'enquête. En tout cas, vous aviez raison : cet endroit a servi à entreposer quelque chose. Des récipients qui n'étaient pas entièrement étanches ont été emportés. Et ça ne me dit rien qui vaille.

Sans rien dire, Hiram et Mark échangèrent un bref regard. Je sortis du bâtiment et ils me suivirent à distance, élevant leur lampe de façon à éclairer le chemin. Dehors, le vent s'était considérablement refroidi ; le temps capricieux des débuts du printemps ramenait brusquement une vague de froid. Une rafale plaqua ma blouse en papier contre mes jambes. On entendait de nouveau les cris des oiseaux de nuit, étrangement inaudibles de l'intérieur. Une chouette hululait dans le lointain, avec en réponse une série de notes tantôt brèves, tantôt plus longues et modulées, suivies de petits claquements de bec.

Je frissonnai de nouveau, inquiète. Ce n'était pas l'aspect sinistre du bâtiment incendié qui m'effrayait mais la découverte que nous venions de faire, et l'idée que ces coulées puissent représenter un risque biologique. S'agissait-il d'une arme bactériologique, d'une invention humaine dévastatrice ? Un nouveau fléau des temps modernes venait-il de se répandre dans l'environnement ?

Trouver, sur le mur extérieur, l'endroit qui correspondait à celui où les traces des bidons avaient été découvertes n'était pas chose facile. Une eau noirâtre s'était écoulée à travers les briques disjointes. Mais Hiram avait apparemment compris ce que je recherchais. Dirigeant sans un mot le faisceau de lumière vers un endroit précis, il m'y conduisit. Je prélevai deux échantillons supplémentaires dans les briques et un dernier dans la terre, un mètre plus bas. Le terrain descendait ensuite en pente abrupte jusqu'au ruisseau. Rien, dans l'eau mouvante qui miroitait au clair de lune, ne laissait soupçonner qu'une virulente bactérie s'était peut-être répandue pendant la tempête et infectait à présent des individus. Une bactérie obtenue par quelque manipulation scientifique, dont disposait sans doute un groupe de terroristes.

Le sol meuble était creusé d'ornières et de traces de pas. Apparemment, les enquêteurs avaient relevé des empreintes à l'aide de moulages en plâtre. Hiram éclaira une empreinte de semelles, soulignant la démarcation très nette des bords.

— Ces gars-là portaient des bottes neuves, affirma-t-il. Et toutes du même type.

— Avez-vous découvert leur provenance ?

— C'est le genre de chaussures que l'armée fournit aux militaires, mais on en trouve aussi dans les magasins. Il doit y en avoir des millions sur le marché. Seul détail important : toutes celles-ci étaient presque neuves.

Perplexe, je rangeai les tubes de prélèvement dans ma sacoche et fermai le rabat. Les chouettes hululaient de plus belle dans la forêt. En dépit des dangers qu'il recelait, le site de cette ancienne filature incendiée et sans doute contaminée me plaisait. J'aimais cet endroit tranquille et isolé du monde. Loin des bruits de la circulation et des éclairages publics, les frondaisons des arbres et des buissons murmuraient sous la caresse du vent. Rien d'autre que la nature, le silence, l'obscurité.

— J'ai terminé, déclarai-je en me retournant. Pouvons-nous revenir en contournant le bâtiment ?

— Ce n'est pas recommandé. La végétation est touffue, et nous sommes plus loin que vous l'imaginez.

Je soupirai.

— Bon. Retraversons le macchabée, alors.

Mark rit.

— Pardon ? dit Hiram en me regardant d'un air interdit.

— L'entrepôt incendié. Il me fait l'effet d'un cadavre.

Hiram promena lentement le faisceau de sa lampe sur la façade. Un ensemble de briques décoratif soulignait les montants de la porte et des fenêtres cintrées dont l'arc était formé d'un rouleau de briques joliment travaillé.

— On ne travaille plus ainsi de nos jours, observa-t-il avec une pointe de nostalgie. Ça reviendrait trop cher. Il existe encore des maçons de talent, mais on les emploie surtout à des travaux de restauration. La plupart des gens veulent des maisons bon marché, généralement construites sur un modèle identique. Vous voyez ce dessin, là, où le maçon a fait une fantaisie — deux briques dans un sens, deux briques dans l'autre, deux en retrait et ainsi de suite ? L'habileté de ces artisans était remarquable. Quel dommage, cet incendie…

Nous restâmes un moment immobiles, comme envoûtés, à contempler le bâtiment en écoutant la mélopée des chouettes dans l'air froid de la nuit. Finalement, Hiram baissa sa lampe et se dirigea vers l'entrée. Mark me fit signe de le suivre tandis qu'il fermait lui-même la marche.

— Attention où vous mettez les pieds, me rappela Hiram en se retournant pour me tendre la main.

Je faillis la saisir et me repris juste à temps.

— Non, je ne peux pas, répondis-je en brandissant une main gantée, les doigts en éventail.

— Ah, oui.

Il hocha la tête.

— Bon, soyez prudente.

J'esquissai un sourire. Hiram veillait sur moi comme une mère poule. Apparemment, sa phobie des médecins avait subi une nette régression. Combien de temps durerait l'accalmie quand une cohorte de spécialistes, à Richland, commencerait à se pencher sur son cas ?

De retour à l'hôpital, j'envoyai les cultures au labo en demandant qu'on les garde au froid jusqu'à l'arrivée du coursier chargé de les porter au CDC ou au coup de fil de Shirley. Dans la mesure où le germe n'était pas sensible à la température — et je ne pensais pas qu'il le fût, car dans ce cas, il ne pourrait se transmettre que par contact intime entre individus —, il se conserverait correctement dans le tube d'hémocultures.

Avant d'expédier Hiram à l'hôpital de Richland, à Columbia, j'incisai une de ses lésions, portai le prélèvement au labo et effectuai moi-même la coloration de Gram : c'était un cocci Gram-positif. La chose n'avait rien de bien surprenant.

Retournant auprès de Hiram, je lui fis part de ma découverte.

— L'éruption dont vous souffrez est provoquée par une bactérie d'un type particulier. Un germe dangereux.

— C'est le truc dont j'ai entendu parler ?

Tout en opinant, je vis l'angoisse envahir son regard. Je prescrivis des antibiotiques à l'intention des siens et glissai l'ordonnance dans la poche de sa chemise.

— J'ai déjà prévenu ma femme. Elle rouspète drôlement.

— Elle s'inquiète pour vous.

— Non, c'est parce qu'elle va manquer l'émission de l'Agneau à la télé. Elle adore ce prophète de malheur. A propos de malheur, elle risque d'être servie... Foutus médecins et foutus hôpitaux... euh, sauf votre respect, m'dame.

— Je resterai en contact avec vous et avec vos médecins, lui promis-je. Croyez-moi, Hiram, vous avez pris la bonne décision.

Il émit un ricanement sarcastique. Manifestement, il n'était pas convaincu.

J'appelai aussitôt Richland et demandai son admission dans les plus brefs délais, suggérant au médecin de garde de consulter un épidémiologiste et de se concerter sur ce cas avec le CDC et le ministère de la Santé. L'air lugubre, Hiram quitta l'hôpital en grommelant qu'il allait être difficile d'arracher sa femme aux griffes de l'Agneau Divin.

— D'une manière ou d'une autre, faites vite, insistai-je. Il faut que vous soyez là-bas dans moins de deux heures.

15.

Les femmes qui ont du cran

Ayant suivi le mouvement du personnel qui se précipitait vers le service de réanimation, j'étais presque en retard pour ma garde de nuit. L'odeur de la chair nécrosée, surtout quand l'être humain dont elle émane est encore en vie, est l'une des plus fétides qui soit ; en l'occurrence, elle était assez puissante pour s'infiltrer dans mon nez bouché. C'étaient la mère et l'enfant sans abri que Douglas avait hospitalisés en ma présence, douze heures auparavant, qui étaient à l'origine de cette puanteur et de l'agitation générale. Leur éruption apparemment bénigne s'était transformée en lésions ouvertes, étendues et affreusement purulentes.

Le visage protégé par un masque, Douglas se démenait comme un fou autour du lit de la mère, assisté de cinq infirmières. La malheureuse était consciente, éveillée, épouvantée. Elle se débattait désespérément, les mains agrippées aux barreaux du lit, le regard affolé, appelant son enfant entre deux quintes de toux. A chacun de ses mouvements, la chair semblait se détacher d'elle, se désagréger, s'arracher lorsqu'elle luttait pour se dégager des courroies qui la maintenaient sur le lit. C'était un spectacle atroce. Elle devait souffrir le martyre. A travers la porte vitrée de sa chambre, j'entendis Douglas lui prescrire une dose de calmants capable d'endormir un cheval. J'aurais agi de même.

Dans la pièce voisine, l'enfant gisait inerte sur son lit. Les draps qui la recouvraient étaient maculés de taches humides suintant à travers ses pansements. Une infirmière vérifia le niveau d'urine dans le cathéter et grimaça en voyant sa couleur foncée — signe infaillible, hélas, de la vitalité de l'organisme envahisseur plutôt que de son hôte. La fillette était-elle victime d'une attaque ? La bactérie avait-elle muté, s'attaquant maintenant au tissu cérébral ? Je m'éloignai, serrant frileusement les bras sur ma poitrine.

J'allai voir le pompier qui occupait l'ancienne chambre de Mel Campbell. Totalement inerte, il était placé sous ventilation, et sa chair à vif, cramoisie et purulente, faisait songer à du pudding moisi. Sans le ventilateur qui le faisait respirer, j'aurais pu le croire mort. Je me demandai combien de temps les appareils parviendraient à le maintenir artificiellement en vie.

Ecœurée par l'odeur insoutenable, je quittai le service de réanimation, honteuse de ne pas me souvenir des noms de ces patients.

En regagnant les urgences, j'entendis le vrombissement de l'hélico du SAMU. Trish, que je croisai dans le couloir, m'apprit que la mère et la petite allaient être emmenées à l'hôpital de Richland.

— Le Dr Byars et le Dr Reeves ont réussi à trouver un médecin qui accepte de prendre en charge deux personnes dépourvues de toute couverture sociale et atteintes d'infections bactériologiques systémiques évoluant vers la gangrène, m'apprit-elle. Ils ont même obtenu une subvention de la part du père Agneau pour se procurer de nouveaux filtres à air. Incroyable, non ?

— Plutôt surprenant, en effet.

Au lieu de s'arrêter pour parler, elle poursuivit son récit en marchant à reculons, dans le sens inverse du mien. Perpétuellement sur la brèche, elle était survoltée et consommait beaucoup trop de caféine.

— Le Dr Reeves a été d'une efficacité remarquable, affirma-t-elle. Il a trouvé trois kinés qui nous donnent un coup de main au moment des crises, et déniché deux autres filtres à air que nous avons reçus ce matin. Oh ! là, là, ce type est à se pâmer !

Sa mine gourmande me fit sourire.

— Le CDC a été alerté, ajouta-t-elle. L'administration de l'hôpital et le DHEC les ont appelés vers midi. Grâce à vous, nous avons pu joindre quelqu'un qui était déjà au courant. Je ne sais pas au juste où nous en sommes mais, enfin, nous avons de l'aide. Faut que j'y aille, docteur. A plus…

Il n'y avait pas autant d'agitation dans mon service. L'affluence habituelle du dimanche de Pâques s'était tassée de bonne heure, et je pus m'isoler dans la salle du MODIS pour appeler Shirley au CDC. La situation évoluait trop vite ; et même si la demande officielle d'assistance n'émanait pas de moi, Shirley pouvait me tenir au courant des derniers développements. Je voulais savoir qui le CDC allait nous envoyer.

Elle était toujours à son poste.

— Ah, Rhea, dit-elle avec un soulagement évident. Quel foutu bordel de journée de merde ! Je suis complètement claquée. C'est un sacré merdier que vous nous flanquez sur les bras.

Un bruit sourd m'indiqua qu'elle venait, comme à son habitude, de croiser les pieds sur le coin de son bureau, renversant en arrière sa chevelure flamboyante. Pour une Anglaise de bonne famille et d'éducation raffinée, elle avait des manières qu'on aurait pu qualifier de masculines, toutefois tempérées par son physique de jeune femme délicate.

— Qu'est-ce que c'est ?

— Ce que tu avais soupçonné, confirma-t-elle, abandonnant son langage de charretier. Un strepto Gram-positif bêta-hémolytique, peut-être une nouvelle branche du groupe A, terriblement difficile à cultiver, bien que la bactério ait essayé une bonne dizaine de milieux différents et presque autant de bouillons de culture. Il semble apprécier des facteurs nutritifs plutôt inhabituels, et l'hypothèse de la pomme de terre, que tu as lancée au hasard, donne d'assez bons résultats. Tu avais bien avancé ça au hasard, non ?

— Ma réputation me collera donc éternellement à la peau ?

Je n'avais guère brillé en biologie pendant mes études. Sans doute parce que notre professeur n'était autre que Steven Braswell, l'ex-mari de Marisa, qui m'avait inspiré une antipathie immédiate et manifestement réciproque.

— Cette UV aurait pu te faire échouer à l'examen si tu n'avais pas pris de cours particuliers, fit remarquer Shirley. Et tu es loin d'être idiote, pourtant.

— Je te remercie.

Imitant son attitude coutumière, j'allongeai les jambes sur le bureau du MODIS et me massai le crâne du bout des doigts, ébouriffant mes cheveux courts.

— Bref, revenons à l'essentiel. Peut-on envisager un traitement ?

— Je n'en sais vraiment rien. Nous étudions déjà le génotype de la souche, et ça risque de prendre un moment. Demain matin, nous aurons peut-être découvert une piste intéressante. Sternes et Cie viennent de mettre au point un nouvel antibiotique. Même s'il n'est pas encore tout à fait prêt à être testé, la FDA [1] fera peut-être une exception s'il s'agit d'enrayer une épidémie. En revanche, s'il n'y a aucun risque de ce type, tes patients pourraient bel et bien l'avoir dans le baba. Reste l'éventualité qu'une entreprise de biotechnologie spécialisée dans les applications du génome R et D soit intéressée par l'occasion de tester l'une de ses dernières théories sur le ciblage d'organismes particuliers, les protéines des parois cellulaires et… Est-ce que je t'ennuie ?

J'émis un ronflement en guise de réponse, et elle éclata de ce rire mélodieux qui formait un contraste étonnant avec ses écarts de langage. Entre elle et Marisa, j'avais souvent eu l'impression que je manquais d'un certain vernis. Mon propre rire me semblait plutôt tenir du hennissement.

— Mais il n'y a rien à espérer dans les jours qui viennent, c'est ça ? Shirley, ils sont à l'agonie, poursuivis-je sans lui laisser le temps de répondre. Et cet organisme est en train de modifier son *modus operandi*.

— De quelle façon ?

— Il a commencé par s'attaquer au tissu pulmonaire et à des lésions cutanées préexistantes…

— J'ai vu les dossiers, me coupa-t-elle.

— Et maintenant, il évolue vers une forme de gangrène qui commence par un érythème généralisé et se transforme

1. FDA (*Food and Drug Administration*) : organisme américain chargé du contrôle des produits alimentaires, des médicaments et des produits cosmétiques, et de la délivrance des autorisations de mise sur le marché.

très vite en éruption purulente et sanguinolente, d'une odeur nauséabonde.

Je marquai une pause.

— En fait, cette odeur ressemble à celle des poumons nécrosés des premiers patients, expliquai-je. Mais les patients de la seconde vague ne souffrent, eux, d'aucune difficulté respiratoire. L'organisme pourrait-il être en cours de mutation ?

— C'est foutrement improbable. Ou alors, ce truc-là évoluerait à une allure phénoménale. Pour ma part, je n'ai jamais vu ça.

— Attends, ce n'est pas fini. Je vais t'époustoufler.

— Chouette ! Une histoire à dormir debout ?

— Je l'espère.

Je lui résumai l'affaire de l'entrepôt incendié, mentionnai les douze cercles de bois plus clair sur le plancher noirci et les traces indiquant que des objets pesants avaient été transportés. Elle écouta sans rien dire, mais je l'entendis pianoter sur un clavier et supposai qu'elle était en train de prendre contact avec quelqu'un d'autre par Internet pendant que je parlais.

Mon récit terminé, elle garda le silence un long moment.

— Rhea, j'arrive, lâcha-t-elle enfin, un changement imperceptible dans la voix. Je serai là en milieu d'après-midi.

— Le lit de la chambre d'amis devrait être livré aujourd'hui. Tu peux camper chez moi.

— Pas la peine. Le CDC réglera mes frais de séjour.

— Tu auras le choix entre une pension de famille miteuse, un motel innommable fréquenté par les routiers ou un hôtel correct à trois quarts d'heure de l'hôpital.

— Le motel… C'est celui dont Cameron Reston m'a parlé ?

— Celui-là même. Cam y est descendu lorsqu'il m'a aidée à soigner Marisa. Je ne l'ai pas entendu se plaindre, mais je suis sûre que l'endroit ne te conviendrait pas. Quand as-tu parlé avec Cam ?

— En fait, on se voit régulièrement depuis quelques mois.

Je ne fis aucun commentaire, gardant mes réactions pour moi. Durant ses études de troisième cycle, Cam avait fréquenté pratiquement toutes les femmes séduisantes de sa promotion et tenté sa chance auprès des autres années — à quelques rares exceptions près, comme Shirley. Et moi, naturellement.

— Avant d'écouter tes remontrances, commença-t-elle, je tiens à te préciser que je ne suis pas responsable de sa rupture avec sa dernière dulcinée, que je ne baise pas avec lui et n'ai pas l'intention de le faire. Même s'il affirme que l'expérience bouleverserait mon existence et que je le supplierais de recommencer très vite.

Je fus prise d'un fou rire irrépressible. Cam était un incorrigible dragueur, et moi, une vraie nigaude.

— Exactement, acquiesça-t-elle comme si elle lisait dans mes pensées. Je vais donc être ton invitée. Dois-je apporter des torchons et du désinfectant ?

— Sache que Marisa elle-même juge désormais ma maison assez propre à son goût.

— Combien paies-tu ta malheureuse femme de ménage ? Une petite fortune, sans doute ?

— Garde tes réflexions désobligeantes pour toi. Bon, tu as mes numéros de fixe et de portable ?

— Oui. Je t'appellerai en arrivant pour que tu me guides jusqu'à ton domicile. Je serai peut-être accompagnée d'autres agents de mon service. Eux auront droit au motel. Mais tu pourras m'emmener à ce charmant restaurant dont tu m'as parlé, me faire visiter la région, me nourrir trois fois par jour et me recevoir comme une reine. J'aurai mes WC personnels, n'est-ce pas ?

— Bien sûr… Un trône à votre intention, Votre Majesté.

— J'en suis fort aise. Merci infiniment et à très bientôt, alors.

La communication terminée, je quittai la salle du MODIS après avoir appelé Arlana pour lui annoncer la nouvelle. Elle fut enchantée à la perspective de dépenser mon argent sans compter.

Comme nous n'avions pas de patients aux urgences, j'allai retrouver Ashley, que je n'avais pas vue depuis un certain temps, à l'accueil. Cette jolie blonde était mon infirmière préférée.

— Vous avez pris des vacances, Ash ? lançai-je.

Elle leva les yeux sur moi avec un sourire.

— Une semaine de croisière autour de la Jamaïque.

Levant un bras hâlé, elle compara sa peau claire à la mienne.

— J'ai même pris quelques couleurs. Rien de comparable avec vous, vu votre teint mat, mais pour moi, ce n'est pas si mal. Mes cousins se moquent un peu de mes prétentions à ressembler à une vraie Chadwick…

Veuve, encore jeune et dotée d'un joli patrimoine immobilier, Ashley Chadwick Davenport avait épousé un membre d'une grande famille réputée dans la région pour son métissage. Très soudés malgré leur nombre, ils restaient en contact d'une branche à l'autre ; leur généalogie remontait à l'époque de la Guerre civile. Mon supérieur attitré était un cousin au second ou troisième degré d'Ashley.

— Le fait d'être une Chadwick ne vous a jamais causé de difficultés ? m'enquis-je. Dans une petite ville du Sud comme celle-ci, la mixité raciale conserve encore un parfum de scandale.

Elle haussa les épaules.

— On m'a parfois traitée de négresse blanche, et j'ai dû prendre à deux ou trois reprises la défense de mes cousins de couleur qui se faisaient agresser au lycée. Mais la majorité des notables locaux — notamment ceux qui ont fréquenté les cours de savoir-vivre de miss Dee Dee — se plaisent à répéter qu'ils ne sont pas racistes puisqu'ils admettent des Chadwick dans leur cercle privé, leur club, leur paroisse ou je ne sais quoi d'autre.

Elle posa un instant la main sur son cœur.

— « Nous sommes d'authentiques chrétiens démocrates », déclama-t-elle d'une voix pénétrée avec un petit battement de cils hypocrite. Au fait, pourquoi cette question ?

— Cet homme — Leon Hawkins — qu'on a retrouvé pendu sous un pont… ça ne vous a pas…

J'hésitai un instant.

— Comment votre famille a-t-elle réagi ? demandai-je enfin, reformulant ma question.

— Ils étaient tous révoltés, bien entendu.

— Ont-ils fait quelque chose ?

— Non, sinon solliciter des mesures de protection des forces de l'ordre. Nous serons avertis quand la police aura mis la main sur l'assassin, un certain Ellis, paraît-il. Et mamie Nora fera en sorte qu'il reste définitivement en taule, cette fois.

— De quelle manière ?

Ashley se cala dans son siège.

— Dans cette région, les femmes âgées ont plus de pouvoir qu'on pourrait le croire. Si vous voulez obtenir quelque chose, demandez à la grand-mère du type que vous sollicitez. Ça ira beaucoup plus vite qu'en vous adressant au type lui-même. Mamie Nora sait exactement à quelle porte frapper pour régler cette affaire.

J'opinai lentement, la tête ailleurs, un léger fourmillement dans les doigts. Quelque chose s'agitait confusément dans mon esprit. Cela concernait Leon Hawkins et l'étrange synchronisation entre la méthode employée pour ce crime et l'apparition de la nouvelle maladie. Le rapport n'était pas évident mais... je décidai de me reconnecter au MODIS afin d'effectuer quelques recherches supplémentaires.

— Ashley, je vais consulter le MODIS. Appelez-moi en cas de besoin.

Elle acquiesça avec un sourire et reprit son travail. Je regagnai la salle du MODIS, tapai le code d'accès et me connectai au système. En fait, j'étais loin d'utiliser toutes ses possibilités, comme envoyer des radios ou des résultats d'analyses en temps réel. Internet, que je pouvais trouver dans la salle de repos des médecins, m'aurait rendu les mêmes services, mais ici, j'étais à peu près sûre de ne pas être dérangée — du moins en pleine nuit.

Une heure plus tard, j'entendis frapper doucement à la porte. N'ayant pas avancé d'un pas, je déconnectai le système pour la seconde fois de la soirée et tendis la main vers la poignée de la porte. Dans quelle direction orienter mes recherches si je ne savais même pas quoi chercher ? J'étais dans une impasse.

Mark passa la tête par l'entrebâillement.

— Tu as une minute ?

J'acquiesçai en bâillant et poussai une chaise vers lui du bout du pied. Mais il resta debout, appuyé au montant de la porte, les bras croisés.

— Qu'est-ce qui se passe ? demandai-je devant son expression sinistre.

— Le DHEC a envoyé une équipe de surveillance bactériologique sur les lieux. Ils ont placé le site en quarantaine et opèrent des vérifications en aval, sur la piste de l'agent pathogène entérique propagé par les bassins d'épandage de l'élevage porcin.

Il parlait d'une voix âpre, hachée, comme s'il pensait à tout autre chose. Je hochai lentement la tête quand il se tut.

— Ecoute, Rhea, reprit-il brusquement, crois-tu que j'aie des raisons de m'inquiéter ?

Cette fois, je compris.

— Tu as peur d'avoir attrapé quelque chose ?

Il opina.

Je me levai avec un soupir et lui fis signe de me suivre dans le couloir. Je refermai la porte derrière nous et m'arrêtai dans la pénombre.

— Mark, nous ignorons encore comment cet organisme se propage. Je ne peux donc pas te répondre avec certitude. Je sais seulement que toutes les victimes ont été exposées à une contamination immédiate en milieu aqueux ou par contact direct avec l'eau. Les Campbell ont séjourné dans la rivière à l'endroit de la fuite. La plupart des SDF ont été contaminés par contact direct ; les squatters et les pompiers se trouvaient à proximité quand l'eau du ruisseau a été utilisée pour arroser le bâtiment en flammes. Ils ont pu en absorber par voie respiratoire ou être aspergés. Tu n'entres dans aucune de ces catégories, n'est-ce pas ?

— Non.

— Alors, je pense que tu n'es pas en danger. Aucun de nos patients ne semble être contagieux pour l'instant. J'ai été exposée à plusieurs reprises sans présenter aucun symptôme. Idem pour Douglas Byars.

Il parut se détendre imperceptiblement.

— As-tu quelque chose de nouveau ? s'enquit-il.

— Officieusement ? Il semble que ce soit le genre d'organisme qui provoque les angines à streptocoques, la glomérulonéphrite et autres affections courantes. Il ressemble aussi à celui qui provoque la gangrène.

— Les gens qui ont la gangrène doivent être amputés, non ?

— Quelquefois, en effet.

Son visage s'assombrit, et je devinai qu'il pensait à Hiram. En amitié, Mark était d'une fidélité à toute épreuve. Si Hiram décédait, il éprouverait des remords aussi cuisants qu'injustifiés. Je comprenais ce sentiment de culpabilité. Les médecins le ressentent souvent.

— Strictement entre nous…, commença-t-il lentement sans me regarder.

— Entendu.

— Le semi-remorque… les empreintes de pas dans les cendres…

Je gardai le silence, et il leva les yeux sur moi, visiblement troublé.

— Elles correspondent à certaines bottes de combat qu'utilise l'armée américaine. Celles que portent les soldats sur des sols normaux — ni marécageux ni désertiques. Et les semelles semblent précisément avoir été utilisées dans ces conditions.

Juste après ton départ, hier soir, un agent du FBI est venu en observateur sur le site. Je venais d'appeler le DHEC, mais ce type s'est pointé juste avant eux, comme s'il m'avait espionné. L'histoire des bidons n'a pas paru le surprendre. Si l'équipe du DHEC n'était pas venue prendre les choses en main, il aurait probablement fichu tout le monde dehors et mis l'affaire sous la responsabilité des agents fédéraux. Heureusement, les gars du DHEC ont déclaré que c'était de leur ressort. Et comme ils étaient plus nombreux qu'il ne s'y attendait, l'autre a poliment battu en retraite.

J'ignorais où Mark voulait en venir. Peut-être ne le savait-il pas très bien lui-même. Les yeux toujours rivés aux siens, je murmurai :

— Quelqu'un est venu ici… ce matin de bonne heure, juste avant que je parte. Un type qui portait un costume d'officier de marine un peu étriqué. Je l'ai pris pour un journaliste.

Il hocha lentement la tête. Puis, s'approchant de moi, il me prit dans ses bras et m'embrassa sur la bouche. Son baiser, farouche, brûlant, avait la saveur un peu âcre du café noir, et je sentis mes sens s'embraser instantanément. Un petit gémissement s'échappa de ma gorge.

Quand Mark desserra son étreinte, je m'accrochai à ses épaules, le cœur battant, le souffle irrégulier.

— Sois prudente, martela-t-il en me regardant dans les yeux. Tu sais, ces hommes qui se sont évadés de prison, Richard Ellis et ses comparses… Ce sont des gens dangereux — vraiment dangereux. Et ils sont toujours en liberté.

— Dangereux ? Mais à quel point ? Tu ne veux pas tout me dire, de peur que j'aie des vapeurs et tourne de l'œil en apprenant la vérité ?

Il eut un rire sans joie.

— Des vapeurs, toi ? Je voudrais bien voir ça. Excuse-moi : je ne peux pas m'empêcher de m'inquiéter à ton sujet.

— Ecoute, Mark, j'aimerais savoir à quoi je m'expose. Je répète donc ma question : qu'entends-tu au juste par « dangereux » ?

Ses yeux se durcirent.

— L'un des hommes qui ont pris le large après la mutinerie était un Noir accusé d'avoir violé une adolescente blanche. Les hommes d'Ellis l'ont… Ils l'ont émasculé, acheva-t-il dans un souffle.

— Oh ! Quelle… horreur !

— Je n'ai rien vu de pire de ma vie, Rhea. Il risque de succomber à ses blessures. Les médias ne parlent que de ça, ces jours-ci.

— Je n'ai pas ouvert un journal ni regardé la télévision depuis une semaine.

Il pressa les lèvres sur ma tempe. Ses mains me réchauffaient les bras sous les manchettes de protection.

— Voilà pourquoi je te demande d'être bien sage et de m'appeler si tu remarques quoi que ce soit d'insolite.

— Bon, c'est promis. Mais crois-tu que l'armée puisse être là-dessous, d'une manière ou d'une autre ?

Il se rembrunit et plissa le front.

— Je n'en sais rien. A-t-elle participé aux opérations, les surveille-t-elle, les dirige-t-elle ? Toutes sortes de rumeurs commencent à se répandre. Officiellement, personne n'a encore émis d'hypothèse.

— Mais officieusement ?

— Disons que tu as intérêt à m'appeler si tu revois ici ton officier de marine ou un individu à l'allure un peu trop militaire.

— La moitié de la population masculine a été en contact avec l'armée à un moment ou à un autre, ici, observai-je. Comment faire la différence ?

Reculant de trois pas, il changea d'attitude — nuque et épaules rigides, menton rentré, regard glacial —, et déclara d'une voix presque métallique :

— Madame ?

Je le considérai, stupéfaite par la transformation qui s'opérait sous mes yeux.

— Comment fais-tu ? demandai-je, les yeux ronds.

L'homme que je connaissais réapparut — petit sourire en coin, moustache espiègle.

— Ça s'appelle la « présence militaire ». Tout officier digne de ce nom y aura recours presque machinalement.

— Mais toi, comment sais-tu le faire ?

— J'ai passé quatre ans à Citadelle, m'apprit-il avec un clin d'œil.

Il claqua les talons et pivota avec une rigueur toute militaire.

— Appelle-moi en cas de besoin, lança-t-il en s'éloignant dans le couloir désert.

Je le suivis un instant des yeux et allai m'installer dans la salle de repos des médecins. Avais-je su que Mark était un ancien élève de Citadelle ? Non, probablement pas. Etait-ce important ? Pas davantage, sans doute. L'important, c'était cette maladie que je ne parvenais pas à identifier, et la quasi-certitude qu'un produit entreposé dans un bâtiment de la région avait pu contribuer à produire le désastre auquel nous assistions. L'important, c'était la présence de l'armée et du FBI, et par-dessus tout, l'horrible pendaison de Leon Hawkins.

Plongée dans mes pensées, je m'assis devant l'ordinateur et me connectai à Internet. Je parcourus mon courrier électronique puis adressai un message à Charlie Goldfarb, un camarade de fac, pour avoir l'adresse de son père.

Désœuvrée, je consultai ensuite les actualités régionales. Ne trouvant pas ce que je voulais, j'élargis mes recherches aux nouvelles moins récentes. Je dénichai enfin ce qui m'intéressait dans les archives du *State Newspaper* : plusieurs articles datant des années 90 relataient une série de crimes racistes perpétrés par un groupe de militaires néo-nazis basés à Camp Pendleton, en Caroline du Sud. Un petit cercle d'anciens marins rassemblés dans un camp d'entraînement s'était métamorphosé en une bande organisée de terroristes d'extrême droite, une faction clandestine aux méthodes ultraviolentes. L'un de ses membres avait fréquenté quelque temps l'école militaire de Citadelle avant d'en être exclu pour mauvaise conduite.

Le quotidien ne précisait pas en quoi consistait cette mauvaise conduite ; l'article était beaucoup trop succinct. S'agissait-il d'agressions analogues à celles commises plus tard par le groupe de Camp Pendleton ? Et dans l'affirmative, quel rapport cela pouvait-il avoir avec ce qui se passait actuellement dans la région ? A cet égard, Internet ne m'était plus d'aucun secours. Une fois de plus, j'aboutissais à une impasse. Frustrée, je me déconnectai et retournai m'occuper de mes patients. Dans ce domaine, au moins, je pouvais me rendre utile.

Je repris lentement le chemin de mon service, l'esprit absorbé par une foule de réflexions confuses dont la plupart concernaient Mark et tout ce que j'ignorais encore de lui. Contrairement à tous les anciens élèves de Citadelle, il ne portait pas de chevalière, ni ne faisait étalage de son appartenance à cette école si prestigieuse. Pourquoi ?

J'entrai dans le bureau qui m'était réservé pendant mes tours de garde et fermai la porte sans allumer la lumière. Adossée au battant, je baissai un instant les paupières pour réfléchir. Ma relation avec Mark n'avait pas un caractère exclusif ; nous n'avions échangé aucune promesse ni même envisagé d'avenir commun. Entre nous, du reste, l'esprit de compétition prenait souvent le pas sur le flirt.

Quand nous nous étions connus l'année précédente aux urgences, Mark n'était qu'un patient parmi tant d'autres — un flic blessé à l'occasion d'une chasse à l'homme. Depuis lors, j'avais fait la connaissance de sa mère, rencontré ses chiens, visité sa maison, parcouru le domaine agricole des Stafford et examiné les photos accrochées à ses murs. Je savais qu'il avait passé quelques années dans l'armée. Qu'il avait été fiancé avec une jeune fille, décédée dans un accident de voiture. Je savais qu'il avait trois ans de plus que moi, qu'il carburait, comme moi, au café noir et s'autorisait parfois — rarement — un whisky sec pour l'apéritif. Mais je venais tout juste d'apprendre qu'il avait fréquenté Citadelle. Et cela me semblait soudain, inexplicablement, d'une importance capitale.

L'école militaire de Citadelle appartient à la grande tradition sudiste. Un nom symbolique si l'on considère que la prestigieuse école commence juste à s'ouvrir aux femmes. Seuls les élèves les plus brillants y sont admis, et de nombreux politiciens et généraux de l'armée en sont issus. Les anciens élèves forment une sorte de club occulte dont les membres s'entraident activement. La fameuse chevalière a les vertus d'un sésame dans nombre d'administrations.

Mark appartenait donc à cette coterie qui se considérait, bien sûr, comme une élite. Voilà qui ne me plaisait qu'à moitié — sans que je puisse m'expliquer au juste pourquoi. Ou au contraire, la raison n'était-elle pas évidente ? Faire ses études à Citadelle avait longtemps été l'apanage des hommes de race blanche — à l'exclusion des Juifs, des Asiatiques, des Indiens et bien évidemment, des femmes et des Noirs. J'eus de nouveau l'impression que quelque chose m'échappait, un petit détail qui restait aux confins de ma mémoire et ne demandait qu'à me revenir. Mais l'impression disparut, comme une flamme ténue éteinte par un courant d'air.

J'appuyai sur l'interrupteur, et l'éclairage cru du néon illumina la pièce. M'installant au bureau, je composai le numéro de Mark.

— Aaallôôô...

— C'est moi, Rhea. Ecoute, Mark, je me pose une question : sais-tu ce que les gars du SAMU ont découvert à l'endroit où les Campbell étaient séquestrés ?

— Tes agents pathogènes entériques. Beaucoup de salmonelles et quelques *E. coli*. Plus d'autres choses imprononçables...

— Mais pas de streptocoques ?

— Ne quitte pas. Je dois avoir une liste quelque part.

Je l'entendis se lever et remuer des papiers.

— Je ne vois rien de tel. Pourquoi ?

— Simple curiosité, répondis-je, ajoutant ce détail à la série de questions et d'incongruités qui commençait à se former dans mon esprit. Je te remercie.

Après avoir raccroché, je fis un petit tour aux urgences et me servis un café que j'allai boire seule dans la salle de repos.

Il y avait effectivement quelque chose d'insolite dans cette affaire. J'ignorais juste quoi.

J'étais au milieu de ma garde de nuit et posais des points de suture à un enfant qui s'était coupé la lèvre en tombant dans le noir quand cela fit tilt. Bien sûr ! pensai-je. Quelle idiote ! Pourquoi n'y avais-je pas pensé tout de suite ? A 2 heures du matin, il était sans doute un peu tard pour réveiller un petit ami non attitré, d'autant que les paramètres de notre relation restaient encore à définir. Au lieu d'appeler Mark, je composai donc le numéro du bureau du shérif. Heureusement, je tombai sur un membre du SAMU que je connaissais.

— Ici le bureau du shérif de Dawkins. Buford Munsey à l'appareil. Que puis-je faire pour vous ?

— Tiens, Buzzy… Vous répondez au 911 *et* au bureau du shérif ?

— Oui.

— C'est le Dr Lynch.

A ces mots, il abandonna le ton de l'homme débordé qu'on dérange.

— Oh, bonjour, docteur ! s'exclama-t-il avant de m'expliquer : dans une province aussi reculée, toutes les lignes d'appel en urgence convergent vers le 911 après minuit, et c'est moi qui suis de permanence.

— A ces heures-là, vous devez recevoir des appels intéressants.

Je ne me sentais pas particulièrement pressée. Après tout, il n'y avait pas grand-chose à faire dans l'immédiat pour étayer mes hypothèses.

— Des extraterrestres, des ivrognes qui ronflent sur le palier d'un quidam, des hélicoptères qui volent trop bas, des coups de feu entendus dans les bois, d'autres extraterrestres, et beaucoup plus rarement, un macchabée découvert sur le bord de la route.

Je ris consciencieusement tout en me doutant qu'il ne plaisantait pas tant que ça.

— Avez-vous souvent reçu des appels de médecins farfelus demandant la photo d'un criminel recherché par la police ?

— Des photos ? J'en envoie autant qu'une agence de rencontres. Mais la plupart du temps, ce sont plutôt des mecs qui se sont fait trucider par leur toubib, lâcha-t-il avant de s'interrompre brusquement. Oh, je suis désolé, docteur. Quelle gaffe !

Cette fois, j'éclatai franchement de rire et le rassurai.

— Ma foi, vous n'avez pas tout à fait tort… En ce qui me concerne, j'ai reçu une visite aux urgences le matin de Pâques, et je me demande s'il ne s'agirait pas de ce détenu en cavale. Ellis.

— Sans blague ?

— Sans blague.

— J'ai une photo de lui ici. Quel est votre numéro de fax ?

Je lui donnai celui des urgences et raccrochai. Cinq minutes plus tard, j'entendis sonner le fax et trouvai la photo de l'homme recherché par toutes les polices de l'Etat. C'était bel et bien mon visiteur en tenue d'officier de marine. A présent, j'avais un motif valable de réveiller Mark. Afin d'être tranquille, je regagnai la salle du MODIS et m'y enfermai. Heureusement, la nuit était calme dans mon service.

— Quoi ? grogna Mark en décrochant.

— Navrée de te réveiller, mais tu m'as dit de t'avertir s'il y avait quoi que ce soit d'anormal.

— Et alors ?… Eh, descends de là, toi. Allez, ouste, sors de ce lit.

J'entendis un bruit sourd de glissade et de chute, comme un gros chien à demi assoupi tombant du lit. Un autre bruit de chute suivit, et je me demandai si tous ses chiens avaient réussi à se faufiler dans son lit.

— Je n'arrête pas de penser à ce faux officier de marine qui est venu à l'hôpital hier, depuis que tu m'as fait une démonstration de la « présence militaire ». C'est un type autoritaire, qui ne manque pas de charisme. Il correspond parfaitement à ta description. Du coup, j'ai appelé le bureau du shérif qui a accepté de m'envoyer une photo. Tiens-toi bien : mon faux officier, c'était Ellis.

— Aux dernières nouvelles, Ellis est à Savannah. Il a une petite amie là-bas à qui il a passé un coup de fil. Il a dit qu'il allait la voir.

— Eh bien, il était ici le matin de Pâques… Il y a un peu moins de vingt-quatre heures, précisai-je en consultant ma montre.

— Incroyable, maugréa-t-il. Le FBI sait où il se trouve au kilomètre près. Qui était de permanence, ce soir ?

— Buzzy Munsey.

— Bon. Je vais passer quelques coups de fil et voir qui je pourrais rencontrer. Au fait, dis-moi…

— Oui ?

— Pour une fille intelligente, tu as mis un bon moment à t'en rendre compte, lâcha-t-il d'une voix à la fois ensommeillée, amusée et provocatrice.

— Sois gentil, veux-tu ? J'aurais pu appeler le FBI moi-même. Grâce à moi, c'est toi qui rafleras tous les honneurs. Ellis est parti dans une camionnette Ford rouge, avec l'aile et le pare-chocs arrière gauche abîmés. Pas de plaque d'immatriculation. Il avait un chauffeur — un garçon d'une vingtaine d'années à la nuque rasée.

— Y a-t-il autre chose dont tu te souviennes ? Je promets d'être gentil.

— Ellis s'intéressait à la fameuse bactérie.

Je marquai une pause, craignant d'être exagérément alarmiste. Mais je ressentais des fourmillements dans les doigts, un signe qui me trompait rarement.

— En fait, il parlait de « germes flottants ». A mon avis, il sait quelque chose, Mark. Tu ne m'as pas dit qu'il était au Moyen-Orient, à un moment donné ?

— Si. Je crois qu'il a fait la guerre du Golfe. Il est même retourné là-bas depuis, m'apprit-il avant de bâiller. Excuse-moi, je suis encore endormi. Quelle importance cela peut-il avoir ?

— Je pense à des armes chimiques ou biologiques. Quelque chose qui pourrait être conservé dans des bidons.

Il y eut un silence à la tension presque palpable. Je poursuivis :

— Je pensais qu'il aurait pu se procurer quelque chose là-bas ou se le faire livrer ici, via le marché noir des armes clandestines. Cette bactérie se conserve et se cultive peut-être facilement, une fois qu'on connaît ses besoins nutritionnels. Tu m'as dit qu'Ellis avait été pris à Washington avec de l'anthrax sur lui. Eh bien…

— Ne vous arrêtez pas là, ma p'tite dame.

J'entendis un froissement d'étoffe, comme s'il enfilait des vêtements. Il avait branché le haut-parleur du téléphone.

— Quelqu'un aurait pu trouver le moyen de conserver des bactéries vivantes sur une durée prolongée et de les expédier à travers le monde à des groupuscules terroristes — insérées dans des bouteilles d'oxygène ou des bidons de propane, par exemple. Ou peut-être qu'un spécialiste en génétique virale a réussi à prolonger la vie d'un virus en le couplant à une bactérie spécifique pour le rendre plus virulent… A moins qu'il ne s'agisse pas d'une expérience calculée mais d'un accident de labo.

Le fourmillement dans mes doigts devenait intolérable, et je calai le récepteur entre ma joue et mon épaule le temps de me gratter.

— Je ne vois pas très bien pourquoi des groupes de fanatiques islamistes accepteraient de divulguer leurs secrets, objecta Mark. Mais quelqu'un aurait pu y avoir accès…

— En tout cas, il suffirait alors de répandre cette saleté dans l'air avec des aérosols. Si mon hypothèse est exacte, il faut une sacrée dose d'humidité. Tous les patients ont été infectés au contact d'une grande quantité d'eau — y compris Regina Hawkins, qui a trouvé son mari pendu sous un pont. Elle a glissé avec lui dans le ruisseau en coupant la corde.

— Serait-il vraiment possible de produire un germe qui se conserve plusieurs semaines ? Ces bidons sont restés longtemps dans l'entrepôt.

— Ça n'a rien d'impossible, à mon avis.

— O.K., je vais faire un tour au bureau. Tu connais mon numéro. Rhea, pas un mot de tout ça à quiconque. Je dois d'abord prendre contact avec quelques personnes. C'est important.

Je me redressai sur ma chaise.

— Zut alors ! Je comptais justement aller le crier sur les toits. Je voulais même appeler quelques journalistes pour leur faire part de mes soupçons, lancer une alerte sur Internet, donner une interview à la radio et déclencher quelques émeutes par-ci par-là.

L'entendant rire, je grommelai, de plus en plus indignée :

— Je ne suis quand même pas débile... La santé de mes patients passe avant tout. Si je décide d'en parler à quelqu'un ou de me renseigner, je prendrai toutes les précautions nécessaires.

— Excuse-moi, mais des idées dans ce genre-là, certains d'entre nous en avaient déjà avancé quelques-unes, sans penser que c'était réalisable. Or, maintenant, tu me dis que si.

— Peut-être, corrigeai-je, faisant prudemment marche arrière. Ce serait *peut-être* réalisable. Disons que c'est dans le domaine du possible. Bon, je serai ici jusqu'à 7 heures.

— Je t'appellerai avant. Au fait, je sais bien que tu n'es pas débile.

— Tant mieux.

Nous nous quittâmes sur ces mots, et je restai assise dans l'obscurité à ressasser ma colère. Pourquoi avais-je aussi mal pris sa recommandation ? Parce qu'elle me rappelait celles de ma mère : « Ne parle pas à des inconnus. Regarde à droite et à gauche quand tu traverses. Ne caresse pas les chiens dans la rue. Ne prends pas d'auto-stoppeurs... » Mon irritation était donc une réaction puérile, liée à des souvenirs d'enfance douloureux.

Mal à l'aise, je décrochai de nouveau et composai une seconde fois son numéro.

— Quoi ? dit-il.

— Désolée de m'être emportée.

— Oh, j'ai cru que tu t'étais rappelé quelque chose.

— Oui. Mes leçons de politesse.

— Bravo ! s'écria-t-il en riant. J'adore les femmes qui ont du cran.

Là-dessus, il raccrocha, et je souris dans le noir. Avec son accent méridional, ça donnait plutôt : « Les femmes qui ont du crâne. » Ce qui était tout aussi flatteur.

Je m'étirai et quittai la salle du MODIS pour regagner les urgences.

Je ne parvins pas à consulter mon courrier électronique avant un moment. Ce n'est qu'à 4 heures du matin que je découvris la réponse de Charlie Goldfarb. Les médecins fraîchement émoulus de la fac ou de l'internat travaillent à des heures impossibles avec un emploi du temps tordu. Charlie, lui, terminait son internat en médecine légale et passait son temps à découper des cadavres à divers stades de décomposition — une tâche sinistre qui n'attend pas et oblige les spécialistes à travailler parfois plusieurs jours et plusieurs nuits d'affilée.

Son message succinct allait droit au but. Entièrement absorbé par les examens consécutifs à un accident d'autocar, il me fournissait simplement l'adresse e-mail de son père, le vice-amiral Rufus Goldfarb, au Pentagone. Je serais mieux renseignée en allant directement poser mes questions en haut lieu.

Sans me laisser le temps de me dégonfler, j'écrivis mon message au vice-amiral que j'avais rencontré lors de quelques réceptions pendant mes études de médecine, et tapai sur la touche « Envoi ».

16.

Le bon côté du pire

A 11 heures, le lundi, un vacarme subit m'avertit que j'avais une visite. La porte de ma chambre était fermée, mais les jappements et grognements menaçants de Belle indiquaient qu'elle affrontait un intrus. Ma maison ayant été cambriolée quelques mois auparavant, je m'extirpai de mon lit et m'emparai de l'objet le plus lourd que je pus trouver — à savoir le fer à repasser. Brandissant mon arme improvisée, j'allai ouvrir la porte.

Deux hommes transportaient tant bien que mal un matelas au fond du couloir.

— Avancez encore un tout petit peu puis reculez dans la salle de bains de la chambre d'amis, commandait Arlana avec son autorité coutumière.

J'entendis quelque chose se briser en tombant dans le cabinet de toilette. Arlana se précipita dans le couloir encombré pour aller voir ce que c'était et m'aperçut au passage, le fer à repasser brandi au-dessus de ma tête.

— Vous n'avez jamais su vous servir de ça, lâcha-t-elle, sa surprise cédant la place à un profond dédain. Remettez-le donc où vous l'avez trouvé. Je ne savais même pas que vous en aviez un.

Et elle me planta là sans me laisser le temps de répondre. Mon bras retomba lentement le long de mon corps.

— Regardez ce que vous avez fait ! glapit-elle, chapitrant le livreur dans la salle de bains. J'ai payé ce flacon quinze dollars, et le voilà brisé en mille morceaux. Vous allez devoir me le rembourser ! Bon, tournez d'un quart de tour pour entrer dans la chambre d'amis, maintenant. Et ne cassez rien d'autre, s'il vous plaît.

Sa voix exaspérée couvrit celle de l'homme qui se confondait en excuses.

Un museau froid me poussa le bras, et je m'écartai afin de laisser Belle et Peluche entrer dans ma chambre. Belle sauta sur le pied du lit tandis que Peluche se faufilait dessous en rampant.

— Petit malin, chuchotai-je.

Belle émit un petit gémissement.

— Non, pas là, ordonnait Arlana dans la chambre d'amis. Je veux d'abord choisir l'emplacement du lit. Posez simplement ce matelas sur le sommier à ressorts. Je me débrouillerai ensuite.

Vaguement penaude, je refermai ma porte, allai ranger le fer à l'endroit où je l'avais déniché et me glissai de nouveau sous les couvertures. Belle rampa vers moi sur l'édredon en continuant à gémir doucement.

— Tu peux rester, capitulai-je. Mais Arlana ne sera pas contente.

Elle gémit de plus belle en remuant la queue, le regard expressif.

— D'accord, je prendrai ta défense, mais je ne peux pas être là tout le temps.

Elle posa le museau sur ses pattes de devant et émit un jappement étouffé pour m'indiquer qu'elle acceptait les conséquences de ses actes.

Je remontai les draps sur ma tête et tentai de me rendormir. C'était compter sans Arlana. Moins d'une heure plus tard, elle ouvrit ma porte et passa la tête dans l'entrebâillement.

— Belle, descends de ce lit.

Ma grosse chienne geignit, me donna un petit coup de patte, puis obtempéra en constatant que je n'intervenais pas.

— Et vous aussi, sortez du lit. Quelqu'un vous demande au téléphone. Un certain Dr Atkins… Est-ce la personne que vous allez recevoir ici ?

— Oui.

— Est-ce qu'elle a un prénom ?

— Shirley. Shirl pour les intimes.

— Alors ?

Je sortis un bras de dessous le drap et pris le combiné.

— Shirl ?

— Je suis en route, s'exclama-t-elle avec jubilation, et c'est la journée idéale pour une petite balade en bagnole !

J'entendais le bruit du vent et devinai qu'elle conduisait les vitres baissées ou la capote descendue, s'il s'agissait d'un cabriolet. Shirley conduisait comme une cinglée, ses multiples nattes rousses volant au vent telle une méduse épanouie. D'ailleurs, il était plus sage de ne pas s'installer derrière elle, à moins de ne pas craindre d'être fouetté par ses cheveux.

— Je serai là vers 14 heures, si je ne suis pas bloquée dans les embouteillages. Nous pourrons déjeuner dans ce charmant restaurant dont tu m'as parlé. Le reste de l'équipe arrivera aux environs de 18 heures, et ensuite, il faudra que j'aille travailler.

— Ta chambre est prête, lui annonçai-je.

— La délicieuse jeune femme qui a décroché m'a dit qu'elle était ta décoratrice ?

J'entendis un coup de Klaxon retentissant dont le bruit s'estompa rapidement. Shirley devait rouler à tombeau ouvert, comme d'habitude.

— Délicieuse ?

Je hasardai la tête hors des couvertures et trouvai Arlana sur le pas de la porte, en train d'écouter notre conversation. Elle avait parsemé ses tresses de perles dorées et plaqué toutes ses petites nattes sur sa tête, à la manière d'un joli casque d'or. Mais malgré sa coiffure, ses boucles d'oreilles dorées, son tailleur-pantalon bleu lavande et ses talons de dix centimètres, à mes yeux, « délicieuse » n'était pas l'adjectif qui la qualifiait le mieux.

— Oui, c'était Arlana. Elle décore ma maison et fait le…

Je m'interrompis et me soulevai sur un coude, optant pour une autre formule.

— Elle effectue quelques tâches ménagères.

Je me tus le temps d'écouter mon amie et adressai un petit sourire à Arlana.

— Oui, je suis sûre qu'elle serait ravie de t'aider.

Arlana abandonna son air digne et étouffa une exclamation de joie. L'éclat de ses yeux dépassait celui des perles dorées, dans ses cheveux.

— Comme diraient les Ecossais, elle coûte une petite fortune mais elle gagne bien son salaire. Elle est encore étudiante mais sa clientèle commence à devenir conséquente.

Dans le couloir, Arlana se mit à exécuter une danse de joie en faisant claquer ses talons sur le carrelage et en ondulant des hanches au rythme d'une musique imaginaire. Je l'avais déjà recommandée à une infirmière pour décorer son séjour. Deux clientes de choix ne formaient-elles pas une clientèle conséquente ? Du reste, j'étais sûre qu'elle conviendrait parfaitement à Shirley.

— A tout à l'heure, déclarai-je. Ne te fais pas arrêter pour excès de vitesse.

— Tous les flics qui m'arrêtent s'attendent à trouver une vieille peau friquée et ménopausée avec une perruque blondasse collée sur le crâne et trois rangs de perles autour du cou, cria gaiement Shirley dans le but évident de couvrir le grondement d'un quinze tonnes. Au lieu de ça, ils se rincent l'œil en me voyant toute jeunette, avec mon sourire canaille, mon accent british et mes jolis nichons. Ils n'ont plus qu'une envie — m'emmener chez eux ou à l'hôtel le plus proche. Je n'ai encore jamais eu de contredanse.

— Qu'est-ce que tu conduis ?

— Une Porsche 911 cabriolet rouge pétard.

— Je n'y crois pas ! Bon, fais gaffe, quand même. Il y a des tas de biches sur nos petites routes de campagne. Ce serait dommage d'atterrir dans le décor, non ?

— Splendide ! Merci bien.

Je raccrochai sans avoir bien compris ce qu'elle trouvait splendide. A peine eus-je posé le combiné qu'Arlana sauta sur l'édredon et rebondit plusieurs fois à genoux en poussant des cris aigus. A ce moment précis, son tailleur strict peinait à lui donner l'air sérieux auquel il était destiné.

— Si vous tenez toujours à devenir infirmière, vous n'aurez pas le droit de faire ce genre de chose sur le lit d'un patient, observai-je en réprimant un sourire.

— J'ai gagné une autre cliente, n'est-ce pas ?

— Sans doute. A condition que votre travail lui plaise.

Elle s'assit au bord du lit et croisa les jambes.

— Oh, il va lui plaire. Qu'est-ce qui pourrait lui déplaire ? Cet intérieur est parfait.

— Vous feriez une infirmière redoutable.

— Vous me le répétez sans arrêt, dit-elle avec une moue. Où est le problème ? Je veux un métier où je gagnerai ce que je mérite, et les infirmières sont bien payées. En plus, il y a beaucoup de boulot. Je ne connais pas de médecin ou de clinique qui ne recherche pas d'infirmières.

— Mais avec trois clientes, vous allez gagner pas mal d'argent, maintenant. Pourquoi ne pas viser plus haut et entreprendre des études universitaires ? Je m'engage à me porter caution pour vos emprunts.

— J'en parlerai à mamie Essie.

Comme toujours, ces mots refermaient le débat. Miss Essie était la grand-mère ou l'arrière-grand-mère d'Arlana, et la jeune fille se rangeait toujours à son avis, en dernier ressort, comme tous les membres du clan.

— Je vous ai acheté quelque chose.

Je laissai retomber ma tête sur l'oreiller en gémissant.

— C'était cher mais ça vous plaira, ajouta-t-elle, sûre d'elle.

— Je ne voulais rien de cher pour la chambre d'amis. J'avais seulement besoin d'un lit.

— J'ai acheté ce qui vous manquait pour recevoir chez vous — et je l'ai trouvé en solde.

Quittant le lit, elle se dirigea vers une table basse et y posa quelque chose, une sorte d'appareil que je pris d'abord pour un ordinateur.

— Ecoutez ça, dit-elle.

Un son agréable me parvint des quatre coins de la chambre, et je reconnus bientôt la voix vibrante de Billie Holiday — *Lover Man*. Je soupirai d'aise.

Depuis que les cambrioleurs avaient emporté ma pauvre chaîne stéréo ainsi que mes disques, la musique m'avait particulièrement manqué. Les yeux fermés, je m'étirai dans mon lit en écoutant. Trois chansons que j'aimais se succédèrent jusqu'à ce qu'un air un peu moins mélodieux, une voix un peu plus rauque, m'incite à me secouer. Bonnie Raitt. Je relevai la tête en riant. Debout sur le pas de la porte, Arlana arborait un sourire énigmatique.

— Comment avez-vous deviné ? demandai-je.

— Que vous aviez besoin de musique ?

J'opinai. Se détournant, elle alla baisser le volume de l'appareil. Je la vis respirer à fond comme pour se donner du courage, et je me crispai machinalement.

— Selon mamie Essie, vous n'êtes plus comme avant, depuis que ces voleurs vous ont pris la musique de votre maman. Elle m'a dit de vous acheter quelque chose qui la ramènerait.

— La musique de ma *maman ?*

Le plaisir que les chansons m'avaient procuré s'estompa. Arlana me tournait toujours le dos, faisant semblant de s'intéresser à l'appareil.

— D'après mamie, vous n'aviez qu'une chose en commun avec elle : la musique. Et en la perdant, vous avez perdu tout votre passé.

— Mon passé ? répétai-je en élevant le ton. Ma mère était une folle furieuse qui a creusé prématurément sa tombe à grand renfort d'alcool. Tammy Arnette Rheaburn Lynch était une femme égoïste, maniaco-dépressive, dépourvue de tout instinct maternel.

Contrariée, je sentis mon sang s'échauffer malgré moi.

— Et mon amour de la musique n'a strictement aucun rapport avec elle.

Arlana haussa les épaules.

— Je répète ce que m'a dit mamie Essie. Elle m'a conseillé de faire poser petit à petit une installation électrique spéciale dans la maison avant de vous acheter une chaîne stéréo. J'ai suivi son avis. Malcolm et Steve sont venus installer le circuit la semaine dernière. La main-d'œuvre sera gratuite. Vous ne paierez que la chaîne et quelques CD que mamie Essie m'a demandé de vous trouver.

Elle se retourna vers moi, l'air sérieux, les épaules rejetées en arrière. Comme toujours, elle disait ce qu'elle pensait.

— Nous avons tous un passé, continua-t-elle. Et dedans, il y a forcément des trucs et des gens qui ne nous ont pas plu. Mais même dans le pire, il y a quelque chose de bon. Votre mère aimait la musique. Elle vous a transmis ça. Vous n'avez pas à la remercier puisqu'elle est morte. Mais il ne faut pas le renier.

Comme je me taisais, elle poursuivit :

— Quand j'avais douze ans, je sortais avec un type, Chico, qui me prenait pour une grande, capable de se débrouiller seule. On se voyait en douce, lui et moi ; on buvait et on fumait dans le dos de ma mère. Une nuit, il m'a sautée, et c'était moche parce qu'il avait bu. Mais le pire de tout, je crois, ç'a été le procès. Ma mère et ma grand-mère étaient là, et j'ai dû avouer toutes les bêtises que j'avais faites en cachette. Une vraie honte… Mais maintenant, je vois aussi le bon côté des choses : Chico était à moitié mexicain et parlait espagnol. Il m'a appris assez de choses pour que j'aie de bonnes notes en cours ; aujourd'hui, je suis presque bilingue. Ça pourra me servir pour trouver du travail. Chico, lui, sortira de taule dans un an ou deux, et ce ne sera pas facile non plus de le revoir après tout ça. Quelle misère pour un beau gars comme lui d'avoir passé tout ce temps derrière des barreaux ! Voilà. C'est tout ce que je peux dire là-dessus.

Elle remonta le volume de la chaîne tandis que Carole King chantait *Goodbye don't mean I'm gone*, et sortit de ma chambre. Au moment où la porte se fermait, je la rappelai. Elle repoussa le battant, et je vis son visage soigneusement privé de toute expression se détacher dans l'encadrement.

— Merci, déclarai-je. Merci pour la chaîne stéréo. Et pour la leçon de morale. Je n'ai pas tellement apprécié, mais je réfléchirai tout de même à la question.

Elle haussa les épaules, et la lueur espiègle réapparut dans ses yeux.

— Ces médecins qui savent tout ont besoin qu'on les remette à leur place de temps en temps. C'est pour ça que mamie Essie m'a envoyée chez vous.

— Alors, remerciez aussi miss Essie.

— Ça, c'est à vous de le faire.

J'acquiesçai d'un hochement de tête.

— Puis-je voir la chambre d'amis, maintenant ?

— Dès que vous serez prête. Mais ne laissez pas ce clébard pourri grimper sur mes meubles.

— Bien, m'dame.

La porte se referma doucement. Je me levai du lit et gagnai la salle de bains, bercée par la voix langoureuse de Carole.

La chambre d'amis était décorée dans des teintes beige et taupe avec des touches d'écru et de bleu marine. Le lit à deux places avait une tête de bois clair, un couvre-lit à rayures, de nombreux coussins assortis, sans la moindre fanfreluche. Dans un angle, une petite ottomane et son repose-pieds étaient flanqués d'un lampadaire en cuivre et d'un porte-revues. Je remarquai encore une descente de lit à motif oriental et une jolie commode ancienne.

Au-dessus, la fenêtre était simplement habillée d'un rideau écru drapé avec goût, retenu par un gros anneau de cuivre. Çà et là, Arlana avait ajouté quelques bougies, des livres anciens, deux ou trois bibelots. La pièce était accueillante mais neutre — comme il se doit pour une chambre d'amis.

J'admirai le travail d'Arlana. Bien que nos goûts en matière de décoration soient rarement identiques, elle m'avait regardée vivre et s'était arrangée pour que ma maison me ressemble — du moins, concernant les bons côtés.

— C'est superbe, commentai-je. J'adore cette pièce.

Un sourire radieux éclaira ses traits. Elle ferma la porte derrière nous et me montra deux crochets en cuivre où pendaient deux peignoirs en éponge bleu marine bien moelleuse.

— Vos invités devront prendre le couloir pour aller jusqu'à leur salle de bains — qui n'est pas mal non plus, vous verrez.

Elle rouvrit la porte et me conduisit jusqu'à la salle d'eau tout en longueur, au milieu du couloir. Là aussi, le beige pâle et le bleu des faïences étaient coordonnés aux teintes du carrelage, des serviettes et des bougies parfumées. Le miroir ancien au-dessus du lavabo était tout piqueté, mais Arlana avait nettoyé, réparé et repeint son cadre de bois dans les mêmes tons que les montants de la porte.

— Ensuite, je pourrai terminer votre chambre ? me demanda-t-elle.

— Vous la décorerez comme l'autre ?

— Mieux.

— Allez-y doucement. Je vais déjà être obligée de faire des heures sup' pour payer la chambre d'amis. Qu'est-ce que le livreur a cassé ?

Elle ouvrit la porte du placard et me montra un récipient en forme de cygne qui aurait pu servir de porte-savon ou de bocal à coton, et dont le verre soufflé était teinté de volutes beige, taupe et prune.

— Dommage, il était joli, dit-elle avec un soupir.

— C'est vrai… On en trouvera un autre.

— Bon, je dois aller à mon cours. A bientôt, Rhea.

— Au revoir, Arlana.

Après son départ, je flânai un moment dans la maison. Arlana m'avait préparé du café et, en humant l'arôme puissant de l'arabica, je découvris que mon nez était débouché. Près de la cafetière, je trouvai une assiette de brioches et un pot de confiture de pêche. Je plaçai le tout sur un plateau que j'emportai dans le séjour et m'installai sur le canapé afin de regarder les actualités, les jambes repliées sous moi, un plaid en laine sur les genoux. Les chiens jouaient dehors, et la maison était calme. Mais ce que je vis sur l'écran me coupa immédiatement l'appétit.

Une forme virulente de pneumopathie venait de se déclarer à Charlotte, en Caroline du Nord — à quatre-vingts kilomètres environ de Dawkins. Depuis la veille, on dénombrait vingt-cinq victimes, dont vingt-trois étaient des métis afro-américains avec, comme point commun, leur présence dans une discothèque du centre-ville, le samedi soir. Les deux autres étaient des hommes de race blanche. Toutes les personnes qui avaient passé un moment dans la discothèque ce soir-là étaient convoquées pour une visite médicale à l'hôpital de Charlotte. A la moindre toux suspecte, aux premiers symptômes de grippe, ils devaient se rendre aux urgences.

Le CDC avait envoyé des agents sur place et les autorités exhortaient la population au calme.

Décrochant le téléphone récemment installé sur la petite table jouxtant le canapé, j'appelai l'hôpital de Charlotte. J'expliquai au standardiste que j'étais médecin des urgences à Dawkins et que j'avais diagnostiqué plusieurs cas de pneumopathie au cours du week-end. Mon appel fut dirigé sur la ligne d'un certain Dr Smiley. Si mon récit parut le laisser sceptique, il m'écouta tout de même jusqu'au bout.

Après avoir expliqué les raisons de mon appel, je fus priée de rester en ligne pendant que Smiley appelait l'hôpital de Dawkins, histoire de vérifier l'exactitude de mes références. Rien d'étonnant à cela : la presse devait les harceler pour obtenir le dernier scoop en date. Quand Smiley reprit la ligne, je fus soumise à un feu roulant de questions :

— Est-ce un cocci Gram-positif ? Et comment se répand-il ?

— Affirmatif pour la première question. C'est une forme de strepto du groupe A, presque impossible à cultiver *in vitro*, mais qui attaque le tissu alvéolaire en provoquant une nécrose. L'étiologie la plus proche serait celle de la tuberculose pulmonaire foudroyante. En phase terminale, certains de nos patients crachaient du tissu pulmonaire en toussant. Mais jusqu'à présent, nous n'avons pas constaté de contagion directe.

— Sur ce point, il faut s'estimer heureux. Mais le schéma que vous décrivez ne ressemble pas à ce que nous avons ici. Ce que nous observons paraît moins fonctionner comme une décomposition des tissus d'origine bactérienne que comme un vésicant.

— Un vésicant ? Au même titre que le gaz moutarde ?

— A certains égards, oui. Il n'y a pas de vésicules externes comme chez les victimes du gaz moutarde, pas d'inflammation oculaire ou de muqueuses boursouflées, mais les membranes de la trachée et des bronches sont recouvertes de vésicules qui suintent et suppurent.

Il laissa échapper un soupir.

— Sur les radios, on constate une soudaine accumulation de liquide dans les alvéoles. Leurs poumons s'engorgent. Nous avons inséré des tubes dans les voies respiratoires des deux premiers, ce qui a provoqué un épanchement sanguin incontrôlable dans la cavité thoracique et les poumons.

Je m'adossai au canapé pendant qu'il parlait et mordillai un morceau de brioche tout en réfléchissant.

— Vous avez raison, dis-je quand il se tut. Les choses se présentent différemment, mais si cette souche du groupe A est en train de muter…

Je laissai ma phrase en suspens.

— Exact. Sa façon d'attaquer *in vivo* est peut-être en train de changer.

— Le CDC se charge actuellement de génotyper notre souche. Il pourrait peut-être en faire autant pour la vôtre et comparer les résultats.

J'entendis encore un froissement de papiers et un murmure de voix, sans distinguer les propos échangés.

— Quel pourcentage de pertes ? s'enquit Smiley.

La question me rappela brutalement à la réalité. J'hésitai avant de répondre.

— 90 % des patients. Ils étaient moins de dix, mais nous en avons perdu la plupart. Bien que certaines combinaisons de cocktails d'antibiotiques semblent ralentir le processus, rien n'a pu réellement l'enrayer. Cet organisme agit trop rapidement pour que les médecins aient le temps de travailler. Voulez-vous néanmoins notre liste ?

— Oui. Allez-y.

Cela dit avec une brusquerie dont je ne me formalisai pas. Smiley se retrouvait avec vingt-cinq cas sur les bras d'un coup. A sa place, moi aussi je me serais montrée brusque.

Je lui fournis donc la liste en indiquant les cas qui semblaient évoluer moins vite que les autres, et nous envisageâmes quelques options. Smiley avança plusieurs idées intéressantes. Je regrettai de ne pas l'avoir eu sous la main au moment où nous commencions à nous battre contre cette bestiole, Douglas et moi. Peut-être aurions-nous pu sauver quelques patients.

— Le Dr Shirley Atkins arrive tout à l'heure à Dawkins avec un groupe d'agents du CDC. Au labo, elle a réussi à trouver quelques milieux de culture qui fonctionnent. Quand nous aurons un milieu de culture fiable, nous pourrons établir d'autres antibiogrammes.

— On nous a informés que le CDC avait connaissance d'un problème du même type ; toutefois, personne ne nous a dit — du moins, personne ne *m*'a dit — qu'il était géographiquement proche, déclara Smiley. En principe, une équipe doit arriver chez nous également, mais je n'ai aucun nom — et aucun endroit où l'installer.

Je n'avais pas songé à cela. Non seulement le petit hôpital de Dawkins était toujours surchargé, mais les ailes où il y aurait eu de la place pour installer un labo de fortune risquaient d'être dépourvues d'électricité et d'eau courante.

— Quelques éléments pourraient encore vous intéresser, remarquai-je. Les taux de prothrombine sont légèrement élevés sans être catastrophiques. Juste en dessous de vingt. Il y a des modifications dans la CIVD mais pas de changements majeurs.

Et la bactérie semble se répandre via l'air humide à la manière d'un aérosol.

— C'est aussi ce que nous pensons. Il semble qu'à la suite de la tempête, quelques ardoises aient été emportées par le vent, provoquant une fuite dans la toiture de la discothèque. Samedi soir, un véritable déluge s'est abattu sur la piste de danse. Une partie de l'eau a même été pulvérisée par le ventilateur de la clim'. Jusqu'à présent, la majorité des victimes est composée de danseurs qui ont été trempés au moment de la fuite ou qui ont passé un bon moment à côté de la climatisation. L'équipe du DHEC est en train de prélever des échantillons de cultures, et la discothèque a été fermée.

— Et les deux jeunes gens blancs ? demandai-je.

— Ma foi, c'est là que l'affaire s'embrouille.

Je me redressai sur le canapé et dépliai mes jambes.

— Laissez-moi deviner, murmurai-je. Il s'agit de deux jeunes skinheads appartenant à un groupuscule nationaliste et raciste, avec une éventuelle formation militaire.

Un déclic sur la ligne, et le bruit de fond s'amplifia subitement.

— Vous êtes toujours là ?

— Oui, dit Smiley. Pourriez-vous répéter ce que vous venez de dire ? Je voudrais que les autres vous entendent.

Sa voix avait pris un timbre métallique. Apparemment, il avait branché le haut-parleur du téléphone.

— Certainement.

Je formulai de nouveau mon hypothèse et bus une gorgée de café afin d'humecter ma gorge brusquement asséchée.

— L'inspecteur Mark Stafford, de la police locale de Dawkins, vous fournira plus de renseignements sur les ramifications éventuelles de cette affaire, conclus-je avant de leur donner le numéro de téléphone de Mark à son bureau.

Il ne serait probablement pas enchanté mais il comprendrait. Du reste, ce n'était pas à moi de leur parler d'Ellis, de l'entrepôt incendié, des armes biologiques et du rôle éventuel de l'armée dans tout cela — du moins, pas avant que le vice-amiral Goldfarb eût répondu à mon message.

Nous échangeâmes encore quelques noms et numéros de téléphone, envisageâmes divers traitements et passâmes en revue une série de conséquences possibles. Au tout dernier moment, j'évoquai la possibilité que la même souche bactérienne soit en train de muter en une bactérie gangreneuse, qui ne s'attaquerait plus uniquement au tissu pulmonaire. La conversation terminée, il restait encore beaucoup à dire sur les origines et les mutations éventuelles de cet organisme. Toutes les hypothèses étaient simplement trop effrayantes.

L'unique information inédite que me procura Smiley fut le nom du groupuscule raciste. Les deux jeunes skinheads se réclamaient de « La Main du Seigneur ».

Ebranlée par cet entretien téléphonique, j'enfilai des tennis et un survêtement chaud afin de me protéger du froid que je sentais arriver à travers le plancher, puis je sortis par le jardin avec Belle. Un front glacial fondait de nouveau sur la région, comme pour terrasser le printemps précoce.

Belle et moi longeâmes le ruisseau au pas de course. Pour la première fois, je m'abstins de la tenir en laisse. J'ignorais comment elle allait réagir — je l'avais trouvée et secourue avec l'aide de Mark alors qu'elle mettait bas derrière le cimetière, au beau milieu de la nuit.

Apparemment bien dressée, elle resta sagement à mes côtés, s'arrêtant seulement à deux reprises, d'abord pour satisfaire un besoin naturel, puis une seconde fois quand nous aperçûmes un écureuil mort qui avait dû tomber d'un arbre. L'odeur de la charogne exerçait sur elle un attrait trop puissant, et elle s'écarta furtivement du sentier, me regardant d'un œil suppliant quand je la rappelai auprès de moi. « Voyons, maman, je suis *censée* me rouler dedans. C'est ma nature », semblait-elle me dire. Je l'assurai que sa nature n'en pâtirait pas si elle continuait à sentir bon et m'aperçus alors que Mark l'avait effectivement lavée. Belle ne sentait presque plus le chien. Nous rentrâmes à la maison par un autre chemin de façon à éviter la tentation. J'adore les chiens mais l'odeur de cadavre est définitivement associée dans mon esprit aux études de médecine et au deuil.

Tout en suivant l'étroit sentier qui traverse le bois, j'aperçus deux hommes qui couraient un peu plus loin à un rythme beaucoup plus soutenu que le mien, leurs foulées aussi longues que s'ils s'entraînaient pour les jeux Olympiques. L'un d'eux était Taylor Reeves, vêtu d'un caleçon de jogging en Lycra moulant et d'un sweater à capuche. Les muscles de ses jambes se groupaient et se détendaient avec une fougue athlétique. Pour une femme, la façon de courir d'un homme en dit long sur son compte. En l'occurrence, j'admirai la souplesse et l'assurance de ses mouvements, quoiqu'il foule le sol avec brutalité. Son compagnon était emmitouflé dans un survêtement anthracite et, contrairement à Reeves, avait rabattu sa capuche sur sa tête. Il paraissait peiner pour maintenir la cadence. Il se tenait en arrière, sur les talons plutôt que sur la pointe des pieds, mais ses semelles martelaient régulièrement le sol. Les deux hommes, en sueur, semblaient fournir un maximum d'efforts, à croire qu'ils avaient l'habitude de se livrer quotidiennement à ce genre de compétition. Pourtant, je ne les avais jamais vus ni l'un ni l'autre sur cette piste. Je me serais souvenue du mouvement des corps à ce niveau d'entraînement. Ils semblaient parfaitement synchronisés, comme s'ils couraient fréquemment ensemble. L'idée me vint alors que si Reeves était encore célibataire, peut-être avait-il, en revanche, un compagnon… Trish allait en faire une maladie.

Je souris sous cape, songeant que j'avais été bien inspirée de ne pas proposer à Reeves de courir avec moi. Je me serais certainement ridiculisée — soit en étant incapable de suivre son rythme, soit en ayant l'air de le draguer.

Reeves m'aperçut au moment où ils atteignaient un virage. Il leva les deux mains, l'une à l'intention de son partenaire qui bifurqua sur un autre sentier, s'éloignant dans les bois, l'autre pour me saluer. Je piquai un petit sprint tout en lui rendant son salut et regrettai aussitôt d'avoir voulu montrer que je pouvais accélérer. Décidément, je ne me débarrasserais jamais de ce stupide esprit de compétition.

Sa grosse tête noire à hauteur de ma cuisse, Belle s'adapta à mon changement de rythme et se mit à galoper allégrement, la langue pendante. C'était une partenaire idéale pour la course : elle n'éprouvait pas le besoin de me dépasser et ne risquait pas de critiquer ma façon de courir. Je l'encourageai d'un claquement de langue, et elle émit un petit jappement, tournant vers moi ses grands yeux dorés.

Après l'effort, je me sentis revivre. Je ne m'étais pas trouvée en aussi belle forme depuis plusieurs jours. Je remplis d'eau l'écuelle des chiens, fis sortir Peluche dans le jardin et traversai le petit pont qui conduisait chez Marisa. Trois nouveaux massifs délimités au cordeau et protégés par du plastique noir indiquaient que miss

Essie avait entrepris des travaux de jardinage. La vieille dame avait toujours entretenu un petit jardin potager, mais ces travaux-là semblaient plus importants. Je me demandai ce qu'elle cultivait. L'eau me vint à la bouche en songeant aux tomates juteuses de son jardin qu'elle nous servait en salade avec du basilic et le délicieux pain au levain fait maison.

En réalité, je commençais à avoir sérieusement faim. Peut-être trouverais-je quelques restes du repas de Pâques… mais je me demandai si miss Essie m'inviterait à déjeuner. J'avais mis un soutien-gorge, ce matin.

Apparemment, la vieille dame m'avait pardonné. Elle me servit une copieuse collation et nous nous attardâmes un bon moment, mes chiens et moi, dans la maison accueillante de Marisa. Je me sentais heureuse parmi les miens — comme on dit dans le Sud. Marisa et miss Essie me tenaient lieu de famille.

Je m'efforçai de ne pas penser aux personnes qui manquaient à cette table conviviale : Eddie et son visage empreint de remords qui épiait depuis la tribune la femme qui l'avait élevé et qu'il avait trahie. Miss Dee Dee, se morfondant là-bas, dans une chambre d'hôpital psychiatrique sans restaurant prestigieux, sans bain bouillonnant, sans personne pour lui tenir compagnie en ce lundi de Pâques. Sans famille.

17.

Je gardai prudemment mon opinion pour moi

Quand Shirley arriva au milieu de l'après-midi, ma maison était encore propre, mes chiens sentaient encore bon et j'avais même fait mon lit. D'humeur hospitalière, j'avais allumé la plupart des bougies dont Arlana avait garni les étagères et rebords de fenêtres, préparé du thé au jasmin en l'honneur de mon invitée et passé quelques coups de fil. En dernier lieu, j'avais allumé mon lecteur de CD.

Il fallait bien admettre que la musique m'avait énormément manqué ces derniers temps. Le bien-être que j'éprouvais en écoutant mes disques préférés accréditait la théorie d'Arlana sur mon attachement au passé. Cependant, je n'avais pas envie d'évoquer le souvenir de ma mère ; c'était trop douloureux. En revanche, j'avais besoin de musique — à l'instar de ma mère, qui ne pouvait pas s'en passer même quand elle ne buvait pas.

Mes chiens m'avertirent que j'avais de la visite. Je sortis à temps pour voir Shirley arriver au volant de sa Porsche rutilante, entièrement décapotée. Ses multiples nattes un peu échevelées s'étalaient sur ses épaules, semblables à des longes pourpres un peu usées. Ses joues rosies par le vent paraissaient plus rebondies qu'autrefois.

— Ohé, ma chérie ! lança-t-elle, son sourire espiègle dévoilant des dents éclatantes.

Elle coupa le moteur, sauta par-dessus la portière et, se précipitant vers moi, me prit dans ses bras.

— Bon, inutile de me taquiner au sujet du pneu, là, m'avertit-elle en serrant entre le pouce et l'index un bon morceau de chair, autour du nombril. Je sais que j'ai un peu de graisse, mais malheureusement, c'est génétique. Je vais devenir comme ma mère.

— Bonjour quand même. Assis, Peluche.

Shirley s'écarta en riant et me regarda un instant.

— Bonjour, docteur Lynch. Bonjour, les chiens.

— Bonjour, docteur Atkins, répondis-je en imitant son accent british.

— Mince alors, quel plaisir de te revoir ! Ça faisait une éternité.

— Trois ans et demi, exactement. Je te présente mes toutous . la bien élevée, c'est Belle, et l'affreux jojo, Peluche.

— Belle et Peluche, comment allez-vous ? Ravie de faire votre connaissance.

Puis elle se retourna vers moi.

— Dis-moi, tu n'aurais pas encore pris quelques centimètres, par hasard ?

— Non, maman. Ni en hauteur, ni en largeur.

— Cruelle fille, répliqua-t-elle en faisant mine de me souffleter. Je sais que j'ai un peu grossi mais je ne suis pas une baleine, tout de même. Enfin, pas encore. A propos de baleine, quand pourrai-je voir Marisa, la future maman ? Cam m'a dit qu'elle est absolument superbe.

— Quand tu te seras installée et que nous aurons fait un tour à l'hôpital. Je les ai appelés afin qu'on te prépare un bureau. L'espace est une denrée rare, là-bas.

— Ne t'en fais pas. Il ne m'en faut pas beaucoup. Juste un petit box avec un téléphone. J'ai l'habitude de me débrouiller avec peu. Le CDC m'a envoyée faire un stage de quelques mois à cette putain d'OMS, l'été dernier, et je me suis retrouvée à Nairobi. Comme espace, j'avais une foutue case en torchis et un générateur à pétrole…

Nous prîmes ses bagages et revînmes vers la maison.

— Jolie baraque, dit-elle sans transition. J'ai toujours aimé les pavillons anciens. Tu as des boiseries à l'intérieur ?

Poursuivant notre dialogue à bâtons rompus, nous entrâmes dans la maison que je lui fis visiter de fond en comble. Ces pavillons de bois du siècle dernier sont généralement conçus selon un plan circulaire qui permet de passer d'une pièce à l'autre, chacune étant munie de deux portes. La mienne suivait en partie cette disposition : la cuisine ouvrait d'un côté sur la salle à manger, de l'autre sur le bureau — ces deux dernières pièces étant reliées entre elles par le séjour. Mais le séjour donnait aussi sur le couloir qui conduisait aux chambres et aux salles de bains.

Shirley s'extasia comme il se doit sur la décoration et observa une neutralité polie pour la salle à manger, le bureau aux multiples fenêtres et la seconde chambre d'amis qui n'avaient pas encore été restaurés. Ces pièces-là étaient poussiéreuses, humides et vides ou encombrées de cartons que je n'avais pas encore pris le temps de vider.

Je fis l'éloge de ma décoratrice et promis à Shirley de la lui présenter. Je l'aidai ensuite à déballer ses affaires avant de monter dans sa jolie voiture pour un trajet ébouriffant jusqu'à l'hôpital.

J'avais oublié avec quelle décontraction et à quelle allure Shirley conduisait sa voiture — sans parler de ses tresses cinglantes agitées par le vent. Ces quelques kilomètres dans les rues de la ville suffirent à me rafraîchir la mémoire, et je résolus de prendre moi-même le volant pendant son séjour.

Dès notre arrivée, nous nous munîmes chacune d'une blouse blanche et d'un badge. J'accompagnai ensuite Shirley jusqu'au service administratif afin de procéder aux présentations. Malgré l'heure tardive, toutes les pièces étaient encore éclairées, et les portes grandes ouvertes. Rolanda Higgenbotham, la directrice adjointe de l'hôpital, une charmante Afro-Américaine d'âge indéterminé, leva sur nous un regard affolé et rajusta vivement les pans de sa petite veste pied-de-poule.

— Oh, Dieu merci, ce n'est que vous !

Je haussai les sourcils en masquant mon amusement.

— Qui craigniez-vous que ce soit ?

— Vous n'êtes pas journaliste, au moins ? demanda-t-elle à Shirley.

Contrairement à son habitude, Rolanda était maquillée et portait un tailleur flambant neuf, avec des escarpins à talons. Pour ma part, j'avais gardé mes chaussures de sport. Sans doute s'attendait-elle à voir arriver le présentateur vedette des actualités.

— Non, madame. Je n'appartiens pas à la presse, la rassura Shirley en lui tendant la main avec un sourire. Je suis le Dr Shirley Atkins, du CDC — le centre de contrôle et de prévention des maladies infectieuses, à Atlanta. Comment allez-vous ?

— Pas bien du tout.

Rolanda se laissa retomber dans son fauteuil pivotant. L'ordinateur habituellement utilisé par Abigail Staton, sa secrétaire, était allumé. Si la page d'accueil figurait sur l'écran, Abigail brillait par son absence.

— Pourquoi donc ? s'enquit Shirley avec toute la sollicitude requise, les mains dans les poches de sa blouse amidonnée.

— A cause des journalistes, voyons ! Vous n'imaginez pas l'agitation qu'ils ont provoquée ici cet après-midi en essayant d'échapper à la vigilance des surveillants afin de s'introduire dans l'hôpital. Il a fallu appeler des renforts pour les contenir.

Elle tira encore d'un geste nerveux sur les pans de sa veste.

— Je vous assure, j'ai bien cru qu'ils allaient réussir à faire irruption dans la chambre d'un patient à l'agonie, caméra au point, et l'interviewer ! Cette pauvre Abigail a passé toute la journée à leur répondre tant bien que mal et…

La sonnerie stridente du téléphone l'interrompit.

— Et ça aussi, par-dessus le marché. Maudits téléphones !

Elle décrocha néanmoins et répondit d'une voix suave et tout à fait professionnelle :

— Voyez cela avec notre attachée de presse, Abigail Staton. Je lui dirai de vous rappeler.

Manifestement, ce n'était pas le présentateur vedette des actualités.

— Je serai brève, commença Shirley quand Rolanda eut raccroché. Chancel Martinson, Elisa Meeks et moi-même travaillons au service de recherches sur les épidémies. Nous enquêtons actuellement sur le site d'où provient l'agent causal de la pneumopathie purulente que vous nous avez signalée. Cette opération nécessitera l'accès non restrictif à vos dossiers de santé — aussi bien ceux des patients que du personnel.

Elle sourit encore et inclina ingénument la tête de façon à compenser tout ce qu'elle aurait pu, par inadvertance, formuler comme une injonction. Le CDC n'intervenait qu'à la demande des organismes concernés, et les chargés de recherches n'ignoraient rien des règles diplomatiques à observer en pareil cas.

Je connaissais Shirley depuis le début de nos études médicales, mais je ne l'avais jamais vue évoluer en milieu professionnel. Sa transformation m'impressionna. Plus de jean et de baskets, de « mince, alors », de « putain de » ou de « bon sang de merde » pour altérer l'élégance de son élocution irréprochable, pimentée d'un léger accent british. Shirley avait reçu une éducation remarquable et le langage cru qu'elle affectait n'était rien de plus que cela — une affectation.

— Dans un premier temps, les Drs Martinson et Meeks resteront basés à Charlotte tandis que je séjournerai ici, à Dawkins. Le CDC et les laboratoires de vos services de contrôle sanitaire locaux effectueront tous les tests *in vitro*, en double, pour plus de fiabilité et de rapidité. Mon rôle consiste à découvrir la source de cette infection, à l'isoler et à la décontaminer. J'aurai besoin d'un petit endroit qui puisse me servir de bureau et d'une minuscule place pour travailler au labo de microbiologie. J'espère obtenir votre assentiment ?

— Je croyais que tu viendrais avec toute une équipe pour identifier et localiser cet organisme, observai-je, étonnée.

— J'aurais pu, mais j'ai reçu un appel de mon supérieur juste avant d'arriver. Les chercheurs du ministère de la Santé ont déjà bien avancé sur le site de travail actuel et, d'ordinaire, nous gardons l'équipe d'épidémiologie sur place, à Atlanta. Mieux vaut confier les prélèvements à un coursier qui ne mettra pas plus de deux à quatre heures pour les porter à Atlanta ou au service de contrôle sanitaire de Columbia. Ce serait beaucoup plus long de nous installer ici.

J'aurais pu ajouter qu'un petit hôpital rural n'aurait jamais les milieux spéciaux et l'équipement performant d'une équipe d'épidémiologie aussi sophistiquée, mais je préférai garder prudemment mon opinion pour moi.

Laissant Shirley profiter d'une visite guidée officielle (qui éviterait toutefois le hall encombré de journalistes), j'allai consulter mon courrier électronique dans la salle du MODIS.

Le vice-amiral Goldfarb m'avait répondu. Il n'était pas très content de moi ; apparemment, je troublais la tranquillité d'une retraite qu'il n'avait pas même encore entamée. Malgré tout, il avait cherché à se renseigner discrètement sur la possibilité que des bidons puissent contenir des armes biologiques. En l'espace de quelques heures, il avait reçu la visite d'agents de la CIA et du NIS — le service de renseignements de la marine — ainsi qu'un appel du grand patron de la Sécurité nationale en personne. A présent, quelques-uns d'entre eux allaient venir chez nous afin d'examiner la *situation* et, éventuellement, me parler. Goldfarb voulait connaître tous les détails de l'affaire et le déroulement des événements par ordre chronologique.

Assise dans la pièce aveugle, je relus le message du vice-amiral en me demandant dans quoi j'avais mis les pieds. La bactérie qui sévissait chez nous risquait-elle de provoquer une grave épidémie ? Je me demandai également si le MODIS était parfaitement sécurisé et si des informations concernant la sécurité nationale seraient à l'abri des regards indiscrets. Certes, le MODIS était conçu dans le but d'assurer la confidentialité des échanges de documents entre médecins à propos de leurs patients, mais en l'occurrence, serait-ce suffisant ?

Sur mes gardes, je tapai un récapitulatif des événements en y ajoutant quelques observations et hypothèses personnelles, puis envoyai le tout à Goldfarb. A la réflexion, je sélectionnai l'ensemble et en expédiai une copie à Shirley et à Mark, les informant des manifestations d'intérêt de la Sécurité nationale, du Pentagone et de la CIA. Quelques minutes plus tard, Mark m'appelait aux urgences. L'usage des portables étant déconseillé à l'hôpital, le mien restait dans mon sac pendant mes heures de travail.

Au lieu de me dire bonjour, Mark ouvrit aussitôt les hostilités.

— Alors, tu mets la grosse artillerie sur l'affaire, maintenant ? Comment t'arranges-tu pour me rendre l'existence toujours plus pénible ?

— Je suis douée pour ça. Et ne sois pas si grincheux. Pour ton information, je n'ai pas demandé à Rufus Goldfarb de m'aider, simplement de me fournir quelques renseignements.

— Pourquoi ne pas m'avoir dit que tu connaissais quelqu'un au Pentagone ? Et pourquoi ne pas m'avoir dit que tu comptais l'appeler ? m'assena-t-il. J'aurais pu demander un coup de main aux gars de Fort Detrick et les joindre plus rapidement grâce à toi.

Sa voix était enrouée par la fatigue. J'aurais parié n'importe quoi qu'il ne s'était pas recouché depuis mon coup de téléphone nocturne.

— Fort Detrick ? répétai-je. Connais pas.

— Ouais. C'est là que le Pentagone a ses laboratoires d'armes biologiques. Ils sont peut-être au courant de quelque chose. Je leur ai posé une question par courrier électronique et ils viennent seulement de me répondre.

— Je n'ai pensé que tout récemment au vice-amiral Goldfarb, et bien que je comprenne ta situation, je n'avais pas à te demander l'autorisation, répliquai-je gentiment. Pas plus que tu n'as eu besoin de la mienne pour joindre Fort Detrick.

— Ça fait partie de mon boulot, Rhea. Je suis flic. Je dois mettre la main sur les malfaiteurs.

« Ben voyons, pensai-je. Et sous prétexte que tu as un gros flingue à la ceinture, tu t'arroges le droit de jouer les machos : je devrais te faire part de toutes mes idées, sans aucune réciprocité de ta part. » Je me gardai bien de lui faire part de mes pensées. Il était aussi fatigué que moi, et ces réflexions ne feraient qu'envenimer les choses.

— Moi, je suis médecin et j'essaie de sauver des vies. C'est toujours la même discussion entre nous, Mark. Il arrive que nos boulots se chevauchent. Nous devons nous faire des concessions.

Comme il ne répondait pas, j'ajoutai :

— Ça te permettra au moins de croiser les bras et d'observer les rivalités entre les gars de la CIA ou du NIS et les fédéraux.

— Bon, admettons, dit-il à contrecœur, avec un bâillement sonore. Excuse-moi de m'être emporté. En fait, j'avais l'intention de t'appeler. Je croyais que ce serait moi qui aurais le plus gros scoop et tu m'as battu.

Je souris.

— Je suis douée pour ça.

— Faut croire… Et tu avais raison, en plus : Ellis a été repéré au supermarché du coin. Il achetait des munitions. Les gars du FBI essaient de sauver la face en disant qu'ils savaient où il était depuis le début. Des petits malins, ces fédéraux, non ? Ils devaient se cacher dans les bois en attendant de l'apercevoir. L'ennui, c'est qu'ils ne sont pas encore sortis de leur cachette, comme s'il fallait qu'ils arrivent de loin… de Savannah, par exemple.

Sans me laisser le temps de rire comme il se devait, il murmura :

— Attends, ne quitte pas.

J'entendis ensuite un bref dialogue puis un juron, assourdis par sa main.

— Rhea, les gens du FBI se rendent à l'hôpital pour t'interroger.

— A propos de quoi ?

— D'Ellis. Et de la raison pour laquelle tu as mis si longtemps à signaler que tu l'avais vu. Quelqu'un s'imagine que tu pourrais l'avoir hébergé. Où es-tu ?

— Dans la salle du MODIS.

— Ne bouge pas. J'arrive.

Il raccrocha, et je contemplai un instant le combiné, sidé rée.

— Ça, alors. C'est la meilleure !

Je profitai du bref intervalle précédant l'arrivée de Mark et des fédéraux pour préparer le terrain à mon avantage et expédier quelques messages urgents. Quand ils apparurent, j'avais fini de réorganiser la pièce et occupais l'unique siège présent — ayant porté les deux autres dans une salle d'attente, au bout du couloir. Bien que le fait d'être sur un plan inférieur puisse me défavoriser dans un rapport de forces, la nonchalance et le confort de ma tenue et de mon attitude me conféraient une aisance dont je privais l'adversaire.

Les pieds posés sur le bureau, les mains croisées derrière la tête dans une posture parfaitement décontractée, je regardai les trois agents du FBI approcher d'un pas pressé dans le couloir et tentai de brosser un rapide portrait de chacun. La femme au tailleur impeccable devait être la potiche de service, décidai-je. Le plus petit des deux hommes était le chef, et l'autre lui servait de factotum. Mark se montra à son tour au coin du couloir, avançant au pas de course pour les rattraper.

La conversation fut brève. Les trois fédéraux s'entassèrent dans la petite pièce avec Mark — ce qui parut beaucoup contrarier le petit chef. Manifestement, ce dernier aurait préféré cuisiner sans témoins la candide Dr Lynch.

— Rhea, dit Mark en dardant sur moi un regard plein de sous-entendus, voici les agents fédéraux Jim Ramsey, Emma Simmons et Howard Angel. Ils souhaitent te poser quelques questions, mais tu peux exiger de ne répondre qu'en présence d'un avocat. En fait, c'est ce que je te conseille.

— La présence d'un tiers est absolument superflue, intervint le plus grand tout en cherchant une prise où brancher son magnétophone. Nous ne sommes là que pour recueillir quelques informations.

— Madame, messieurs, dis-je sans bouger de mon siège.

Ils tournèrent un instant en rond à la recherche d'un endroit où poser le magnéto et leurs porte-documents. Il n'y avait pas la moindre place pour eux.

— Je vous souhaite la bienvenue dans cet établissement.

Je désignai du menton les papiers qui se trouvaient sur le bureau. Je les avais placés au beau milieu du seul emplacement libre en entendant mes visiteurs arriver dans le couloir.

— Le vice-amiral Goldfarb m'a dit de vous remettre une copie de ce document, avec ses compliments. Il s'agit d'un message que je lui ai envoyé, ainsi qu'à l'inspecteur Stafford et au CDC. Vous y trouverez ce que je sais à propos de cette affaire — à savoir, un récapitulatif des événements et tout ce que j'ai pu apprendre depuis le début. A présent, si vous n'avez pas l'intention de m'accuser de quoi que ce soit, vous êtes libres de partir.

— Mademoiselle Lynch…

— Appelez-moi docteur, le coupai-je, abandonnant délibérément mon expression avenante. Dr Rheaburn Lynch.

J'insérai le patronyme de ma mère pour le cas où l'un d'entre eux serait de Charleston. Après tout, c'était également le mien. Pourquoi ne pas en profiter ?

— Et je ne plaisante pas.

— Vous ne mesurez pas toute la portée de cette affaire. Vous pourriez être accusée…

— Détrompez-vous.

Je me redressai vivement et frappai la table du plat de la main, réprimant aussitôt mon premier mouvement de colère.

— Je sais exactement ce qu'il en est, poursuivis-je sèchement. J'ai perdu plusieurs patients — des personnes innocentes, dont une petite fille de trois ans.

J'observai Emma Simmons du coin de l'œil, essayant de déterminer l'ordre hiérarchique des trois personnages ; aucune trace d'émotion ou de compassion ne vint adoucir son visage de marbre.

— J'ai assisté à leur terrible agonie, je les ai vus cracher des flots de sang et de tissu pulmonaire, suffoquer et s'étouffer avec.

Je me penchai vers l'homme qui se trouvait près de moi.

— Je sais très bien de quoi il retourne. Je le sais beaucoup mieux que vous.

Le téléphone d'un des agents se mit à tinter dans le silence pesant. Je me levai, repoussant ma chaise qui heurta le mur avec un bruit métallique.

— Sans doute est-ce votre supérieur, qui veut vous demander de prendre des gants avec moi si vous ne tenez pas à être dessaisis de l'enquête. Le vice-amiral Rufus Goldfarb, du Pentagone, m'a promis d'intervenir en ce sens.

Le plus grand des deux hommes répondit au téléphone et le tendit à Mme Simmons. Je fus impressionnée — une femme à la tête du groupe, pas une potiche. J'étais donc plus sexiste que le FBI ! La femme me regarda du coin de l'œil et se détourna pour ne pas être entendue. Visiblement, elle était écœurée.

Je contournai le bureau et quittai la pièce, adressant un clin d'œil à Mark au passage avant de refermer la porte. Son expression me dédommageait de tous les matchs de handball que j'avais perdus contre lui. Pour une fois, j'avais gagné — et gagné haut la main. Mark Stafford en restait littéralement bouche bée.

Les mains dans les poches de mon jean, ma blouse fripée largement ouverte, je me sentais presque guillerette en regagnant les urgences d'un pas tranquille. Mark me retrouva un peu plus tard dans la salle de repos où je regardais les actualités en compagnie de Wallace Chadwick, Taylor Reeves et deux infirmières. Wallace avait apporté une télévision, et nous assistions à un mouvement de foule spectaculaire, filmé par hélicoptère, aux portes de l'hôpital de Charlotte. Pris de panique, les gens s'agglutinaient comme des fourmis devant les urgences, se piétinant pour essayer d'entrer, renversant au passage une table de triage installée en catastrophe.

— Avons-nous de quoi faire face à un tel mouvement de panique ? demandai-je à mon patron.

— Pas encore, répondit Wallace, l'air sidéré par ce qu'il voyait sur l'écran. Mais tout sera prêt dans une heure.

— Nous allons voir rappliquer tous les asthmatiques, les emphysémateux, toutes les mères angoissées à la moindre toux de leurs enfants, à des kilomètres à la ronde, commenta Reeves. Peut-être même le surplus d'autres hôpitaux bondés. Et si les terroristes frappent encore pendant que la panique s'installe, l'hystérie atteindra des records.

Visiblement exaspéré, il parlait entre ses dents d'un ton âpre, les sourcils froncés. Ses lèvres qui auraient pu, en d'autres circonstances, être qualifiées de sensuelles étaient crispées, marquées d'un pli amer aux commissures. Quel mauvais caractère ! pensai-je en le regardant — et en me demandant toujours s'il était gay. Je reportai mon attention sur l'écran.

A Charlotte, la caméra héliportée fit un zoom sur l'agression d'un membre du personnel médical. Sa blouse blanche disparut sous une marée de bras et de jambes qui le rouaient de coups. Quelques instants plus tard, un détachement de CRS casqués descendit de trois véhicules et se précipita sur les lieux. Il me sembla qu'il était un peu tard pour le malheureux qui gisait, inerte, sur la chaussée, dans une mare de sang, tandis que ses agresseurs prenaient courageusement la fuite.

— Quelle bande de sauvages ! maugréa Reeves. Aucune discipline, aucun projet. Pas la moindre idée de ce qu'ils feraient s'ils réussissaient à entrer dans l'hôpital, sinon tout détruire. La panique les fait régresser à l'état purement animal.

— Je crois que je vais demander la protection de la Garde nationale[1], décida Wallace.

1. Garde nationale : milice de volontaires intervenant en cas de catastrophe naturelle et pouvant prêter main-forte à l'armée américaine en cas de crise.

— Appelez-les. Je vais prendre une journée et rassembler des volontaires de mon unité de secours en attendant que le préfet nous envoie du monde, reprit Reeves, les yeux rivés sur l'écran.

— Dans quel laps de temps vos gars seront-ils sur place ? demandai-je.

— Ils ne tarderont pas, j'espère. Mais nous allons être à court de personnel, ici. Vous n'êtes pas de garde demain, n'est-ce pas ?

Je secouai la tête sans perdre une miette des actualités.

— Ni après-demain, ajoutai-je, tandis que Mark nous rejoignait en salle de repos. Je dois emmener Marisa faire des courses pour le bébé.

— Toi ? dit Wallace d'un ton incrédule, connaissant mon aversion légendaire pour le shopping.

— Oui, moi… A moins que tu n'aies un besoin urgent de mes services.

Du coin de l'œil, sans tourner la tête, je le vis esquisser un sourire.

— Considère-toi comme réquisitionnée pour coopérer à… disons, une urgence à caractère public.

— Merci.

— A vot' service, ma p'tite dame.

— Certains de nos policiers peuvent intervenir bénévolement en dehors de leurs heures de travail pour renforcer le service de sécurité jusqu'à l'arrivée de vos volontaires, proposa Mark à Reeves. Ils seront là dans moins d'une heure.

— Super.

Wallace échangea une poignée de main avec lui, puis ils reportèrent leur attention sur l'écran. A en juger par leur mine absorbée, le spectacle valait largement un match de foot ou un combat de boxe.

— Avez-vous découvert d'où provient cette bestiole ? s'enquit Wallace.

— Ouais. Grâce au Dr Lynch et à ses relations au Pentagone.

Wallace tourna vers moi un regard interrogateur et Reeves haussa les sourcils d'un air intéressé. Cela semblait presque l'amuser.

Je haussai les épaules.

— J'ai fait mes études avec Charlie Goldfarb, le fils d'un vice-amiral de la marine. J'ai pris contact avec le père par courrier électronique.

Je remarquai que Reeves me considérait avec un sourire, l'air moins sévère qu'avant.

Sur l'écran, on voyait la police repousser la foule de façon à aider le SAMU à secourir l'homme étendu par terre. Quelqu'un jeta une bouteille qui rebondit sur le bouclier d'un CRS, sans blesser personne, heureusement. Pendant que les incidents se succédaient à Charlotte — incidents qui risquaient de se reproduire ici sous peu —, je poursuivis mes explications d'un ton pédant.

— Le vice-amiral vient de répondre à mon message. Il m'a appris que Richard Ellis était dans la marine pendant la guerre du Golfe. Avec la progression des troupes américaines, il s'est retrouvé dans une petite ville même pas signalée sur la carte. Il y avait là-bas une usine clandestine qui fabriquait des armes chimiques et biologiques. Apparemment, Ellis a eu accès aux stocks. J'ignore quel type de bactérie était entreposé là-bas — Goldfarb ne m'en aurait rien dit, même s'il le savait —, mais à mon avis, il pourrait s'agir d'un cocci Gram-positif particulièrement virulent. En principe, l'usine a été démantelée, mais une fois la guerre terminée, Ellis a effectué plusieurs voyages au Moyen-Orient.

Sans doute s'est-il arrangé pour se procurer des armes biologiques au marché noir et les faire livrer aux Etats-Unis.

La caméra s'arrêta sur un homme de race blanche qui brandissait une arme à feu. La foule s'éparpilla. Bien qu'aucun coup n'ait été tiré, trois policiers se jetèrent à plat ventre derrière un véhicule, roulèrent et pointèrent leur revolver. L'homme s'écroula.

Mark poursuivit mon récit à ma place.

— Nous avons des raisons de croire qu'Ellis et son groupuscule extrémiste ont entreposé des bidons contenant ces bactéries dans la région. Une fuite s'est produite pendant l'incendie de l'entrepôt et quelques personnes ont été infectées. En revanche, l'incident de la discothèque de Charlotte est un acte criminel volontaire qui ciblait une clientèle métissée. Ces gens-là cherchent à fomenter un conflit raciste. Bref, tout le monde est sur les dents, maintenant : CIA, NIS, Sécurité nationale… j'en passe et des meilleures, conclut-il sans cesser de regarder l'écran. Bon sang, vous avez vu ça ?

Dans la foule, un Noir qui portait un enfant dans les bras trébucha et tomba de tout son long. Piétiné par les gens, il essaya de protéger le petit en le recouvrant de son corps. Un CRS s'élança, suivi de quatre collègues. Se déplaçant dos à dos, protégés par leurs boucliers, ils atteignirent l'homme allongé et formèrent un cercle autour de lui afin de le reconduire en lieu sûr avec son enfant.

— Un conflit raciste ? C'est du bidon, décréta Wallace. Quatre flics blancs qui volent au secours d'un Noir et de son enfant… Ça, c'est l'Amérique d'aujourd'hui.

Il croisa fermement les bras, excluant toute éventualité d'un conflit de ce type.

Taylor Reeves m'observait avec, dans le regard, une lueur dont je n'aurais su préciser la nature : curiosité ? intérêt plus personnel que médical ? Mark jeta un coup d'œil de notre côté, et je reportai mon attention sur la télévision. Les grincheux ne me font vraiment aucun effet.

— Goldfarb m'a avertie que la CIA et le NIS sont peut-être déjà en route pour Dawkins, annonçai-je. Ce sont eux qui vont prendre l'enquête en main et coordonner les recherches concernant Ellis et les fameux bidons.

— Fort Detrick va peut-être aussi envoyer quelques-uns de ses spécialistes et du matériel médical provenant des labos de recherche de l'armée. Ils ne seront pas de trop.

Tout en parlant, Mark s'avança vers la télévision afin d'augmenter le volume. Equipée d'écouteurs reliés à un micro, la journaliste criait pour couvrir le bruit des hélices.

—… il semble qu'il s'agirait d'armes biologiques importées clandestinement dans notre pays par un groupuscule raciste d'extrême droite baptisé « La Main du Seigneur ».

Reeves haussa les épaules avec un petit ricanement.

— Selon une information de source non confirmée, le groupuscule en question aurait l'intention d'engager des opérations terroristes au niveau national.

De longues mèches blondes balayèrent le visage bouleversé de la jeune femme. D'une main, elle les rassembla sur la nuque, luttant contre le vent.

— Certains prétendent en revanche que l'agent causal proviendrait des réserves américaines d'armement biologique dont le gouvernement a longtemps nié l'existence. C'est tout ce que nous pouvons dire pour l'instant. A vous, Ted.

Ted Burrows, le présentateur des actualités régionales, un garçon du pays aux yeux bleu cobalt et aux cheveux bruns ondulés, apparut sur l'autre moitié de l'écran.

— Renée, quelle que soit l'origine de la bactérie en cause, l'Etat a joué un rôle incontestable dans l'affaire, déclara-t-il. Personne n'a jamais nié que, dans les années 60 et 70, les Etats-Unis ont eu recours à tous les moyens de défense possibles pour sécuriser leur réserve de pétrole.

Renée acquiesça tristement, et Ted se retourna vers la caméra de façon à faire face au public.

— Dans les années 70, les Etats-Unis ont offert gracieusement aux pays du Moyen-Orient leurs compétences, leurs techniques et leurs spécialistes en matière d'armement biologique et chimique. La majorité de ces pays étaient alors dirigés par des hommes aux idées modérées, favorables aux Occidentaux, mais quand ces gouvernements ont été renversés, les technologies en question sont tombées aux mains de partis islamistes intégristes et anti-américains. Les Etats-Unis ont alors perdu à la fois la mainmise sur le pétrole et sur ces ressources militaires. Avec l'effondrement de l'Union soviétique, d'autres spécialistes en armement biologique se sont lancés dans le marché noir, négociant leur expérience, leurs compétences, voire des armes biologiques ou chimiques de l'ex-URSS. Ajoutons à cela les progrès qui ont été accomplis dans le domaine de la génétique et nous obtenons une situation virtuellement explosive. Les terroristes de La Main du Seigneur n'ont fait qu'attirer notre attention sur un danger latent dont nous sommes en grande partie responsables — nous et les trafiquants d'armes incontrôlés des années 70.

Reeves lâcha tout bas une obscénité.

— *Peace*, dit Mark en levant deux doigts de la main droite. Le pouvoir au peuple.

— De quel signe es-tu, compagnon ? lui demanda Wallace, remuant à peine les lèvres.

— Verseau. A 90 %. Et toi ?

— Bélier. Ascendant Black Label.

— Vous êtes surtout débiles, leur dis-je. Débiles à 100 %.

— Merci, répondirent-ils d'une seule voix.

— Je me pose des questions, murmurai-je, songeuse. Cet homme, Leon Hawkins… Pour qui travaillait-il au moment de sa mort ? N'aurait-il pas, par hasard, participé à la guerre du Golfe ? Dans le même commando qu'Ellis, par exemple ? En pareil cas, il aurait pu en savoir un peu trop long sur ce qui s'est vraiment passé là-bas…

Reeves tourna brusquement la tête vers moi, le regard vigilant, comme s'il me voyait réellement pour la première fois.

— Il y a quand même d'étranges coïncidences, poursuivis-je. Un Noir pendu comme à l'époque du Ku Klux Klan, des bidons entreposés dans la région, ce groupuscule raciste de La Main du Seigneur…

Je laissai ma phrase en suspens, embarrassée par la manière dont mon collègue me dévisageait.

— Je me demande s'il avait un tatouage comparable à celui des Campbell, repris-je enfin.

— Bonnes questions, commenta Mark, aussi attentif que Reeves. Je vais me renseigner.

Il nous observa un instant tour à tour, Reeves et moi, le visage impénétrable.

— Je crois avoir entendu dire qu'il avait un tatouage sur le torse, en effet.

— Une étoile à six branches ?

— Peut-être.

Je le vis réexaminer le problème sous un nouvel angle, la mort de Leon Hawkins représentant une donnée majeure plutôt qu'un incident isolé.

Un enfant toussa dans le couloir. Réagissant simultanément, Wallace et moi nous regardâmes et quittâmes aussitôt la salle de repos. Reeves nous emboîta le pas. Une seconde quinte de toux nous parvint — cette toux rauque, déchirante, que je connaissais par cœur à présent. Dans la salle voisine, nous trouvâmes une femme aux yeux rougis avec quatre petits garçons ; elle avait assis les enfants sur le lit roulant et les câlinait, leur murmurait des mots tendres en s'efforçant de les rassurer, souriante. Mais son sourire n'atteignait pas vraiment ses yeux, comme si elle pressentait la gravité de leur état. Deux d'entre eux toussaient continuellement. J'essayai tant bien que mal de conserver mon sang-froid.

Les enfants se suivaient à un an d'écart. Le cadet avait environ cinq ans et l'aîné, neuf ou dix au maximum. La mère, qui accusait une quarantaine d'années, ne devait toutefois pas être plus âgée que moi. Tous les garçons avaient des plaques rouges sur les bras, les jambes et le cou. L'un d'eux s'était couché sur le côté, les genoux repliés ; il se tenait la tête comme s'il souffrait d'une migraine.

— C'est vous, le médecin ? s'enquit la femme.

— Oui, dit Wallace. Je suis le Dr Chadwick.

Il s'approcha du groupe et me lança sans se retourner :

— A demain, Rhea. 7 heures, d'accord ?

— Compte sur moi.

— Les garçons auraient-ils joué du côté de la rivière Prosperity, ces jours-ci ? demanda Reeves à la mère.

— Ils passent leur temps à pêcher dedans. Nous le faisons tous. Pourquoi ?

Mark m'appela de la pièce voisine, et je regagnai la salle de repos, obsédée par l'image de ces quatre enfants qui allaient mourir dans les jours à venir. Comme il me secouait légèrement, je levai les yeux sur lui. Son visage s'était assombri.

— Ils l'ont attrapé ?

— Certainement.

— Merde.

Je hochai la tête et m'éloignai pour aller éteindre le son de la télévision. Dans le silence qui suivit, j'entendis Taylor Reeves murmurer des paroles de réconfort aux enfants et à la mère, dans la pièce voisine. Je me souvins de son regard, quelques instants auparavant. Trish avait raison : c'était un homme qu'on aurait pu qualifier de beau ténébreux, mais il ne m'inspirait aucune sympathie.

— Emma Simmons s'est fait remonter les bretelles à cause de toi, déclara Mark dans mon dos. Elle est en train d'amender ton dossier.

— Le FBI a un dossier sur moi ?

Je me retournai et le vis adossé au montant de la porte, les bras croisés, l'air sérieux. L'image de Reeves s'évanouit instantanément.

— Tu plaisantes, n'est-ce pas ? lançai-je, incrédule.

— Le FBI a un dossier sur chaque citoyen américain.

— Alors, quand un patient se plaint d'être surveillé par le FBI et prétend que sa ligne est sur écoute, que son dentiste est un espion, ce n'est pas du délire paranoïaque ?

— Pas forcément.

— Et qu'est-ce que la Potiche est en train d'écrire dans mon dossier ?

Mark esquissa un sourire.

— Elle te considère comme une calculatrice.

Mon sang ne fit qu'un tour. Je m'avançai et m'arrêtai à quelques centimètres de lui, frémissante.

— Bien souvent, mon rôle consiste à annoncer aux gens que leur état est désespéré, ou qu'un de leurs proches va mourir. Ou qu'il est déjà mort, sifflai-je. On me paie pour recoudre des plaies, soigner des gens blessés par balles ou par un coup de couteau, pour maintenir en vie des victimes d'accident. On me paie pour être calculatrice, ça fait partie de mon boulot.

— Je transmettrai le message, murmura-t-il, les yeux rivés sur ma bouche.

— J'y compte bien. Répète donc ça à ce petit bout de femme coincée et calculatrice. Et pendant que tu y es, dis-lui aussi que je me demande ce que son boulot tordu a fait d'elle. Demande-lui si on la paie pour ça.

Mark me gratifia d'un clin d'œil amusé, interprétant délibérément de travers ma dernière phrase.

— Je lui poserai la question à la première occasion, promit-il.

18.

Mes chances de devenir célèbre étaient compromises

Shirley n'était pas prête à partir quand je la retrouvai dans son nouveau QG. Un minuscule box avait été aménagé à son intention au secrétariat, à l'endroit où se trouvaient auparavant le fax et la cafetière. L'évier d'angle, sommairement recouvert d'une planche, lui servait de coin rangement où poser ses dossiers. Des écouteurs sur la tête, elle pianotait sur le clavier de son ordinateur portable, menant simultanément deux conversations, l'une par téléphone, l'autre par messagerie informatique avec le CDC. Les conférences en ligne n'avaient aucun secret pour elle. Elle leva rapidement les yeux à mon approche et me fit signe de l'attendre ailleurs.

Désœuvrée, j'allai prendre un Coca à la cafétéria et me joignis à un petit groupe qui regardait une équipe de télévision présenter une retransmission des événements de Charlotte. Ted, notre mignon présentateur régional, commentait la scène en dialoguant avec un autre Ted — une célébrité nationale, celui-là.

— Une véritable panique est en train de s'installer, déclara-t-il. Jusqu'ici, la police a réussi à rétablir l'ordre, mais le bruit commence à courir que la Garde nationale a été appelée en renfort pour affronter la foule et collaborer avec les équipes médicales au traitement de cette pneumopathie atypique.

— Pourtant, vous disiez que, jusqu'à présent, cette affection n'est pas contagieuse ? demanda notre Ted national.

— C'est ce qu'affirment les médecins, Ted, mais bien entendu, la direction de l'hôpital se garde bien d'ébruiter quoi que ce soit. Les médias sont tenus à l'écart, et l'information en pâtit.

Donner assez d'importance à l'affaire pour scotcher les gens devant leur télé mais pas suffisamment pour qu'on envisage des mesures sanitaires drastiques qui risqueraient de nuire à l'économie et aux échanges internationaux ; assez pour augmenter la grogne du public mais dans des proportions raisonnables… Notre Ted local connaissait son affaire.

— Qu'en est-il de l'affection qui s'est déclarée dans cette petite ville de Caroline du Sud ? Est-ce la même chose qu'à Charlotte ?

— Il semblerait que oui, Ted. Mais là encore, la discrétion est de règle. Tout ce que nous savons, c'est qu'un ruisseau des environs serait contaminé, mais nous ignorons de quelle manière. Comment relier cela au Moyen-Orient, et quelles peuvent être les conséquences pour la population habitant en aval du lieu de contamination ? Mystère.

— Comment s'appelle ce cours d'eau ?

— Le Prosperity. Un nom qui, en l'occurrence, ne manque pas d'ironie, n'est-ce pas ?

— Merci, Ted. Nous suivrons l'évolution de la situation en espérant que vous nous informerez de tout changement éventuel en Caroline.

Notre Ted régional opina avec un large sourire qu'il ne jugeait manifestement pas incompatible avec son air soucieux.

— Nous resterons sur place tout le temps qu'il faudra, Ted, quelle que soit la gravité de la situation.

Le présentateur local exploitait au maximum son temps d'antenne dans l'espoir d'être appelé par une chaîne nationale. Il espérait sans doute « monter » un jour à New York ou Chicago.

— Ah ! là, là, quelles putes, ces journalistes ! grogna quelqu'un dans le groupe.

— Qu'en pensez-vous, docteur Lynch ?

Je bus une longue gorgée de Coca, histoire de me donner le temps de réfléchir. Il y avait dans le groupe quelques visages qui m'étaient inconnus et je ne voulais pas que mes propos soient déformés par un journaliste, démago ou pas.

— Il est exact, en effet, qu'aucun cas d'infection attribuable à une contagion par contact avec un malade ne s'est présenté dans cet établissement. On peut également dire que la police et le service sanitaire local ont localisé l'endroit où la maladie a commencé à sévir. Je pense encore pouvoir affirmer que tout — y compris le recours à d'éminents microbiologistes du CDC — a été mis en œuvre afin d'identifier et de combattre la bactérie responsable de cette affection. J'estime enfin que se livrer à d'autres conjectures dans le contexte actuel équivaut à crier « Au feu ! » dans une salle bondée.

— Bravo, toubib ! lança une voix. Allez-y. Il serait temps que quelqu'un se mette à parler vrai pour mettre fin à toutes ces rumeurs.

Je ne savais pas exactement à quelles rumeurs je mettais fin, mais je profitai de l'occasion et m'éclipsai discrètement. Une jeune femme en pantalon noir m'emboîta le pas, quittant la salle dans mon sillage.

— Docteur Lynch ?

Je me retournai.

— Travaillez-vous pour la presse racoleuse ou pour la presse honnête ? demandai-je tout en songeant qu'un de ces jours, mon franc-parler allait m'attirer des ennuis.

— Je suis Anne Evans, du *Charlotte Observer*, répondit-elle en riant. A vous de juger.

— J'en suis incapable. Je n'ai pas eu le temps de lire les journaux depuis plusieurs semaines.

— A cause de l'épidémie ?

— Non.

J'enfonçai les mains dans mes poches et la dévisageai. Comme je ne fournissais aucune explication, elle poursuivit :

— Voulez-vous parler de manière officieuse ?

Je soupirai.

— Je n'ai pas qualité à parler officieusement ou officiellement. Je ne suis qu'un humble médecin des urgences qui s'efforce de soigner des patients.

— A qui dois-je m'adresser, dans ce cas, pour connaître la vérité ?

— La vérité sur l'origine de cette maladie — que j'ignore et que personne ne doit connaître tellement mieux que moi —, ou bien la vérité sur le combat humain que nous menons contre elle, en essayant d'enrayer la panique qui monte dans la région ? La vérité sur notre dévouement total et désintéressé à l'égard des malades ?

Elle me regarda d'un air hésitant. Elle avait les yeux noirs et des mèches courtes, en bataille, qui lui donnaient une allure d'adolescente.

— L'une ou l'autre.

— Si vous choisissez la seconde option, téléphonez au Dr Chadwick. A mon avis, il vous fournira toutes les informations nécessaires sur cet aspect de la situation.

Elle me gratifia d'un petit sourire — rangée de dents nacrées dans un visage de gamine.

— Merci. Puis-je l'appeler de votre part ?

— Si vous ne faites pas partie de la presse racoleuse…

— Je n'ai aucune garantie là-dessus.

— Bon. Allez-y, bien sûr.

La franchise avait toujours sur moi un effet désarmant.

— Je vous appellerai peut-être un de ces jours, quand le soufflé sera retombé, reprit-elle. J'aimerais bien savoir pourquoi une charmante et brillante jeune femme est venue s'enterrer dans un petit hôpital de campagne.

— Ma foi, quel sujet passionnant vous tenez là ! répliquai-je, sarcastique. Il vous propulsera certainement au sommet de la presse racoleuse.

— J'essaie de ne pas perdre la main. Merci encore.

Toujours hilare, Anne Evans rebroussa chemin en direction de la cafétéria et tira de sa poche un téléphone portable. Elle allait être déçue. Dans cette partie de l'hôpital, les murs étaient trop épais pour laisser passer les ondes radio. Et si un surveillant la surprenait en train d'essayer d'appeler, elle risquait de se faire jeter dehors par la peau du cou. Les appareils cellulaires étant susceptibles de dérégler le délicat matériel médical, il était obligatoire de les débrancher. Tant pis pour moi ; mes chances de devenir célèbre étaient compromises.

Quand Shirley eut terminé sa journée, nous gagnâmes la porte arrière en traversant l'unité de soins intensifs. J'imaginais que les journalistes — toutes espèces confondues — devaient grouiller à chacune des sorties mais qu'il n'y aurait personne sur le parking des médecins car il était situé tout près du poste de garde. En jetant un coup d'œil par la fenêtre du bureau des infirmières, nous constatâmes qu'il n'y avait effectivement personne. Les agents de police que Mark nous avait promis tenaient les médias à distance. Nous nous dirigeâmes donc vers la sortie en adressant un petit signe aux infirmières trop occupées pour parler. J'atteignais la porte du fond quand une quinte de toux résonna dans le couloir. Une toux caverneuse, bien particulière, qui stoppa net notre élan. Nous revînmes aussitôt sur nos pas, Shirley et moi.

Figée au beau milieu du couloir, Gloris plaquait une main sur sa bouche, les yeux agrandis par l'effroi. Elle se tourna vers moi, et le mouvement la fit tousser de nouveau.

Shirley se précipita vers elle. Des infirmières apparurent sur le seuil des chambres, abandonnant leurs patients. J'avançai vers Gloris qui me regardait d'un air affolé.

— Venez avec moi, ma belle, dit gentiment Shirley en la conduisant vers un fauteuil. Asseyez-vous. Vous êtes-vous promenée dans les parages du Prosperity ?

— Non.

— Etiez-vous avec les pompiers qui ont combattu l'incendie de l'entrepôt, près du ruisseau ?

— Non.

Gloris s'affaissa légèrement, faisant bouger les petits ours imprimés sur la blouse bien rembourrée de son uniforme.

— Non, je n'ai rien fait de tout ça, répéta-t-elle. Je me suis seulement occupée des malades.

Elle secoua la tête d'un air écœuré.

— Je suis restée ici — à faire mon boulot.

— Je vais appeler son mari, intervint l'une de ses collègues, une petite nouvelle dont le nom m'échappait.

Pétrifiée par l'angoisse, je contemplai un instant sa silhouette robuste, ses cheveux oxygénés crêpés sur le sommet de la tête. J'aimais beaucoup Gloris.

— J'ai son numéro au bureau, déclara quelqu'un d'autre.

Shirley se redressa et étendit les bras d'un geste apaisant.

— Ne nous affolons pas, martela-t-elle. Je pense qu'il serait plus sage de procéder d'abord à une radio. Ne brûlons pas les étapes. Pas de coup de fil — interne ou externe — à ce sujet jusqu'à ce que nous soyons absolument fixés. Est-ce bien compris ?

— Qui êtes-vous, au juste ? demanda la nouvelle d'un ton de défi.

— Je vous présente le Dr Shirley Atkins, du CDC, répondis-je en refoulant mon désarroi. Dorénavant, c'est elle qui commande.

J'avertis ensuite la surveillante en chef, le service de radiologie et le service de soins anti-infectieux. Ce qui n'était en réalité qu'une formalité, Shirley et moi le savions parfaitement.

Gloris était notre premier cas de contagion immédiate. En un clin d'œil, la situation s'était radicalement modifiée. Ce n'était plus un acte de terrorisme avec un nombre limité de victimes ; à présent, nous devions nous préparer à affronter une épidémie. Et le personnel médical était en première ligne.

Si les radios de Gloris ne correspondaient pas exactement à celles des patients contaminés par cet organisme issu de manipulations génétiques, les poumons étaient engorgés, les bronches dilatées, et la trachée elle-même paraissait atteinte.

Elle fut admise en soins intensifs et placée dans la chambre voisine de celle du patient qu'elle avait soigné. On y installa un appareil destiné à aspirer l'air du couloir et à rejeter celui de la chambre à travers un filtre antibactérien. Nous prescrivîmes des analyses de sang. Et Gloris se recroquevilla comme un ballon qui se dégonfle, le visage rongé par l'angoisse.

Il n'était plus question d'aller dîner au Sottise. De toute façon, tous les restaurants de la ville devaient être fermés jusqu'à nouvel ordre. Shirley et moi passâmes quelques heures à mettre en place des mesures de quarantaine élémentaires. Suspension de toutes les visites — excepté celles des proches parents dont l'âge était compris entre dix-huit et soixante ans, à condition que leur système immunitaire ne soit pas affaibli. Triage immédiat et radio pulmonaire de tout patient qui se mettait à tousser ou à présenter des signes d'insuffisance respiratoire. Et les journalistes furent refoulés à l'extérieur de l'enceinte de l'hôpital.

La surveillance fut renforcée. Le gouverneur entérina le recours à la Garde nationale, et en l'espace de deux heures, Taylor Reeves rassembla son unité de volontaires en attendant d'être relayé par les services de sécurité de Charlotte. C'était un état d'urgence épidémiologique caractérisé, où les droits civiques ordinaires pouvaient être suspendus. Désormais, en cas de pneumopathie atypique virulente, le patient n'avait plus le droit d'échapper à l'examen médical, ni de refuser un traitement en isolement total ou de quitter l'hôpital sans autorisation.

A Charlotte, la situation était pire. Depuis l'aggravation de nos problèmes, le service sanitaire local et le CDC avaient mis en place des mesures draconiennes. Personne ne devait accompagner le patient, aussi bien à l'intérieur qu'à l'extérieur de l'hôpital, à l'exception d'un seul parent par enfant de moins de douze ans. Et une fois hospitalisé, personne n'avait le droit de quitter l'établissement sans l'autorisation de la commission d'enquête médicale qui se réunissait une fois par jour. Toutes les interventions non urgentes furent annulées. Chaque membre du personnel médical était examiné avant de sortir, et chaque employé qui se portait malade devait se présenter à un poste de triage. La moindre tricherie ou demande abusive de congé maladie entraînait une mise à pied immédiate.

La mairie décréta un couvre-feu volontaire — obligatoire pour les enfants — sur toute l'étendue du comté de Mecklenburg. La Garde nationale et tout le personnel du SAMU furent réquisitionnés. Et l'on envisagea de prendre des mesures de précaution similaires jusqu'à la frontière sud de l'Etat, dans les comtés de Ford et de Dawkins.

Vers minuit, exténuée, je quittai enfin l'hôpital avec Shirley. Elle conduisit à une allure presque raisonnable — signe incontestable d'une extrême fatigue. Un silence de mort régnait dans les rues désertes. La voiture était toujours décapotée, et l'air glacial, parfois accompagné d'une natte aventureuse, me fouettait le visage. A notre arrivée, les chiens aboyèrent d'abord furieusement puis nous accueillirent en remuant la queue quand ils eurent reniflé notre odeur. D'un point de vue canin, cela signifiait que toute la nichée avait regagné le bercail et qu'il était temps de faire dodo. Pour eux, tout allait bien dans le meilleur des mondes. Nous autres, pauvres humains, n'avions malheureusement que quelques heures de sommeil en perspective avant de repartir à l'hôpital, où la panique ne tarderait pas à s'installer.

Shirley coupa le moteur, et le silence, à peine troublé par des jappements étouffés, nous enveloppa. Nous restâmes toutes les deux immobiles. L'air froid ne sifflant plus à mes oreilles, je commençai à me réchauffer un peu. Shirley ôta la clé de contact et la fourra dans sa poche.

— Nous allons papoter ou médire, commença-t-elle, son ton professionnel empreint d'une profonde lassitude. Nous allons nous vernir mutuellement les ongles des pieds ou parler de cul ou inventer des histoires à dormir debout. Mais nous ne parlerons pas de cette affaire ce soir — ou plutôt, ce matin. C'est d'accord ?

— Et que dirais-tu d'un petit dîner ?

— Je frémis à l'idée de ce que tu pourrais préparer. D'un autre côté, tu as affaire à une Anglaise intrépide dont les compatriotes ont sillonné la terre entière. J'ai moi-même vécu à Nairobi en pleine épidémie de choléra. Je suppose que je survivrai à un repas concocté par tes soins. Advienne que pourra !

Je m'esclaffai, le nez gelé.

— Ce n'est pas comme ça que j'envisageais les choses quand tu m'as annoncé ta venue. Et tu ne comptais certainement pas non plus passer l'essentiel de ton temps à l'hôpital, en plein drame.

— J'ai dit : pas un mot — et j'y tiens vraiment.

Je m'efforçai donc de ne pas céder à la déprime en songeant à Gloris qui m'avait aidée à ramener Marisa à la vie quand je craignais de la perdre. Son dévouement avait opéré des merveilles.

Craignant de ne pas être une hôtesse bien agréable, je descendis de voiture et allai ouvrir la porte. J'augmentai le chauffage et me lavai longuement les mains à l'eau très chaude. Je nous préparai ensuite une petite collation — le genre de mixture que j'improvise quand je suis seule et que le courage me manque pour sortir. Pendant ce temps, Shirley alla s'installer dans sa chambre et se familiarisa avec les chiens. Ses petits mots câlins et les morceaux de jambon que je lui donnai à leur intention firent merveille. Ils l'adoptèrent immédiatement. Cela dit, il suffisait de leur donner à manger pour s'assurer leurs faveurs.

A mesure que je me réchauffais, je sentis renaître ma fibre hospitalière. Je sortis deux boîtes de velouté aux tomates dans lequel j'ajoutai une boîte de tomates en cubes, de l'ail et du basilic. Je saupoudrai le tout de fromage râpé et servis l'épais potage avec des crackers au sésame à peine rassis. Ce n'était pas exactement la cuisine du Sottise, mais un agréable fumet parfumait la pièce.

Installées à la table que m'avait donnée miss Dee Dee, les chiens mastiquant un os en peau de buffle à nos pieds, nous savourâmes notre repas en évoquant des souvenirs de campus et en échangeant quelques nouvelles de nos amis communs. A court de commérages, nous nous détendîmes ensuite dans un silence complice, à peine troublé par le mâchonnement des chiens.

— Tu as gardé la vaisselle et l'argenterie, lâcha soudain Shirley sans lever les yeux de son assiette.

Je tressaillis comme sous l'effet d'une douche froide. Brusquement, l'épaisse soupe écarlate, dans l'assiette de porcelaine blanche des Rheaburn, me parut moins savoureuse.

— Crois-tu que John Micheaux, de la grande lignée sudiste, avait besoin de la vaisselle des Rheaburn ? répliquai-je avec une désinvolture affectée qui masquait mal mon amertume. Je ne sais même pas comment il s'est arrangé pour la compléter. A en croire John, l'aïeule des Rheaburn elle-même avait eu beaucoup de mal à faire exécuter ce dessin.

En fait, je n'avais jamais rencontré ma grand-mère, la grande dame du clan Rheaburn. Et le ton sarcastique de mes propos trahissait sans doute un certain dépit.

— As-tu envie d'en parler ? s'enquit Shirley, toujours sans me regarder.

— Que pourrais-je te dire ? Au décès de l'oncle de John, les Micheaux n'ont pas voulu abandonner la clinique familiale aux mains d'un médecin étranger. John a donc repris le flambeau, c'est tout.

Comme elle se taisait, je poursuivis mon monologue, mue par un étrange besoin de m'épancher.

— Nous avions échafaudé des projets communs, mais John n'a même pas cherché à en discuter. Du jour au lendemain, il a décidé de s'installer à Charleston en me mettant pratiquement devant le fait accompli. Je l'ai quitté quinze jours plus tard pour venir ici.

— Les gens changent, en effet, commenta-t-elle doucement en faisant tinter sa cuillère en argent contre la porcelaine. Les projets évoluent. Tu aurais pu rester quand même. Vous étiez sacrément bien assortis, tous les deux.

— Oui. Sans doute.

J'avalai une bouchée de pain et haussai les épaules.

— Mais ce n'était pas la première fois que John prenait seul une décision qui nous concernait tous les deux. Ça commençait à devenir une habitude.

Ma voix se fêla sur le dernier mot et je m'éclaircis la gorge.

— Je n'ai pas envie de vivre au gré des caprices de quelqu'un d'autre.

Parce que j'avais souffert des caprices de ma mère ?

J'écartai délibérément cette idée importune.

— Je veux garder un certain pouvoir sur ma vie, conclus-je.

Il me sembla alors avoir proféré une phrase magique, qui me libérait de tout regret, me rendait ma sérénité. Je levai les yeux, surprise de ce que je m'apprêtais à dire.

— Et tu sais quoi, Shirl ? Je me plais beaucoup ici. J'aime ma petite maison, j'aime la vie de province, j'aime cette région rurale. J'ai pris la bonne décision. Aucun doute là-dessus.

— Est-ce que tu es… heureuse ?

Je perçus une faille dans sa voix mélodieuse. Une ombre passa dans son regard soudain indécis.

— Probablement.

Je posai ma cuillère et passai une main dans mes cheveux, hésitante. Il ne fallait pas confondre bonheur et satisfaction.

— Je ne suis pas sûre, aujourd'hui, de savoir ce qu'est le bonheur, pas plus que je ne l'étais à la fac.

— Tu te souviens de cette soirée entre filles dans ton studio, où nous avons bu de la bière et rigolé, tard dans la nuit, en mangeant des cochonneries ? Marisa venait tout juste d'abandonner ses études pour se marier.

— Et vers 2 heures du mat', Cam est venu jouer les trouble-fête, complètement soûl, en pleurant sur son amour perdu. Il maudissait Steven de lui avoir pris Marisa et affirmait que la vie ne valait pas la peine d'être vécue.

Shirley opina avec un faible sourire. Elle but une gorgée de thé et écarta de son visage quelques tresses rousses dénouées par le vent.

— Tu ne parlais pratiquement jamais de ton enfance, à l'époque, me rappela-t-elle. Personne, parmi nous, ne devait savoir que tu appartenais à l'une des grandes familles du Sud.

Et nous ignorions que ta mère était décédée. Mais ce soir-là, tu venais tout juste de rencontrer John. Tu avais des étoiles dans les yeux. Et pour une raison quelconque, tu as entrouvert une porte sur ta vie — juste une toute petite brèche. Cam délirait littéralement. Tu lui as flanqué une bonne claque, puis tu lui as dit quelque chose que je n'ai jamais oublié. Tu as dit — et pardonne-moi si je déforme un peu : « La vie n'est pas toujours rose, mais tu te dois d'en tirer le meilleur parti ; car chaque jour, en te levant, tu verras ton reflet dans la glace. Et ça, tu ne pourras pas y échapper. » Ça lui a cloué le bec et tout le monde s'est tu. Et toi, tu as ajouté : « Où qu'on aille, on est toujours face à soi-même. »

Embarrassée, je haussai légèrement les épaules et gratouillai Peluche derrière les oreilles.

— Je suivais un cours de philo. On me bourrait le crâne avec des formules toutes faites.

— Tu es têtue, putain de merde, rétorqua-t-elle. D'accord, tu avais peut-être lu ça quelque part. Mais je crois quand même que tu exprimais là ta propre philosophie de la vie. Ton petit précepte personnel. Je crois qu'en ce bref instant, tu étais entièrement, parfaitement sincère. Et je t'ai écoutée. Je n'étais pas la seule, je pense. C'est ce qui a permis à Cam de se ressaisir et de se remettre à travailler dur. C'est ce qui m'a incitée à demander la nationalité américaine au lieu de retourner ouvrir un cabinet à Londres.

Je levai les yeux sur elle.

— Tu as fait ça ?

— Oui. Les miens l'ont très mal pris jusqu'au jour où j'ai proposé d'héberger ma petite sœur et de prendre en charge ses études ici. Depuis, elle me donne du fil à retordre, mais bon…

Bref, je crois que tu as été fidèle à ton principe en quittant John.

— J'ai été égoïste, ni plus ni moins.

Son sourire s'épanouit.

— Conneries. Tu t'es toujours jugée sévèrement.

— Et depuis quand essaies-tu de percer les secrets de mon âme, vilaine petite sorcière ?

— Figure-toi que j'ai effectivement une diseuse de bonne aventure parmi mes ancêtres… Plus sérieusement, je pense que tu seras heureuse n'importe où — toute ta vie.

— Est-ce que je dois toucher du bois pour conjurer le sort ? demandai-je, préférant éviter de la prendre au sérieux.

— Je ne suis pas superstitieuse, assura-t-elle en posant la main sur l'angle de la table en chêne. Il paraît que ça porte malheur ! Bon, maintenant, j'irais bien prendre une bonne douche et piquer un somme. Tu ne m'en voudras pas de me retirer tout de suite ? C'est un peu grossier de ma part de te laisser la vaisselle…

— Va te coucher. Je ne vais pas faire la vaisselle. Je suis un éminent médecin, à présent. Les médecins ne font pas la vaisselle, ils la font faire par d'autres.

— Oh, veuillez me pardonner, Votre Altesse, dit Shirley en se levant et en esquissant une révérence. Je ne voulais pas offenser Sa Majesté la reine… la reine de quoi, au juste ?

— La reine des gourdes. Allez, va vite prendre ta douche. Je ne sais pas si on peut prendre deux douches en même temps avec le chauffe-eau. Je prendrai la mienne tout à l'heure, après avoir débarrassé la table.

Quelques instants plus tard, alors que je rangeais le reste de soupe au réfrigérateur, j'entendis l'eau ruisseler dans la baignoire de la seconde salle de bains. Intriguée par ce bruit inédit, Belle alla jeter un coup d'œil dans le couloir. Presque aussitôt, l'eau cessa de couler, et Shirley vint me rejoindre, escortée par la chienne. Je casai la soupière dans un coin du frigo et me relevai.

— Dis donc, Rhea…

Debout sur le pas de la porte, les nattes aux trois quarts défaites, Shirley tenait une serviette de bain enroulée autour d'elle.

— Est-ce que ce type de Charlotte… comment s'appelle-t-il, déjà ?

— Smiley ?

— Oui, c'est ça. N'a-t-il pas dit que ses patients ne présentaient pas les mêmes symptômes que les tiens ?

Je refermai lentement la porte du frigo et me dirigeai vers le comptoir, près de la porte.

— Œdème, cloques… comme les effets du gaz moutarde, murmurai-je en me juchant sur l'un des hauts tabourets. Rien de comparable avec la phase terminale d'une tuberculose.

Je marquai une pause pour réfléchir. Le hululement d'une chouette, dehors, dans les bois, me fit penser à l'entrepôt incendié.

— Et les bidons ont été soumis à une chaleur importante avant d'être emportés, ajoutai-je. Avant d'être utilisés à la discothèque de Charlotte.

— Les radios de Gloris ne ressemblent pas tout à fait à celles des autres patients, n'est-ce pas ? s'enquit Shirley.

— Elles ressemblent peut-être davantage à celles des malades de Charlotte. Nous n'avons pas encore vu leurs radios, mais nous pourrions demander qu'on nous les envoie par MODIS…

— Hé-hé ! lança-t-elle en resserrant sa serviette autour d'elle. Voilà de brillantes déductions, mon cher Watson.

— Je crois qu'il va falloir retourner à l'hôpital.

— Non, décréta-t-elle avec toute l'autorité d'un chef de clinique. Il faut simplement passer quelques coups de fil aux médecins de garde. Et aller nous coucher. Une journée infernale nous attend, demain.

— Mais crois-tu qu'une forte chaleur puisse suffire à provoquer de tels changements ?

Elle haussa les épaules, la serviette laissant entrevoir la naissance de ses seins.

— Je n'en sais rien. Mais il n'y a pas d'autre différence entre les événements de Charlotte et ceux de Caroline du Sud.

Je ressentis un fourmillement subit dans les doigts.

— Si, répliquai-je avec une soudaine véhémence. N'oublions pas le débordement des fosses de l'élevage porcin au moment des crues.

Alertée par mon brusque changement de ton, Belle se précipita en aboyant vers la porte d'entrée.

Je pivotai sur mon tabouret qui émit un grincement aigu.

— Et si cette bactérie mutait sous l'effet d'un agent pathogène entérique ?

— Oh, merde alors ! murmura Shirley. Je n'en reviens pas.

— Et si nous procédions à une culture au labo en mélangeant les deux organismes ?

Elle courut chercher son téléphone dans sa chambre et revint aussitôt. J'appelai les chiens qui aboyaient maintenant tous les deux dans l'entrée et les fis taire pendant que Shirley s'entretenait avec ses confrères d'Atlanta puis de Charlotte. Elle appela ensuite le labo de l'hôpital pour demander que plusieurs cultures du groupe A soient repiquées dans un nouveau milieu, au contact d'un seul filament de l'agent pathogène entérique prélevé sur les blessures des patients récemment décédés. En dernier lieu, elle demanda que les clichés pulmonaires de Gloris soient comparés à ceux des précédents patients.

Quand elle s'arrêta enfin — la majorité de la population ronflait au fond de son lit, ce qui l'empêchait d'appeler toutes ses connaissances —, elle leva les yeux sur moi et hocha lentement la tête.

— Bel exemple de symbiose, murmura-t-elle.

19.

Ta petite bestiole

Le lendemain matin, mon réveil et le téléphone sonnèrent simultanément. Beaucoup trop tôt. J'assenai un coup de poing au réveil, allumai ma lampe de chevet et décrochai le combiné. Un courant d'air sur mon dos nu me fit frissonner.

— … lô…

Ma voix était aussi éraillée que le son d'un vieux transistor. Je refis une tentative.

— Allô ?

— Le petit déjeuner sera servi dans vingt minutes. Il y a des biscuits maison, des œufs au bacon et des gaufres au sirop d'érable comme vous les aimez. Avec des oranges pressées.

J'entendis des bruits de casseroles mêlés au ronronnement du four à micro-ondes.

— J'ai aussi préparé des chaussons aux pommes, des toasts au pain de campagne et du fromage blanc aux fruits et au miel. Miss Marisa est prête ; elle attend avec impatience de voir miss Shirley. Café ou thé, pour vous ?

Shirley apparut sur le pas de ma porte, les cheveux en bataille et bâillant à se décrocher la mâchoire.

— Miss Essie me dit que le petit déjeuner est prêt si nous pouvons être là-bas dans vingt minutes, répétai-je.

— Oh, Bonne Mère ! s'exclama-t-elle, soudain réveillée. Son pain de campagne me met déjà l'eau à la bouche. Je serai habillée dans moins de dix minutes.

Et elle reprit aussitôt le chemin de sa chambre.

— Thé pour Shirley, café pour moi, miss Essie. Nous arrivons tout de suite.

Nous fûmes prêtes en un clin d'œil. Après avoir jeté nos sacoches dans nos voitures, nous traversâmes à pied le petit ruisseau qui séparait mon jardin de celui de Marisa, les chiens effectuant dix allers-retours pendant le trajet, la queue frétillante. L'air se condensait devant nos bouches en petits nuages blancs rapidement dissipés par le vent glacial.

Miss Essie nous accueillit sur le seuil, s'affairant autour de nous avec son autorité coutumière.

— Accrochez-moi ces vestes derrière la porte, ordonna-t-elle en pointant le bras vers la patère, dans une envolée de châle mauve. Et dites à ces chiens de se tenir tranquilles ou je les renvoie dehors, à leur place. Et vous, venez un peu par ici, miss Shirley. Voilà bientôt trois ans que je vous ai pas vue.

Elle serra Shirley dans ses bras et caressa sa crinière rousse, scrutant un moment ses yeux pétillants comme elle le faisait toujours en retrouvant quelqu'un après une longue séparation.

— Vous n'avez pas changé. Non, pas du tout, affirma-t-elle en lui tapotant les joues. Mais vous avez une nouvelle fréquentation. Oh, Seigneur Dieu !

Elle recula de deux pas, les sourcils froncés.

— C'est ce Cameron Reston. Quel dommage, mon petit, vous ne savez donc pas qu'il est mauvais pour vous ? Il vous fera du mal, ça fait pas l'ombre d'un doute.

— C'est juste un ami, miss Essie, je vous assure.

Mais les joues rondes de Shirley, déjà rougies par le froid, s'empourprèrent davantage.

Miss Essie émit un bougonnement goguenard.

— Ce garçon-là n'a jamais été l'ami d'aucune femme dans sa vie, excepté miss Rhea.

Plissant les yeux, elle me détailla de la tête aux pieds pour s'assurer que j'étais correctement vêtue. Je portais un soutien-gorge sous mon T-shirt de travail, et un chandail par-dessus. Je ne tenais pas à lui donner des raisons de me priver de mes gaufres préférées. J'en salivais à l'avance.

— Bonjour, miss Essie, déclarai-je poliment en intimant le silence à mes chiens.

Belle s'assit sur mon ordre, et pour une fois, Peluche l'imita, sa langue rose pendouillant de façon comique.

Comment sait-elle ? me demanda Shirley en remuant silencieusement les lèvres, les yeux écarquillés. *Lui as-tu dit ?*

Non, répondis-je de la même façon.

J'ignorais totalement d'où miss Essie tenait toutes ses informations. Il lui suffisait parfois de regarder quelqu'un pour apprendre ce qu'on ne lui disait pas. C'était inexplicable. Si le gouvernement avait pu s'assurer ses services, la vie privée des gens en aurait pris un rude coup.

— Salut, Shirl.

Marisa était apparue dans l'encadrement de la porte, son ventre proéminent étirant l'étoffe de sa robe à fleurs. Ses longs cheveux blonds étaient noués en torsade sur sa nuque. Malgré son visage bouffi et ses pieds enflés dans ses mules roses, elle était impeccable, comme d'habitude.

Shirley se précipita vers elle en poussant un cri de joie. Elle l'enlaça affectueusement, puis posa les mains sur son abdomen en roucoulant comme une fermière anglaise.

— Regardez-moi ça… Oh ! là, là, ma petite chérie ! Tu vas avoir un *bébé.* Est-ce qu'il donne déjà des coups de pied ? Est-ce que tu le sens bouger ? C'est un garçon ou une fille ? Que dit ton médecin ? Le col est-il dilaté ? Il est descendu, n'est-ce pas ? Bonté divine, quand dois-tu accoucher ?

Reprenant machinalement ses gestes professionnels, elle promena les mains sur son ventre, lui tâta le pouls et écouta sa respiration.

— Ces stupides médecins ne savent pas, au juste, répondit Marisa, mutine, en me surveillant du coin de l'œil.

Avec un soupir, j'allai m'asseoir à ma place habituelle et remplis de café la tasse de miss Essie et la mienne. Marisa buvait du décaféiné, et le thé de Shirley infusait dans une théière ventrue en faïence verte. Je servis tout le monde et souris en regardant mes deux amies.

— Pour le bébé, je ne sais pas. Ce sera un garçon ou une fille, ajouta Marisa en haussant les épaules.

— Par opposition à un bovin quelconque, je suppose ? dit Shirley en riant.

— Moi, je suis bovine, répliqua Marisa avec aisance. Je suis une grosse vache.

Elle s'exprimait vraiment de mieux en mieux. Il fallait espérer que l'accouchement ne la ferait pas régresser. J'aurais aimé qu'on pratique une césarienne, mais Marisa avait refusé, approuvée par son médecin. Selon lui, rien ne s'opposait à ce qu'elle donne naturellement naissance à son enfant.

— Balivernes, affirma Shirley. Tu es absolument superbe et je ne veux pas t'entendre dire le contraire. Toutes les femmes enceintes sont belles.

— Toutes des vaches, insista Marisa.

Il devait être bien difficile pour elle de trouver ses mots, mais malgré ses troubles du langage, elle se comportait avec tout l'aplomb d'une vraie Stowe.

— Asseyez-vous, miss Risa. Y faut que les docteurs partent à l'hôpital. Elles sont pressées, avec ce fléau qui nous est tombé dessus.

— Pas de shopping ? demanda Marisa d'un ton plaintif.

— Missy Rhea n'a pas le temps de vous emmener faire des courses aujourd'hui.

Je réprimai un soupir de soulagement, vite altéré par un soupçon d'inquiétude : pourquoi ce « missy » plutôt que « miss » Rhea ? Chez Essie, ce n'était pas très bon signe.

— D'ailleurs, vous êtes trop près du terme pour courir les magasins, maintenant. Ce bébé doit arriver dans deux ou trois semaines. Missy Rhea n'a qu'à emporter les listes que nous avons faites, et puis les photos. Elle achètera tout ça elle-même.

J'aurais dû m'en douter.

— Tenez, missy Rhea, tout est là. Le bébé ne va pas tarder à arriver, donc il faudrait aller chercher tout ça ce soir, compris ? m'ordonna-t-elle en me fourrant dans les mains une liste accompagnée d'une pile de photos découpées dans des magazines. Elle a récupéré le berceau de famille des Stowe, mais elle va avoir besoin très vite d'autres choses — surtout des couches en tissu. Ici, on ne se sert pas de couches jetables, non, madame.

Elle se tourna vers sa protégée.

— Miss Marisa, asseyez-vous. Elle commence à avoir des contractions. Miss Shirley, prenez la poêle avec les œufs ; vous n'êtes pas une invitée ici, et c'est pas parce que vous êtes médecin que vous n'aurez plus rien à faire à la maison. Miss Rhea, coupez-moi ce pain de campagne en tranches ; tenez, voilà la planche et le couteau à pain. Moi, je vais apporter les biscuits et le bacon. Miss Marisa, mettez donc les morceaux de fruits dans le fromage blanc et ajoutez un peu de ce bon miel de pays. Vous n'êtes pas invalide, vous êtes juste enceinte. Ce miel-là, il vient de la ferme Dunstan Ferry — un bon miel d'acacia, parfumé comme tout, mis en pot chez le producteur.

Empressée, intarissable, tyrannique, miss Essie nous fit asseoir à table et servit le petit déjeuner en un temps record. Si la perspective d'aller courir les magasins me gâcha quelque peu le plaisir du repas, je pus néanmoins me gaver de gaufres, de café, d'œufs au bacon et de chaleur amicale avant de reprendre le chemin de l'hôpital.

Une scène comparable à celle qui régnait à Charlotte la veille nous attendait sur le parking des médecins. La police, la gendarmerie et la Garde nationale avaient jalonné les allées de barricades. Une annexe avait été ajoutée au parking des visiteurs sur le pré qui prolongeait l'aire d'atterrissage de l'hélicoptère du SAMU. Et une table de triage avec des bancs pour les patients et un écran portable était installée sous le portique du sas des ambulances. Un enfant et sa mère étaient assis là, grelottant en plein vent.

A l'intérieur attendait déjà une vingtaine de personnes. Seuls les patients eux-mêmes ou les enfants accompagnés d'un de leurs parents étaient autorisés à entrer. Les autres étaient poliment raccompagnés à leur voiture par un garde national muni d'un masque filtrant et de gants protecteurs.

— Ma parole, voilà un bon moyen de réduire au minimum la panique dans la population, chuchota Shirley. Un militaire masqué et ganté… Putain, c'est charmant !

— Oui, n'est-ce pas ?

Nous nous séparâmes à l'entrée. Shirley se rendit à son bureau improvisé avant d'aller travailler au service de bactériologie du labo, et je pris le chemin des urgences. Au mépris de tous les règlements internes, il y avait encore un poste de télévision dans la salle de repos. Wallace Chadwick se tenait à un mètre de l'appareil et zappait d'une chaîne à l'autre avec la télécommande, le visage hagard.

Sur l'écran alternaient images filmées aux abords des hôpitaux de la région, appels au calme lancés par les autorités locales, rediffusions de l'émeute de la veille à l'hôpital de Charlotte et commentaires formulés par des journalistes qui affichaient une mine de circonstance, leur masque filtrant accroché au cou comme s'ils se tenaient prêts à interviewer un mourant. Des directeurs d'école vinrent expliquer pourquoi leurs établissements avaient fermé leurs portes. Les églises, les magasins et la plupart des lieux publics où l'épidémie pouvait se propager commençaient également à fermer. Le personnel des usines se faisait porter pâle en signe de protestation collective. Bref, le soleil se levait à peine que la frénésie des médias produisait déjà des ravages.

Wallace arrêta son zapping sur une chaîne religieuse régionale diffusée par Charlotte. Le père Agneau Sexton prêchait devant un auditoire impressionnant. Il s'agissait d'une retransmission, le sermon — qui annonçait, comme toujours, la fin du monde — ayant été prononcé la veille. Trempé de sueur, la cravate de guingois, le pasteur gesticulait comme un fou, vociférant, tonitruant :

— Les fléaux des Derniers Jours sont arrivés ! C'est l'ultime assaut de l'Antéchrist ! Préparez-vous pour la bataille finale d'Armageddon, qui va anéantir notre monde !

J'avais entendu parler d'Armageddon. J'avais entendu parler de fléau. Mais le père Agneau méritait d'être écroué pour attiser ainsi l'affolement en jetant de l'huile sur le feu. Haletant, le visage congestionné, il semblait sur le point de « péter les plombs », selon l'expression favorite d'Arlana.

— Ils ont violé les Ecritures, brisé le sceau divin, méprisé la Parole de Dieu ! Voici venue l'heure du châtiment divin pour les suppôts de Satan, les jouisseurs impies et les agnostiques. La Terre sera mise à feu et à sang ! Apportez tous vos biens matériels, venez avec vos proches et ceux que vous aimez dans l'enceinte du Seigneur. C'est votre unique chance de salut.

Il marqua une pause, reprenant son souffle.

— Alors, ensemble, tandis que le reste du monde disparaîtra autour de nous, nous terminerons l'enceinte. Nous deviendrons les 144 000 sages épargnés par le glaive divin. Et tous ensemble, nous achèverons l'édifice... et la prophétie de Sion sera réalisée ! vociféra-t-il dans une grande envolée lyrique.

Je me souvins d'avoir déjà entendu ces propos, au service des admissions, le jour où une employée avait sollicité sa bénédiction. Décidément, le bonhomme avait le sens de l'opportunité, et il savait parler aux foules.

— Mes bien chers frères, mes bien chères sœurs, poursuivit-il, êtes-vous sûrs de vivre dans la pureté ? Vous efforcez-vous de maintenir la pureté des races telle que Dieu l'a voulue ? Car chaque être humain est unique et précieux à ses yeux à condition de se préserver intact par de chastes pratiques sexuelles limitées aux liens matrimoniaux. Vos corps et vos âmes sont-ils purs ? Ne cédez-vous jamais à…

Wallace lui cloua le bec en changeant de chaîne.

— Complètement taré, grommela-t-il.

— Sans aucun doute, mais je parie que les gens font la queue en ce moment même pour pouvoir entrer dans sa fameuse « enceinte ».

— Ce type est un escroc, un lâche et un imposteur. Il se réfugie derrière l'ambiguïté de la Constitution dans le but de débiter ses boniments, prétendant défendre la pureté de chaque race au lieu d'avouer simplement son racisme. Il évite de justesse l'incitation à la haine.

— Il cherche à se faire du fric. Un point, c'est tout, répliquai-je avec un haussement d'épaules.

Il avait trouvé un filon et entendait l'exploiter jusqu'au bout.

— Tu remarqueras qu'il ne se joint jamais aux aumôniers et autres ecclésiastiques qui viennent assister les malades. Cet énergumène préfère vociférer des slogans racistes à l'antenne, bien à l'abri de l'épidémie.

Surprise, je me tournai vers Wallace.

— Il y a des prêtres dans l'hôpital ? Je croyais que l'accès était strictement réservé au personnel médical et aux patients.

— Ils ont insisté. Tous les quatre ont signé des décharges qui exemptent l'hôpital de toute responsabilité et consenti à porter des masques, des gants et des blouses en papier. Ils ne peuvent pénétrer dans les chambres que sur autorisation expresse des infirmières. L'un d'entre eux les aide même à vider les bassins. Ils affirment qu'ils ne font que leur devoir de chrétiens.

Il se détourna de l'écran et alla se servir un café.

— Du point de vue strictement médical, ça ne me plaît pas tellement, mais ils ont accepté de se soumettre à un examen avant de franchir les portes de l'établissement, à l'entrée et à la sortie. Comment ne pas admirer leur dévouement ? Et c'est le père Billings, le pasteur de ma paroisse, qui dirige le groupe.

— Ah, oui ?

Sur ces entrefaites, mon portable sonna. Je le sortis de mon sac tandis que Wallace terminait son café et retournait s'occuper des patients. Je fermai la porte derrière lui afin de ne pas provoquer d'interférences avec le matériel du service.

— Allô ?

— Tu as eu de l'intuition à propos de Leon Hawkins, m'annonça Mark.

— Bonjour quand même, répondis-je tout en mettant mon masque antibactérien autour du cou.

— Hmm… Miss Dee Dee est en taule, non ? Elle ne peut pas appeler Clarissa pour se plaindre de moi.

Clarissa Stafford, la mère de Mark, avait été une amie d'enfance de Dee Dee. Soucieuse d'enseigner à son fils les bonnes manières, elle l'avait même inscrit aux cours de savoir-vivre que dispensait la « grande dame » du comté.

— Effectivement, admis-je en riant. Mais avec miss Dee Dee, on ne sait jamais. Elle m'a récemment appelée en pleine nuit, pendant la tempête, pour me demander une faveur.

— Bonjour, alors, lâcha-t-il de mauvaise grâce. Ecoute, j'ai appris des choses intéressantes : Leon Hawkins, le Noir qu'on a retrouvé pendu sous un pont, travaillait le week-end à Killan's Mill pour arrondir ses fins de mois.

— Il aurait donc forcément remarqué tout produit entreposé ou retiré des locaux — comme une série de bidons.

— J'ai également découvert ce qu'il faisait pendant la guerre du Golfe. Il était avec les Rats du Désert mais pas dans le commando d'Ellis. A l'époque, Hawkins était soldat de la Garde nationale ; il n'a jamais été dans la marine. Mais il a fait partie d'une unité qui contrôlait la reddition de plusieurs installations ennemies. Il faut que tu vérifies auprès de ton informateur s'il se trouvait à proximité de l'endroit où l'usine clandestine a été découverte.

Je réfléchis un instant. Le récit du parcours militaire de Hawkins me rappelait vaguement quelque chose, mais quoi ? Le souvenir demeurait imprécis.

— Entendu. Je le ferai, promis-je.

Je tournai la tête vers la télévision où l'on voyait maintenant des images du comté de Dawkins. A proximité de l'entrepôt incendié, des hommes chaussés de cuissardes et vêtus de combinaisons jaunes protectrices pataugeaient dans l'eau calme du ruisseau. Certains d'entre eux ressemblaient à des militaires. Des espions envoyés par le vice-amiral Goldfarb ? Des gens de la Sécurité nationale ?

— Très bien. Oh, et à propos de l'éventuel tatouage dont tu avais parlé… Hawkins en avait un, tout frais, sur la poitrine. Une étoile à six branches, en effet. Tout à fait du genre de celles qu'on a trouvées sur certains détenus lors de la prise d'otages à la maison d'arrêt. Bon, je crois que je n'arriverai jamais à rattraper un peu de sommeil, maugréa-t-il en bâillant. Appelle-moi s'il te vient une autre idée.

La communication s'arrêta net. Ce n'était pas la politesse qui allait l'étouffer, pensai-je.

Avant le début officiel de mon tour de garde, j'envoyai un message au vice-amiral Goldfarb, lui posant la question de Mark. J'en ajoutai quelques-unes de mon cru — d'importance sans doute secondaire car les fourmillements que je ressentais dans les doigts depuis que Mark m'avait parlé de Hawkins semblaient dépourvus de motif. Peut-être ne servaient-ils qu'à me rappeler à mon devoir auprès des patients.

Heureusement, j'étais encore seule quand le standard des urgences me transmit un appel. Une voix féminine me pria de ne pas quitter, elle allait me passer un certain juge Goth.

— Goth ? répétai-je bêtement.

— Oui. Voulez-vous patienter ? Je vous passe le juge.

Une musique suave prit le relais, et je compris brusquement de quoi il s'agissait. Il y avait à peine quelques jours, miss Dee Dee m'avait dit qu'elle demanderait au juge de m'appeler. J'avais l'impression que cela faisait des semaines.

— Docteur Lynch ?

— Oui, elle-même.

— Merci d'avoir pris mon appel, docteur, dit le juge d'une voix de baryton qui s'accordait assez bien à son nom médiéval. Vous n'ignorez pas, je crois, que Mlle Stowe a sollicité son transfert dans un autre établissement.

— Je suis au courant, en effet.

— Sans doute êtes-vous consciente qu'il s'agit de lui accorder l'accès à un établissement privé luxueux, qui correspondrait davantage à son niveau de vie antérieur.

— Je comprends, murmurai-je. Mais son niveau de vie antérieur l'a conduite à se ruiner au jeu et à attenter à la vie d'autrui. J'espère que ses activités seront étroitement contrôlées.

— Sans doute plus rigoureusement que ne l'a fait l'Etat, répliqua le juge. Cette femme est censée être enfermée, sous traitement médical sévère, sans visites ni accès au téléphone. Elle s'est pourtant arrangée pour trouver mon numéro personnel, celui de mon portable et de mon club de loisirs, et m'a appelé inlassablement pendant plusieurs jours. J'ai également appris qu'elle vous avait informée par téléphone de ses démarches actuelles.

— C'est exact. A-t-elle accès à Internet ?

— C'est le seul moyen de communication qui lui soit autorisé — sous étroite surveillance, bien entendu. Elle a été privée de sa capacité juridique lors de son incarcération, mais les médecins ont suggéré qu'elle retrouve progressivement quelques privilèges à mesure de ses progrès. Tant qu'elle n'aura pas été estimée mentalement capable de passer en jugement — notamment, de comprendre ce qui lui est reproché —, elle ne retrouvera pas le plein exercice de ses droits civiques. Son accès à Internet pose-t-il un problème ? A-t-elle essayé d'entrer en contact avec des membres de sa famille ?

— Non, je ne crois pas. Mais on peut découvrir une foule de renseignements par Internet. C'est sans doute ainsi qu'elle a obtenu vos numéros de téléphone. Et si elle a pu se procurer un jeu de cartes, elle aura également trouvé le moyen d'entraîner quelque surveillant dans une petite partie de poker et de lui soutirer l'autorisation d'utiliser le téléphone. Aux cartes, elle est absolument imbattable.

— Je vais en avertir les responsables. Quel est votre sentiment concernant sa sollicitation de transfert dans un autre établissement ?

— Qui réglera les frais du déplacement et le coût du luxe auquel elle aspire ?

— Une coquette dépense mensuelle, croyez-moi.

Il avança un chiffre qui me laissa sans voix.

— Je lui ai bien expliqué qu'il n'est pas courant d'autoriser un criminel à bénéficier des fastes de cette clinique, poursuivit-il. Mais comme elle a les moyens de se l'offrir et que son départ permettra d'économiser l'argent des contribuables, je pensais lui accorder ce privilège à titre d'essai. Miss Stowe semble avoir compris qu'à la moindre incartade ou au premier retard de paiement, elle réintégrera immédiatement l'établissement psychiatrique public.

Je soupirai.

— Entendu, monsieur le Juge, qu'elle aille à Silver Lakes. Je veux bien accepter un transfert latéral, mais je m'opposerai toujours à son passage dans un centre de réadaptation ou en liberté conditionnelle ou surveillée. Même au cas où les experts l'estimeraient capable d'être jugée, je refuse qu'on la libère. J'espère que vous me comprenez.

— Parfaitement, docteur Lynch. Je vais donc donner mon agrément à la requête de Mlle Stowe, afin qu'il prenne effet immédiatement.

J'entendis un froissement de papiers en bruit de fond et une voix féminine murmura quelque chose d'inaudible.

— Merci de m'avoir accordé un moment, docteur Lynch.

— Je vous en prie, monsieur le Juge.

Après avoir raccroché, je restai assise dans la pénombre, regardant devant moi sans rien voir. Comment miss Dee Dee s'arrangeait-elle pour exercer encore, à distance, une telle emprise sur ma vie, tirant des ficelles, influençant mes émotions et mon quotidien ?

J'éprouvais des sentiments confus, voire contradictoires, à son égard. C'était grâce à elle que je pratiquais la médecine, grâce à elle que mon enfance ne m'avait pas anéantie, que j'avais acquis un certain raffinement alors que j'aurais pu mal tourner ou me laisser entraîner dans une spirale de rébellion autodestructrice. Elle m'avait appris à monter à cheval, à distinguer les différentes espèces d'arbres et de plantes dans sa propriété, à évoluer avec aisance dans n'importe quel milieu social. Ma belle table ancienne en noyer provenait de son grenier. Ensuite, hélas, elle avait voulu me supprimer. Je soupirai profondément, le cœur serré.

Des coups frappés à la porte me sauvèrent de l'accablement qui s'emparait insidieusement de moi.

— Oui ? lançai-je en me redressant sur ma chaise.

Shirley apparut dans le halo de néon provenant du couloir et s'approcha de moi, le regard animé.

— Deux choses, m'annonça-t-elle en guise de préambule. Tu ne devineras jamais tout ce que j'ai pu apprendre sur ta petite bestiole.

Elle referma la porte derrière elle et s'assit sur le bureau, les mains à plat sur ses cuisses, les jambes ballantes.

— J'ai tous les résultats du génotypage, à présent. Bien que les souches soient désormais différentes, celle de Dawkins et celle qu'on a prélevée sur les patients de Charlotte semblent provenir du même organisme. Si cette bactérie n'a probablement jamais été tout à fait stable, elle est réellement devenue mutagène, sans doute à cause de son exposition à une chaleur extrême lors de l'incendie de l'entrepôt. Il y a donc maintenant deux souches principales du micro-organisme, déclara-t-elle en brandissant un index. Et plusieurs petites arborescences qui continuent à se former pendant que je te parle.

Elle continua d'illustrer son propos en agitant tous les doigts.

— Il y a eu au moins trois sous-mutations ici, à Dawkins, qui se réalisent par un échange de protéines dans la structure de l'ADN et ne se sont pas manifestées à Charlotte. Je sais bien que la question n'est pas là mais c'est fascinant. Je n'ai pas pu m'empêcher de retourner au labo pour effectuer quelques manipulations. Mais revenons-en à ta bactérie : une sale petite bestiole, je t'assure. Est-ce que l'entérotoxine staphylococcique B te dit quelque chose ?

Je me demandai où pouvait nous mener ce passage de « mon » petit strepto à un staph, mais le discours animé de Shirley m'intriguait.

— C'est une toxine produite par le staph B, qu'on trouve assez communément dans les cas d'intoxication alimentaire, répondis-je. J'ai eu un patient, à Chicago, chez qui elle avait provoqué des symptômes de choc septique, mais ce genre de réaction est rarissime.

— Exact. Mais le staph B a été utilisé dans des attentats terroristes sous forme d'aérosols — et en pareil cas, le syndrome de choc septique est beaucoup plus courant chez les victimes. Dans les cas bénins, les effets de l'entérotoxine sont combattus par le système immunitaire du patient lui-même. La toxine se fixe sur le complexe majeur d'histocompatibilité, créant des molécules qui stimulent la production de lymphocytes T. Ces lymphocytes T stimulent à leur tour la sécrétion et l'excrétion de plusieurs cytokines, lesquelles combattent les effets toxiques de l'entérotoxine staphylococcique B.

— Ce qui signifie que la maladie produit son propre remède. Elle s'autorégule.

— Parfaitement. Ce jour-là, au moins, tu ne dormais pas en cours ! Seulement, dans les cas plus sévères, le complexe majeur d'histocompatibilité n'est pas assez important pour fixer toutes les toxines, de sorte qu'on assiste à des syndromes de choc septique foudroyants. Deuxième point : ta bestiole…

— J'aimerais vraiment que tu cesses d'appeler ça « ma » bestiole.

— … ne possède pas dans la membrane les protéines qui permettent au staph de produire son entérotoxine. De fait, ce n'est pas un staph mais un strepto qui a été modifié pour sécréter de l'entérotoxine. Toutefois, au lieu de se fixer sur le complexe majeur d'histocompatibilité, nous supposons qu'il se fixe sur plusieurs protéines et facteurs de coagulation, particulièrement dans une atmosphère riche en oxygène. Les protéines en question inhibent l'aptitude qu'a l'organisme de libérer — entre autres — du calcium. Et cet effet s'accroît considérablement en présence de différents agents pathogènes entériques.

— Ceci expliquerait pourquoi les patients qui avaient été en contact avec l'eau contaminée en aval de l'entrepôt et de l'élevage porcin étaient atteints d'hémorragies incurables. Et pourquoi les résultats des taux de prothrombine augmentaient : parce que certains facteurs de coagulation étaient mobilisés en dehors des véritables processus de coagulation.

— Tout à fait. Et comme la bactérie a besoin d'oxygène supplémentaire, l'hémorragie commence forcément par les poumons. Quelqu'un est en train de vérifier si la pétéchie qui apparaît sur le derme des patients se forme d'abord dans les artérioles. Dans l'affirmative, cela confirmerait notre théorie. Brillant, n'est-ce pas ?

Toutes les perspectives sur lesquelles débouchaient ces informations se bousculaient dans ma tête.

— Je devrais recevoir incessamment les comptes rendus initiaux des examens post-mortem effectués sur les premiers patients.

— En fait, le CDC les a déjà, avoua Shirley d'un air faussement penaud. Quelqu'un a dû tirer des ficelles… Tu recevras tes exemplaires par la voie habituelle. Mais si nous avons vu juste quant à la capacité de liaison protéique de l'entérotoxine, nous pouvons intervenir…

—… avec du plasma fraîchement congelé, enchaînai-je en me levant lentement. De l'albumine. Des choses que nous conservons en permanence dans la banque du sang.

Mes yeux rencontrèrent ceux de Shirley qui luisaient dans la pénombre comme des gemmes, et j'ajoutai :

— Des choses que nous aurions données aux patients atteints d'hémorragie s'ils avaient vécu quelques heures de plus.

— A présent, nous allons les leur donner de façon préventive. Génial, non ? A la première toux, hop ! Ainsi, l'organisme et les antibiotiques auront le temps de réagir avant que la bestiole n'ait achevé son hôte. Et en admettant que l'entérotoxine streptococcique soit elle-même assez stable, comme l'est la toxine du staph B, nous allons faire une prise de sang à chaque patient et l'envoyer au CDC qui l'analysera afin de voir si nous pouvons la récupérer et l'isoler pour l'examiner.

Je me dirigeai vers la porte et l'ouvris tout en parlant.

— Je vais faire un groupage sanguin à Gloris avant de lui transfuser du plasma.

— Ça ne marchera pas forcément, tu sais. Ce n'est qu'une malheureuse hypothèse, après tout.

— Peut-être, mais c'est la meilleure que nous ayons eue jusqu'ici. Et si le plasma ne lui fait pas de bien, il ne peut pas lui faire de mal.

— Ma seconde nouvelle ne t'intéresse pas ?

— Si.

Ce n'était pas tout à fait vrai. J'avais seulement envie de répandre l'info que je venais de recevoir et de mettre au point un protocole de traitement pour nos patients. Pourtant, je m'arrêtai sur le pas de la porte, le néon du couloir éclairant la petite salle obscure du MODIS.

— Menteuse, me lança Shirley. Mais ça va t'intéresser : Cam arrive.

— Ici ? demandai-je bêtement.

— Ici même. Il descendra à ton motel miteux. N'est-ce pas merveilleux ?

— On va le mettre au boulot. Il ne s'en tirera pas comme ça sous prétexte qu'il est mignon.

— C'est évident. Il ne faut jamais dorloter les beaux mecs. Ça les fait bander.

Je lui souris. Assise sur le bureau, elle continuait à balancer les jambes.

— Je suis contente que tu sois là, lui dis-je.

— Moi aussi. Et nous irons dîner au Sottise, c'est promis.

Elle sauta par terre et prit le couloir vers la droite, en direction de son QG. Pour ma part, je filai directement vers la chambre de Gloris.

Sa porte était fermée, et le filtre à air ronronnait discrètement en aspirant l'air sous la porte close pour éviter tout risque de contagion. Mon masque antibactérien étroitement fixé sur mon visage, je frappai et entrai. La pièce était plongée dans la pénombre, stores descendus. Le poste de télévision accroché au mur était allumé sans le son. Des images du mouvement de panique de la veille défilaient en silence sur l'écran. Quant à Gloris, elle était recroquevillée sur le lit, face à la fenêtre.

— Gloris ?

Lorsqu'elle se tourna vers moi, j'aperçus aussitôt le gonflement autour de sa bouche et de ses yeux : un œdème qui pouvait aisément évoluer vers des vésicules semblables à celles que provoque le gaz moutarde.

— Salut, toubib, articula-t-elle d'une voix enrouée.

Sa respiration émettait un bruit de soufflet de forge.

— Voudriez-vous jouer les cobayes ? lui demandai-je.

Elle ouvrit de grands yeux.

— Vous avez découvert un traitement ?

— Peut-être, répondis-je prudemment.

Je m'approchai tandis qu'elle actionnait la manette électrique du lit pour se redresser.

— Ça ne peut pas vous faire de mal, en tout cas. Je vais demander à Douglas de vous prescrire des diurétiques et du plasma frais — et un peu d'albumine, éventuellement.

Je lui expliquai sommairement ce que nous avions appris au sujet du streptocoque responsable de son infection, précisant que des mesures simples pourraient peut-être ralentir la progression de la maladie afin de donner le temps aux antibiotiques d'agir.

Gloris ne se contenta pas d'acquiescer, elle décrocha immédiatement le téléphone pour appeler le labo. Tout en refermant la porte derrière moi, je l'entendis donner son groupe sanguin et demander qu'une unité de sang soit décongelée et préparée pour elle. Le labo ne le ferait certainement pas sans l'ordre d'un médecin, mais ce n'était plus qu'une question de minutes, à présent.

Je retrouvai Douglas Byars, à peu près aussi frais qu'un zombie, assis devant le Dictaphone. Le dossier de Gloris était ouvert devant lui. Visiblement accablé, il leva les yeux sur moi. Quelque chose dut transparaître sur mon visage car il se redressa vivement, le regard soudain attentif.

— Du nouveau ? Il y a du nouveau ? s'enquit-il, fébrile.

Quand je lui eus brièvement exposé ce que nous venions de découvrir, il laissa tomber sa tête sur ses bras avec un soupir. Quelques secondes plus tard, il riait, d'un rire encore mal assuré.

Avec l'assistance de quelques membres du personnel médical et la théorie de liaison protéique de Shirley, Douglas, Wallace et moi conçûmes un protocole de traitement provisoire de la pneumopathie atypique. Taylor Reeves se libéra de ses obligations militaires de garde national pour venir nous donner un coup de main. Les soldats de Charleston étant arrivés, il était prêt à reprendre ses fonctions de médecin.

Puisque la bactérie avait besoin d'évoluer dans un milieu riche en oxygène, nous décidâmes de supprimer l'oxygène administré aux patients ou de diminuer son débit, pour les plus atteints.

Puis, comme la phase initiale de la maladie se manifestait par des œdèmes interstitiels entre les alvéoles, nous prescrivîmes de puissants diurétiques et établîmes un programme complet de plasma frais et d'albumine à l'intention de tous les patients qui présentaient des symptômes de pneumopathie atypique ou de SCA — syndrome de coagulation atypique.

Gloris reçut sa première dose de plasma frais et deux ampoules d'albumine à 25 % dès le mercredi après-midi — soit deux heures après ma conversation avec Shirley. Trois heures plus tard, elle signalait une amélioration de ses fonctions respiratoires. Ce n'était pas un vœu pieux : son taux de saturation en oxygène remontait, bien que l'administration d'oxygène lui ait été supprimée. Encouragés par ces progrès, nous administrâmes du plasma frais à tous les patients, y compris à deux des quatre frères qui n'avaient pas succombé à la maladie, ainsi qu'à leur mère. Nous envoyâmes un coursier chercher du plasma congelé à la Croix-Rouge de Columbia et poursuivîmes les traitements. Il ne restait plus qu'à croiser les doigts.

Quelques heures plus tard, j'allai rendre visite à Gloris dans sa chambre et la trouvai assise, en train de jouer aux cartes avec un grand gaillard barbu qui portait un masque filtrant et un T-shirt Harley Davidson quelque peu étriqué aux entournures — son mari, probablement. En entendant la porte s'ouvrir, il se retourna et leva sur moi un regard penaud.

— Pris sur le fait, murmura-t-il.

Je fermai la porte et croisai les bras, les fustigeant du regard, l'air sévère. Mais comment communiquer une émotion telle que la colère quand la moitié du visage est dissimulée ? Gloris avait considérablement minci ; l'œdème qui entourait sa bouche et ses yeux diminuait. Elle avait coiffé ses cheveux blonds et s'était légèrement maquillée, ce qui me parut plutôt bon signe. L'homme rougit sous mon regard insistant.

— Qui vous a donc fait entrer subrepticement, au mépris de toutes les règles d'isolement ? demandai-je.

Il jeta ses cartes sur le lit et se gratta le menton d'un air embarrassé.

— Hmm, Gloris, je ferais peut-être mieux de…

— Ne terrorisez pas mon p'tit mari, dit-elle avec un sourire impénitent. Je suis une véritable héroïne, un cobaye victorieux. Vous avez vu ?

Elle pinça en riant quelques centimètres de bourrelet à sa taille et donna un coup de coude à son mari.

— Elmer, voici le Dr Lynch, qui a découvert le moyen de me soigner. Tu…

Il se leva d'un bond en poussant un cri de triomphe. Avant que j'aie pu réagir, il m'attrapa par les épaules et me serra très fort dans ses bras, ce qui me fournit la preuve indiscutable que cette masse de chair, sous l'emblème Harley, n'était rien que du muscle, sans une once de graisse. Mes côtes protestèrent, et tout l'air que j'avais dans les poumons s'échappa dans un grognement sourd. Me soulevant du sol, Elmer me regarda droit dans les yeux.

— Docteur, demandez-moi quoi que ce soit qui m'appartienne et c'est à vous, déclara-t-il. N'importe quoi.

— Le toubib voudrait peut-être l'ancienne moto d'Indien que tu es en train de réparer, Elmer. Elle a l'air d'une Indienne, tu trouves pas ?

— Elle a le teint mat, ouais, et les cheveux noirs.

— Non, Elmer, c'est à cause des guibolles. Elle aurait fière allure sur la moto avec ses longues jambes autour de l'engin.

— Vous voulez une Harley, docteur ?

— Non, réussis-je à articuler. Merci beaucoup. Mais non.

— Vous n'êtes jamais montée sur une moto ?

— Non, répondis-je encore en dégageant un bras.

— Je vous emmènerai faire un tour et vous déciderez après.

— C'est ça, dis-je en rajustant mon masque pour reprendre contenance.

Je n'avais pas la moindre intention de monter à moto mais ce n'était pas le moment de l'avouer. Je me tournai vers Gloris.

— Comme vous avez accepté d'essayer le nouveau traitement, commençai-je, vous estimez avoir gagné quelques privilèges.

Elle hocha la tête et passa une main dans ses cheveux, visiblement contente d'elle.

— Seulement voilà, poursuivis-je. Et s'il ne s'agissait que d'une amélioration passagère ? Si nous découvrions que les antibiotiques n'ont toujours pas le temps d'agir et que vous êtes encore gravement malade ? Et Elmer aussi ?

D'abord décontenancée, elle se ressaisit rapidement.

— Docteur, je connais bien mon corps. Je sais comment je me sens quand je suis malade, enceinte ou à l'article de la mort — parce que je suis passée par là. Et ce que je ressens en ce moment, c'est que je suis en train de guérir. Je vais de mieux en mieux. Vous avez trouvé le remède.

— C'est le Dr Atkins, avec l'aide du CDC, qui a découvert le traitement, Gloris. Pas moi.

Manifestement, elle ne me crut pas — et Elmer non plus. Son regard débordant de gratitude m'incita à battre rapidement en retraite, de crainte que mes côtes ne résistent pas à une seconde accolade.

En fin d'après-midi, l'hôpital de Charlotte entama un programme de traitement similaire à base de plasma sanguin. Quelques heures plus tard, il signalait également une amélioration dans les cas où la maladie n'était pas trop avancée. Les taux de mortalité prévisionnels descendirent bien au-dessous des 90 % auxquels nous étions arrivés à Dawkins.

Les médias s'emparèrent de l'affaire. Des essaims de véhicules envahirent les parkings des hôpitaux, et les journalistes se mirent à interroger tout le monde et n'importe qui, du simple badaud à l'épidémiologiste à la retraite, en passant par toute une pléiade de prétendus spécialistes en armes bactériologiques. En bref, nous assistâmes à un véritable bombardement médiatique.

Une jeune femme intrépide — dont la description me rappela beaucoup Anne Evans, du *Charlotte Observer* — réussit même à s'introduire dans la chambre de Gloris et à l'interroger avant d'être évacuée par le service de surveillance. C'est ainsi que le lendemain, le nom de Shirley et le mien firent la Une du quotidien du coin et furent cités par la télévision régionale. En définitive, mes chances de renommée n'étaient peut-être pas totalement perdues. A voir à long terme. Dans l'immédiat, le climat de panique était encore, hélas, d'actualité.

20.

Tantine Maud et prérogatives culinaires

Au cours de cet interminable mercredi, nous eûmes cinq cas supplémentaires d'infection par contagion directe. Le premier était un garçon de salle qui m'arrêta dans le hall ; le deuxième, un secouriste du SAMU qui avait amené Regina Hawkins et deux autres patients déjà décédés ; les trois autres, des proches de personnes déjà atteintes. Et si le battage médiatique autour de la découverte d'un traitement atténuait un peu la panique, un vent de folie continuait à souffler aux urgences.

En principe, il n'y avait que deux infirmières et un seul médecin de service à la fois, parfois assistés d'un secouriste du SAMU qui s'occupait des tâches administratives et prenait les paramètres vitaux. Aujourd'hui, nous fonctionnions avec deux médecins permanents, trois infirmières et un membre du SAMU. Au début, nous nous gênâmes un peu mutuellement, mais compte tenu du nombre important de malades, nous finîmes par adopter une cadence qui nous permit de faire circuler rapidement les patients.

« Recevez-les, soignez-les, virez-les » : telle était la devise des urgences du CHU de Chicago où j'avais effectué mon internat — une devise que les urgences de l'hôpital de Dawkins adoptèrent à leur tour en ce mercredi. Je m'occupai du triage avec Ashley, examinant les patients sous le sas des ambulances, en plein vent, tandis que Taylor Reeves auscultait les malades suffisamment atteints pour être reçus à l'intérieur. Quand l'un de nous faisait une pause, un médecin d'un autre service venait en renfort. Michelle Geiger, la gynécologue, de retour de congrès, vint ainsi nous donner un coup de main ; et quand Reeves alla faire un somme chez lui pendant deux heures, c'est Chris Russell qui le remplaça. Sa spécialisation en médecine nucléaire et radiologie faisait de lui un auxiliaire précieux aux urgences.

C'est pendant l'unique pause de Reeves que La Main du Seigneur frappa de nouveau à Charlotte. Personne ne se doutait que d'autres bactéries mortelles avaient été dispersées dans le système de ventilation d'une mosquée et d'une église fréquentée par les Noirs, jusqu'à ce qu'un porte-parole du commando appelle Ted, notre présentateur régional, pour lui lire un communiqué.

Ted réussit à enregistrer la totalité de la déclaration et à la retransmettre aussitôt sur les ondes. Les traits empreints d'une gravité de circonstance, il interrompit le programme habituel afin de diffuser le message :

« La Main du Seigneur a encore frappé les races inférieures, les sous-humains qui prient pour leur sécurité et leur délivrance. Ils ne seront jamais délivrés, déclarait l'homme d'une voix âpre. Ils périront tous, jusqu'au dernier. Et les êtres inférieurs travestis en humains qui prient de fausses divinités seront éliminés. A cet effet, La Main du Seigneur a frappé à l'église du Saint-Esprit et à la mosquée du centre islamique, quarante-cinq minutes avant la diffusion de ce communiqué. Voici venue la Fin des Temps. »

Une centaine de fidèles étaient rassemblés dans l'église de Charlotte à l'heure indiquée, et une quinzaine d'hommes et de garçons dans la mosquée.

Le FBI investit les locaux de la télévision tandis qu'un autre groupe de fédéraux en combinaison de protection jaune se rendait sur les lieux des agressions. Reeves revint aux urgences, visiblement fourbu.

La panique consécutive aux attaques provoqua un raz-de-marée au service des urgences de Charlotte. A Dawkins, nous vîmes affluer plus de deux cents personnes dont la plupart souffraient de maladies imaginaires ou de symptômes dus à d'autres causes. Il y avait cependant un nombre croissant de patients réellement atteints. La pneumopathie atypique et son cousin, le syndrome de coagulation atypique, se propageaient par contagion directe parmi les pompiers qui avaient combattu l'incendie de l'entrepôt et parmi les riverains du cours d'eau contaminé, le Prosperity.

A la suite de l'attaque, les églises locales suspendirent leurs activités ou engagèrent des policiers retraités afin d'assurer leur sécurité. Les écoles des comtés voisins furent fermées, ainsi que les administrations. Le FBI installa des postes de commandement dans des zones stratégiques des contreforts montagneux. Quant à la Garde nationale, elle fut mobilisée en plusieurs endroits pour intervenir, si la panique s'emparait du public.

A Dawkins, grâce à la présence des gardes nationaux, le triage se faisait plutôt facilement, malgré les files de cinquante à soixante personnes qui attendaient, dans le froid, d'être examinées. Ashley relevait les paramètres vitaux, écoutait les explications des patients, prescrivait des analyses ou des radios et fournissait quelques médicaments. Pour ma part, je travaillais tantôt en plein air, tantôt dans la salle d'attente, n'utilisant la petite salle de triage originelle que pour les patients qui avaient besoin de piqûres ou d'examens plus approfondis. J'aurais même pu apprécier la variété de ce travail si je n'avais été constamment sur le qui-vive, à l'écoute de la fameuse toux caverneuse.

Plus de vingt patients furent hospitalisés pendant la durée de ma garde, soit beaucoup trop de monde pour le nombre d'infirmières et d'aides-soignantes dont nous disposions, mais il était impossible de refuser un malade. Quand tous les lits furent occupés, nous expédiâmes les gens à Richland ou à l'hôpital de Charlotte. Le SAMU était en effervescence et ses secouristes, complètement épuisés. Heureusement, la panique finit tout de même par se calmer un peu.

Je profitai d'un moment où la file d'attente avait disparu, pour me faire remplacer par Michelle Geiger et aller prendre un déjeuner tardif avec Shirley à la cafétéria déserte. Exceptionnellement ébouriffée, ses multiples nattes en piteux état, les épaules voûtées sous sa blouse de labo, elle semblait aussi éreintée que moi. Après une tournée à l'entrepôt incendié, elle était passée au service d'Etat du ministère de la Santé puis à la commission de contrôle des produits dangereux, et avait passé de longues heures au téléphone.

Nous nous racontâmes mutuellement ce que nous avions fait et mangeâmes ensuite en silence le pot-au-feu surprise de la cafétéria, trop épuisées pour parler. Ce plat devait son sobriquet au fait qu'on ne savait jamais ce qu'il y aurait dedans : les cuisiniers mélangeaient tous les restes de légumes de la semaine avec des morceaux de bœuf, de poulet et de porc, si bien qu'on pouvait y trouver du chou-fleur et des brocolis avec des haricots verts et des carottes ou des navets. Agrémenté de petits lardons et de pain au maïs, c'était un mets nourrissant et somme toute assez savoureux.

— Bravo, dis-je à Shirley quand ma cuillère tinta au fond de mon assiette en Pyrex. Tu ne fais pas le moindre bruit en avalant ta soupe.

— Je suis anglaise, répliqua-t-elle sans relever la tête. Un Anglais ne fait jamais « slurp » en mangeant.

— Tes cheveux trempent dans ton assiette.

— Je suis anglaise. Une chose aussi insignifiante qu'une mèche de cheveux ne nous empêchera jamais de nous remplir la panse.

Curieuse de voir de quelle manière elle poursuivrait ce thème, je me calai dans mon siège et la dévisageai.

— Tu as l'air exténué.

— Je suis anglaise. Nous n'avons pas conquis le monde en laissant un détail aussi négligeable que l'épuisement nous détourner de nos objectifs, rétorqua-t-elle avec une morgue admirable.

— Je croyais que tu avais demandé la nationalité américaine.

— Je suis anglaise. Les Anglais ont bâti ce pays, et sans la bêtise d'un certain monarque dont je tairai le nom, l'Amérique nous appartiendrait encore. Si nous voulons vivre ici, nous sommes chez nous.

J'éclatai de rire, aussitôt imitée par Shirley. Pourtant, quand elle leva enfin les yeux, un soupçon de tristesse voilait son regard expressif.

— Voilà ce que j'ai toujours envié entre Marisa et toi, m'avoua-t-elle.

— Quoi ?

— La vivacité des dialogues, les petites joutes oratoires.

Un pincement au cœur me fit grimacer. Je ne partagerais plus jamais ce plaisir avec Marisa.

— Nous nous connaissons depuis toujours, murmurai-je. J'ai parfois l'impression de pouvoir déchiffrer ses pensées — et réciproquement.

Un silence embarrassé s'installa entre nous. Au bout d'un moment, Shirley poussa un gros soupir.

— Je n'ai jamais été solitaire, mais enfin... il me manque une certaine qualité d'amitié depuis le campus, expliqua-t-elle. Le contrat qui me liait au CDC d'Atlanta va prendre fin dans quelques mois, et on me propose une place de prof à l'hôpital universitaire de Charlotte. Je songe sérieusement à l'accepter.

— Shirley, ce serait merveilleux ! Ce n'est pas bien loin d'ici. Nous pourrions nous voir plus souvent.

Dans la pénombre de la cafétéria, je vis son visage constellé de taches de rousseur rosir de plaisir.

— Tu pourrais me trouver une chienne comme ta Belle, et un lycée convenable pour ma petite sœur tatouée et couverte de piercings. Et nous irions dîner au Sottise, ajouta-t-elle, de plus en plus volubile. Et si tu le veux bien, je pourrais t'aider à prendre soin de Marisa.

— Trouve-moi une nounou anglaise bien élevée et polyglotte. Il faut qu'elle parle couramment le français ou l'espagnol tout en ayant ton accent distingué. Marisa y tient.

— Mince, alors ! Distinguée ? Moi ?

Elle posa une main à plat sur sa poitrine et leva les yeux au ciel.

— Autrement dit, je devrai demander où sont les toilettes au lieu des chiottes ?

— Exactement, du moins en présence de l'enfant de Marisa.

— Bon. Je sais me contrôler.

— Ne nous envoie pas ta petite sœur couverte de piercings et de tatouages !

— Jamais de la vie. Dieu m'en garde ! Je pensais plutôt à ma tante Maud. Elle a pris sa retraite l'an dernier après trente ans passés au ministère de l'Intérieur. Elle parle couramment quatre langues et en lit trois de plus. Elle s'ennuie à mourir.

Derrière Shirley, un garde national entra dans la cafétéria à peine éclairée et se dirigea vers les distributeurs de boissons, au fond de la salle.

— Elle aime les enfants ?

— Elle les adore, surtout les tout-petits. Comme elle n'en a jamais eu, elle compensait en dorlotant ses neveux et nièces. Ce qui ne l'empêchait pas d'aboyer parfois comme un véritable adjudant. Elle nous a obligés à surveiller nos manières, ça oui, tantine Maud !

Pendant que nous parlions, le garde acheta un Coca et des crackers tout en jetant des coups d'œil furtifs de notre côté. Sa monnaie et ses achats tombèrent avec fracas dans le silence de la salle.

— Acceptera-t-elle l'autorité de miss Essie ?

— Non. Mais elle saura transiger. Elle voudra avoir ses appartements privés et l'accès aux cuisines et à la buanderie.

Le garde quitta la cafétéria sans que j'arrive à le voir de face. Tout ce que je vis, c'est sa nuque rasée quand il franchit la porte. Je tressaillis. *Ellis ?* Non. C'était impossible ! Pourtant, je levai la main afin d'alerter Shirley. Elle se tut instantanément et me suivit des yeux alors que je me dirigeais vers la porte pour aller jeter un coup d'œil dans le couloir. L'homme avait disparu. Je lâchai un soupir. Etais-je en train de devenir parano ? Ellis aurait été complètement dingue de revenir ici. Et en ce qui concernait les gardes à la nuque rasée, ils pullulaient dans le coin, ces derniers jours.

— Excuse-moi, dis-je à Shirley en regagnant ma place. J'avais cru reconnaître cet homme. Pour ce qui est des prérogatives culinaires, ça pourrait poser problème. A la cuisine, c'est miss Essie qui commande.

Elle esquissa un petit sourire penaud.

— Tu lui en as déjà parlé, n'est-ce pas ?

Ses yeux pétillèrent.

— Et si je l'avais fait ?

— Viendrait-elle à l'essai, pour six mois ?

— Je lui poserai la question. C'est Marisa qui m'a dit ce matin, en me quittant, qu'elle cherchait une nounou. Elle est toujours aussi têtue qu'avant, hein ?

— Butée, coriace, obstinée... une vraie tête de mule, renchéris-je, ravie de pouvoir parler d'elle en ces termes après l'avoir vue réduite à l'état de légume. Tu peux me croire. La maladie n'a pas du tout modifié son caractère.

— En échange de tantine Maud, je voudrais un chien. Où as-tu trouvé Belle ?

— Dans un cimetière où elle était en train de mettre bas. C'est une longue histoire.

— Tu me la raconteras un de ces jours, autour d'un jus. Je suis devenue accro au café, moi aussi. Tiens, à propos de passion, il faudra que je te parle de...

Au-dessus de nous, les haut-parleurs retentirent brusquement :

— *Code 99 en réa. Code 99 en réa.*

Nous haussâmes les épaules et nous levâmes de concert, repoussant nos plateaux. Il était temps de nous remettre au travail.

Les ennuis — ou plus exactement, un surcroît d'ennuis — me tombèrent dessus à 18 h 30, au moment où je m'apprêtais à partir. J'auscultais un enfant qui souffrait de bronchite chronique et promenais mon stéthoscope sur son dos moite, attentive au bruit de cette toux persistante qui le conduisait régulièrement aux urgences. Je l'avais déjà vu huit à dix fois au cours de l'année, ce qui signifiait qu'il avait dû venir deux fois plus souvent et être examiné par d'autres médecins. Sa toute jeune mère, presque une gamine, se pencha sur le lit roulant pour observer mes gestes, blême d'anxiété.

— Ce n'est pas la fameuse pneumopathie, madame Young, la rassurai-je. Sa toux est simplement plus prononcée que d'habitude, sans doute à cause du mauvais temps, comme vous le supposiez. Avez-vous réussi à trouver un autre appartement ?

— Non. Au centre d'action sociale, ils m'ont dit qu'on était les prochains sur la liste, mais ils n'ont rien de neuf pour le moment. Et avec l'allergie de Damson à la moisissure, il nous faut un logement neuf, pas un de ces vieux taudis avec des plafonds tout moisis. Mais dès qu'on aura un appart' tout neuf, le petit ira mieux, c'est sûr.

Je soufflai dans le cou de l'enfant dont les grands yeux bleus et la peau couleur caramel indiquaient un métissage réussi. Damson éclata de rire et essaya d'attraper le stéthoscope qui se balançait à mon cou avec ses doigts potelés.

— Tu es un beau petit bonhomme, hein, Damson ? Un joli petit garçon, c'est sûr.

— Il est beau comme son papa, déclara l'adolescente avec fierté.

— Et où est-il, son papa ? demandai-je sans pouvoir m'en empêcher.

C'était plus fort que moi, j'avais toujours envie de savoir où était le reste de la famille et de quel soutien bénéficiaient mes patients. Les parents célibataires n'avaient généralement qu'une maigre allocation de l'Etat pour subsister.

— Parti. Je sais pas où…

Elle haussa les épaules comme si c'était le dernier de ses soucis.

Quelqu'un toussa discrètement derrière moi. Je jetai un coup d'œil par-dessus mon épaule tout en tapotant le dos du garçon.

— Ses radios sont correctes, commentai-je tout en examinant mon visiteur du coin de l'œil. Comme vous le disiez, ce temps humide favorise les moisissures qui aggravent son allergie.

L'homme qui se tenait sur le seuil était grand et mince. Une casquette sous le bras, il portait un uniforme d'officier de marine et serrait un porte-documents à la main. Ce n'était pas Ellis.

— Continuez simplement à lui donner les médicaments que je vous ai prescrits. Il ira mieux dès que le temps s'améliorera.

Je regardai les chaussures de l'officier — des souliers noirs à lacets, soigneusement cirés. Quant à son uniforme, il lui allait bien, contrairement à celui de mon premier visiteur. Je remarquai qu'il m'examinait attentivement, lui aussi.

— Si vous constatez un changement dans sa toux, ramenez-le tout de suite, conclus-je à l'intention de Mme Young.

— Bien sûr, docteur. Vous savez bien que je viendrai.

Damson était un habitué, en effet. Je lui fis une dernière caresse, puis me tournai vers mon visiteur et lui tendis la main. Avant de me raviser aussitôt.

— Un instant, je vous prie.

J'allai me laver les mains sous l'eau presque bouillante et les essuyai avec une serviette d'hôpital rugueuse à souhait, faisant ainsi d'une pierre deux coups — respecter une mesure d'hygiène élémentaire et prendre le temps de me donner une contenance. Cet homme avait beaucoup trop de prestance à mon goût. Son regard fripon d'homme à femmes me rappelait un peu Cam, quoique l'individu soit plus posé. Une autorité incontestable se dégageait de sa personne, et la posture militaire décrite par Mark et illustrée par Ellis était, chez lui, plus nuancée — comme s'il savait qu'il n'avait pas besoin de grand-chose pour s'imposer. Je jetai la serviette à la poubelle et m'avançai vers lui avec un petit signe de tête.

— Je suis le docteur Lynch.

— Docteur Rhea Rheaburn Lynch, corrigea-t-il en souriant, comme l'ont précisé mes amis du FBI. Je suis le Lt Gilroy Adams. On m'appelle Gil.

— Les fédéraux ont donc des amis ? demandai-je en lui serrant la main.

Il avait une poignée de main ferme et douce à la fois.

— Quelques-uns, répondit-il en riant. Certains n'ont même pas de couteau caché dans le dos.

— Avez-vous une pièce d'identité ?

Je lançai, plus fort, à Ashley :

— J'en ai pour quelques minutes.

Le lieutenant sortit une pochette en cuir noir de son porte-documents et me la tendit. Prenant sa carte, je lui indiquai la porte qui donnait sur la pièce contiguë. Il s'empressa de l'ouvrir avant de s'effacer pour me céder le passage. Cette galanterie n'était pas de mise au travail, et je faillis lui foncer dedans.

— Merci. Votre carte a l'air authentique. Je me demande à quoi aurait ressemblé celle de mon précédent visiteur.

— Votre précédent visiteur ?

— Richard Ellis. Il est venu à l'hôpital en tenue d'officier de marine, mais l'uniforme n'était pas à sa taille. En fait, il cherchait à obtenir des renseignements sous une fausse identité. Il prétendait pouvoir nous aider à nous débarrasser de nos « germes flottants ».

— Quelle érudition de sa part ! Toutefois, il a commis une autre erreur en omettant de s'habiller correctement : le prestige de l'uniforme, quand il est bien coupé, n'est certes pas une légende.

Il accompagna son propos d'un petit clin d'œil, devant lequel je ne pus m'empêcher de rire. Adams était conscient de l'effet qu'il produisait sur les femmes et s'en amusait. Sans doute savait-il aussi se servir de son charme.

Mon opinion sur son pouvoir de séduction fut confirmée par la réaction de Trish quand elle nous croisa dans le couloir. Elle resta un bref instant bouche bée, puis se ressaisit et embrassa d'un coup d'œil la poitrine couverte de médailles et l'annulaire gauche dépourvu d'alliance. Tôt ou tard, j'en étais sûre, elle s'arrangerait pour le retrouver afin de se livrer à un examen plus approfondi.

Bien déterminée à ne jamais m'interposer entre Trish et l'une de ses proies potentielles, je m'arrêtai à sa hauteur :

— Trish, je me rends dans la salle du MODIS avec le Lt Gilroy Adams. Auriez-vous la gentillesse de nous apporter deux sodas, je vous prie ? Lieutenant Adams, Trisha Singletary, notre surveillante en chef.

Elle s'arrêta comme si elle avait tout son temps, effaçant les épaules de façon à mettre sa poitrine en valeur, dans une posture qui n'avait absolument rien de militaire.

— Lieutenant, roucoula-t-elle. Enchantée.

Elle lui serra la main, évaluant, elle aussi, la fermeté de sa poignée de main. J'espérai, en revanche, ne pas avoir eu dans le regard cette lueur révélatrice d'un instinct prédateur incontestable.

— Un Coca, ça vous ira ? lui demanda-t-elle en inclinant la tête sur le côté d'un mouvement gracieux.

Ses cheveux blonds lui caressèrent les épaules, encadrant son joli visage. J'étais incapable d'imiter un tel geste. Il faut pour cela un talent inné — une prédisposition dont je suis, à mon grand regret, totalement dépourvue.

— Et pour vous aussi, bien entendu, docteur Lynch, ajouta-t-elle sans poser une seule fois les yeux sur moi.

— C'est ça. Dans la salle du MODIS, répétai-je, un peu dépassée par ces jeux d'approche.

— Ce sera parfait. Merci, Trish, dit Adams en la gratifiant d'un sourire éblouissant.

Leurs mains restèrent soudées dans une étreinte qui semblait pouvoir se prolonger indéfiniment.

— Vous êtes infirmière ?

— Oui. Infirmière en chef.

— Une infirmière en chef a-t-elle un peu de temps à consacrer à un simple militaire ?

— Je peux me libérer cinq minutes, répondit-elle en dégageant enfin ses doigts.

Elle s'éloigna en ondulant des hanches sous sa blouse blanche.

— Je vois ce que vous vouliez dire à propos du prestige de l'uniforme, commentai-je quand elle fut hors de portée de voix.

Il s'esclaffa, et son rire résonna de façon insolite en ces lieux hantés par l'angoisse et l'agonie.

— C'est une femme dangereuse, murmura-t-il en jetant un dernier coup d'œil sur la silhouette de Trish avant d'obliquer à l'angle du couloir.

Apparemment, la *femme fatale*[1] de notre établissement l'avait ensorcelé.

— Elle est surtout intelligente, jolie et cultivée, répliquai-je, amusée. Et à propos de jolies femmes dangereuses, peut-être aimeriez-vous rencontrer immédiatement le Dr Shirley Atkins ?

— Plus tard, si vous le voulez bien. Je m'entretiendrai avec chacun de vous à un moment ou à un autre.

Je déverrouillai la porte de la petite salle, allumai le plafonnier et tirai le fauteuil pivotant devant le clavier du terminal. Les autres sièges avaient réintégré leur place, et le lieutenant s'assit, ouvrant son porte-documents.

— Que pouvez-vous me dire au sujet de Richard Ellis ?

Notre conversation, interrompue à deux reprises, dura une dizaine de minutes avant que la sonnerie de mon bip me rappelle aux urgences. A peine remis de ses quinze heures de travail ininterrompues de la veille, Wallace Chadwick vint me remplacer de bonne heure pour la garde de nuit. Exceptionnellement, je

1. Femme fatale : en français dans le texte (N. de la T.).

n'allais pas partir en retard. Je laissai donc le Lt Gilroy Adams entre les mains expertes et empressées de Shirley et de Trish, ce qui n'était sans doute pas pour lui déplaire.

J'aurais pu jurer que j'avais été suivie en voiture jusque chez moi. Je vis les phares s'allumer dans mon sillage en quittant le parking de l'hôpital, et tourner quatre fois à gauche puis une fois à droite, comme moi. Ensuite, une autre paire de phares prit le relais pendant le reste du trajet, à distance raisonnable. Bien qu'incapable de distinguer le modèle de la voiture ou sa couleur, je gardai la main sur mon téléphone portable en tournant dans Starlight Lane. Ce n'est que lorsque le véhicule continua tout droit dans Main Street, que je me détendis. L'image de cette nuque rasée aperçue à la cafétéria m'obsédait. C'était sûr, je devenais complètement parano.

Je pris une douche, troquai mes vêtements de travail contre un jean et un pull, remplis les gamelles des chiens et repris aussitôt le volant. J'avais été si rapide que la voiture était encore tiède. Dehors, une petite pluie froide s'était mise à tomber, et le pare-brise se couvrit de buée. Au premier tour de clé, le moteur vrombit docilement. J'emportais une liste d'articles à acheter, accompagnée de photos. Et moi qui avais une sainte horreur du shopping...

Quand j'arrivai à South Park, la luxueuse galerie marchande que fréquentait Marisa, il ne me restait qu'une heure pour effectuer mes achats. Le landau à la française que voulait Marisa ne tiendrait jamais dans l'habitacle exigu de ma voiture de sport ; par conséquent, je décidai de faire livrer les articles chez elle. Ce qui signifiait qu'il valait mieux grouper les achats dans un seul magasin. Cette perspective me remonta quelque peu le moral.

Sur le plan de la galerie, je repérai deux boutiques d'articles de puériculture, l'un au premier étage, l'autre au second. Je partis au pas de course dans la direction indiquée. La chance me sourit : je trouvai un landau à la française exposé dans la vitrine du second magasin. Si le modèle ne correspondait pas exactement à la photo que m'avait donnée miss Essie, il lui ressemblait suffisamment à mon goût, et je décidai qu'il ferait l'affaire.

A l'intérieur de la boutique Bébé aux anges, je dénichai presque tout ce que Marisa avait inscrit sur sa liste. L'heureuse commerçante, un petit bout de femme espiègle qui répondait au prénom de Barb, à en juger par les lettres inscrites en majuscules sur son badge, devina instantanément que ces achats ne m'étaient pas destinés et que je détestais faire des courses. Le couvre-feu mis en place dans la région ayant considérablement ralenti les affaires, elle put me consacrer toute son attention malgré l'absence de vendeuses.

Installée dans un fauteuil en Skaï, j'eus droit à une tasse de thé accompagnée de biscuits au citron ordinairement réservés aux clientes enceintes. A mesure que je désignais les articles supplémentaires dont Marisa pourrait avoir besoin, le sourire de Barb s'épanouissait. Et même quand l'éclairage de la galerie commença à baisser, elle ne manifesta pas la moindre intention de fermer. Certes, son attitude n'était pas désintéressée, elle ne devait pas voir tous les jours des clientes disposées à dévaliser ses rayons. Mais après tout, ce n'était pas mon argent et Marisa était riche comme Crésus. Confortablement installée pour dépenser l'argent d'autrui, je commençais à prendre goût au shopping.

L'exercice durait depuis vingt minutes quand je m'aperçus que Marisa avait rédigé la liste de sa main. Son écriture nette et déliée n'avait pratiquement pas changé depuis l'époque de nos études où j'enviais l'élégance de sa calligraphie, moi qui couvrais des pages entières de pattes de mouche pratiquement illisibles. La liste se mit à trembler entre mes doigts, et je sentis mes yeux se remplir de larmes.

Embarrassée, je tournai la tête vers la vitrine et avalai mon biscuit de travers. Un homme à la nuque rasée flânait dans la galerie. Les mains croisées dans le dos, il regardait les vitrines de l'autre côté de l'allée centrale. De l'endroit où je me trouvais, je ne pouvais pas voir son visage, mais je remarquai sa bedaine qui tendait l'étoffe de son coupe-vent bleu marine. Rassurée, je poussai un soupir, suivi d'une quinte de toux. Ouf, ce n'était pas Ellis. Sans doute s'agissait-il du mari d'une vendeuse ou d'une commerçante, venu chercher sa femme à l'heure de la fermeture. Un zeste de méfiance m'incita toutefois à me recroqueviller tout au fond du fauteuil rembourré en attendant qu'il repasse.

Quelques instants plus tard, je le vis revenir, l'allure toujours aussi décontractée, dans le sillage d'un autre flâneur qui examinait attentivement toutes les vitrines. Chose étrange, son embonpoint semblait s'être déplacé ; tout à l'heure, il était situé nettement plus haut sur la taille. Et quand l'individu tourna imperceptiblement la tête pour jeter un coup d'œil dans la boutique où je me trouvais, je vis son regard bleu métallique balayer les lieux.

Richard Ellis était dans la galerie marchande avec moi. Et il savait où j'étais.

21.

Ça m'apprendrait à jouer les marioles

A tâtons, je trouvai mon portable dans la poche de mon blouson et composai de mémoire le numéro de Mark. Derrière moi, Barb chiffonnait du papier et ahanait en descendant de l'escabeau qui lui servait à atteindre les étagères les plus hautes. Dans l'allée commerçante, Ellis passa tranquillement son chemin, l'air indifférent, presque contrarié. Je sentis ma gorge irritée par les miettes de biscuit se nouer.

A la troisième sonnerie, Mark décrocha le téléphone et maugréa d'une voix ensommeillée :

— Y a intérêt à ce que ce soit sacrément important, bordel !

— Richard Ellis est en train de me suivre dans une galerie marchande. C'est assez important à ton goût ?

Je me doutais qu'il devait être exténué pour répondre ainsi à cette heure-là, mais j'étais épouvantée.

— Bon sang ! Dans quelle galerie ? Je me lève.

Je reconnus le bruit désormais familier d'un chien qui roule par terre.

— Je fais des courses pour Marisa dans une boutique qui s'appelle Bébé aux anges, au second niveau de South Park.

— Tu as une drôle de voix. Sait-il que tu es là ou bien l'as-tu rencontré par hasard ? Ce serait une étrange coïncidence.

— J'ai avalé un biscuit de travers. Et Ellis sait que je suis là.

— Marisa est avec toi ?

— Non. Elle commence à avoir des contractions et…

— Un « non » me suffit. Est-ce que tu es seule ?

— La gérante est aussi dans le magasin. Elle s'appelle Barb. Pourquoi toutes ces questions ? Pourquoi ne fais-tu pas quelque chose ?

— Bon, laisse-moi parler au shérif. Tu sais bien que j'ai aussi un portable ; j'étais en train de l'appeler tout en te répondant. Ne quitte pas.

J'avalai nerveusement quelques gorgées de thé pendant que Mark expliquait à son supérieur ce qui m'arrivait à Charlotte, au-delà des limites de l'Etat. Dans le silence qui suivit sur la ligne, je regardai les lumières s'éteindre une à une dans la galerie. Répondant distraitement aux questions de Barb, j'attendis.

— Entendu, je vais le lui dire, reprit Mark. Rhea, demande à la gérante de fermer et de verrouiller la porte. Les vigiles arrivent. Fournis-leur une description d'Ellis en précisant la façon dont il est habillé. Quand vous serez prêtes, ils vous escorteront toutes les deux jusqu'à vos véhicules. Là, vous retrouverez des bagnoles de flics qui vous suivront jusque chez vous — ou plutôt, non. La commerçante sera suivie jusque chez elle et toi, jusqu'à la frontière de l'Etat, où un gars du FBI prendra le relais dans un véhicule banalisé. L'agent vérifiera que tu es bien rentrée chez toi et entrera sans doute un moment pour t'interroger. Et cette fois, tâche d'être gentille.

— Je suis toujours gentille.

— Une tête de mule, une véritable bourrique indécrottable — voilà ce que tu es. Pourquoi Ellis s'intéresse-t-il à toi, nom d'un chien ?

— Je n'en sais rien. Il faut que je te quitte, répondis-je. Les vigiles sont là.

Je mis fin à la communication, traitant ses insultes par le mépris. Du reste, j'avais envie de tousser, et je voulais écouter le bruit de ma toux. S'agissait-il d'une simple toux ? Ou y avait-il autre chose ?

Deux hommes — un grand Noir costaud et un petit Blanc trapu — pénétrèrent dans la boutique.

— Le Dr Lynch, c'est vous ?

— Oui. Et je suis drôlement contente de vous voir, les gars.

— Vous prétendez avoir vu Richard Ellis dans la galerie il y a cinq minutes ? demanda le petit Blanc trapu.

Le grand Noir costaud se fit remettre la clé par Barb et ferma la porte à sa place en lui expliquant la situation. Il lui assura toutefois qu'elle ne risquait rien.

— Il est passé plusieurs fois ici, dans cette allée — enfin, deux fois, en tout. Il portait un pantalon kaki et un coupe-vent bleu marine. Il avait aussi roulé quelque chose sous son T-shirt, qui lui faisait une fausse bedaine.

Je faillis ajouter « comme la vôtre » mais évitai de justesse la gaffe en toussant. C'était une toux rauque et sèche qui ne produisait pas un bruit de linge mouillé qu'on déchire. Aucun doute là-dessus.

Loin de paraître perturbée par l'arrivée des vigiles et le spectre d'un terroriste recherché dans tout le pays, Barb conserva la bonne humeur d'une commerçante qui vient d'empocher la coquette somme de 4 000 dollars. Elle esquissa son sourire espiègle en m'annonçant le total qu'elle arrondit avec grâce au centime inférieur. Je réglai avec la carte de crédit de Marisa que m'avait remise miss Essie, demandai que la livraison soit effectuée le lendemain au domicile de mon amie et quittai finalement le bâtiment en compagnie de Barb et des vigiles.

Les deux hommes — en fait, des policiers — travaillaient à la galerie, une fois leur service terminé. Ils nous firent avancer entre eux en sandwich : le petit devant, le grand fermant la marche, main posée sur l'étui de son revolver, regard à l'affût. Mais la galerie marchande était déserte. Aucune trace d'Ellis nulle part.

Les bagnoles de flics qui attendaient au beau milieu du parking étaient donc les leurs. Ils nous conduisirent ensuite à nos voitures respectives, où deux autres véhicules de police nous attendaient pour nous suivre. Je m'engageai dans la circulation sporadique, la voiture de police dans mon sillage, et roulai lentement en direction de l'autoroute 77. Tout s'était terminé en quelques minutes. Sans le tremblement convulsif et la migraine qui me rappelaient ma mésaventure, j'aurais presque eu l'impression d'avoir rêvé.

Une bactérie contagieuse, mutagène, qui opérait des ravages dans la population, ne me suffisait pas. Il fallait encore qu'un terroriste me tourne autour.

Sur le trajet du retour, je commençai à me sentir ridicule. J'aurais voulu faire signe au flic de partir, lui filer entre les pattes et rentrer subrepticement chez moi me coucher. Mais la question de Mark m'obsédait : qu'est-ce qu'Ellis pouvait bien me vouloir ?

La voiture bleue et blanche me fit un appel de phares quand nous atteignîmes la frontière au comté de Ford. Elle se gara sur la bande centrale de l'autoroute, et une vilaine voiture beige prit le relais. Les fédéraux. Je me demandai s'il s'agissait de l'agent spécial Jim Ramsey ou de son collègue Howard Angel, car je voyais mal la mère Simmons accepter un boulot de baby-sitter.

M'insurgeant brusquement contre l'intrusion des flics, des militaires et d'un James Bond en jupons dans mon existence, j'appuyai sur le champignon et maintins ma vitesse au maximum autorisé, en écoutant la radio. Le pot-pourri musical de la station locale ferait l'affaire. Une fois dans le district de Dawkins, je pris la bretelle de sortie et m'arrêtai dans un crissement de pneus sur le parking de la première gargote que je vis. Une bonne odeur de friture et de viande grillée me parvint aux narines, me mettant l'eau à la bouche. Je commandai un énorme hamburger aux oignons avec des frites et une limonade. Et pour prouver que je ne manquais pas d'éducation, je demandai la même chose pour mon garde du corps. Je m'approchai ensuite du vilain break beige et tendis le sachet vers la vitre du conducteur fermée.

Je regardai un long moment mon reflet mâcher patiemment ses frites avant que l'autre vitre ne descende et qu'une main d'homme n'approche du paquet.

— Etes-vous Angel ou Ramsey ? demandai-je tandis que la main se refermait sur le sandwich.

— Ramsey.

C'était le plus grand des deux — le subalterne, manifestement.

— Merci, ajouta-t-il.

— Merci à vous d'être venu.

— Pourquoi Richard Ellis s'intéresse-t-il à vos faits et gestes ?

— C'est la question du jour… J'espère que l'un d'entre vous trouvera la réponse de mon vivant.

Quand j'arrivai enfin chez moi, fatiguée, les doigts graisseux et d'humeur massacrante, une autre voiture était garée dans l'allée. Un véhicule avec des plaques d'immatriculation officielles et un écusson de l'armée sur la vitre arrière. Je me pris à espérer que Shirley avait ramené le Lt Adams à la maison dans le but de faire des galipettes avec lui, mais sachant l'intérêt qu'elle portait à Cameron Reston, cela semblait assez improbable. Zut. Le bellâtre était venu pour me voir.

Ramsey agita la main par la portière en s'éloignant. Je ne vis pas son visage mais j'étais sûre qu'il rigolait. Si j'avais été un tout petit peu plus tendre avec Emma, je n'aurais peut-être pas eu le bellâtre dans les pattes, maintenant. Ça m'apprendrait à jouer les marioles.

J'eus la surprise de trouver Shirley et Mark attablés dans ma cuisine avec le Lt Gilroy Adams. Tous les trois se gavaient de poulet et de frites achetés au Blue Dot, tout en sirotant de la limonade bien fraîche de chez Mike's Hard. Imprégnée d'une forte odeur d'oignons et de hamburger, je jetai toute la paperasse concernant les achats de Marisa sur le comptoir et allai me brosser les dents. Je me fichais peut-être de déplaire au bellâtre, mais je n'avais pas envie d'offenser Mark Stafford — du moins, pas involontairement.

Belle et Peluche vinrent se frotter contre moi comme des chats pendant que je me penchais sur le lavabo. Ils étaient assez gros pour me faire perdre l'équilibre, et je dus me retenir d'une main afin de ne pas tomber.

— Je ne vous ai rien rapporté, articulai-je, la bouche pleine de dentifrice. Désolée, les toutous.

Belle soupira et regagna la table de la cuisine, espérant ainsi glaner quelques miettes du festin. En général, je ne lui donnais pas grand-chose à table ; je ne voulais pas de chiens mal élevés qui viennent mendier. Malheureusement, les invités n'avaient pas ce genre de scrupules. Peluche leva sur moi un regard plein d'espoir, peu disposé à renoncer tout de suite à ses rêves gourmands.

— Non, dis-je gentiment. Je n'ai rien à manger.

Je me séchai les mains et jetai un regard d'envie sur mon lit toujours défait du matin. Ce n'était pas encore ce soir que j'arriverais à me coucher de bonne heure. Et ce, à cause de ce stupide incident. Le regard que Mark m'avait jeté en me voyant entrer ne me laissait aucun doute à ce sujet. C'était ma faute s'il n'était plus au lit ; et s'il ne dormait pas, personne d'autre ne dormirait. Il était tellement fatigué qu'il avait l'air d'avoir bu. Sans doute ne s'était-il pas reposé plus de trois ou quatre heures d'affilée depuis la nuit de la tempête.

La table de la cuisine était un peu trop longue pour la pièce, ce dont je m'accommodais aisément d'ordinaire. Mais en présence d'un nombre de convives supérieur à deux, l'espace devenait exigu. En l'occurrence, Mark « présidait », assis au bout de la table, en face d'Adams, lequel tournait le dos au couloir et à la porte. Shirley empiétait sur la partie travail de la cuisine.

Je tirai la chaise qui restait pour m'asseoir à côté d'elle, gratifiai tout le monde d'un sourire béat et piochai aussitôt dans le plat de frites, grasses et savoureuses à souhait.

— J'espère que vous n'avez pas projeté de passer la nuit ici, lançai-je en me léchant les doigts avec gourmandise.

Shirley me fit du genou sous la table pour me mettre en garde. J'esquissai un sourire de connivence sans la regarder, puis devançai le bellâtre :

— Lieutenant Adams, j'ignore totalement pourquoi votre homme me suit comme ça. Je ne l'ai vu de près qu'une seule fois, lorsqu'il a tenté de se faire passer pour un officier de marine. Quand je l'ai démasqué, il a pris le large, sans m'avoir rien dit.

Adams s'adossa à sa chaise, sa veste déboutonnée laissant entrevoir un torse musclé sous la chemise kaki. Les mains croisées sur son estomac comme s'il était rassasié, il me dévisagea tandis que je mangeais gloutonnement en attendant sa réponse, sourcils levés. Ce mélange d'aisance et de vigilance devait être une technique redoutable dans les interrogatoires courants, mais une grosse goutte de ketchup, sur son menton, venait malencontreusement gâcher les effets de sa mise en scène.

— Nous savons, déclara-t-il enfin, qu'Ellis a passé un certain temps dans cette région, qu'il y garde de nombreux contacts, des adeptes, des planques, des relations.

Il pinça les lèvres comme s'il réfléchissait, mais je doutais fort que ses propos soient improvisés. D'autre part, il y avait quelque chose dans son intonation qui me déplaisait souverainement.

— Nous avons trouvé quelques-unes de ces personnes et procédé à de discrètes filatures. Il se trouve que certaines d'entre elles — enfin, au moins deux — ne vous sont pas totalement étrangères.

— Des gens d'ici ? Ça se limite donc à Mark, Shirley, Arlana, Marisa et miss Essie. Et mes chiens.

Je pris une serviette en papier du Blue Dot, me levai et me penchai devant Shirley pour atteindre le visage du bellâtre et lui ôter le ketchup. Pétrifié, Adams s'efforça de ne pas réagir quand le papier rugueux lui frotta le menton.

— Ketchup, dis-je en me rasseyant.

Je roulai la serviette en boule et ajoutai :

— Et à mon avis, aucune des personnes que je viens de citer n'entretient de rapports avec ce criminel. Mais, bien sûr, dans le cadre de mon travail, je vois beaucoup de monde.

A côté de moi, je sentais Shirley lutter pour garder son sérieux. Quant à Mark, il laissa échapper un petit rire étouffé. Adams se redressa lentement sur sa chaise. L'expression mi-affable mi-sceptique qu'il arborait un instant auparavant avait disparu.

— Docteur Lynch…

— Rhea. Appelez-moi Rhea. Et s'il y a des potes d'Ellis parmi mes patients, vous pourriez en savoir autant que moi en sollicitant un mandat afin d'avoir accès aux dossiers médicaux.

Je grignotai une frite en surveillant sa réaction.

— Vous avez laissé passer deux jours avant de signaler cet incident à la police, lâcha-t-il, manifestement hors de lui (mais je préférais cela au ton insinuant, perfide et sournois avec lequel il avait commencé l'entretien). Vous pourriez être accusée de recel de criminel et de complicité pour tous les méfaits commis après cette rencontre, parce que vous avez gardé le silence.

Je haussai les épaules et avalai une copieuse bouchée.

— La plainte serait rejetée. Comment aurais-je pu reconnaître un homme que je n'avais jamais vu ? Le permanent de garde à police-secours témoignera de la date et de l'heure auxquelles j'ai demandé qu'on m'envoie une photo de ce type. Mark précisera également à quel moment je lui ai fait part de mes doutes. Pour étayer votre accusation, vous devrez prouver que je savais à qui j'avais affaire le jour où Ellis est venu me trouver. Or, cette preuve n'existe pas, enchaînai-je. Et maintenant, si vous me disiez plutôt ce que vous me voulez vraiment afin que je puisse aller me pieuter ? Je suis fatiguée.

Il décroisa les doigts et posa les mains à plat sur la table.

— Nous voulons Ellis. Nous voulons qu'il retourne en taule pour le restant de ses jours. Nous voulons remettre les bidons où grouillent des armes bactériologiques entre les mains des autorités compétentes qui les détruiront. Nous pensons que vous avez un rôle à jouer dans la solution de ce problème. Et vous n'êtes pas coopérative.

Je haussai de nouveau les épaules.

— J'aimerais bien vous aider. Mais si je sais quelque chose, j'ignore totalement ce que je peux bien savoir. Est-ce que ça se tient ? demandai-je à Shirley.

— Parfaitement, répondit-elle. Un peu alambiqué mais logique. Est-ce que je peux donner des frites aux chiens ?

J'esquissai un sourire.

— Tu vas surtout leur donner de mauvaises habitudes.

— Mais je ne serai plus là pour constater le déplorable effet d'une éducation déficiente.

— Tu es une femme cruelle.

— C'est un reproche qui m'a déjà été adressé en d'autres occasions.

— Docteur Lynch, intervint Adams avec un soupir.

— Excusez-moi.

Je me retournai vers lui tout en continuant à parler à Shirley.

— Vas-y. Donne-leur les restes. Mais une seule frite à chacun, hein ? Ecoutez, Gil, repris-je, utilisant pour la première fois son diminutif afin de manifester ma bonne volonté, je ne sais vraiment rien, je vous assure. Mais s'il me vient une idée quelconque, je vous appellerai. A présent, il faut vraiment que j'aille me coucher. Si vous avez d'autres questions à me poser, pourrions-nous reporter ça à demain ?

Il jeta un coup d'œil sur sa montre.

— Il se fait tard, en effet. Nous nous verrons à l'hôpital demain matin, docteur Lynch. S'il vous plaît, n'essayez pas de quitter l'Etat comme vous l'avez fait aujourd'hui.

— Parole d'honneur ! dis-je en levant la main droite. Je n'irai plus faire de courses en ville.

— Et si Ellis cherche à entrer en contact avec vous ?

— Je vous préviendrai, promis-je, réprimant avec peine mon agacement.

Joli Cœur se leva et reboutonna sa veste.

— A demain, dans ce cas, décréta-t-il sèchement. Pourriez-vous m'indiquer le chemin de l'hôtel dont vous m'avez parlé ? demanda-t-il à Mark.

— Oui. Je vous raccompagne à votre voiture.

Mark me lança un regard éloquent et se leva à son tour. Apparemment, il n'en avait pas terminé avec moi.

— Je vais débarrasser, proposa Shirley. Tu as des messages sur ton répondeur. J'en ai entendu un s'enregistrer en arrivant ici. Dis donc, poursuivit-elle à mi-voix, j'ai failli piquer un fou rire quand tu lui as essuyé la figure en continuant à papoter comme si de rien n'était.

Nous donnâmes libre cours à notre hilarité pendant que les deux hommes sortaient de la maison. Je laissai ensuite Shirley jeter serviettes et sacs du dîner à la poubelle et distribuer les restes aux chiens. Le message qu'elle avait mentionné provenait du vice-amiral Goldfarb. Il voulait me parler sur-le-champ, quelle que soit l'heure où je rentrerais. Vaguement inquiète, je composai le numéro qu'il m'avait laissé et m'assis sur mon lit en bataille.

C'est le réceptionniste d'un hôtel Holiday Inn qui me répondit. Surprise, je demandai à parler au vice-amiral. Apparemment, Goldfarb ne dormait pas car il décrocha aussitôt en aboyant un « Allô » sonore dans le téléphone. Quand j'eus décliné mon nom, son ton se radoucit légèrement.

— Docteur Lynch, mon fils est un garçon brillant, commença-t-il.

— Certainement, monsieur, répondis-je, déconcertée.

— Et il a des amis aussi doués que lui.

Je soupirai, devinant où il voulait en venir.

— Oui, monsieur. Mais certains semblent s'ingénier à collectionner les ennuis, c'est bien ça ?

— Exactement, dit-il avec une pointe d'amusement dans la voix. Connaissez-vous le NIS ?

— Le service de renseignements de la marine… Enfin, quelque chose dans ce genre. Vous y avez fait allusion la dernière fois.

Belle sauta à côté de moi sur le lit, et je la gratouillai doucement derrière les oreilles.

— C'est à peu près cela. Au NIS, nous savons que le FBI recherche certains individus, et nous avons besoin d'entrer en contact avec Ellis.

— En contact ? répétai-je, surprise. Vous voulez dire, pour lui parler et non pour le capturer ?

Il hésita.

— Richard Ellis est accusé d'avoir collaboré avec des groupes de Patriotes dans votre région et de favoriser l'utilisation d'une arme biologique extrêmement destructrice, au nom d'une idéologie raciste. La lutte contre ce type de terrorisme est du ressort du FBI, docteur Lynch. Le problème, c'est qu'Ellis n'a pas importé un lot de bactéries prêtes à l'emploi : il connaît la filière par laquelle le microbiologiste auteur de cette manipulation, originaire du Moyen-Orient, s'est introduit dans le pays.

— Ainsi, bien qu'Ellis soit l'un des vôtres — un militaire qui vous a échappé —, il n'est que du menu fretin à vos yeux. A ce stade, vous êtes prêts à l'abandonner aux agents fédéraux s'il vous conduit au biologiste qui a conçu le fameux streptocoque.

— Nous nous intéressons en effet davantage à d'autres catégories de coupables, acquiesça-t-il prudemment. Toutefois, nous ne l'abandonnons pas exactement au FBI. Il faut simplement qu'il soit libre de nous mener aux personnes que nous recherchons — notamment celles qui financent l'opération actuellement en cours dans la région de Dawkins.

Je réfléchis un instant, évaluant la portée de ces informations. Brusquement, une connexion se fit dans ma mémoire.

— Ellis aurait-il supprimé Leon Hawkins parce que Hawkins était noir ?

— A l'époque où il servait dans la marine, Ellis avait rédigé un manifeste incitant au massacre de tout individu qui n'appartenait pas à la race blanche. Alors, à votre avis ?

Ce n'était pas vraiment une réponse.

— Ellis avait peut-être connu Hawkins pendant la guerre du Golfe, murmurai-je, essayant de rassembler les pièces du puzzle. Ellis et le groupuscule raciste La Main du Seigneur.

— Un groupuscule patriote, corrigea Goldfarb. Plusieurs factions, pour être précis. Au cours de ces derniers mois, ce sont trois ou quatre groupes différents qui ont frappé dans la région. Certains sont plus violents que d'autres.

— Hmm, fis-je, sans conviction. Peu importe.

Il y avait un hic quelque part. Mais où ?

— Nous sommes sur le point d'appréhender Ellis, docteur Lynch. Mais s'il nous échappait ou réussissait à vous approcher avant qu'il soit remis en détention, nous souhaiterions que vous nous conduisiez à lui.

— Pardon ?

— Pour une raison inconnue, il cherche à entrer en contact avec vous. Nous vous demandons de ne pas l'éviter et d'organiser une rencontre, où nous l'attendrons, afin qu'il nous conduise aux autres membres de l'organisation. Je vais vous donner le numéro de mon portable. Appelez-moi dès que vous aurez des nouvelles d'Ellis. Moi et personne d'autre, surtout : ni le FBI, ni l'inspecteur Stafford, ni le Lt Adams. Le ferez-vous ?

— Je peux le faire, répondis-je lentement. Voudriez-vous me dire pourquoi je dois vous appeler, vous et personne d'autre ?

— Parce que vous êtes une citoyenne respectueuse des lois qui tient à agir dans l'intérêt de la nation.

Comme je me taisais, il ajouta :

— Et parce que vous avez des patients sur le point de mourir. Leur guérison éventuelle dépendra de votre attitude dans cette affaire.

Après avoir raccroché, je n'étais pas plus avancée qu'avant. En fait, je comprenais de moins en moins. Pourquoi ne devais-je pas appeler Adams ? Le FBI et le NIS ne travaillaient-ils pas main dans la main ?

— Vas-tu me raconter ce que tu as appris ?

Levant la tête, je trouvai Mark sur le seuil, les traits figés par l'épuisement. Il avait les cheveux plats, les épaules tombantes. Sa peau elle-même semblait s'affaisser, comme si la fatigue altérait son élasticité.

— La marine ne s'intéresse pas à Ellis, répondis-je lentement. Enfin, pas en priorité. Il n'est que du menu fretin, à leurs yeux, mais il peut les conduire vers une plus grosse prise.

— Jusqu'au type qui finance l'opération. Et à celui qui a élaboré cette arme bactériologique.

Je le dévisageai avec surprise.

— Les bidons entreposés à Killan's Mill ne provenaient pas d'un stock découvert pendant la guerre du Golfe, poursuivit-il. Nous avons retrouvé quelques-uns des SDF qui squattaient l'entrepôt, et ils nous ont décrit les bidons de manière assez précise.

Il bâilla à se décrocher la mâchoire, cachant sa bouche du dos de la main.

— Selon eux, il y avait des inscriptions en anglais — pas en arabe — sur les bidons. Evidemment, ils n'ont pas su nous dire lesquelles. Par conséquent, même si Ellis a rencontré ce fameux biologiste au Moyen-Orient, il n'a importé directement aucun produit. Maintenant, il semblerait que les deux hommes soient dans les parages, et à mon avis, le service de renseignements de la marine compte sur toi pour les conduire à eux.

— Mais je ne sais vraiment rien du tout ! assurai-je, tout en me posant une foule de questions.

Je poussai Belle par terre et entendis le bruit sourd de sa chute — un badaboum identique à celui que faisaient les chiens de Mark en tombant de son lit, quand je l'appelais en pleine nuit. Action-réaction.

A ces mots, je me redressai dans mon lit. Toute action provoque une réaction. Ce qui monte doit redescendre. Bactéries-antibiotiques. Etait-ce donc cela que voulait Goldfarb ? La formule de l'antibiotique destiné à combattre l'entérotoxine streptococcique mortelle ?

Aucun biologiste n'élaborerait un organisme impossible à combattre — à moins d'être fou à lier. Il avait dû mettre au point un antibiotique, et Goldfarb voulait le récupérer, évidemment. Il voulait être le premier averti si Ellis entrait en contact avec moi…

Pour nous donner l'antibiotique ? Pour en fabriquer suffisamment afin de sauver les patients sur le point de mourir ? Goldfarb avait déclaré que leur guérison *éventuelle* dépendait de lui. Qu'entendait-il, au juste, par « éventuelle » ?

Et qu'est-ce que les prisonniers avaient raconté à propos d'Ellis et de ses comparses quand ils brutalisaient les autres détenus, pendant la sédition, à la maison d'arrêt ? Non, ce n'était pas tout à fait cela : pas Ellis mais ses hommes. Pourquoi, pas Ellis ? « Parce qu'il préfère regarder », avaient-ils répondu. Et Mark avait dit quelque chose de similaire…

— Qu'est-ce qu'il y a ? s'enquit-il. Tu en fais, une tête !

Je lui fis part de mes soupçons concernant l'intérêt particulier que Goldfarb pouvait porter aux antibiotiques. Tout en les formulant, je pris conscience de leur ineptie. On aurait dit un complot à la sauce *X-Files.*

Mark soupira d'un air écœuré et redressa lentement les épaules.

— Si tu as une idée plus sérieuse, grommela-t-il, aurais-tu l'obligeance de m'appeler avant Adams ? Et tant qu'à faire, avertis-moi donc aussi avant ton vice-amiral. Ça lui fera les pieds.

Sur ces mots, il quitta ma maison en grommelant.

Il aurait pu dire, même sous forme de boutade, « Appelle d'abord ton inspecteur préféré, en qui tu peux avoir confiance », au lieu de « Ça lui fera les pieds ». Pourquoi cela m'ennuyait-il tellement ?

Et du reste, pourquoi appeler d'abord Mark ? Ou le vice-amiral ? Chacun d'eux voulait-il s'attribuer le mérite de la capture d'Ellis, ou avaient-ils l'un et l'autre des intentions cachées à son égard ?

Je me laissai choir sur le lit tout habillée, remontai les couvertures sur mes épaules et restai allongée dans l'obscurité à me poser une multitude de questions. L'une des déclarations de l'amiral me revint ensuite : le NIS voulait l'individu qui finançait ce genre d'opérations terroristes. Un homme extrêmement riche et qui prônait des théories racistes…

Etait-il possible de dissimuler une haine viscérale allant jusqu'à l'incitation au meurtre ? J'avais entendu le père Agneau prôner la « pureté des races ». Etait-ce la même idéologie qui animait les terroristes de La Main du Seigneur ? D'ailleurs, que penser du père Agneau ? L'instigateur de cette opération était un homme riche, de pouvoir, doté d'un certain charisme propre à enflammer les foules. Autant d'éléments qui lui correspondaient parfaitement. Les bidons contenant les bactéries avaient-ils été transférés dans la fameuse enceinte de l'Agneau ? Celui-ci était-il en train de propager les fléaux des temps modernes en ce moment même, alors que j'étais tranquillement allongée dans mon lit ? Et pour quelle raison ? Cela ne correspondait pas au profil public du personnage, à son humanitarisme ostentatoire. N'avait-il pas fait don de 200 000 dollars à une association caritative ? Offert généreusement à l'hôpital de quoi se procurer une vingtaine de filtres à air ? Et puis je l'avais vu prier pour Shareeka quand elle vivait encore, or, la fillette était une métisse…

Et Ellis ? Quel rapport entre ces deux hommes ?

Aucune idée…

Mes paupières commençaient à s'alourdir. Blottie sous les couvertures, je cédai finalement à la fatigue et sombrai dans un profond sommeil. Je dormis d'une traite jusqu'au matin, à l'heure où mon réveil se mit à sonner.

Cette fois, miss Essie ne nous appela pas pour nous inviter à prendre le petit déjeuner chez Marisa. Je me levai tant bien que mal et retrouvai Shirley qui se frottait les yeux dans la cuisine tout en préparant un café que nous prîmes sur le pouce, en peignoir. Nous fîmes ensuite notre toilette l'une après l'autre — il se révélait impossible de prendre simultanément deux douches chaudes — et partîmes à l'hôpital. Du moins, nous essayâmes.

En quittant la maison, je pris conscience d'un désagréable picotement au fond de ma gorge. Je m'installai au volant de ma petite voiture de sport et manœuvrai afin de m'engager dans l'allée. Au bout de vingt mètres, je découvris qu'il m'était impossible d'aller plus loin. Une dizaine de fourgonnettes et un nombre équivalent de voitures bloquaient le passage, débordant sur la rue. Si je réussis à regagner la maison avant d'être encerclée, c'est uniquement parce que personne ne s'attendait à me voir sortir d'aussi bonne heure. Je claquai vigoureusement la porte derrière moi et verrouillai la trappe des chiens au moment même où trois journalistes que j'avais dû surprendre en pleine opération de maquillage se précipitaient pour frapper.

Shirley émergea des profondeurs de la maison, la moitié de sa crinière rousse tout ébouriffée, l'autre disciplinée en une série de nattes.

— Que se passe-t-il ? s'écria-t-elle.

Je regardai ma chienne avec un air de reproche.

— Tu ne m'as pas avertie que nous avions de la visite, toi.

— De la visite ?

Shirley courut jusqu'à la cuisine et jeta un coup d'œil par la fenêtre.

— Merde alors !

— Inexplicablement, les chiens n'ont pas aboyé.

Belle agita mollement sa queue touffue, l'œil ensommeillé. Peluche se leva et posa deux pattes sur son dos pour essayer de jouer, mais elle ignora sa requête.

— Et tu négliges ta progéniture, par-dessus le marché.

Je levai les yeux sur Shirley.

— Il y a aussi une ribambelle de journalistes de l'autre côté, annonçai-je. Une vingtaine de véhicules, au moins.

J'avalai ma salive. Ma gorge piquait terriblement.

Shirley fustigea les chiens du regard.

— C'est une honte ! s'exclama-t-elle. A quoi servez-vous, hein ? Des chiens qui n'aboient même pas ! Comment allons-nous faire pour sortir d'ici ?

D'un pas décidé, je me dirigeai vers le téléphone de la cuisine. Après avoir composé le numéro du poste de police, je demandai qu'on envoie quelqu'un qui dégagerait le passage, en bas de chez moi. Shirley m'écouta tout en nattant machinalement ses cheveux roux, puis elle se hâta de regagner sa chambre.

— Je m'habille et j'arrive ! me lança-t-elle depuis le couloir.

Le téléphone de la cuisine était une nouveauté installée par Arlana, un modèle sans fil équipé d'écouteurs. Cela lui permettait de vaquer au ménage tout en papotant. Je passai d'une fenêtre à l'autre et décrivis le cirque qu'était devenu mon jardin, devant la maison. A mon grand plaisir, deux véhicules de police arrivèrent avant même que j'aie raccroché.

— Bravo pour votre diligence, félicitai-je mon interlocuteur.

— Nous sommes là pour rendre service, docteur.

Tandis que la police évacuait les journalistes, j'appelai l'hôpital et expliquai à Wallace ce qui se passait.

— Ma foi, j'aurais dû m'en douter, marmonna-t-il. D'ailleurs, c'est en partie ma faute. Une bonne femme du *Charlotte Observer* m'a surpris hier soir au bar des médecins. Je m'étais endormi la bouche ouverte et je devais certainement ronfler. Le flash d'une caméra m'a ébloui au moment même où elle me secouait pour me poser une foule de questions. Je n'étais pas encore bien réveillé quand elle m'a demandé si je pouvais confirmer qui avait découvert ce traitement contre la pneumopathie et le syndrome de coagulation atypiques. Quelqu'un lui avait dit que c'était toi. J'ai dû répondre par l'affirmative.

— Wallace !

Mon cri d'indignation exacerba le picotement qui me chatouillait la gorge, et je me mis à tousser.

— Je sais. Je sais, répondit-il. Mais je dormais à moitié. Avant que j'aie pu lui expliquer qu'il s'agissait d'un travail mené en collaboration avec le CDC, elle avait déjà décampé.

— C'est signé Anne Evans, dis-je dans un soupir.

— Tu la connais ?

— Encore un journaliste d'un magazine à ragots… Ça doit être un vrai torchon, son canard. Bon, la voie est libre, maintenant, mais je vais arriver en retard — à cause de toi.

— Et je n'ai pas intérêt à te décompter une heure, je suppose ?

— Exact, répondis-je en regardant les dernières fourgonnettes quitter mon allée et se garer le long de la rue. C'est un cas de force majeure.

— En revanche, je suis obligé d'organiser une conférence de presse avec toi et le Dr Atkins.

— Pardon ? Non. Pas question.

— Nous devons faire en sorte que le mérite de la découverte du traitement revienne à qui de droit, et nous devons aussi demander à la Croix-Rouge de procéder à une collecte de sang. Il n'y avait plus une goutte de plasma à Columbia, hier soir. Ils peuvent encore s'en procurer pour le moment mais il faudra pas mal de temps pour reconstituer les réserves. Tu dois lancer un appel aux donneurs.

— Wallace…

— Tout est déjà mis en place, Rhea, et ratifié par l'administration.

— Merde.

Il s'esclaffa.

— A tout à l'heure.

— Wallace, lançai-je précipitamment, il faut que cette conférence ait lieu le plus tôt possible dans la matinée, tout en laissant le temps aux collègues de Shirley — Meeks et l'autre — d'arriver de Charlotte. Et demande à quelqu'un de l'administration d'y assister aussi.

— Elisa Meeks et Chancel Martinson sont en route, et l'administration de l'hôpital sera représentée. Rassure-toi, Rhea. Tout est déjà réglé.

— Tu as une dette envers moi, Wallace.

Il raccrocha en riant. Et je me remis à tousser.

22.

Tenez-le bien à plat

La conférence de presse fut un véritable capharnaüm. L'administration de l'hôpital faisait de son mieux, mais n'ayant jamais eu affaire aux médias nationaux, elle n'avait ni les moyens ni l'expérience nécessaires pour que tout se déroule sans anicroches. On nous installa dans le réfectoire de la maison de repos, la seule salle assez vaste pour abriter journalistes et caméras. Abigail Staton, la secrétaire qui remplissait *de facto* la fonction d'organisatrice, avait équipé les lieux d'une estrade, d'un micro, d'une table munie de bloc-notes et de stylos, ainsi que de chaises destinées aux personnes interviewées. Les sièges étaient adossés au mur du couloir, du côté de la buanderie — une pièce sombre et humide où se trouvaient toutes les machines à laver de l'hôpital. Deux portes, à proximité de la table, nous permettraient de nous éclipser quand s'achèverait notre contribution au fiasco.

C'est Rolanda Higgenbotham, la directrice adjointe de l'hôpital, qui présidait la conférence retransmise en direct par CNN, avec des représentants des principales chaînes télévisées. Rolanda, une fille du pays bardée de diplômes, savait se montrer coriace. Très élégante, elle portait un superbe tailleur-pantalon gris-bleu, un rouge à lèvres assorti à son fard à paupières mauve — une couleur particulièrement seyante sur sa peau sombre —, et ses cheveux teints étaient lissés en arrière. Shirley, sa chevelure relevée en une torsade souple, dissimulait sa silhouette sous une impeccable blouse blanche qui laissait juste dépasser le col de son chemisier de soie vert jade. De même, Chancel Martinson, Elisa Meeks, ainsi que le directeur du laboratoire de l'hôpital et quelques agents du service sanitaire local arboraient des blouses amidonnées et une allure professionnelle. Tous paraissaient sortir du même moule, avec leurs coiffures impeccables et leur maquillage. Et puis il y avait moi.

Assise tout au bout de la table, le plus loin possible de l'effervescence, en tenue de travail et tennis, avec un soupçon de rouge à lèvres, je buvais du café sucré pour m'adoucir la gorge. J'avais discipliné mes cheveux du plat de la main quelques secondes avant de m'asseoir. La séance de triage en plein air, sous l'auvent des ambulances, avait recommencé, et le vent s'était chargé de personnaliser ma coiffure.

Les questions — générales ou adressées à quelqu'un de précis — commencèrent à fuser autour de moi, et je pus griffonner tranquillement sur le bloc-notes aimablement mis à notre disposition, sans regarder les caméras. Au bout de vingt minutes, les spécialistes présents à côté de moi avaient décrit la naissance de la maladie, ses moyens de propagation ainsi que les recherches entreprises sur les vecteurs possibles et l'emplacement initial de la contamination — tout cela dans un jargon extrêmement technique. Les journalistes durent demander des explications, qu'on leur fournit avec un soupçon de condescendance.

Une femme dont la voix ne m'était pas inconnue m'appela par mon nom.

— Hmm, oui ?

Je levai les yeux de mon griffonnage et distinguai le visage d'Anne Evans illuminé par les spots. Le teint pivoine, les yeux étincelants, elle semblait vivre une fabuleuse expérience de caractère quasi mystique — une conférence de presse orgasmique.

— Pouvez-vous nous dire ce que vous pensez des discours du père Agneau, qui voit en ces événements la réalisation des prophéties bibliques sur la fin du monde et ses fléaux dévastateurs ?

— Balivernes.

— Mais encore ? insista-t-elle, enchantée de ma réaction.

— Ecoutez, mademoiselle Evans, répondis-je, passant mentalement en revue les grandes calamités historiques. Au Moyen Age, les deux tiers de la population de l'Europe ont succombé aux grandes épidémies de peste qui décimaient des villes entières. La grippe dite espagnole, en 1920, a fait environ 20 millions de victimes dans le monde. Le virus Ebola, quand il sévit, est pratiquement toujours fatal ; il n'existe aucun traitement, aucun médicament susceptible d'enrayer sa progression. En ce qui concerne cette bactérie, nous avons mis au point un traitement, et les antibiotiques peuvent en venir à bout…

— Précisément, me coupa-t-elle, c'est vous qui avez inventé ce fameux traitement, n'est-ce pas ? L'administration de produits sanguins permettrait de guérir les malades ?

— Je ne l'ai pas trouvé toute seule. Le Dr Shirley Atkins vous parlera des microbiologistes du CDC qui ont découvert comment le streptocoque se développe dans l'organisme. Pour élaborer le traitement, il n'y avait plus qu'un tout petit pas à franchir. L'idée de ralentir l'hémorragie grâce à du plasma sanguin est le résultat d'un travail d'équipe auquel j'ai participé, en effet. Mais le plasma ne guérit rien ; il permet simplement de ralentir l'évolution de la maladie afin de laisser le temps aux antibiotiques d'agir. Docteur Atkins ?

Le faisceau des spots se dirigea vers Shirley qui développa le concept de travail d'équipe du CDC. Je lançai un regard noir à Anne Evans et repris mon croquis — un joli profil de Belle, compte tenu de ma nullité en dessin.

— Docteur Lynch ?

Je relevai la tête. J'avais perdu le fil des questions dans les contours d'une oreille tombante.

— Oui ?

— Je crois que vous supervisez aussi bien les urgences que les admissions, n'est-ce pas ?

J'acquiesçai d'un hochement de tête.

— Certains patients affirment que vous pratiquez un favoritisme évident, que vous faites passer certaines personnes avant d'autres, nonobstant l'ordre dans lequel elles sont arrivées. Voudriez-vous évoquer ce problème ?

Je repérai l'auteur de la question parmi les membres de la presse écrite. C'était un homme d'une quarantaine d'années, de taille moyenne, avec un joli dentier et des mains grassouillettes. Je me redressai lentement sur ma chaise, bus une gorgée de café refroidi et croisai les bras sur la table.

— Faire un tri est, malheureusement, indispensable. Cela obéit à un principe très simple, que je vais essayer d'illustrer le plus concrètement possible. Admettons que vous êtes un homme d'environ quarante ans avec quelques kilos superflus, un style de vie sédentaire, une alimentation plutôt malsaine et une profession stressante.

Le journaliste fronça les sourcils, comprenant que cette description correspondait à la sienne.

— Vous arrivez aux urgences en vous plaignant d'une douleur cuisante dans la poitrine. Trois personnes, avant vous, attendent déjà leur tour : un enfant atteint d'une otite, un homme qui s'est coupé le doigt et un facteur mordu au mollet par un chien. Si je vous fais passer avant eux, ils risquent de se plaindre. Si je vous fais attendre votre tour, vous pouvez succomber à une crise cardiaque pendant que je recouds une entaille au doigt.

Je marquai une pause. Le picotement, dans ma gorge, devenait intolérable.

Je n'avais pas attrapé la pneumopathie. Sûrement pas. Ce n'était qu'une vulgaire irritation, une trachéite due à un biscuit avalé de travers.

— En ce moment, poursuivis-je, j'évalue la gravité de l'état des patients, installée derrière une table de triage improvisée. Je fais entrer les personnes les plus gravement atteintes et qu'un traitement approprié permettrait de sauver. La sélection obéit à la priorité médicale. L'âge, la race ou la possession d'une carte de presse n'entrent pas dans nos critères de choix.

Un murmure amusé accueillit mes paroles. C'est alors que je l'aperçus tout au fond de la salle. Richard Ellis. Les yeux rivés sur moi…

Son regard perçant me cloua littéralement sur mon siège. Je le vis pivoter et quitter la salle, se déplaçant sans bruit, avec une souplesse féline. Je n'avais pas mon portable sur moi, mais la police et la Garde nationale cernaient l'établissement. Quelqu'un allait certainement le remarquer et l'appréhender. J'essayai de me souvenir de sa tenue : un treillis militaire ? un jean ? Je ne revis que son regard — l'éclat métallique de ces prunelles bleues.

Richard Ellis attendait quelque chose de moi. Cela me semblait désormais évident.

Je songeai alors aux gens rassemblés dans la salle — des cibles faciles pour des terroristes. Des prises d'air, au plafond, aéraient la pièce et l'humidifiaient. Sauf qu'il n'y avait jamais eu le moindre humidificateur dans cet établissement, pensai-je, le cœur battant. L'air trop sec y était parfois presque irrespirable, même dans la moiteur estivale de la Caroline du Sud. Levant les yeux, je vis une prise d'air protégée par une grille, juste au-dessus de ma tête. Tandis que Shirley captivait l'auditoire avec son accent anglais, si différent des inflexions méridionales des autochtones, je me levai et quittai furtivement la salle. Mes semelles grincèrent sur le carrelage humide du corridor qui longeait le fond du réfectoire. Je voyais une vapeur chargée de chlore monter en volutes autour de mes chevilles, s'élever vers le plafond avec une lenteur insolite, attirée par le système d'aération qui créait un flux artificiel entre les couches d'air.

L'humidité provenait probablement de la buanderie, le seul endroit de l'hôpital dépourvu d'électricité statique. Mais si je me trompais sur l'origine de cette moiteur inhabituelle ? Se pouvait-il que le système d'aération… Une brusque quinte de toux m'interrompit dans mes pensées.

Je jetai un coup d'œil autour de moi. Personne. La buanderie était équipée d'un téléphone mural, près d'une table basse. Je m'en servis pour composer le 9, suivi du numéro du portable de Mark.

Il décrocha à la première sonnerie.

— Mark Stafford, aboya-t-il.

J'éloignai vivement le récepteur de mon oreille. Le son devait être réglé au maximum de façon à couvrir le bruit des machines à laver.

— Une conférence de presse a lieu en ce moment dans le réfectoire de la maison de repos, chuchotai-je précipitamment. Dans la foule des journalistes, j'ai aperçu Ellis. C'est un événement important, retransmis en direct à la télé ; des terroristes pourraient frapper comme ils l'ont fait dans la discothèque ou les églises, grâce au système d'aération. L'opération aurait un impact considérable…

— Mais bon sang, qu'est-ce qu'il y a donc entre toi et ce type ? tonna-t-il. J'arrive tout de suite.

Et il raccrocha.

— C'était votre petit ami ?

Je fis brusquement volte-face, brandissant le récepteur devant moi tel un bouclier dérisoire. Un éclat bleu métallique happa mon regard. Tout en étouffant un cri, je reculai lentement à la vue de Richard Ellis.

Planté à l'entrée du corridor, il tenait entre les mains une large enveloppe, l'air totalement inoffensif dans sa blouse d'infirmier entrouverte sur un pantalon et une chemise beiges.

— Que voulez-vous ? articulai-je d'une voix tremblante.

— Je veux que vous remettiez une lettre au lieutenant. Celui qui était chez vous hier soir.

Je m'agrippai au récepteur dont le fil tendu au maximum m'empêchait de reculer davantage.

— Vous saviez qu'il était chez moi ? demandai-je sottement. Comment avez-vous…

Les petites rides au coin de ses yeux s'accentuèrent, et une lueur d'amusement dansa dans ses prunelles bleues.

— Ma foi, j'étais dans votre jardin hier soir. Je vous ai vus par la fenêtre de la cuisine. Pourquoi vous êtes-vous levée pour lui essuyer le menton ?

— Ketchup, répondis-je machinalement.

Mon cerveau semblait à demi paralysé, et je serrai le combiné contre mon ventre, sentant la nausée m'envahir.

— Très drôle. Ça l'a complètement désarçonné. Qui est-ce ?

— Qui ?

— Le lieutenant, répondit-il patiemment. Il s'appelle ?

— Gilroy Adams.

La gorge sèche, j'essayai désespérément d'avaler ma salive.

— Remettez-lui ceci de ma part, voulez-vous ?

Ellis s'approcha et me tendit l'enveloppe épaisse en papier kraft, du type de celles qu'on utilise pour expédier des objets délicats. Avançant la main, je lâchai le téléphone qui rebondit bruyamment sur le sol.

Je pris l'enveloppe avec précaution et la tins comme lui entre deux doigts de chaque main. Elle pencha légèrement vers la droite.

— Tss-tss ! fit-il en soulevant d'un doigt le côté qui s'affaissait. Il faut la tenir bien à plat. Servez-vous des deux mains.

— A plat ?

Je me retins de tousser, la gorge irritée par les émanations de chlore.

— A plat, répéta-t-il comme s'il enseignait le vocabulaire à un petit enfant. Et ne la posez surtout pas. Compris ? Vous apprendrez tout à l'heure ce qu'il faut en faire.

Je tins l'enveloppe à deux mains ainsi qu'il me l'indiquait. Des larmes chlorées me montèrent aux yeux, et l'image d'Ellis commença à se brouiller. Quelqu'un avait dû renverser de l'eau de Javel en grande quantité dans la buanderie.

— Je voulais la lui donner hier soir, mais votre petit ami ne le quittait plus. A propos, il l'a envoyé dans un hôtel vraiment merdique, à la sortie de la ville. Même les putes n'y mettent pas les pieds.

En manque d'air, je ne suivais pas très bien ce qu'il racontait. Heureusement, je réussis à respirer à fond, ce qui eut pour effet d'atténuer ma nausée.

— Avez-vous saboté le système d'aération de cette zone ? l'interrogeai-je en pointant le menton vers la salle de réfectoire, l'enveloppe entre les mains.

— Avec le streptocoque ? Non. J'aurais dû le faire, mais la conférence de presse n'avait pas été annoncée.

Son regard pétilla de nouveau, comme s'il s'agissait d'une bonne blague.

— Le monde serait plus vivable si une bonne moitié de ces parasites disparaissait. Excepté Connie Chung. Elle, je l'aime bien.

Je tressaillis en l'entendant utiliser mes propres mots. Des « parasites »… N'était-ce pas ainsi que je qualifiais la plupart des journalistes ?

— Connie Chung est asiatique. Je croyais que vous haïssiez toutes les personnes qui ne sont pas de votre race.

— Pure propagande. Mais vous vous en doutiez déjà, n'est-ce pas ?

Sur ces mots, il pivota sur ses talons et s'élança au pas de course dans les vapeurs de la buanderie où il disparut rapidement.

— Rhea ?

Je sursautai en l'entendant appeler mon prénom. Un filet de sueur ruissela entre mes omoplates.

— Quoi ? murmurai-je.

— Vous pourrez ouvrir le paquet quand je serai parti. Mais en attendant, n'oubliez pas, insista-t-il doucement. Tenez-le exactement comme je vous l'ai dit. Bien à plat.

Une porte s'ouvrit et se referma de l'autre côté de la pièce, le bruit se mêlant à l'écho de son avertissement.

Clignant des paupières, je revis la silhouette d'Ellis qui courait dans le brouillard avant de disparaître. Courait. Disparaissait.

Je contemplai l'enveloppe qu'il m'avait donnée. Bien à plat, avait-il dit. L'objet n'était pas lourd, donc ce n'était pas une bombe. D'ailleurs, une bombe n'avait pas besoin de rester à l'horizontale, si ? Les vapeurs de chlore conjuguées à l'angoisse qui me nouait le ventre engendrèrent une nouvelle vague de nausées. J'avalai péniblement ma salive, obsédée par l'image d'Ellis qui courait puis disparaissait dans un nuage de vapeur.

Avec d'infinies précautions, je m'assis sur mes talons et appuyai un coude sur le support du combiné. J'entendis la tonalité se déclencher un peu plus loin, par terre. Marchant à reculons sur les talons, je trouvai le combiné dans les tourbillons de buée. C'était un vieux modèle qui comportait deux boutons sans numéros : l'un pour décrocher, l'autre pour renouveler le dernier appel. Attentive à ne pas secouer le paquet, je libérai un doigt et appuyai sur le bouton de rappel. J'entendis la sonnerie à côté de mes pieds.

— Allô, dit Mark d'un ton irrité.

— Mark, murmurai-je dans un souffle. Mark, il était là… avec moi, dans la buanderie de l'hôpital. Ellis était là.

Ma voix se fêla sur le dernier mot.

— Mark, tu m'entends ?

— A peine. Rhea ?

Je ne répondis pas, craignant de vomir si j'ouvrais de nouveau la bouche.

— Pourquoi me rappelles-tu ?

Le son était lointain, métallique, bien que le volume soit réglé au maximum.

— Nom d'un chien, Rhea, est-ce que tu es là ?

Mes lèvres semblaient collées l'une à l'autre par une couche de plâtre. Je les séparai tant bien que mal.

— Il m'a dit qu'il fallait le tenir à plat.

— Tenir quoi, à plat ?

— Le paquet. L'enveloppe qu'il m'a donnée.

— Merde ! s'écria-t-il. Rhea, ne bouge pas. Ne bouge surtout pas. Est-ce que tu tiens l'enveloppe à la main ?

— Oui. Il m'a dit de ne pas la poser. Mais il m'a dit aussi que je pouvais l'ouvrir quand il serait parti.

— Ne bouge pas, répéta-t-il une nouvelle fois. Ne pose pas l'enveloppe et ne l'ouvre absolument pas. Compris ?

J'entendis sa voix s'éloigner un moment du micro et lancer des ordres d'un ton autoritaire.

— Oui, oui, je comprends, murmurai-je. Mais Ellis marchait avec. Je l'ai vu.

C'était tout de même important, non ? Cela signifiait que je ne risquais rien…

— Je me contrefiche de ce que faisait Ellis. Lui savait ce qu'il tenait entre les mains et comment le manipuler. Toi, non. Rhea, si c'est réellement une bombe qu'il t'a donnée — même une bombe à vapeurs toxiques —, elle peut être déclenchée au moindre mouvement. Le moindre changement de pression, un déplacement du centre de gravité, peut provoquer l'explosion. Ne fais pas un geste ! Les secours arrivent.

Changement de pression ? Déplacement du centre de gravité ? Je faillis éclater de rire et céder à une quinte de toux. Une crampe commençait à envahir mes mains et mes pieds. J'étais en train de m'engourdir.

Une frange d'obscurité à la périphérie de ma vision me signala l'imminence d'une syncope.

— Rhea ? appela Mark d'une voix où vibrait la panique.

J'étais sur le point de m'évanouir.

— Oh, merde, murmurai-je.

— Qu'est-ce qu'il y a ?

— Je vais tourner de l'œil, articulai-je un peu plus fort, d'une voix entrecoupée. Il faut que je m'asseye.

Je décalai mes fesses vers la droite, déplaçant ainsi mon axe de gravité.

— Si tu entends un grand boum, ça signifie que tu me retrouveras en mille morceaux.

Un rire nerveux fit vibrer mes cordes vocales. J'essayai de respirer plus lentement.

— Et ne vous avisez pas de m'enterrer auprès de ma mère, poursuivis-je. Tu entends ?

Je retins mon souffle.

Tout doucement, les yeux rivés sur l'enveloppe, j'abaissai mon postérieur de quelques centimètres, jusqu'au sol humide. Un nuage de vapeur froide tourbillonna autour de moi. Les émanations de chlore m'irritaient les narines et la gorge, et me faisaient pleurer. Je sentais une odeur d'ammoniaque se dégager nettement sous celle de l'eau de Javel. Ellis aurait-il élaboré un explosif quelconque à partir de produits chimiques récupérés sur place ? Cela pouvait être meurtrier… Je devais à tout prix sortir de là.

— Je ne veux pas passer l'éternité à côté de ma mère. As-tu noté ça ? Je m'y refuse absolument.

Je commençais à divaguer. Les volutes de vapeur montaient autour de moi, créant un mouvement d'air frais. J'aspirai convulsivement et réussis enfin à emplir mes poumons — ce qui me permit de maîtriser ma toux.

— J'ai entendu, Rhea.

Son ton, d'abord tendre, se durcit.

— Seulement, je t'en prie, ne fais pas comme ces bonnes femmes qui tournent de l'œil au moindre prétexte. Je sais bien que les hormones femelles vous rendent plus sensibles à la panique, mais…

Les larmes qui s'accumulaient dans mes yeux roulèrent enfin sur mes joues, et le picotement s'estompa. Je compris que Mark cherchait à me provoquer, à me faire réagir. Son effort était à la fois comique et touchant. Pourtant, inexplicablement, cela me donna du courage. De fait, mon angoisse et ma nausée redevinrent presque supportables.

— Mark ? Veux-tu prendre ma place ? Pourquoi ne voles-tu pas au secours d'une faible femme en détresse ? Viens donc me retirer cette bombe des mains, espèce de flic débile.

— Hé, ne me confonds pas avec la petite futée qui a accepté un cadeau d'Ellis. A ton avis, lequel de nous deux est le plus débile ?

— O.K., au temps pour moi. Mais pourrais-tu me dire si quelqu'un d'encore plus débile va bientôt venir à mon secours ?

Ma vue commençait à s'éclaircir. Apparemment, le risque de syncope était écarté — du moins, pour le moment.

J'entendis Mark rigoler doucement.

— Oui, mon cœur. Ne t'en fais pas, ils arrivent.

Ce mot doux trahissait son anxiété. Mark Stafford ne m'avait jamais adressé de petits surnoms, sinon en plaisantant.

— Ils ont intérêt à se dépêcher. Je n'ai plus peur de vomir ou de m'évanouir, mais j'ai vraiment, vraiment besoin d'aller aux toilettes.

J'entendis son rire résonner dans le combiné qui gisait toujours à mes pieds, puis des sirènes de police retentirent, dehors, couvrant sa voix. Trois gardes nationaux et deux policiers en uniforme firent irruption dans le couloir, l'arme au poing.

— Brigadier Darby, lança l'un d'entre eux. De quel côté est-il parti, madame ?

J'eus l'impression d'entendre une réplique de film longtemps rebattue. Je tournai légèrement la tête vers la porte du fond.

— Une porte a claqué de ce côté-là.

Une fois de plus, je revis Ellis s'enfuir en courant puis disparaître, comme si cette image s'était imprimée sur ma rétine. De grosses gouttes commençaient à tomber du plafond, s'écrasant sur ma tête ou sur le carrelage humide. L'un des policiers se lança à la poursuite du fuyard dans la vapeur et l'humidité. Je me mis à tousser, m'efforçant de tenir le paquet à l'horizontale.

— Est-ce qu'ils sont là, Rhea ? s'enquit Mark au téléphone.

— Oui, répondis-je dans un souffle. Mais j'espérais que tu m'enverrais les plus stupides afin que je puisse sortir d'ici. Ces gars-là sont trop malins pour prendre l'enveloppe.

— Merci, madame, dit l'un des policiers.

L'autre policier entraîna les gardes vers la salle de la conférence de presse.

— Ne vous approchez pas d'elle. Je l'ai entendue tousser. Venez. Nous allons évacuer l'assistance.

— Je serai bientôt là, Rhea. Je suis en route, m'apprit Mark.

— D'accord.

Je reniflai. Des larmes roulaient le long de mon nez.

— Mark ? Merci.

— A ton service. Tiens bon.

Au-dessus de ma tête, un haut-parleur grésilla.

— Alerte à la buanderie. Alerte à la buanderie. Alerte à la buanderie.

Je fus prise d'une quinte de toux, mais ce n'était pas la pneumopathie atypique. Aucun doute là-dessus.

A côté, j'entendis les policiers annoncer à l'assistance qu'il fallait évacuer la salle. L'acoustique était géniale — à moins qu'on entende beaucoup mieux assis sur le sol, à proximité d'une bouche d'aération. Des récriminations s'ensuivirent. Apparemment, les cameramen et les journalistes refusaient de laisser leur matériel sur place et de sortir. Les policiers durent employer la force, à en juger par le tapage qui me parvint ensuite. Je me demandai si la scène serait retransmise en direct.

Une voix de femme — celle de Rolanda Higgenbotham, me sembla-t-il — s'éleva alors pour rappeler qu'il y avait eu une alerte à la bombe, ainsi que les haut-parleurs venaient de l'indiquer. Curieusement, la présence éventuelle d'une bombe mit tout le monde d'accord. Le matériel fut abandonné sur place tandis que l'assistance décampait sans demander son reste. Le silence succéda au vacarme. Je restais seule avec le cadeau empoisonné et ma toux ordinaire. Une simple toux due à une gorge irritée.

J'avais les mains glacées, les membres douloureux. Mes vêtements étaient trempés, et les larmes qui roulaient sur mes joues me brûlaient la peau. Il me semblait que les vapeurs de chlore devenaient de plus en plus âcres. Comment pouvait-on travailler dans un endroit pareil ? Il est vrai que les employés s'asseyaient sans doute rarement par terre auprès des bouches d'aération. Ils circulaient de l'autre côté de la pièce, autour des machines. Drôle d'endroit pour installer un téléphone, songeai-je.

Cependant, le degré d'émanations était sûrement inhabituel. Je n'avais jamais senti d'odeur aussi forte en passant devant cette pièce. Se pouvait-il que je tienne dans les mains un mélange de produits explosifs ? Ellis, ignorant qu'il y avait une conférence de presse, avait dû être piégé en venant apporter son message à Adams. Pour pouvoir s'enfuir, il avait mélangé des produits chimiques trouvés sur place et y avait ajouté un activateur quelconque. Par conséquent, il s'agissait d'un acte prémédité.

Les vapeurs toxiques continuaient de monter en volutes autour de moi. J'avais du mal à respirer, la gorge aussi rêche que du papier de verre. L'odeur d'ammoniaque devenait de plus en plus forte. Un mélange d'ammoniaque et de produit chloré, plus une autre substance destinée à activer la réaction… C'était sans doute cela. On se sert couramment d'ammoniaque et de chlore dans une blanchisserie ; l'effet caustique des émanations n'avait donc rien d'étonnant.

Je restai assise sur le sol mouillé pendant ce qui me parut une éternité à respirer ces odeurs malsaines. Finalement, quelqu'un pénétra dans la pièce. La présence d'un être humain, même affublé d'une combinaison de protection rembourrée qui lui faisait une silhouette de géant, me réconforta aussitôt. Il se dirigea vers moi d'un pas pesant. Je le distinguais mal à travers mes larmes.

— Me voilà.

C'était la voix de Mark, toute proche. Sa tenue le rendait pratiquement méconnaissable.

— Est-ce que ça va ?

— Très bien.

— Tu pleures, constata-t-il avec stupéfaction, comme s'il n'avait jamais vu une femme en larmes.

— A cause des émanations, grommelai-je. Les vapeurs de chlore. C'est insupportable.

Je toussai une fois de plus, m'efforçant de ne pas bouger le paquet.

— Il faut que je pose ce truc quelque part, Mark. J'ai des crampes.

— Non. Ne change pas de position. Cet objet doit rester immobile.

— Il serait beaucoup plus stable sur le sol.

— Oui, mais il ne serait plus soutenu par les bords. Si c'est une bombe et que le détonateur se trouve en dessous…

Il laissa sa phrase en suspens. Je n'avais pas besoin d'un dessin.

— Tu dois rester assise et le tenir sans bouger, Rhea.

Je ne pouvais qu'obtempérer, malgré les crampes qui commençaient à me donner des frissons et la toux qui me déchirait la gorge. J'entendis un déclic à proximité, puis un bruit envahit la pièce. Mark décrivit le paquet à quelqu'un, communiquant ses dimensions, sa couleur, la manière dont il semblait être cacheté.

— Peut-elle vous dire son poids ? s'enquit son interlocuteur.

— Un kilo, environ ? répondis-je directement. Mais en l'occurrence, j'ai l'impression qu'il est vingt fois plus lourd.

— Compris. Restez en ligne, inspecteur.

— Bon, est-ce que les idiots seront bientôt là ? demandai-je. Les types qui me débarrasseront de ça ?

— Ils sont déjà sur le parking. Ils ont apporté un robot spécialisé dans ce genre d'opération qui n'a aucun instinct de conservation, lui. Il te prendra le paquet.

— Vous avez un robot au poste ?

— On nous l'a prêté. Tu te souviens des joujoux dont nous avions parlé ? De ce « mouchard » que tu ne voulais pas que j'utilise ?

J'acquiesçai à travers mes larmes.

— Eh bien, nous avons aussi un robot à l'essai. Une petite merveille d'électronique baptisée Hemmer.

Ou, plus vraisemblablement, MR. Cependant, ce nom rendait l'appareil plus humain — comme s'il s'agissait d'un nouveau copain.

— Notre petit bonhomme ne mesure pas plus de cinquante centimètres de haut et se déplace sur six roues caoutchoutées. Il est équipé d'une caméra, d'un appareil de radioscopie miniature, d'une paire de pinces pour prendre les objets et d'une petite cabine explosive à l'arrière. Il sert à transporter, identifier et détruire certains types de bombes. Mignon comme tout.

— Mignon ? Seul un homme peut trouver mignon un robot antibombes. J'ai l'impression de cuire, Mark.

Une quinte de toux déchirante ponctua ma phrase. Je m'efforçai de maintenir l'enveloppe à l'horizontale.

— Ces émanations sont irrespirables, observa-t-il. Est-ce que ça sent toujours aussi mauvais, ici ?

— Non, je ne crois pas. Je me demande si Ellis a répandu de l'eau de Javel par terre. Mais l'odeur du chlore, sous forme de gaz, est à peu près identique. Peut-être y a-t-il ajouté de l'ammoniaque.

— Charmant, marmonna-t-il avec une grimace.

Un bruit de pas résonna dans le corridor.

— Ellis a réussi à s'enfuir, inspecteur. Un fossoyeur l'a aperçu, depuis le cimetière. Il dit qu'il a vu un homme sauter par-dessus le ruisseau, traverser le cimetière en courant et filer dans une vieille camionnette rouge.

— Merde. Et le cordon de sécurité, nom d'un chien ?

— Je n'ai vu personne avant de revenir dans l'enceinte de l'hôpital. Là, un gars du FBI s'est lancé à ma poursuite, revolver au poing. Il m'a dit qu'il allait tirer si je ne m'arrêtais pas.

— Est-ce qu'il a tiré ? demanda Mark.

— Chacun sait que les gars du FBI n'ont pas le droit de se servir d'une arme, chef, répliqua Darby, un jeune flic à la mine effrontée. Bon sang, ça pue drôlement, ici !

Je fronçai les sourcils, avec la sensation d'être mise à l'écart.

— Quelqu'un pourrait-il me dire ce qui se passe ? Mark, ça brûle de plus en plus. Et les vapeurs s'épaississent.

— Est-ce que l'eau disperse le chlore ?

— En grande quantité, oui. Mais tu ferais mieux de t'arranger pour nous sortir d'ici et faire venir une équipe de spécialistes des produits à risque.

— Darby, allez me chercher un pompier pour qu'il nous donne son avis. Dites-lui qu'il nous faudra sans doute un spécialiste des produits dangereux. Et rouvrez la porte par laquelle vous êtes arrivé. Ouvrez toutes les portes. Il faut aérer.

— Bien, chef, dit Darby en pataugeant dans les flaques formées par l'humidité. Je vous apporte un peu d'oxygène.

Mark se tourna vers moi, le dos rigide dans sa tenue de scaphandrier.

— Le FBI avait installé un cordon de sécurité autour de l'hôpital, m'expliqua-t-il. Mais à mon avis, ils n'ont jamais vraiment imaginé qu'un criminel oserait s'introduire dans un endroit aussi animé. Ils ont retiré une partie de leurs effectifs et laissé quelques hommes afin de surveiller l'entrée. Passer entre les mailles du filet a dû être un jeu d'enfant pour Ellis.

Sa voix devint rauque et il se mit à tousser, lui aussi.

J'entendis un nouveau déclic.

— 214, lança-t-il. Il faut faire sortir le Dr Lynch d'ici. Ellis a peut-être répandu un produit toxique. Nos yeux brûlent et l'air est irrespirable.

— 325 à 214. Si l'objet est une bombe et que le Dr Lynch se déplace, cela peut exploser. Nous vous envoyons Hemmer.

— Quand sera-t-il là ?

— Disons… dans cinq minutes ?

— Je ne crois pas que nous puissions attendre jusque-là, rétorqua Mark.

Nous toussions tous les deux sans arrêt, les voies respiratoires obstruées.

— L'oxygène arrive, Stafford. Ne bougez pas de là.

Mark ne répondit pas. Il ne pouvait plus dire un mot.

L'oxygène mit un temps interminable à arriver. Des bruits de bottes distincts approchèrent. Les paupières boursouflées, je ne parvenais plus à ouvrir les yeux. Impossible de voir s'il s'agissait du même policier qu'avant. J'étais aveugle. Une seconde paire de bottes rejoignit la première. J'entendis les hommes parler, mais le bruit de ma toux m'empêchait de saisir leurs propos. Enfin, quelqu'un s'adressa à moi.

— Voilà, madame. Ceci va vous soulager. Mais ne remuez pas l'enveloppe, hein ? Je n'ai pas envie d'être réduit en miettes.

Quelque chose de lourd et de solide fut placé à ma droite, tout contre moi — une sorte de panneau isolant qui protégerait les autres au cas où j'exploserais. Mais il eut aussi pour effet de bloquer un instant les vapeurs caustiques, ce qui me permit de respirer un peu.

— Restez immobile, docteur. Ça va vous faire du bien.

Un liquide frais m'éclaboussa le visage, provoquant d'abord une douleur cuisante, puis un brusque soulagement. De nouveau aspergée jusque dans les yeux, j'éprouvai une merveilleuse sensation de fraîcheur. On m'appliqua des compresses apaisantes sur les paupières puis un bandeau pour les retenir, et un masque à oxygène sur le nez et la bouche. Malgré cela, je redoutais d'être aveugle.

— Mélange d'eau de Javel et d'ammoniaque, plus un gros morceau de neige carbonique dans un seau métallique, expliqua Darby. Dommage que je ne l'aie pas vu tout à l'heure, inspecteur. Le mélange est neutralisé, maintenant. Les émanations ne devraient pas tarder à se dissiper.

A quelque distance de là, le bourdonnement d'un moteur électrique se fit entendre. Entre deux quintes de toux, je réussis à discerner l'endroit d'où provenait le bruit.

— C'est le robot ? demandai-je.

— Oui. Il entre dans la pièce, répondit quelqu'un par radio. Inspecteur, évacuez vos hommes pendant que Hemmer va récupérer le colis.

Typiquement masculin, ça. Leur robot destructeur de bombes avait été conçu comme un toutou qui va chercher la baballe.

— Allez, les gars, sortez d'ici. Moi, je reste avec le Dr Lynch.

Une sorte de brouillard rouge envahit l'obscurité où j'étais plongée. Etait-ce bon signe ?

— Va-t'en, Mark. Clarissa m'égorgerait si je te faisais exploser.

— Ma mère m'égorgerait si j'abandonnais une femme en danger. Allez, ouste ! Dehors, vous autres !

Il n'y avait rien à redire à cela. C'était la vérité.

— Au moins, éloigne-toi un peu.

— Je préfère mourir qu'être estropié à vie. Je reste près de toi. Vous êtes encore là, vous ?

— Inspecteur…

— Fichez-moi le camp.

— Voilà votre radio. Bon courage.

Mark s'assit près de moi sur ses talons. J'avais tellement froid que son corps était comme un brasier à côté du mien. Le bourdonnement se rapprocha.

— 214, il faut ôter une partie de l'écran isolant, sinon Hemmer ne pourra pas s'approcher d'elle, ordonna une voix masculine, par radio.

Mark se déplaça, me privant de sa chaleur.

— Ce bidule est radioguidé ? m'enquis-je.

— Oui. Est-ce que ça suffit, comme ça ? demanda-t-il à l'homme qui tenait la télécommande.

— Parfait. Docteur, vous m'entendez ?

— Oui.

— Allons-y, maintenant. Il faut que vous vous détendiez. Vous allez sentir le robot à vos genoux. Hemmer vous prendra l'enveloppe. Mais il ne faudra pas la lâcher tant qu'il ne vous l'aura pas prise des mains. Compris ?

— Compris.

Ma gorge et mes voies respiratoires étaient à vif, de sorte que ma voix émettait un son rocailleux. J'avais un goût amer dans la bouche.

Quelque chose vint heurter mes genoux. Surprise, je tressaillis.

— Ne remuez pas le paquet, docteur.

— Désolée.

Le paquet avait bougé. Je sentis de petits mouvements à l'intérieur et entendis de légers raclements, comme si des objets métalliques frottaient contre du papier. Et l'enveloppe me glissa lentement des mains.

— Rhea ? dit Mark.

— Il m'a échappé. Le paquet m'a échappé.

— Ne bouge pas.

Des pas précipités résonnèrent dans le corridor, ralentirent en s'approchant. Une poigne solide me souleva par les bras. Je tentai de tenir debout, mais mes jambes complètement engourdies refusaient de me porter.

— Je ne peux pas…

— Pas de problème, docteur. Je vous tiens.

Je me sentis soulevée, emportée dans les bras d'un pompier jusque dans le couloir. Le moindre mouvement était si douloureux que je ne pus réprimer une plainte.

— Au fait, docteur, commença le pompier d'un ton dégagé.

— Oui ? murmurai-je, sur la défensive.

— On ne vous a jamais dit de ne pas accepter de cadeaux d'un inconnu ?

Je soupirai, écœurée. J'allais certainement me faire chambrer sans fin à propos de cet incident. Je n'avais eu que ce que je méritais.

Il me porta jusqu'à une ambulance où je fus inondée d'un liquide indéterminé. On me déshabilla ensuite sans cérémonie avant de m'asperger de nouveau. Je me mis à claquer des dents, le corps secoué de frissons. Quelqu'un m'enveloppa dans une couverture chaude, puis une seconde. C'était le paradis.

— Oh ! là, là, murmurai-je dans un souffle. Merci, Seigneur.

Attachée sur une civière, je sentis que l'ambulance démarrait

23.

Ce qui s'appelle aboutir à une impasse

Je n'appris de quoi était composée ma fameuse bombe et comment l'hôpital avait réagi que beaucoup plus tard. Bien après que Taylor Reeves eut diagnostiqué une sérieuse irritation oculaire, écartant cependant toute menace de cécité. Bien après qu'une radio des poumons eut établi que je ne présentais aucun symptôme de pneumopathie atypique. Bien après que Mark, Gil Adams et le shérif eurent achevé de me cuisiner au vu et au su de tous, au beau milieu des urgences pendant qu'on m'examinait sous toutes les coutures. Et bien après mon retour à la maison où je me reposai enfin, allongée sur le canapé du séjour sous une couverture électrique, devant un bon feu de cheminée, une tasse de café corsé dans une main, l'autre main dans celle de Marisa. Mon amie ne me quittait plus.

Marisa et miss Essie avaient regardé la conférence de presse retransmise en direct sur CNN et m'avaient vue m'éclipser discrètement. Marisa s'était affolée au moment de l'alerte à la bombe. Miss Essie m'informa que j'avais failli déclencher un accouchement prématuré et décréta que je devrais manifester plus de considération pour son vieux cœur et pour l'enfant de Marisa. D'une voix éraillée de fumeuse invétérée, j'admis que j'avais été d'une négligence impardonnable et serrai la main de Marisa qui riait sous cape.

Tandis que nous regardions la télévision, miss Essie et Arlana s'affairaient dans la maison, faisant mijoter un pot-au-feu, confectionnant du pain au maïs, buvant du café, répondant au téléphone et échangeant les derniers potins — lesquels me concernaient évidemment en grande partie — avec leurs innombrables parents et amis.

CNN rediffusa x fois l'épisode de la bombe en décrivant la manière dont l'aile abritant la maison de repos avait été évacuée. Nous vîmes les patients en fauteuils roulants ou lits à roulettes entassés dans les couloirs et à l'extérieur, les pompiers poussant les véhicules — des médias, pour la plupart — qui bloquaient les voies de secours.

Durant l'heure qu'avait duré mon supplice et les suivantes, les journalistes avaient bataillé afin d'accéder sur les lieux, s'évertuant à obtenir des interviews exclusives ou à trouver des moyens d'apprendre ce qui se passait à l'intérieur. Véritables sangsues, ils empêchaient le personnel médical de faire son travail. Cette comédie harassante s'était poursuivie jusqu'au soir, quand la conférence de presse s'était reformée sur le parking.

A en croire un porte-parole du FBI, personne n'avait réussi à monter sur le toit. Le fameux streptocoque n'avait pas été répandu dans le système de ventilation par des terroristes d'extrême droite. Impossible, voyons ! En présence du FBI ? Le seul produit chimique utilisé était un mélange d'ammoniaque, d'eau de Javel et de neige carbonique — un moyen rapide et efficace de tenir tout le monde en haleine pendant qu'Ellis décampait. Apparemment, ce dernier avait réussi à se procurer tous ces produits dans les locaux de la buanderie. Après avoir confectionné son mélange dans un seau également trouvé sur place, il y avait jeté le morceau de neige carbonique au moment où je parlais au téléphone. J'avais eu de la chance de ne pas me brûler les bronches avec sa bombe à vapeur.

Le paquet qu'il m'avait remis et que je m'étais donné tant de mal à tenir à plat fut radioscopé sur le parking désert par Hemmer, sous la surveillance des membres de la brigade antibombes camouflés derrière un solide écran protecteur. L'image révéla des objets métalliques délicats mais rien qui ressemblât de près ou de loin à des substances explosives quelconques.

Toutefois, pour ne prendre aucun risque, la brigade antibombes immergea l'enveloppe dans un seau d'eau pendant une heure avant de la faire ouvrir par Hemmer. Je pus observer la scène, filmée par une caméra télescopique, aux actualités du soir.

Mes yeux irrités me permettaient de voir par intermittence, entre deux applications de compresses. Je profitais au maximum de ces intervalles, bénissant la lumière. Je n'étais pas aveugle. Et la pneumopathie m'avait épargnée. Ces deux petites phrases formaient un refrain joyeux dans mon esprit.

Ce que les reportages ne montrèrent pas, c'est Mark qui me l'apprit. L'enveloppe que l'on remit au Lt Adams contenait une feuille de papier détrempée couverte d'un texte rendu illisible par l'immersion prolongée, deux permis de conduire, une liasse de billets presque dissous, des cartes de crédit et quelques bijoux, dont deux colliers à breloques représentant des petits anges en or et en argent. Des traces de sang, ultérieurement identifié comme du sang humain, furent trouvées dans les maillons des chaînes. Les initiales L.Y. et M.G.C. étaient gravées sur certains bijoux — initiales correspondant aux noms des permis de conduire : Mel et Lia Campbell.

Richard Ellis nous avait donc envoyé les biens confisqués aux deux premières victimes de la pneumopathie atypique lors de leur séquestration. Il avait jugé bon de se vanter de son forfait. De venir me narguer. Et devant cette évidence, mes théories le concernant s'envolèrent aussitôt en fumée.

Pourtant, une question commençait à m'obséder : pourquoi Richard Ellis m'avait-il élue, moi, pour transmettre ses messages ? Je n'en avais pas la moindre idée.

Le dîner venu, Shirley, Adams, Mark et moi nous réunîmes de façon à réfléchir ensemble à cette énigme, en présence de Marisa et de sa gouvernante. Miss Essie nous servit un ragoût de fèves et d'asperges en cocotte, du poulet aux épices, une salade du jardin, des biscuits maison et un gâteau à la crème de framboises. Bref, un dîner de roi — dont la plupart des ingrédients provenaient bien sûr de la maison voisine. Les événements de la veille avaient passablement altéré mon appétit. Pourtant, malgré quelques difficultés à avaler, je m'efforçai de faire honneur à ce festin, sachant que j'avais besoin de reprendre des forces.

Nous nous installâmes autour de la table que miss Essie avait dressée au centre de la cuisine avec ma vaisselle en porcelaine, l'argenterie et une jolie nappe en lin beige. Une vingtaine de bougies remplaçait l'éclairage électrique afin d'épargner mes yeux fragilisés, et les flammes dansantes se reflétaient sur le cristal des verres, dessinant des ombres mouvantes sur les murs. Pour une fois, ma maison semblait presque festive. Dehors, un vigile armé montait la garde, prêt à mettre la main sur Ellis au cas où il se montrerait de nouveau, et à éloigner les journalistes importuns.

— Tu lui as peut-être tapé dans l'œil, avança Mark en guise d'explication. Il aime peut-être les filles qui ne refusent pas les bonbons offerts par des inconnus.

— Non, répliqua Adams. Elle doit avoir une importance quelconque à ses yeux, soit parce qu'elle sait quelque chose, soit à cause de ce qu'elle représente personnellement.

— Je n'avais jamais vu ce type auparavant, répétai-je de ma voix éraillée. Je m'en serais souvenue. Il a un regard perçant qui vous donne le frisson.

— Bref, ce n'est pas ton genre d'homme ?

— Sûrement pas.

— Rhea préfère les hommes solides et fiables aux grands blonds au regard assassin. Et je partage tout à fait ses goûts, déclara Shirley. Cet Ellis doit être une sacrée brute.

— Bon. Où cela nous mène-t-il, pour le moment ? demanda Mark.

— Appelez tante Dee Dee, suggéra Marisa.

Elle parvenait presque à s'exprimer distinctement, à présent. Shirley haussa les sourcils.

— Pour quoi faire ? Je croyais qu'elle avait pété les plombs.

Marisa haussa les épaules d'un air découragé, comme s'il lui était trop difficile de s'expliquer davantage.

— Je n'appellerai pas miss Dee Dee, grommelai-je. Ni maintenant ni jamais.

— Nous trouverons la solution sans l'aide de cette vieille sal… euh, cette vieille dame, se reprit Mark. Elle n'était pas dans le coup, cette fois. Ce n'est pas elle qui a pu orienter Ellis vers Rhea.

— En tout cas, quelqu'un s'arrange bel et bien pour attirer des ennuis à notre miss Rhea, ça, c'est sûr, maugréa miss Essie.

Et vous feriez mieux de trouver un moyen d'arrêter ça, vous, les hommes.

Adams secoua la tête d'un air exaspéré et lança à l'intention de Mark :

— Tant que votre petite amie n'aura pas établi le rapprochement, nous n'aurons aucun élément de réponse.

Petite amie ? Solide et fiable ? Je réprimai un soupir et posai ma fourchette sur la table, mon appétit totalement envolé.

— Eh bien, mes chers amis, s'exclama Shirley avec son enjouement coutumier, voilà ce qui s'appelle aboutir à une impasse. Heureusement, nos zélés compagnons, ici présents, ne tarderont pas à trouver une solution.

Les yeux à moitié clos, je la vis regarder Adams en battant des cils et poser une main délicate sur le bras de Mark. Ecœurée, je réprimai un grognement.

Marisa passa le reste de la nuit chez moi, partageant mon immense lit. Elle avait bu trop de café corsé en cachette de miss Essie et était un peu excitée, comme Shirley d'ailleurs — laquelle avait vu Cam le matin à sa descente d'avion. Quant à moi, j'étais exténuée mais trop énervée pour dormir. Nous passâmes donc une bonne partie de la nuit à papoter ensemble, toutes les trois. Shirley se livra à sa spécialité favorite qui consistait à parler des garçons — de Cameron Reston, mais aussi du Lt Adams, « rigide mais séduisant », de Taylor Reeves, le « beau râleur », et de Mark Stafford, l'inspecteur au charme insolent, désormais désigné comme mon petit ami attitré. Je connaissais Shirley. Depuis que Mark avait remué ciel et terre pour me tirer d'affaire et refusé de m'abandonner, il s'était hissé au statut de héros dans la mythologie atkinienne. Le lendemain, à la première heure, Shirley allait annoncer la nouvelle par courrier électronique à tous nos amis, et le soir venu, je serais inondée de commentaires et de questions indiscrètes.

Jusqu'à présent, je ne voulais pas que tout le monde soit au courant de cette nouvelle liaison, surtout avec quelqu'un d'aussi différent de John et qui — je n'étais pas particulièrement fière de l'admettre — n'était pas médecin. Mais maintenant, chaque fois que mes yeux se fermaient, je revoyais ce grand gaillard dans sa tenue de scaphandrier qui refusait de s'éloigner de moi et de ma prétendue bombe.

D'accord, ce petit examen de conscience n'était pas vraiment à mon avantage. Je n'allais pas en faire une maladie. D'autant que les choses pouvaient évoluer. A la différence de John, qui avait envoyé valser nos projets au premier signe de sa famille, Mark était un homme indépendant, qui me laissait mon indépendance. Soudain, au cœur de la nuit — avec Shirl et Risa pelotonnées sur mon lit, la première coupant et vernissant les ongles des pieds de la seconde, maintenant trop grosse pour se contorsionner —, je compris à quel point je tenais à mon indépendance.

Le lendemain matin, je bus un Coca — un liquide calorique, riche en sucre et en caféine — en guise de petit déjeuner, ayant passé une bonne partie de la matinée à m'occuper de Marisa qui ne pouvait se lever ni s'habiller toute seule. Quand je l'eus raccompagnée saine et sauve à sa porte sous un orage printanier, miss Essie me prit au collet et m'entraîna dans la maison afin de changer les draps. Elle avait décidé que Cam logerait chez Marisa plutôt que dans un hôtel miteux, à la merci des journalistes. Mes bras vigoureux furent donc réquisitionnés pour aider à retourner et aérer le matelas sur lequel dormirait

Superman. Cameron Reston était désormais vénéré à l'égal d'un héros dans cette maison. C'était lui qui avait opéré Marisa en neurochirurgie et supervisé ensuite son programme de rééducation. Il méritait d'être reçu comme un prince.

Je n'arrivai pas la dernière au travail, mais j'étais vraiment tout juste à l'heure. Cela commençait à devenir une habitude. Wallace Chadwick avait rentré mon matériel de triage à l'intérieur, à l'abri de la bourrasque, ce dont je lui fus reconnaissante.

Notre première patiente provoqua un véritable branle-bas de combat.

L'ambulance qui l'amenait franchit le cordon de sécurité mis en place par la Garde nationale et se dirigea vers le sas des urgences. Le cortège qui l'accompagnait ne fut pas autorisé à pénétrer dans l'enceinte de l'hôpital. Nous les vîmes abandonner leurs voitures sur place et brandir des poings menaçants en direction de l'établissement. Les yeux protégés par des lunettes noires, je regardai l'étrange attroupement par la baie vitrée. Curieux assortiment, d'un point de vue ethnique : Noirs, Blancs, Asiatiques en groupes séparés, à distance les uns des autres.

Wallace, morose, vint me rejoindre au moment où l'ambulance s'engageait dans le sas.

— L'une de tes patientes personnelles ? lui demandai-je, ne voyant pas d'autre raison susceptible de l'éloigner de son service surchargé.

— Il faut croire que oui.

Il releva ses lunettes sur le sommet de sa tête et croisa les bras.

— Ou du moins, son époux et cet étrange ramassis d'agitateurs publics considèrent qu'elle l'est.

L'ambulance s'arrêta, et le chauffeur descendit précipitamment.

— Il s'agit d'Esmeralda Sexton, poursuivit Wallace. La femme du fameux pasteur, le père Agneau.

Les questions que je me posais deux jours auparavant me revinrent à l'esprit. Je m'étais demandé comment un homme pouvait dissimuler une haine raciste aux yeux du public. La réponse était là : en l'exhortant à la pureté.

Je ressentis un picotement dans les doigts. Etait-ce à cela que Goldfarb faisait allusion, l'autre jour, au téléphone ? L'Agneau Divin était-il l'homme qui finançait secrètement la production du dangereux streptocoque ? me demandai-je de nouveau. Si oui, quel lien existait-il entre Ellis et l'Agneau ? C'est alors que je me remémorai la chevalière du pasteur, identique à celles que portaient les anciens élèves de Citadelle. Le lien était-il là ? Et en ouvrant ma grande bouche, ne risquais-je pas de compromettre les efforts éventuels de l'amiral pour le piéger ? Encore fallait-il prouver que l'Agneau contribuait à la production et à l'utilisation de l'entérotoxine streptococcique... Pourtant, à présent, j'en étais sûre : il était là, l'homme que tous recherchaient. Les agents de Goldfarb étaient-ils prêts à le capturer ? S'attendaient-ils qu'il fasse irruption ici avec une épouse malade ? D'ailleurs, Esmeralda Sexton était-elle victime de la terrible infection ?

Il ne restait plus qu'à attendre et observer. En fait, je piaffais littéralement d'impatience.

— Bonté divine, murmurai-je, voici Mme Agneau — ou est-ce Mme Brebis ? Désolée, mauvais jeu de mots. On la voit souvent à la télé, n'est-ce pas ?

— Mouais… Elle anime une émission quotidienne pour les enfants et une étude hebdomadaire de la Bible sur une chaîne religieuse. Le même genre que Tammy Faye Bakker, en moins jolie.

Il soupira.

— Quelle plaie, ces célébrités !

— Veux-tu un coup de main ? proposai-je.

Tammy Faye Bakker en moins jolie, ce serait distrayant. Et si l'amiral avait mis en place un dispositif destiné à piéger l'Agneau, je ne voulais pas rater ça.

— Pourquoi pas ? dit Wallace d'un ton las.

— As-tu pris un peu de repos, au moins ? m'enquis-je alors que nous franchissions les portes du service.

— Ni plus ni moins que les autres. Nous avions ici deux internes de l'hôpital de Spartanburg, hier soir. Ils ont fait une garde de douze heures et recommenceront ce soir. Ensuite, une nouvelle paire viendra prendre la relève.

— Tout le monde veut avoir une chance d'approcher et de soigner le grand fléau des temps modernes ? plaisantai-je, paraphrasant l'Agneau.

— C'est à peu près ça. D'habitude, je dois montrer les dents pour obtenir des renforts. Maintenant, il en arrive de partout.

La civière où gisait Mme Sexton franchit bruyamment l'entrée du sas, et je me retournai pour la regarder. La patiente était couverte de rougeurs diffuses qui ressemblaient à celles du syndrome de coagulation atypique sans être tout à fait identiques. Et sa respiration haletante faisait un bruit de soufflet de forge. Tout en poussant le lit roulant, les secouristes en tenue de protection intégrale fournissaient les paramètres vitaux apparemment normaux, à l'exception d'une tension artérielle légèrement élevée. Ce qui pouvait être provoqué par l'agitation et l'appréhension. Toutefois, l'ensemble ressemblait à la pneumopathie doublée du syndrome de coagulation atypique.

En retrait, je regardai les ambulanciers placer la patiente sur une civière des urgences puis ôter leur propre tenue pour l'apporter au nettoyage. Les infirmières entreprirent de vérifier les paramètres, branchèrent l'oxygène afin d'aider l'infortunée à respirer et fixèrent les fils électriques sur sa poitrine pour étudier son rythme cardiaque. Mme Sexton se remit à tousser et repoussa les mains qui essayaient de la déshabiller. La toux n'était pas aussi déchirante que dans la pneumopathie atypique ; ses poumons semblaient plutôt gorgés de liquide. Et les lésions cutanées étaient également particulières.

M'avançant au milieu du petit attroupement qui entourait la civière, j'ôtai mes lunettes noires le temps d'observer la couleur de l'érythème et touchai une lésion à l'intérieur du bras. Alors que les lésions des autres patients étaient plates et rougeâtres, celles-ci formaient un léger relief, de couleur violacée. En appuyant dessus, je les fis se déplacer comme si j'appuyais sur l'enveloppe d'un ballon rempli d'eau.

— Wallace ?

Quand il se tourna vers moi, j'appuyai de nouveau. Le sang bougea sous la surface en vagues successives. Nous échangeâmes un regard perplexe. L'épanchement sanguin semblait être d'origine veineuse plutôt qu'artérielle. Le streptocoque avait-il encore muté ?

— Prenons les gaz du sang avant de lui donner de l'oxygène, ordonna Wallace. CIVD, comptage cellulaire, hémocultures, biochimie standard, bilan hépatique. Et ne lésinez pas sur les tubes pour la prise de sang, au cas où j'aurais oublié quelque chose. Rhea ?

— Je ne vois pas grand-chose d'autre pour le moment, sinon une radio du thorax. Et peut-être un scanner des poumons. Sa toux n'émet pas le même bruit que celle des autres victimes de la pneumopathie. Il pourrait y avoir du nouveau.

— Entendu. Et commencez à lui administrer du plasma, plus deux unités d'albumine à 25 % et un cocktail spécial d'antibiotiques.

— Un cocktail spécial ? répétai-je, surprise. De quoi s'agit-il ?

— Un mélange mis au point par ton amie Shirley. Il élimine radicalement tout ce qui peut vivre dans l'organisme. Nous avons commencé à l'administrer à chacun des patients en état stationnaire hier, quand tu as pris ton après-midi de repos. Au fait, tu en as bien profité, j'espère ?

— Quel emmerdeur ! lança Shirley depuis le pas de la porte. Est-il toujours aussi sarcastique ?

— C'est le patron. Il peut se le permettre.

— Comment vont tes yeux ?

Elle pénétra dans la pièce et m'entraîna dans le couloir.

— Vous n'avez pas mis votre masque, docteur Lynch, chuchota-t-elle.

— Je ne peux pas porter un masque antibactérien avec des lunettes de soleil. Elles s'embuent immédiatement.

Elle me considéra d'un air désapprobateur. Apparemment, mon excuse ne l'avait pas convaincue.

— D'accord, capitulai-je, faussement repentie, en prenant le masque qui pendait à mon cou et en le replaçant sur mon visage. C'est mieux comme ça ?

Mes verres fumés se couvrirent aussitôt de buée.

— S'il y a de la buée, c'est que ça ne fonctionne pas. Viens avec moi, je vais te l'ajuster.

— Mais…

— Il n'y a pas de mais. Tu es devenue une héroïne, maintenant. Une héroïne un peu étourdie qui prend les bonbons offerts par des inconnus et qui en profite pour jouer les martyres, mais une héroïne quand même. Ça t'oblige à montrer l'exemple. Tu vas porter ce masque et il va fonctionner.

Elle m'entraîna dans la salle de triage devenue trop petite compte tenu du nombre de patients à examiner et me fit asseoir sur le lit à roulettes comme une gamine récalcitrante. Pourquoi mes amis devenaient-ils aussi tyranniques ?

— Si tu bouscules ta frangine de la même façon, je comprends mieux l'origine des piercings et les tatouages. La rivalité entre sœurs et la fronde de l'adolescence constituent un mélange détonant.

— Me traiterais-tu de despote, par hasard ?

— Parfaitement.

— Bon, je vais te clouer le bec.

Elle glissa mes lunettes noires dans la poche de ma blouse avant d'appliquer soigneusement les bords du masque contre ma mâchoire. Puis, satisfaite, elle prit dans sa poche le vaporisateur d'eau sucrée destiné à tester l'étanchéité du masque et s'écarta pour m'asperger le visage.

En se déplaçant, elle me permit de voir la fenêtre de la salle d'attente qui donnait sur le parking. Une altercation avait apparemment éclaté entre trois gardes nationaux et plusieurs disciples du père Agneau.

Je ne les vis ensemble que l'espace d'une seconde — le pasteur et un grand garçon efflanqué, coiffé en brosse, en treillis et veste de camouflage —, mais cela me suffit. Je reconnus sans peine la tête de ce dernier, une tête que j'avais revue tout récemment. Et je compris soudain pourquoi Ellis s'intéressait à moi.

Cette tête, je l'avais vue dans l'église le dimanche de Pâques, penchée sur la rampe de la tribune. Au volant du camion rouge, le jour où Ellis était venu à l'hôpital en tenue d'officier de marine. Cette tête, je l'avais souvent vue depuis le mariage de Marisa.

Car c'était celle d'Eddie Braswell, le fils de Steven. Le beau-fils de Marisa.

24.

Intuition féminine

J'attrapai Shirley par les poignets et éloignai ses mains de mon visage.

— C'était Eddie ! m'écriai-je. Depuis le début, il était là, avec eux.

Elle me dévisagea d'un air interdit, mais j'étais trop bouleversée pour lui expliquer le lien que j'avais découvert entre le père Agneau, Ellis et moi. Sans lui lâcher les mains, je descendis du lit.

— Tout concorde parfaitement, murmurai-je. Ce que le vice-amiral Goldfarb m'a appris à propos de Leon Hawkins et du commando dans lequel il a servi pendant la guerre du Golfe, les bidons dans l'entrepôt… et le fait que Leon travaillait là-bas. Les tatouages qui fleurissent depuis plusieurs mois dans toute la région, aux dires du shérif ; les scissions continuelles des groupes de Patriotes — certains se révélant plus violents que d'autres. Ce n'était absolument pas un hasard, un phénomène aléatoire, comme Gaskins le pensait.

— Rhea ? dit Shirley.

Je lui lâchai les mains et ôtai vivement mon masque.

— Eddie Braswell connaissait à la fois Ellis et l'Agneau, bien sûr ! Il fait peut-être partie des deux groupes. Mark prétend qu'Eddie cite maintenant les Ecritures à tout propos…

— Rhea ! Tu as vu quelque chose, n'est-ce pas ? Bon sang ! A travers cette foutue fenêtre ?

Je détournai la tête, essayant de saisir la cohésion de l'ensemble. Les groupuscules se croisaient, se rejoignaient, se fractionnaient depuis plusieurs années — le point de départ se situant au moment de la guerre du Golfe. Et pour une raison que je ne m'expliquais pas encore, Eddie s'était chargé de me mettre en contact avec eux. Je me précipitai vers mon grand sac et commençai à le fouiller à la recherche de mon portable.

Shirley me dévisageait d'un air ébahi.

— Qu'est-ce que tu as vu ?

Je ne trouvais pas mon portable. Où l'avais-je donc fourré ?

— Rhea, dis-moi ce que tu as vu. Qui est Eddie ?

Comme je ne répondais pas, elle se mit à taper du pied.

— Est-ce que tu cherches ton portable ?

Agacée, je laissai tomber mon masque filtrant et renversai le contenu de mon sac sur le sol. Des échantillons de médicaments et divers instruments en métal ou plastique roulèrent sur le carrelage.

— Bon sang de merde, la patience n'est pas mon fort, Rhea Rheaburn Lynch ! Il va falloir que tu trouves le temps de m'expliquer ce qui se passe, et vite. Hoche au moins la tête pour dire oui.

J'obtempérai et mis enfin la main sur mon portable dans le fouillis éparpillé à nos pieds. L'allumant, j'appuyai sur le bouton de rappel du dernier numéro — celui de Mark.

— Tu commences à me gonfler. Qu'est-ce qu'il y a, nom de nom ? maugréa Shirley en trépignant d'impatience.

Le père Agneau avait apparemment réussi à entrer, car il faisait un tapage de tous les diables. Je courus à la porte pour jeter un coup d'œil dans le couloir. Il se tenait là, au beau milieu. Il avait donc réussi à franchir le barrage de sécurité, laissant derrière lui Eddie et ses comparses. Arrêtant le lit roulant où gisait sa femme, il se mit à invoquer Dieu, ses anges et ses saints pour qu'elle guérisse, mêlant les prières aux imprécations. Le spectacle ne manquait pas d'intérêt, et dans d'autres circonstances, je me serais volontiers approchée afin d'en profiter.

Je laissai la porte se refermer. Dans l'immédiat, il fallait absolument que j'arrive à joindre Mark. Levant les yeux, je vis Eddie Braswell qui m'observait par la fenêtre, un petit sourire aux lèvres. Visiblement, personne n'était là pour l'empêcher d'approcher, lui non plus.

La ligne de Mark était occupée. Un tremblement irrépressible s'empara de moi.

— Rhea ? dit Shirley d'une voix soudain moins assurée. Qui est ce garçon ?

— Je ne veux pas de ces caméras ici ! cria Wallace, dans le couloir.

Tendue par l'adrénaline, j'eus l'impression que les minutes se déroulaient comme au ralenti. J'entendis Wallace et la Garde nationale essayer de rétablir l'ordre. Génial, songeai-je. Sans doute n'y avait-il plus personne dehors en train de surveiller l'entrée des urgences.

Eddie se précipita vers la porte d'entrée. Il était accompagné d'un autre garçon à la nuque rasée et d'un individu d'une trentaine d'années avec un petit anneau sur la lèvre supérieure et un serpent tatoué depuis l'épaule jusqu'au cou, sa tête pointue sortant du col de la chemise.

Le numéro de Mark était toujours occupé. Je composai celui du portable de Gilroy Adams tout en allant jeter un autre coup d'œil par la porte du couloir. La ligne du bellâtre n'était pas libre non plus. Un conciliabule entre copains ? Inquiète, j'appelai le vice-amiral Goldfarb, espérant ne pas me tromper de numéro.

Mme Sexton était toujours sur son lit roulant dans le couloir, attendant probablement d'être emmenée en salle de radiologie. Une main posée sur la tête de sa femme, le pasteur gesticulait de l'autre bras tout en vociférant :

— O, Dieu, écoute-moi ! Ecoute-moi ! J'ai invoqué ta protection, ta Sainte protection, comme Moïse, jadis, en Egypte. Tu m'as promis que la mort épargnerait les vrais croyants !

Son Dieu n'était certainement pas l'Etre Suprême que révérait Marisa. J'étais assez ignorante en matière de religion, mais cela me parut évident.

Un message enregistré, au bout de la ligne, m'apprit que j'avais fait une erreur. Super. J'appelai police secours.

Un garde national non armé ceintura l'énergumène et le jeta à terre. Un autre garde dégaina son revolver, une arme imposante, capable de causer des dégâts. J'espérai en l'occurrence qu'elle ne tirait que des balles en caoutchouc. Le cameraman qui s'était faufilé à l'intérieur en même temps que le père Agneau s'esquiva d'un pas dansant tout en continuant de filmer avec un petit sourire sardonique. Derrière lui, j'aperçus le vice-amiral Goldfarb à travers la porte vitrée du sas des ambulances.

— Ah, le voilà ! m'exclamai-je.

— Ici police secours. Vous avez une urgence ?

— Oui.

Le cameraman effectua un mouvement de rotation. J'aperçus des plaques rouges sur sa peau, à l'intérieur des poignets.

Au moment où je me retournais, Eddie fit son apparition dans la pièce, attrapa mon téléphone et coupa la communication. D'un geste vif, il ferma la porte du couloir, m'empêchant d'appeler le vice-amiral. Goldfarb m'avait-il vue ? Il me sembla que non. Eddie était plus grand, plus large d'épaules que dans mon souvenir. Je ne retrouvai pas l'adolescent chétif, malingre, qu'il était encore quelques mois auparavant, sous l'emprise de la drogue. La frayeur me cloua sur place.

— Rhea, chuchota-t-il très bas.

Je distinguai une mise en garde dans le ton de sa voix. Il me regardait d'un air étrange, à la fois suppliant et déterminé. Dans l'échancrure de sa chemise, je vis briller une chaîne munie de breloques — des anges en or et en argent semblables à ceux qui avaient appartenu aux Campbell.

— Eddie ?

Comme il tendait mon téléphone à Shirley, j'aperçus une croix grossièrement tatouée sur le dos de sa main gauche.

— Madame, le Dr Lynch va s'absenter un moment.

— Elle n'ira nulle part avec toi, espèce d'enfoiré ! répliqua Shirley.

Une pâleur subite faisait ressortir ses taches de rousseur.

Sans se démonter, Eddie me saisit énergiquement par le coude, et je sentis mes doigts s'engourdir. Sur un signe, son comparse s'approcha de Shirley et la poussa vers le réduit où s'opérait auparavant le triage. Elle se débattit, le frappa au visage.

— Espèce de sale…

D'un geste brutal, le garçon l'envoya rouler dans le réduit. Je la vis tomber en arrière et croisai brièvement son regard horrifié. Puis elle disparut derrière la porte qu'il referma avec un claquement sec. Le battant capitonné étouffa son cri aigu.

Les patients commençaient à remarquer notre manège. Un homme se leva, l'air intrigué. Viendrait-on à mon secours si j'appelais ? Eddie Braswell était-il armé et capable de tirer ? Je revis ses yeux pleins d'angoisse lors du procès, quelques mois auparavant. Combien de femmes avait-il agressées ? J'ouvris la bouche pour crier à l'aide.

Eddie resserra son étreinte.

— Pas ça.

Prise de vertige, je trébuchai. Son comparse me prit par l'autre coude, me serrant presque aussi fort qu'Eddie. Ensemble, ils m'entraînèrent dehors, et nous franchîmes sans encombre les portes vitrées des urgences. L'orage passager avait cédé la place à un soleil radieux et je plissai les yeux, éblouie. Je fis un autre faux pas, faillis tomber, mais Eddie me retint juste à temps.

— Arrête, Rhea, ordonna-t-il en me secouant légèrement.

— J'ai très mal aux yeux. Il me faut mes lunettes, répondis-je dans un souffle.

— Où sont-elles ?

— Dans la poche de ma blouse.

Un instant plus tard, je sentis mes lunettes glisser sur mon nez. Puis on me poussa à l'intérieur d'une fourgonnette. Bien qu'aveuglée par le passage du soleil éblouissant à l'obscurité, je sentis que je n'étais pas seule. Tandis que ma vue s'adaptait petit à petit, le véhicule démarra en trombe et je fus violemment projetée en avant.

Un bras dur comme l'acier encercla ma taille et me retint sur le siège. Solidement maintenue, je sentis ensuite l'homme se pencher devant moi et tripoter ma hanche. Je me raidis, prête à me défendre avec l'énergie du désespoir. L'haleine brûlante de l'homme m'effleura le cou. Il avait de la fièvre.

Il tira la ceinture de sécurité, m'attacha fermement, puis s'éloigna sur le siège voisin. Je laissai échapper un soupir de soulagement — presque un haut-le-cœur.

— Vous êtes une femme récalcitrante, docteur Lynch.

Je connaissais cette voix. Mon cœur se mit à cogner contre mes côtes comme un oiseau en cage. Tout ce que je pensais avoir compris me revint à la mémoire, les événements s'enchaînant de façon rationnelle. Je crus deviner ce qui allait suivre. Mais je pouvais me tromper…

— Comment ça, monsieur Ellis ? demandai-je calmement, avec une assurance qui me surprit.

Devant moi, quelqu'un craqua une allumette. Je distinguai vaguement la petite flamme puis sentis l'odeur âcre du tabac brun envahir l'habitacle.

— Tourne à droite, commanda Ellis au chauffeur. Ensuite, la deuxième à gauche. Bon. Continue à circuler dans le quartier en évitant la voie rapide.

Nous n'étions pas allés loin. Nous devions être à quelques kilomètres à peine de l'hôpital — probablement dans un quartier résidentiel de la ville.

— Vous n'avez pas ouvert l'enveloppe ni remis son contenu au lieutenant, reprit Ellis.

— Vous m'aviez dit de la tenir bien à plat et de ne pas l'ouvrir avant que vous soyez parti. La police en a déduit que c'était une bombe.

— Je l'ai su par le journal télévisé, m'apprit-il d'un ton ironique. Et le message qui accompagnait les objets personnels des Campbell ?

— L'immersion l'a réduit en bouillie.

Mes yeux s'habituant à l'obscurité, je vis que nous étions dans une sorte de minibus muni de trois rangées de sièges. Eddie était assis à l'avant, à côté du chauffeur, moi au milieu avec l'individu fiévreux à mon côté, et Ellis sur le siège arrière. En dehors du pare-brise, il n'y avait pas d'autres vitres que celles du conducteur et du passager avant.

Personne ne pouvait me voir à l'intérieur. Je n'avais aucun moyen d'attirer l'attention des passants.

— Vous auriez dû plastifier la feuille, déclarai-je, regrettant aussitôt mon impertinence.

Voilà que je donnais des conseils à un terroriste, à présent ! Ma spontanéité ne m'avait-elle pas attiré suffisamment d'ennuis, jusqu'ici ?

— Ôtez-lui ses lunettes que je puisse voir son visage.

Mon voisin les prit délicatement par la monture et me les retira. J'aperçus brièvement un tatouage en forme de serpent qui s'enroulait autour de son poignet, avec des écailles vert émeraude et une langue fourchue rouge. Ce genre de couleurs provenait de pigments qu'on ne trouve qu'en Orient. Rien à voir avec les étoiles grossièrement dessinées que j'avais vues jusqu'ici.

Ellis avança la tête pour m'examiner. J'avais encore les yeux rougis et la peau marbrée par les émanations de la veille. Bien que j'eusse enduit les endroits sensibles de crème hydratante et de gel antibiotique, je n'étais pas à mon avantage — ce dont j'avais parfaitement conscience. Ellis soupira et passa une main sur son crâne rasé. Il n'avait pas aussi fière allure qu'à notre première rencontre. Les épaules affaissées dans ses vêtements froissés, il manquait un peu de rigueur militaire. Et pour cause. La lumière qui nous parvenait de l'avant me permit de distinguer des plaques rouges sur le dos de ses mains et sur son cou, émergeant du col comme le serpent tatoué sur l'épaule de son comparse. Sauf que ces plaques n'étaient pas des tatouages : Ellis était couvert de lésions rougeâtres, provoquées par la bactérie qu'il avait répandue dans l'environnement. « Bien fait pour lui », pensai-je machinalement.

Richard Ellis était malade. Gravement malade. Et il connaissait sans doute la gravité de son état. Pourquoi n'avait-il pas pris l'antibiotique mis au point par l'inventeur de cette nouvelle arme bactériologique ? La femme du pasteur en avait-elle été privée, elle aussi ? L'antidote existait-il seulement ? Peut-être s'était-il révélé inefficace ? Ou bien mes hypothèses étaient-elles erronées ?

Il m'observait d'un air perplexe. Ses yeux bleus fatigués n'avaient plus le même éclat que la veille.

— Est-ce Eddie qui vous a orienté vers moi ? demandai-je.

Ellis acquiesça d'un hochement de tête.

— Votre message était destiné au Lt Adams, n'est-ce pas ? Sans doute contenait-il des explications…

— Je comptais sur vous pour le lui remettre après l'avoir ouvert, en effet.

Je réfléchis un instant.

— Et l'antibiotique n'a pas fonctionné, je suppose ? L'antibiotique mis au point par le scientifique qui a conçu le fameux streptocoque…

Il eut un mouvement de surprise et fronça les sourcils sans rien dire.

— A moins qu'il n'y en ait jamais eu, poursuivis-je sans obtenir d'autre réaction de sa part. A présent, vous êtes trop malade pour attendre. Vous êtes obligé de vous adresser à moi. Directement.

Un sourire fit danser ses prunelles. Sans se prononcer sur l'existence d'un éventuel antibiotique, il murmura :

— Récalcitrante mais perspicace.

Décidément, Ellis avait un langage châtié ; il ne parlait pas comme un voyou. Loin de me rassurer, cette constatation m'inquiéta davantage. Je serrai les poings pour masquer le tremblement de mes mains. Ellis avait besoin de moi. Il n'avait pas intérêt à me tuer.

— Ce n'est pas vous qui avez torturé les Campbell, n'est-ce pas ?

— Non.

— Pourquoi Eddie porte-t-il cette chaîne ?

— C'est une marque de respect, et un avertissement adressé à leurs bourreaux.

— Et Leon Hawkins ? L'avez-vous tué ?

— Non, et je ne l'ai pas fait éliminer par d'autres.

— Mais vous étiez au courant…

Ce n'était qu'une intuition — d'un genre auquel je me fiais rarement. Pas une intuition médicale, de caractère scientifique, fondée sur l'expérience et une solide base de connaissances. Une simple, une vulgaire intuition féminine.

— Vous avez fusionné avec un groupe dissident beaucoup plus violent que le vôtre et rejoint ensemble les adeptes les plus virulents du père Agneau. Je suppose qu'il y a également des factions dissidentes à l'intérieur de son mouvement ?

— Oh, oui, admit-il, visiblement amusé par la logique de mon raisonnement. Ces mouvements existent. Ils se servent de lui et lui d'eux, depuis bien longtemps.

— Vous avez laissé faire, murmurai-je. Le supplice infligé aux Campbell, la castration à la maison d'arrêt… de crainte d'être démasqué.

Il inclina légèrement la tête sur le côté, le visage impénétrable, et allongea les jambes devant lui.

— Je savais que les Campbell étaient séquestrés, mais je n'ai pas pu les trouver. Et j'aurais sauvé la vie de Leon si j'avais su qu'ils voulaient sa peau. J'ai empêché ce que j'ai pu sans me démasquer.

— Et les tatouages ? Les étoiles de David ?

— Ça ne vient pas de nous mais d'une faction dissidente de La Main du Seigneur. A présent, vous avez compris pourquoi j'ai besoin de vous, déclara-t-il en me montrant ses mains couvertes de lésions. Si vous acceptez de faire ce que je vous demande, nous vous déposerons saine et sauve sur le bord de la route. Ensuite, je serai obligé de vous faire confiance. Je n'ai pas le choix, le temps m'est compté.

Je hochai lentement la tête.

— Je crois que je commence à comprendre. Dites-moi ce que vous attendez de moi.

— *Quoi ?* Qu'est-ce qu'il veut ? s'écria Mark, visiblement interloqué.

— Il veut se rendre, répétai-je aussi calmement que possible en bouchant mon oreille libre histoire de ne plus entendre les diatribes de Wallace, les jurons typiquement british de Shirley et les ordres brefs du vice-amiral Goldfarb.

Il y avait beaucoup trop de gens en colère pour que je puisse téléphoner tranquillement dans le petit bureau mis à la disposition des médecins de garde.

Le vacarme des sirènes de police me parvenait à travers le combiné. Mark avait réagi sans lésiner à la nouvelle de mon enlèvement — qui avait été bref, bien organisé et totalement dépourvu de tout ce qui suscite ordinairement l'intérêt du public dans ce genre d'affaire : demande de rançon, cordes et bâillon, séquestration dans un endroit sordide, etc.

— Mais uniquement à toi et moi — pas au FBI. Il est malade Il a besoin d'un traitement médical. Je lui ai dit que ça pourrait s'arranger.

— Et les bidons ? cria-t-il.

— Je ne suis pas sourde ! criai-je à mon tour, furibonde.

Mes mains tremblaient encore. Mon corps tout entier aussi, du reste. Je tournai le dos aux autres occupants de la petite pièce.

— Excuse-moi, dit Mark, un ton en dessous.

— Ellis prétend qu'il n'est pas en possession des bidons mais qu'il sait où les trouver. Je pense pouvoir lui faire révéler leur emplacement. Tu n'auras qu'à apporter ton « mouchard » et l'installer à côté de la pièce où nous aurons cette conversation. Mais personne du FBI, Mark. Et Goldfarb aussi doit éloigner ses hommes.

— Je ne peux pas te le garantir, Rhea. Le FBI doit être présent quand nous utilisons ces appareils. C'est une décision de la Cour suprême. Ellis l'ignore sans doute. Et je ne vais pas le lui dire.

— Je le lui ai promis, Mark.

— Et tu as fait ton possible pour tenir parole. Mais ça ne dépend pas de toi, répliqua-t-il doucement, comprenant ma frustration. Tu te souviens ? Tu redoutais que nous puissions jouer au gendarme et au voleur sans aucune restriction. La Cour suprême a exaucé tes vœux. Le FBI devra être présent.

Shirley me tapa dans le dos, me prit par les épaules et me fit pivoter vers elle avec un regard de défi. J'avais refusé de lui raconter les détails de mon enlèvement avant d'en avoir parlé à Mark.

— Ellis m'a demandé d'amener également Gil Adams sur les lieux, poursuivis-je au téléphone. Il dit qu'il veut lui faire un compte rendu oral concernant plusieurs factions terroristes du Moyen-Orient. J'ai essayé d'appeler Gil, mais je ne parviens pas à le joindre.

— Tu as essayé d'appeler Gil ? Avant moi ?

— Arrête de râler. Ton téléphone fixe et ton portable sont restés occupés pendant des heures.

Tout en parlant, je fis un pas de côté pour esquiver Shirley et me mis à arpenter les trois mètres de longueur de la pièce. Pas facile d'éviter les pieds de Johnson et Sterns, les deux gardes nationaux devenus mes gardes du corps attitrés, de Wallace ainsi que de Goldfarb qui occupait l'espace avec la majesté impressionnante d'une montagne.

— Si j'avais pu te joindre plus tôt, ça m'aurait peut-être évité cette petite promenade en fourgonnette avec une bande de néo-nazis aux crânes rasés.

Brusquement épuisée, j'allai m'asseoir à côté de Shirley qui s'était juchée sur le bureau. Elle poussa son postérieur de quelques centimètres pour me faire de la place. Les deux gardes qui m'avaient ramassée au bord de la route à un kilomètre de l'hôpital et ne me quittaient plus d'une semelle s'approchèrent, aussitôt imités par le vice-amiral — lequel s'assit à ma gauche sur le bureau. Wallace resta en retrait et nous observa attentivement, le visage empreint de gravité.

— J'arrive à l'hôpital dans deux ou trois minutes, m'annonça Mark. Où es-tu ?

— Dans mon bureau.

— Ne bouge pas de là, ordonna-t-il avant de raccrocher.

Je posai lentement le téléphone sur mes genoux.

— Ça s'est plutôt bien passé, semble-t-il, commenta tranquillement Goldfarb.

Je ricanai et me tournai vers lui, croisant son regard froid, presque hostile, dans un visage impénétrable.

— Mon fils prétend que vous n'en faites qu'à votre tête.

— Je fais seulement tout mon possible pour tenir parole.

Après l'émotion des dernières heures, je me sentis soudain privée de toute énergie. Tout s'assombrit autour de moi. Je m'effondrai du bureau dans le fauteuil rembourré et posai ma tête entre mes genoux. Il y avait beaucoup trop de monde dans cette pièce minuscule. L'air devenait irrespirable.

— J'ai promis.

Au-dessus de moi, Shirley prit mon poignet et entreprit de compter à voix basse, deux doigts posés sur la veine où battait mon pouls.

— Une promesse faite à un fou, ça ne compte pas, répliqua Goldfarb.

— Il n'est pas fou. Mais ça, vous ne l'ignorez pas ? lui lançai-je en surveillant sa réaction.

Je ne le connaissais pas suffisamment pour savoir comment il prendrait mon attaque. Au bout d'un moment, il hocha lentement la tête et se tourna vers les deux gardes nationaux.

— Allez réinvestir le périmètre de sécurité. Prévenez votre supérieur que le Dr Lynch est revenue saine et sauve, et demandez-lui s'il aurait l'obligeance de venir me retrouver dans ce bureau.

Ils s'exécutèrent sur-le-champ sans trahir le moindre état d'âme, bien que le fait d'être écartés d'une scène aussi palpitante ne fût sans doute pas de leur goût.

Leur départ apporta une bouffée d'air frais. Ma vue s'était éclaircie mais Shirley ne me lâchait pas le poignet.

— Le NIS a l'intention de le faire traduire en justice.

— Le NIS avait-il prévu que le père Agneau viendrait à l'hôpital ? Le NIS se doutait-il que cet énergumène attraperait la maladie qu'il avait contribué à répandre ?

Le vice-amiral eut un mouvement de surprise.

— Il est contaminé ?

— Oui, j'en suis persuadée. Et il n'existe aucun remède miracle pour le guérir, lui ou sa femme.

— Ce n'est pas moi qui dirige cette opération. C'est le NIS. Je ne suis ici qu'à titre de consultant, parce que vous m'avez appelé.

— C'est possible, admis-je. Mais je parie qu'ici, vous êtes le plus haut gradé. Et sachant quelque chose que le NIS ignore encore, vous pourriez fort bien intervenir... pour laisser Ellis obtenir ce qu'il demande.

— Pour quelle raison ?

— Parce qu'il a fait ce qu'il fallait pour ça. Parce qu'il est prêt à revenir. Il est malade, et il n'existe pas de remède miracle. Il n'y en a jamais eu. Il faut lui accorder ce qu'il demande.

— Peut-être — s'il y a des raisons valables.

— Il veut être réintégré.

— Il est resté trop longtemps dans l'autre camp. Il était sommé de revenir il y a deux ans.

— Il dit qu'il ne pouvait pas. Il était surveillé de trop près.

— Des indices tendent à prouver qu'il a basculé bien avant.

Shirley sauta du bureau, lâcha mon poignet et se planta entre nous, les poings sur les hanches.

— Avez-vous bientôt fini de parler chinois entre vous ? s'écria-t-elle.

Je soupirai et m'assis plus confortablement, appuyant ma tête contre le dossier du fauteuil pivotant.

— Richard Ellis est un agent secret. Le NIS l'avait chargé d'infiltrer plusieurs groupes extrémistes après la guerre du Golfe ; il devait repérer le scientifique auquel l'entérotoxine streptococcique doit la vie — ou les hommes qui l'avaient fait entrer clandestinement aux Etats-Unis. Quand Ellis a finalement retrouvé sa trace, le biologiste était décédé et quelqu'un d'autre avait repris ses travaux. Ellis a basculé quand il a laissé les terroristes répandre la bactérie dans la discothèque de Charlotte.

— Il avait déjà basculé longtemps auparavant, corrigea Goldfarb un peu moins vertement mais tout en continuant à me fustiger du regard. Et sans doute jugez-vous normal de débattre ainsi de secrets concernant la défense nationale des Etats-Unis en présence d'une ressortissante du Royaume-Uni ?

— Vous voulez essayer de la faire sortir ? Je vous en prie.

Il jeta un coup d'œil à Shirley.

— Si vous me touchez, ne serait-ce que du bout des doigts, je vous arrache les yeux avec les ongles, Yankee ou pas, gronda-t-elle, rouge de colère. Et je suis prête à parier que votre fils se joindrait à moi s'il était présent.

— Charlie ? Oh, très certainement, convint Goldfarb en ébauchant un sourire. Mais bon… ce garçon a toujours été un libéral enragé à tendance écolo.

— M'aiderez-vous à tenir la promesse que j'ai faite à Ellis ? demandai-je.

— Je le ferai — tout en sachant que je commets une erreur.

Ragaillardie par ce succès, je recouvrai enfin un semblant d'énergie. M'appuyant d'une main sur le bureau, je me levai.

— Alors, nous avons du pain sur la planche.

Mark vint me retrouver dans la pièce que j'avais promise à Ellis. Je lui fis signe de s'éloigner, craignant qu'il rencontre quelqu'un de connaissance. Il hocha la tête d'un air entendu et désigna le couloir d'un discret mouvement du menton. J'opinai brièvement et retournai au travail.

Les lits s'entassaient dans une salle bondée comme on n'en voit plus dans les hôpitaux depuis une vingtaine d'années. Quand j'étais encore au berceau, cinq ou six patients pouvaient partager la même chambre avec des toilettes, une infirmière et, bien entendu, des germes communs. Depuis, la crainte des maladies contagieuses avait conduit les hôpitaux à n'aménager pratiquement que des chambres individuelles. Mais l'épidémie avait tout changé du jour au lendemain.

Hospitalisés contre leur gré, le père Agneau Sexton, son cameraman et son assistant étaient rassemblés dans la même chambre exiguë. Il restait encore deux lits inoccupés. Et le pasteur n'était pas satisfait des conditions de séjour.

— Je ne resterai pas dans cette chambre, décréta-t-il, sa voix illustre résonnant jusque dans le couloir. Je veux parler à mon médecin personnel. Il va me faire sortir d'ici. Vous entendez ? Je veux voir le Dr Reeves !

Beaucoup de patients s'imaginent que leur médecin personnel peut leur faire obtenir un traitement privilégié et exigent qu'il apparaisse à la première injonction, comme un lapin sortant d'un haut-de-forme. Connaissant un peu Reeves, je le voyais assez mal se montrer généreux avec quiconque.

Je laissai l'Agneau s'égosiller tandis que le filtre à air, tout juste branché, commençait à émettre un bourdonnement régulier. Des infirmières et des kinés débordés et exténués allaient et venaient entre les chambres, installant des perfusions, donnant des piqûres, massant et s'efforçant de soulager les malades sans prêter plus d'attention que moi aux réclamations superflues.

Parmi eux, deux employés au moins étaient des agents secrets de la marine. Vêtus de blouses d'aides-soignants, ils portaient des badges d'une compagnie de personnel intérimaire basée à Charlotte. En attendant de piéger Ellis, ils s'affairaient avec plus d'assurance que d'efficacité. Cependant, Ellis n'était pour eux qu'une cible accessoire ; ils espéraient surtout rassembler des preuves permettant d'inculper l'homme qu'Ellis cherchait à piéger depuis si longtemps — l'énergumène qui faisait un tel tapage au fond de son lit.

En ayant terminé avec ces nouveaux patients, je quittai leur chambre. Je croisai Taylor Reeves qui me salua au passage.

Je longeai le couloir sur les talons de mon inspecteur préféré et me réfugiai avec lui dans l'une de ces alcôves qui fleurissaient aux articulations des différents corps de bâtiments. Pour l'occasion, Mark était en civil.

— Je t'avais demandé de rester dans ton bureau, me reprocha-t-il avec de gros yeux.

Le plaisir que j'avais de le voir s'évanouit aussitôt.

— Ma foi, excuse-moi si je respire.

Je fis volte-face, prête à le quitter, mais il me retint par le bras. En me retournant, je remarquai ses traits tirés et les cernes qui trahissaient un manque prolongé de sommeil. Son regard exprimait aussi une sorte de vulnérabilité, une appréhension que je ne lui avais jamais vues.

— Je suis désolé, murmura-t-il. J'ai dépassé les trois minutes que j'aurais dû mettre à venir. Gil Adams voulait absolument me parler. Tu es au courant pour l'Agneau ?

— Il était dans un commando de la Garde nationale avec Leon Hawkins pendant la guerre du Golfe, dis-je lentement, troublée par le contact de sa main chaude et solide sur mon bras.

Mon emportement s'apaisa comme par magie, cédant la place à une émotion d'une autre nature — que je n'avais pas le temps d'analyser.

— Apparemment, il aurait contribué au stockage de l'entérotoxine, poursuivis-je. Il connaît sans doute le nom du scientifique qui l'a conçue, l'endroit où se trouvent en ce moment les fameux bidons et qui a pris le relais de la production. Goldfarb a accepté de placer Ellis dans la chambre de l'Agneau dans l'espoir d'amener le pasteur à faire des confidences. Ellis est un agent du service de renseignements de la marine. Il travaille depuis longtemps pour le NIS.

L'expression de Mark changea imperceptiblement, comme si un déclic venait de s'opérer dans son esprit.

— Depuis quand sais-tu tout ça ? s'enquit-il en resserrant son étreinte sur mon bras, l'air soudain soupçonneux.

Une nouvelle flambée de colère, peut-être alimentée par une sorte de remords inconscient, me fit réagir.

— J'ai commencé à m'en douter quand j'ai appris ce que contenait, en réalité, l'enveloppe d'Ellis. Tu ne crois quand même pas que j'étais au courant de tout depuis le début, nom d'un chien ?

Il hocha la tête, mais toute trace de vulnérabilité avait disparu de son regard.

— Bon, je l'admets.

Il me lâcha le bras et enfonça la main dans sa poche.

— J'ai pensé que tu savais peut-être quelque chose puisqu'il n'arrêtait pas de te tourner autour.

J'éclatai d'un rire sans joie.

— Je l'avoue. J'avais une folle aventure avec Ellis et je te menais en bateau, laissant les gens mourir autour de moi…

La fureur inexplicable, incontrôlable, qui m'animait explosa brusquement.

— Espèce d'andouille ! fulminai-je.

Deux techniciennes du labo qui passaient en bavardant jetèrent un coup d'œil de notre côté et s'éloignèrent précipitamment.

Mark esquissa une petite grimace vaguement amusée.

— Je ne m'y prends pas comme il faut.

Il passa une main lasse sur sa joue hérissée d'une barbe de plusieurs jours.

— Permets-moi de formuler ma question autrement : aurais-tu la gentillesse de me dire ce qui se passe et comment tu l'as appris ?

Je détournai les yeux, soudain mal à l'aise. C'était précisément là que le bât blessait. Mark n'allait pas apprécier ce qu'il entendrait et, en vérité, je n'étais pas très fière de moi.

— La première fois que Goldfarb m'a appelée, il m'a plus ou moins dit que Leon Hawkins avait servi pendant la guerre du Golfe. Je n'ai fait le lien avec le père Agneau que plus tard. Je me demandais qui pouvait être l'instigateur de ces crimes racistes, et j'ai pensé à lui à cause de ses convictions, de son pouvoir, de ses richesses. Et de sa chevalière. C'est Ellis qui m'a appris que le père Agneau et Hawkins avaient servi dans le même commando au Moyen-Orient.

Son visage se ferma instantanément, comme si la communication ne passait plus entre nous. Je croisai les bras et serrai mes coudes dans mes mains crispées.

— Et je ne te l'ai pas dit. En fait, c'était d'abord une conjecture de ma part. Je n'en ai eu la certitude que quand Ellis m'a… disons, invitée à le rejoindre dans la fourgonnette.

Il garda le silence.

— Je ne pouvais rien te dire, Mark, me justifiai-je. Goldfarb m'a ordonné de garder le secret, pour des raisons de sécurité nationale.

Ma colère était retombée — une colère qui m'avait uniquement servi à masquer ma honte et mon désarroi. J'aurais dû passer outre l'interdiction de l'amiral et faire confiance à Mark. Il n'était pas homme à trahir un secret d'Etat ; sa droiture ne pouvait être mise en doute.

Quand je le regardai de nouveau, il n'était plus vraiment là, comme s'il avait érigé une barrière entre nous. Apparemment, quelque chose de fragile venait de se briser.

Reprenant le couloir en sens inverse, il m'escorta jusqu'à la chambre où Ellis allait être placé, en compagnie du père Agneau Sexton. Rongée par le remords, j'ouvris la bouche pour lui demander de m'excuser, mais il me devança.

— Le FBI a installé le matériel d'écoute avec l'assistance du NIS, déclara-t-il d'une voix parfaitement monocorde. Tu seras satisfaite d'apprendre qu'aucun membre de la police locale ne participera à l'enquête et à l'arrestation d'Ellis et du pasteur. Seuls le FBI et les services de renseignements de la marine seront habilités à le faire. Et je puis vous assurer, madame, qu'il n'y aura aucune violation des droits de la défense.

— Mark, je suis déso…

Il pivota sur ses talons et s'éloigna sans un mot, coupant court à mes excuses.

— Je n'étais sûre de rien, continuai-je néanmoins. Ce n'étaient que des conjectures.

Comme il ne se retournait pas, je m'écriai :

— Et puis merde, c'était juste une intuition féminine !

Il s'arrêta. Il savait que cela me coûtait de l'admettre. Pourtant, il poursuivit son chemin sans m'avoir répondu, pénétra dans la chambre voisine de celle où se trouvait le pasteur et referma la porte.

25.

Quelque chose de fragile s'était brisé

Au-dessus de moi, les haut-parleurs se mirent à beugler :

— Code 99 en réa. Code 99 en réa…

Des infirmières sortirent par toutes les portes, se précipitant vers la salle de réanimation où un patient ne respirait plus, où un cœur avait cessé de battre. J'aurais dû me joindre au mouvement, afin de tenter l'impossible pour sauver une vie. Mais je restai figée sur place, le cœur serré.

Au bout d'un instant, le vice-amiral Goldfarb apparut sur le seuil de la pièce où Mark venait d'entrer, Gilroy Adams sur ses talons. Il me fit signe d'approcher. Longeant les couloirs soudain déserts, je rejoignis les deux hommes et jetai un coup d'œil à l'intérieur par la porte entrebâillée. Il y avait une bonne quinzaine de personnes dans la chambre, mais je ne pus voir Mark.

— Ellis est arrivé aux urgences. Après un rapide passage au bureau des admissions, il sera hospitalisé avec deux de ses hommes dans le service d'un certain Dr Byars puis conduit ici, m'apprit Goldfarb. Personne n'est au courant de nos projets hormis Wallace Chadwick, quelques membres de la police locale et vous. Voulez-vous entrer avec nous et voir comment fonctionne le matériel d'écoute ?

J'acquiesçai sans hésiter, sachant que Mark serait là, lui aussi. Dans la chambre voisine de celle où se trouvait le pasteur, les lits avaient été poussés le long des murs et entièrement recouverts de papiers, de porte-documents et d'appareils divers. Des fils de raccord traînaient un peu partout, et l'on avait disposé sur une table un écran vide et toutes sortes d'appareils enregistreurs.

— La vidéo est bientôt prête, monsieur, annonça l'un des hommes tandis que la porte se refermait derrière nous. Nous l'aurons dans cinq minutes.

Le vice-amiral opina.

Les haut-parleurs réglés au plus bas permettaient d'entendre la conversation dans la pièce voisine.

— Je veux une chambre individuelle, Taylor, disait le père Agneau. J'ai les moyens de régler cette dépense supplémentaire.

— Je vous ai déjà dit qu'il n'y a pas assez de filtres à air pour tous les patients. N'en parlons plus.

Loin d'y mettre les formes, Reeves s'exprimait avec une dureté implacable qui n'est pas de mise chez les médecins. Il avait manifestement besoin d'apprendre à parler aux malades. Le pasteur ne parut pas s'en formaliser et continua ses doléances sur le registre de la négociation.

— C'est moi qui ai offert ces appareils à l'hôpital. Je veux en avoir un pour moi seul. Vous pouvez très bien me procurer ça.

— Je pourrais, mais je ne le ferai pas.

— Et si vous nous placiez dans une chambre à deux lits, ma femme et moi ? C'est le moins que vous puissiez faire, compte tenu des circonstances.

— Compte tenu des circonstances ? répéta Reeves. Qu'entendez-vous au juste par là ?

Il n'y avait toujours pas de vidéo, rien qu'un écran neigeux et le son légèrement altéré par des parasites, mais je vis mentalement Taylor Reeves au chevet du pasteur, toisant son patient de cet air vaguement agacé qui lui était habituel.

— J'ai pris des dispositions pour ça. J'ai dépensé des fortunes. Et vous n'avez pas géré correctement la situation ; vous n'avez pas fait votre travail. Il n'y a pas d'antibiotique. Vous disiez qu'il y en aurait un… et maintenant, je l'ai attrapé ! s'écria le pasteur.

— N'est-ce pas amusant ? Allons, un traitement a été mis au point ici même ; il va peut-être vous tirer d'affaire. Si vos hommes n'avaient pas éliminé notre brillant biologiste, vous auriez pu avoir un antibiotique efficace au lieu de cet ersatz.

A côté de moi, des lignes ondulèrent sur l'écran vidéo. Simultanément, il y eut un déclic dans le haut-parleur.

— Je vais voir si je peux vous installer dans une autre chambre avec votre femme, ajouta Reeves. Et je reviendrai bientôt m'occuper de vous.

J'entendis la porte s'ouvrir et se refermer.

Goldfarb regarda les agents spéciaux Jim Ramsey, Emma Simmons et Howard Angel qui haussèrent les épaules d'un air d'ignorance. Il se tourna ensuite vers Adams et Mark.

— Ai-je bien entendu ce qu'a dit Reeves ?

— Oui, monsieur, répondit Adams, l'air triomphant. Je crois que oui.

Mark n'avait pas jeté un seul coup d'œil dans ma direction, comme si je n'existais pas. Je me levai sans bruit et regagnai le corridor, laissant tout ce beau monde écouter l'Agneau se chamailler avec son cameraman.

Les picotements dans mes doigts reprenaient de plus belle.

Si vos hommes n'avaient pas éliminé notre brillant biologiste, vous auriez pu avoir un antibiotique efficace au lieu de cet ersatz.

Si vos hommes n'avaient pas éliminé notre brillant biologiste…

Immobile dans le couloir, je fixai machinalement le mur d'en face orné d'une gravure évoquant un paysage marin sous la tempête, à Charleston — plus exactement, le Fort de la Batterie battu par des vagues en furie frangées d'écume blanchâtre. Un grincement de roues me tira de mes réflexions, et je vis arriver Ellis sur une civière poussée par un inconnu en tenue d'aide-soignant. Devant eux, un autre homme ouvrait les portes de secours sur leur passage.

Je me remémorai la scène où Ellis s'était enfui au pas de course dans les vapeurs caustiques pendant que je tenais son enveloppe bien à plat — un subterfuge destiné à couvrir sa fuite. Je le revis courir et disparaître. Courir. Disparaître.

Si vos hommes n'avaient pas éliminé notre brillant biologiste…

Courir. Disparaître. Courir… Très droit, le poids sur ses talons, au lieu d'être penché en avant, sur le bout des pieds.

J'avais déjà vu Ellis courir avant l'épisode de la buanderie. Bien avant.

Les trois hommes ne me virent pas, immobile dans l'ombre. Obliquant à gauche, ils pénétrèrent dans la chambre-dortoir où se trouvait le pasteur.

Un jour, il y avait déjà longtemps de cela, j'avais entendu une remarque à propos de Leon Hawkins : « *Leon Hawkins, qu'il s'appelait. Un gars d'ici. Belle situation dans l'armée. Il était soldat de la Garde nationale et faisait partie du même commando que ce nouveau médecin, un certain… Ah, son nom m'échappe…* »

J'avançai sans bruit dans le couloir avec mes chaussures de sport.

« *… du même commando que ce nouveau médecin…* »

Je revis Ellis partir en courant. Disparaître. Courir…

Taylor Reeves fit irruption devant moi, sortant de l'encoignure où j'avais eu une conversation avec Mark quelques instants plus tôt.

— Puis-je vous parler un instant ? demanda-t-il d'un ton affable.

— Désolée, répondis-je, brusquement pétrifiée, incapable de réfléchir clairement.

Encore une fois, je vis Ellis courir, disparaître, courir. Et soudain, tout devint clair.

— Je dois retourner au triage, m'entendis-je expliquer. Je n'ai pas le temps…

— Prenez-le.

C'était un ordre sans appel. Il saisit mon bras à l'endroit même où Mark avait posé sa main. Sauf que celle de Reeves était glaciale.

— Je vous accompagne. Nous avons bien un moment. Depuis que je travaille ici, nous n'avons pas encore eu l'occasion de faire connaissance…

Je secouai la tête.

— Ils ont écouté notre conversation, n'est-ce pas ? m'interrogea-t-il en m'entraînant dans le couloir. L'amiral Goldfarb, les agents du service de renseignements de la marine, le FBI… depuis la chambre voisine ?

J'avalai péniblement ma salive. Les couloirs étaient silencieux et déserts ; le code d'alerte avait mobilisé tout le monde. J'entendis une porte s'ouvrir quelque part, puis se fermer. Je hasardai un coup d'œil derrière moi mais ne vis personne. Le vice-amiral n'était pas sorti de la chambre, à l'autre bout du couloir — et Mark non plus. J'étais absolument seule.

Reprenant soudain mes esprits, je fis brusquement volte-face et dégageai mon bras, consciente du danger. Comme s'il s'y attendait, Reeves me ramena aussitôt contre lui et me tordit le bras très haut dans le dos. Muscles et tendons s'étirèrent, se déchirèrent. Une douleur fulgurante me fit grimacer et mes yeux s'emplirent de larmes.

Sentant ensuite un objet pointu s'enfoncer dans mon dos, je compris immédiatement les intentions de mon confrère. Le couteau était placé à droite de la colonne vertébrale, entre la dixième et la douzième côte, de manière à atteindre le rein droit. Il avait déjà entaillé la peau à travers mes vêtements.

— Je m'en doutais, dit Reeves, déchiffrant la réponse sur mon visage. Vous pourrez m'en parler plus tard, ajouta-t-il d'un ton suave en approchant sa bouche de mon oreille. Mais dans l'immédiat, un seul cri, un seul geste et vous êtes morte. Dans ce petit établissement miteux, personne ne sera en mesure de stopper l'hémorragie à temps.

Il avait raison. Une coupure de l'artère rénale vide un individu de son sang en moins de quatre minutes. Et un coup de couteau bien placé dans le rein provoque une douleur si intense que la victime meurt en silence, le souffle coupé. A l'armée, les militaires n'apprennent-ils pas à tuer l'ennemi en le frappant au rein ? Comme le couteau s'enfonçait encore d'un millimètre, je sentis de la sueur froide perler sur mon front, et mes jambes se dérobèrent. Reeves me redressa sans ménagement.

Nous passâmes devant le guichet des infirmières. Une secrétaire était assise au bureau, la tête inclinée sur un dossier, pianotant sur l'ordinateur. Je priai pour qu'elle lève la tête et me ravisai aussitôt, consciente que Reeves m'achèverait et tuerait la malheureuse en moins de temps qu'il n'en faut pour le dire. Elle resta absorbée dans sa paperasse.

Je sentis quelque chose de froid et d'humide couler dans mon dos, puis glisser le long de ma cuisse. C'était du sang refroidi par l'étoffe de mon pull en jersey. Apparemment, j'en avais déjà perdu pas mal.

Je me souvins du bruit de porte que j'avais entendu un instant auparavant. Quelqu'un sortirait bientôt de la salle d'écoute improvisée ; ils n'allaient pas tarder à comprendre que Reeves risquait de décamper. Si je pouvais laisser des indices…

Sans réfléchir davantage, je fis un léger écart. La lame s'enfonça un peu plus profondément dans ma chair. Sous la douleur, je trébuchai, et le sang éclaboussa le sol à mes pieds.

Une piste tracée avec mon sang, écarlate sur le carrelage gris pâle.

Reeves emprunta le couloir menant au service de chirurgie — actuellement désert car toutes les interventions non urgentes avaient été provisoirement annulées. Ses pas résonnaient entre les murs avec un bruit creux. Les miens étaient silencieux comme ceux d'un fantôme. Mes jambes me portaient à peine. J'eus l'impression d'avoir déjà perdu trop de sang.

— Je les ai entendus installer leurs fils dans les murs, reprit Reeves, une fois hors de vue du guichet. Il suffit de quelques fibres optiques reliées à un écran vidéo pour filmer ce qui se passe dans la pièce voisine. Les agents secrets ont un matériel d'espionnage ultrasophistiqué. Pouvaient-ils entendre ce que nous disions ? Répondez par oui ou par non.

Le couteau remua dans la plaie.

— Oui, murmurai-je. Les deux.

— Ils n'ont probablement pas eu le temps de tout installer par avance, avança-t-il, songeur. Ils attendaient Dick…

Dick ? Le diminutif de Richard Ellis, sans doute.

— Ce qui signifie que personne ne me soupçonnait jusqu'à ce que le pasteur vende la mèche. Est-ce juste ?

Je voulus répondre par la négative, mais l'intensité de la douleur m'empêchait de mentir.

— Oui.

— Dick est donc un agent du NIS ? Depuis le début ?

Je hochai la tête.

— Il voulait que nous nous retrouvions tous les trois dans une pièce. L'idée était bonne. Ce type a toujours été un peu trop malin. Il est contaminé, n'est-ce pas ?

— Oui, dis-je dans un souffle.

— De toute façon, ce n'est plus mon problème. Vous allez me permettre de sortir d'ici.

— Je vous ai vu… courir avec Ellis dans les bois, articulai-je d'une voix haletante. Vous êtes l'autre homme qu'ils recherchaient — celui qui sait comment entretenir le fameux streptocoque. Celui qui serait susceptible de concevoir un antibiotique…

— Pas mal, à ceci près que l'antibiotique s'est révélé inefficace. Allons-y, petite fille.

Petite fille… Ce ton paternaliste et condescendant m'écœura.

— Où allons-nous ? Vous voulez me montrer les bidons ?

— Ben voyons, répliqua-t-il en riant. Nous ne sommes pas dans une de ces séries policières où le méchant avoue tout à la belle héroïne. Et où l'héroïne ne meurt pas.

Me serrant étroitement contre lui, il me poussa brutalement contre une porte de secours. La barre de sécurité me blessa à la hanche.

L'air froid du dehors me fouetta le visage quand nous sortîmes sur le parking réservé aux chirurgiens. Nous descendîmes ensuite la rampe d'accès. Un seul véhicule était garé en bas — une SUV flambant neuve, de couleur rouge sombre.

Tout se mit à tourner autour de moi. Prise d'une brusque nausée, j'eus un violent haut-le-cœur et ma vue se brouilla.

Débarrassée du couteau, je m'écroulai. Puis me retrouvai affalée sur un siège de voiture. Seule. Le point lumineux qui dansait devant mes yeux s'élargit, triompha tant bien que mal de l'obscurité.

J'étais dans la voiture de Reeves et le soleil couchant se reflétait sur le capot lie-de-vin. Une forme blanche et rouge passa devant la vitre : la blouse de Reeves tachée de mon sang.

Il ne pourrait jamais nettoyer tout ce sang. Il faudrait appeler miss Essie.

Un autre haut-le-cœur, et je vomis copieusement sur le siège du conducteur. Sonnée, je levai les yeux vers l'hôpital. Mark se tenait à la porte, livide.

Une série de bruits assourdis, comme de lointaines détonations, me parvint. Des coups de feu ?

Un trou apparut dans le pare-brise. Je fermai les yeux et levai le bras pour me protéger. Une vitre explosa, projetant sur moi une multitude d'éclats de verre. Je tournai la tête et rouvris les yeux tant bien que mal. Taylor Reeves, les traits figés dans un rictus d'étonnement et de douleur, agrippa la portière et s'écroula dans la voiture à travers la vitre cassée. Un filet de sang coulait de son nez. Je vis ses pupilles se dilater lentement. Puis son visage se détendit et sa grimace de douleur s'estompa, laissant la place à une expression de légère surprise. Quand il tomba, sa tête heurta violemment la mienne.

Je m'effondrai sur le plancher de la voiture et perdis connaissance.

26.

T'ai donné une piste à suivre

Une aiguille s'enfonça dans ma hanche. Une douleur aiguë, exquise, un mince arbrisseau dans une forêt de souffrances atroces. Je grognai et vomis encore. Une lumière crue m'aveugla brutalement.

Je fus secouée de violents frissons qui me firent gémir de douleur.

— Je vois que vous êtes réveillée.

Cette voix m'était familière.

— Voilà. Vous devriez vous sentir mieux dans quelques instants. Vous avez eu de la chance. Vous êtes restée inconsciente pendant toute la durée de l'examen.

L'examen ? Soudain, tout me revint.

Un coup de couteau. J'avais reçu un coup de couteau.

J'essayai de me redresser. La douleur me reprit de nouveau dans ses griffes impitoyables.

— Tout va bien, Rhea. Je suis là. Tu es tirée d'affaire.

C'était la voix de Mark — attendrie par l'inquiétude.

— J'ai froid, chuchotai-je d'une voix tremblante.

On m'enleva le dessus-de-lit glacé pour m'envelopper dans une couverture chaude. Je soupirai d'aise, et les frissons diminuèrent légèrement. La nausée reflua au fond de ma gorge.

Une autre aiguille me perça le bras au niveau de la veine brachiale, au creux de mon coude.

— Juste un peu de sang, docteur Lynch. J'en ai pour quelques secondes.

— Je vous en ai laissé un joli ruisseau dans le couloir, remarquai-je en claquant des dents. S'il ne m'en reste plus, allez en ramasser un peu.

— A mon avis, il y en avait plus de trois litres.

Beth. J'avais reconnu sa voix, pensai-je avec une pointe de fierté.

— Le sol et les murs sont tout éclaboussés. Les femmes de ménage sont en train de piquer une crise. Elles disent qu'il sera impossible de nettoyer si les enquêteurs attendent que ça ait séché. Mais ils ont fait poser les scellés pour recueillir des indices. Quelle pagaille, mes aïeux !

Quelqu'un m'apporta une seconde couverture, et Beth retira son aiguille.

— Génial, dis-je en sentant la couverture me réchauffer un peu.

— Génial ? répéta Mark. Tu as failli te vider de ton sang !

Sa voix vibrait de colère et d'anxiété. Les yeux fermés, j'esquissai un sourire. Le narcotique commençait à produire son effet.

— T'ai donné une piste à suivre, balbutiai-je.

Au bout d'un instant, il murmura :

— Tu l'as fait exprès ? Tu l'as provoqué pour être blessée et pour que nous puissions te suivre à la trace ?

Je soupirai tandis que la douleur s'atténuait progressivement. *Merveilleux remèdes. C'était si bon…* Je me sentis glisser irrésistiblement sur la pente du sommeil.

Dans mon dos, quelqu'un souleva le sparadrap près de ma blessure. J'émis un petit grognement d'appréhension, mais cette main se mouvait avec douceur et compétence.

— Ta blessure n'est pas mortelle, déclara Wallace. La lame n'est entrée que sur une profondeur de quinze millimètres, mais elle peut avoir endommagé des muscles, des nerfs ou des tendons, maigre comme tu es. Il est encore trop tôt pour le dire. Je vais te prescrire des séances de rééducation. Dans l'immédiat, ton taux d'hémoglobine est descendu à huit. Il faut te transfuser.

— Non, répondis-je. Pas avant qu'il soit à six.

Je préférais me rétablir lentement avec huit grammes d'hémoglobine plutôt que de risquer l'hépatite — ou pire encore.

— Je me doutais que tu dirais ça.

Wallace remonta la couverture sur moi et me tapota le bras.

— Et merci infiniment de me faire faux bond au beau milieu d'une épidémie. Je compte sur toi pour reprendre le travail dans une semaine.

— Je suis désolée, murmurai-je tandis qu'il s'éloignait.

Je me sentis glisser de nouveau aux confins du sommeil.

— Rhea ? appela Mark. Je te demandais… si tu avais fait exprès de le provoquer pour qu'il te blesse et que nous puissions te suivre.

Il y avait dans sa voix une sorte d'admiration qui me laissa perplexe.

— J'ai entendu.

J'humectai mes lèvres avec ma langue desséchée. J'avais soif, mais on n'accepterait jamais de me laisser boire tant que j'avais la nausée. Cela me ferait vomir davantage.

— Je n'ai pas provoqué Reeves. La lame avait déjà entaillé la peau. Mais en entendant la porte s'ouvrir dans le couloir, j'ai pensé que quelqu'un allait bientôt sortir… Je n'avais pas d'autre moyen de vous montrer le chemin. J'ai donc fait en sorte que la lame s'enfonce un peu plus. Heureusement que c'était toi… J'ai eu de la chance, articulai-je plus ou moins distinctement.

Mark me prit la main et la garda blottie dans la chaleur de sa paume. Derrière mes paupières closes, je vis défiler des images — le sang qui giclait du visage de Taylor Reeves, sa tête qui tombait vers la mienne…

— Et Reeves ?

— Mort.

— Et les autres ?

— Le père Agneau et Richard Ellis sont en garde à vue. Le FBI opère une rafle parmi leurs « amis » dans plusieurs camps de la région afin de les interroger.

Les yeux toujours fermés, je serrai sa main pour indiquer que j'écoutais encore. Ma respiration commençait à ralentir.

— Les agents du FBI et du NIS pensent avoir réussi à cerner la faction la plus violente dans un bâtiment de ferme dont Ellis nous a parlé, sur le terrain d'un camp de Patriotes. Ellis affirme que les bidons y sont également entreposés.

Je remuai faiblement mes lèvres qui commençaient à s'engourdir.

— Je suis restée longtemps dans le cirage ?

— Deux heures, environ.

— Et Eddie ? demandai-je encore d'une voix à peine audible.

— Il s'est présenté aux autorités. Il est prêt à fournir des renseignements pour obtenir l'immunité et le retrait de toute inculpation antérieure.

Mark marqua une pause puis ajouta :

— Tu te souviens peut-être de ce que je t'avais dit à propos de la conversion religieuse d'Ellis ? Et d'Eddie ?

J'acquiesçai tant bien que mal, voyant qu'il attendait ma réponse.

— C'est à cette occasion qu'ils sont entrés en contact. Eddie aurait attiré l'attention d'Ellis sur une rumeur concernant des armes bactériologiques utilisées par une faction nationaliste des adeptes de l'Agneau. Tu ne dors pas encore ?

— N... non.

— Tu veux connaître la suite ?

Je soupirai très fort pour réussir à séparer mes lèvres collées.

— Ouuuui. J'écouuuute.

— Depuis une dizaine d'années, Ellis était sur la piste des armes biologiques et des gens qui les manipulaient. La situation explosive au Moyen-Orient ne lui laissait plus le temps de tergiverser. Eddie s'est joint à lui ; il prétend faire partie de ceux qui tentaient de découvrir les auteurs du meurtre de Leon Hawkins et de remettre la main sur les bidons contenant les streptocoques. Quand ils ont compris qu'il s'agissait d'une arme incontrôlable, Eddie a suggéré à Ellis de prendre contact avec toi en attendant de trouver le scientifique qui les avait conçue.

Je m'en doutais depuis longtemps. Le seul maillon manquant était le rôle d'Eddie dans l'affaire. C'était par son intermédiaire qu'Ellis était venu vers moi. Je me demandais toutefois pourquoi le garçon ne s'était pas adressé à son père, le Dr Steven Braswell.

— Reeves était un adepte de l'Agneau, membre de la Garde nationale, ajouta Mark. Mais Eddie et Ellis n'étaient pas sûrs qu'il avait pris le relais du biologiste assassiné. Maintenant qu'il est mort, nous n'en saurons pas davantage.

A demi assoupie, je remarquai toutefois une intonation étrange dans sa voix. Il avait tué un homme, me dis-je. Ce n'était peut-être pas la première fois, mais il est sans doute impossible de commettre un tel acte de gaieté de cœur.

Rassemblant le peu d'énergie qui me restait, je serrai sa main dans la mienne avant de céder enfin aux artifices des somnifères.

27.

C'est pas les hommes qui choisiront à vot' place

L'été arriva pendant ma période de rééducation. Dehors, la température augmentait de jour en jour ; les oiseaux migrateurs étaient de retour, et les boutons de roses avaient éclos. Je n'avais pas réussi à reprendre le travail au bout d'une semaine, comme Wallace le souhaitait, ni même au bout d'un mois. Le couteau de Reeves avait sectionné certains muscles du dos, et il fallait compenser cette perte en faisant travailler leurs voisins. L'anémie consécutive à l'hémorragie avait ralenti mon rétablissement, mais mon taux d'hémoglobine était remonté à neuf. De temps en temps, je ressentais un léger sursaut d'énergie indiquant que mon corps reprenait des forces.

Assise avec Marisa à l'ombre d'un vieux pommier, derrière sa maison, je humais le parfum des plantes aromatiques plantées par miss Essie en regardant Cam jouer avec Belle et Peluche. En ce moment, il apprenait à Peluche à rapporter un bâton après l'avoir dressé à se promener en laisse et à obéir aux injonctions « Assis » et « Couché ». Il jouait comme un gamin avec les deux chiens. Eclats de rire et aboiements résonnaient dans l'air calme du matin.

Shirley n'allait pas tarder à arriver, ses cheveux nattés flottant au vent comme les tentacules d'une méduse. Elle venait d'Atlanta pour le week-end dans l'intention de visiter des maisons aux environs de Charlotte et de goûter enfin à la cuisine du petit restaurant français. Ce soir, j'invitais tout le monde au Sottise. Comme j'étais encore incapable de supporter de longs trajets en voiture, c'est Cam qui accompagnerait Shirley dans sa tournée des agences immobilières. Depuis quelque temps, il parlait lui aussi de venir s'installer par ici, une fois son internat terminé. Dans quatre ans ou plus, s'il obtenait un poste d'assistant en cours de route.

Je me demandai si c'était pour Shirley ou Marisa qu'il envisageait de déménager. De toute façon, il se rapprochait, et c'était là l'essentiel. Marisa avait besoin d'être entourée. Je me souvins du jour où elle avait posé ma main sur son ventre rond en disant que, désormais, rien ne comptait davantage pour elle que la famille. Et nous étions sa famille élective.

Marisa riait à gorge déployée, applaudissant le spectacle, encourageant les pitreries et acrobaties canines et humaines. Miss Essie vint arranger la couverture qui lui couvrait les genoux et fit de même avec moi avant de regagner sa cuisine. Elle s'occupait de nous comme de deux invalides, nous mijotait des plats nourrissants, nous obligeait à boire d'infectes tisanes et nous dorlotait du matin au soir. Elle avait même embauché une jeune fille pour faire le ménage afin de se consacrer entièrement à nous.

Dans la région, la vie reprenait progressivement son cours normal. Les nouveaux cas de pneumopathie et de syndrome de coagulation atypiques se raréfiaient. Les patients que l'on avait réussi à soigner avaient été renvoyés chez eux à divers stades de guérison : certains seraient placés sous oxygène pour le restant de leurs jours, d'autres souffriraient d'effets secondaires plus ou moins importants.

Le FBI avait fermé le camp des Patriotes et le domaine de l'Agneau Divin. Si certains adeptes du prédicateur avaient pris la fuite, la plupart avaient appris avec stupéfaction le rôle qu'avait joué leur mentor dans la création d'armes biologiques. Et je savais de source sûre que les tatouages en forme d'étoile de David ne fleurissaient plus sur les torses des détenus. Cette information provenait de Mark, qui avait fait écrouer les responsables de la pendaison de Leon Hawkins et des tortures infligées aux Campbell.

Il n'avait pas manqué de venir me voir presque chaque jour depuis que j'avais regagné mes pénates. Et même si je sentais entre nous une certaine distance qui n'existait pas auparavant, nous tâchions de nous parler et de nous expliquer le plus honnêtement possible. Je n'ignorais pas qu'il avait tué un homme par ma faute — parce que je lui avais caché des informations qui auraient pu l'amener à soupçonner Reeves beaucoup plus tôt.

Cependant, mes déductions n'étaient fondées que sur des hypothèses. Si j'avais dit à Mark tout ce que je savais, peut-être serait-il mort aujourd'hui. Reeves aurait pu également s'enfuir en emportant les bidons et reprendre ailleurs ses activités terroristes, avec d'autres groupes extrémistes. Qui savait comment les choses auraient évolué ?

Richard Ellis avait disparu entre les mains du NIS. Eddie sollicitait l'indulgence des juges en échange d'une foule de renseignements. Et Marisa avait tellement grossi qu'elle semblait être sur le point d'exploser. Bref, tout rentrait à peu près dans l'ordre, excepté moi, peut-être. Oh, je me comportais tout à fait normalement — en apparence, du moins. Mais tout au fond de moi, c'était le chaos. L'angoisse et les cauchemars germaient comme la mauvaise herbe. Un psychologue aurait peut-être pu m'aider à surmonter ces réactions post-traumatiques, à me débarrasser du rêve récurrent où le cadavre de Taylor Reeves s'abattait sur moi, où j'errais dans des couloirs inondés de sang. Dans la journée, tout le monde me trouvait beaucoup plus décontractée qu'avant. Ma compétitivité habituelle avait disparu ; Mark m'en avait même fait la remarque. Mais je n'avais pas envie de la retrouver. Pas encore, du moins.

Miss Essie sortit de la maison avec un plateau garni de grands verres de thé glacé, accompagnés de tartines et de grappes de raisin rouge.

— Allons, les filles, mangez un peu, ordonna-t-elle en se laissant choir dans un fauteuil avec un soupir. Il faut vous alimenter sérieusement avant d'aller goûter la cuisine étrangère dans vot' restaurant chic.

— Je croyais vous avoir décidée à venir dîner avec nous au Sottise.

— Je me suis préparé une salade aux légumes du jardin, avec un peu de menthe et d'oseille fraîches. Il me reste encore du gratin de poisson. Pourquoi est-ce que j'irais manger du foie gras ? D'autant plus que vous ne finirez sûrement pas tout.

Elle défroissa sa jupe du plat de la main et croisa les mains sur son estomac, comme si cela suffisait à résoudre tous les problèmes du monde.

Elle avait passé sa journée à me déconseiller d'aller dîner au restaurant. Mais après avoir ausculté Marisa, son médecin avait affirmé que l'accouchement n'aurait pas lieu avant deux jours. Or, cette naissance était vraiment le seul événement susceptible de me détourner de mon projet.

— Je n'ai jamais aimé la cuisine étrangère, grommela miss Essie. Et c'est pas aujourd'hui que ça va changer. Et puis mon feuilleton préféré va commencer à l'heure où on passe à table, et je ne veux pas manquer cet épisode-là.

— Arlana et son petit ami seront là, déclarai-je pour la tenter.

— Alors, tâchez de les tenir à l'œil, répliqua-t-elle en me jetant un regard significatif. Arlana ne jure que par ce garçon, mais elle n'a pas encore l'âge de se fixer. Il ne faudrait pas qu'il aille lui tourner la tête dans cet endroit sélect. Je vous charge de veiller sur elle.

— Bien, m'dame.

Miss Essie regarda Cam et les chiens qui traversaient maintenant la pelouse dans notre direction.

— Et vot' Mark, il y va aussi ? s'enquit-elle d'une voix suave.

Je répondis par l'affirmative.

— Et miss Shirley et mon petit Cameron, aussi ?

Je hochai la tête. Elle me parlait tout en continuant d'observer Cam et les chiens.

— Il va bien falloir vous décider un jour à savoir ce que vous voulez. C'est pas les hommes qui choisiront à vot' place.

Je réprimai un soupir. Comment avait-elle discerné l'intérêt caché que je portais à mon vieil ami ? Du reste, c'était une aberration de ma part. Il fallait être folle pour prêter attention à Cameron Reston ; il ne faisait vraiment pas le poids à côté de Mark, un authentique héros, un homme qui avait tué pour me secourir. Un homme dont le sourire suffisait à ensoleiller mes journées.

— Oh-oh, fit soudain Marisa, formant un rond avec la bouche. Oh-oh !

Je suivis la direction de son regard et vis une tache écarlate s'étaler sur le coussin où elle était assise.

— Mon bébé !

Elle me regarda d'un air ébahi.

— Mon bébé !

Une contraction la fit grimacer.

— Je vous avais bien dit de ne pas retenir de table à ce restaurant français, déclara miss Essie d'un ton satisfait. Vous allez mettre des enfants au monde, ce soir.

Cam arriva en courant, essoufflé et les cheveux en bataille. Il nous dévisagea tour à tour, l'air intrigué.

— Qu'est-ce qu'il y a ?

Puis il sourit largement, révélant une rangée de dents éclatantes.

— Elle a perdu les eaux ! s'écria-t-il.

— Bon. Cameron, allez vite chercher le sac de miss Marisa, ordonna miss Essie. Il est déjà prêt dans l'entrée. Miss Rhea, allez mettre un mot sur la porte pour miss Shirley. Je vais aider miss Marisa à monter en voiture.

Un sourire fendit son visage d'une oreille à l'autre.

— On va avoir des bébés à la maison !

— *Un* bébé, corrigea Marisa d'un ton hésitant.

La vieille gouvernante secoua la tête.

— Hé, non. Des bébés. Vous allez avoir des jumeaux.

Nous nous figeâmes sur place.

— A l'échographie, il n'y en avait qu'un seul. Il n'y a qu'un battement de cœur. Un seul bébé, miss Essie, affirmai-je.

— Un seul, répéta Cam.

— Pfft ! Voilà bientôt soixante ans que je prédis les naissances, rétorqua-t-elle. Je ne me suis jamais trompée. Jamais. Et on va avoir des jumeaux — un garçon et une fille. Il n'y a rien à dire de plus. Sauf que miss Rhea va être obligée de retourner faire des courses, ajouta-t-elle avec un sourire perfide.

REMERCIEMENTS

Bien que j'aie puisé mon inspiration et mes informations dans le comté de Chester, en Caroline du Sud, Dawkins et ses habitants, ses services publics, son hôpital et ses patients sont purement fictifs. Je me suis efforcée de rendre les passages médicaux du roman aussi proches que possible de la réalité. Si des erreurs ont pu s'y glisser, c'est à moi qu'il faut les attribuer et non aux personnes d'une compétence indiscutable, dont la liste suit.

Pour les renseignements à caractère médical :

Laurie Milatz, DO ; Susan Prater, technicienne de labo et belle-sœur chérie ; Amy Killian, surveillance des maladies contagieuses à Chester, Caroline du Sud ; Rudy Pate, infirmière, DHEC de Caroline du Sud ; Henry Nunnery, Institut de Clemson ; Amy Proctor Williams, infirmière, BSN, Caroline du Sud ; Marc Gorton, kinésithérapeute à Chester, Caroline du Sud ; Joan Strait, directrice de laboratoire à l'hôpital régional de Chester, et Susan Saunders, pour sa présence à tout moment du jour ou de la nuit ! John Saunders, médecin, pour ses réponses à mes questions, et Steve Vassey, pour ses renseignements sur le fonctionnement du DHEC.

Pour l'enquête :

L'inspecteur Garry Leveille, des services de police de Charlotte, en Caroline du Nord.

Et, comme toujours, pour m'avoir aidée à structurer ce livre et à en tirer le meilleur :

Miranda Stecyk, ma directrice de collection et Jeff Gerecke, mon agent littéraire, ainsi que le groupe d'écrivains de Caroline du Sud pour leur soutien inconditionnel tout au long de cette aventure. Robin Breeden, Dawn Cook, Craig Faris, Norman Froscher, Jason Gilbert, Melissa Hinnant, Ed Johnson, Bob Lynch, Misty Massey, Virginia Wilcox.

DANS LA MÊME COLLECTION
Par ordre alphabétique d'auteur

BARBARA BRETTON	*Le lien brisé*
WINSLOW ELLIOT	*L'innocence du mal*
TESS GERRITSEN	*Présumée coupable*
HEATHER GRAHAM	*L'invitation*
HEATHER GRAHAM	*L'ennemi sans visage*
HEATHER GRAHAM	*Le complot*
GINNA GRAY	*Le voile du secret*
KATHRYN HARVEY	*La clé du passé*
CHRISTIANE HEGGAN	*Miami Confidential*
GWEN HUNTER	*Faux diagnostic*
GWEN HUNTER	*Virus*
PENNY JORDAN	*De mémoire de femme*
PENNY JORDAN	*La femme bafouée*
R.J. KAISER	*Qui a tué Jane Doe ?*
ALEX KAVA	*Sang Froid*
ALEX KAVA	*Le Collectionneur*
ALEX KAVA	*Les âmes piégées*
RACHEL LEE	*Neige de sang*
MEG O'BRIEN	*Le piège*
MEG O'BRIEN	*En lettres de sang*
EMILIE RICHARDS	*Le refuge irlandais*
EMILIE RICHARDS	*Mémoires de Louisiane*
EMILIE RICHARDS	*Le testament des Gerritsen*
EMILIE RICHARDS	*L'héritage des Robeson*

.../...

Cet ouvrage a été composé et mis en pages
par les **Éditions Harlequin**

imprimé sur CAMERON par

BUSSIÈRE
GROUPE CPI

à Saint-Amand-Montrond (Cher)
en avril 2005

Imprimé en France
Dépôt légal : mai 2005
N° d'édition : 11238 — N° dimpression : 051001/1